Widmung

Ihr lieben Lesenden, ich nehme Euch mit
auf eine Reise.
Wir werden nicht die Welt bereisen.
Wir reisen durch ein Jahr, das viele
kleinere und größere unglaubliche
Begebenheiten enthält.
Befreit Euch aus einer Welt, in der Magie
ein abgedroschenes Wort ist.
Herzlich willkommen auf einer Reise, in der Zufall
und Schicksal eine große Rolle spielen.
Frei von belegbaren Tricks.
Lasst Euch ein bisschen verzaubern.

Liebe Leser*innen

Dieses Buch enthält potenziell triggernde Inhalte. Deshalb befindet sich auf der letzten Seite eine Triggerwarnung.

Achtung: Diese enthält Spoiler für das gesamte Buch!

Ich wünsche mir für euch alle das bestmögliche Leseerlebnis!

JANUAR

Dina

Heute muss es klappen, ermahne ich mich. Aber es bringt nichts. Es sind zu viele Buchstaben, Worte und Sätze. Alles verschwimmt vor meinen Augen. Leise rollt mir eine Träne übers Gesicht. Still tropft sie auf meinen Schreibtisch. Verstohlen schaut mich Mel an. Sie sitzt mir gegenüber. Ihre Miene trägt einen Hauch von Nichts. Zumindest versucht sie dies vorzutäuschen. Aber ich kenne Mel. Wir sind seit vielen Jahren gute Freundinnen. Die besten. Mel weiß alles von mir. Jede Szene der letzten vier Jahre haben wir miteinander geteilt. Doch Mel streckt nicht mehr die Hand nach mir aus. Auch das Taschentuch bleibt in ihrer Schublade. Sie dreht ihren Kopf zurück zum Bildschirm und arbeitet stumm weiter. Ich wische mir über die Augen und versuche, mich wieder auf meine Arbeit zu konzentrieren. Fieberhaft überlege ich, wie ich Herr über das Chaos werden könnte. Zuerst einmal muss ich wissen, um wie viele unbeantwortete Mails es sich handelt. Leider sehe ich das schneller, als mir lieb ist. Es sind 327. 327! Verdammt. Wie lange geht das schon so? Ich schaue auf das Datum der ersten Mail. 03.07.2019. Mist!

Das war vor über einem Jahr. Was zur Hölle habe ich in der Zwischenzeit gemacht? Die gesendeten Mails zeigen, dass ich sie sporadisch und ohne logische Vorgehensweise halbherzig beantwortet habe. Zumeist mit dem Satz:

»Ich muss nachschauen und melde mich wieder bei Ihnen.«

Tja. Nun weiß ich nicht einmal mehr, wo ich irgendetwas nachschlagen kann. Geschweige denn, um was genau es sich handelt. Scheiße. Scheiße. Scheiße.
Ich würde mir am liebsten in den Hintern beißen. Wie konnte ich es nur soweit kommen lassen?! Aber ich will diesen Kampf gewinnen. Ich muss. Den Kampf gegen mich selbst und die verdammte Antriebslosigkeit. Die Müdigkeit. Die Schwere meiner Gedanken. Ein Kaffee muss her. Schwarzes Gold wird meinen müden Geist beleben und dann wird das schon. Hoffentlich ...

Entschlossenen Schrittes gehe ich zur Büroküche. Eine große Tasse soll mir der Vollautomat schenken. Schon der Geruch lässt mich wacher werden. Ich schließe kurz die Augen und genieße den letzten Moment Frieden, bevor ich das Chaos ordnen werde. Neben mir ertönen schwere Schritte. Ein kurzer Blick zur Seite verrät mir, dass Holger, mein Chef, dem ich so viel zu verdanken habe, zu mir gesellt. Die letzten vier Jahre hat er mir stets den Rücken freigehalten und auch privat ein offenes Ohr für mich gehabt. Ich schenke ihm ein Lächeln, aber heute bekomme ich keines zurück. Er sieht ängstlich aus. Und irgendwie unruhig, vielleicht sogar nervös. Mehrmals starrt er den Boden an, bevor er mir in die Augen blickt.

»Alles okay, Holger?«

Er tippelt von einem Fuß auf den anderen und macht damit auch mich nervös. So kenne ich ihn gar nicht. Holger ist ein Ruhepol. Auch in stressigen Zeiten bleibt er Gelassen und weiß, andere zu beruhigen.

»Dina. Ähm ... Frau Schubert. Würden Sie bitte nach Ihrer Kaffeepause in mein Büro kommen?«

Wie bitte? Frau Schubert?

»Holger?«

Er starrt mich an und mit mehr als einem Nicken kann ich leider nicht antworten. Meine Gedanken beginnen zu rasen. Ich habe die dunkle Vorahnung, dass gleich etwas Schreckliches passieren wird und das versetzt mich in Panik. Es ist heiß hier. Viel zu heiß!

Holger stürmt mit der leeren Tasse in der Hand aus der Küche. Mir ist die Lust an meinem Kaffee vergangen. Mein Puls rast schon jetzt zu sehr.

Da brauche ich keinen weiteren Kaffee, um mich zu beleben.

Puh. Irgendwie dreht sich alles. Der Raum um mich verliert an Konturen, alles verschwimmt. Zum Glück gibt mir die Arbeitsplatte halt. Eigentlich muss ich nicht in Holgers Büro. Das wird mir schlagartig klar. Ich weiß schon jetzt, worauf das hinausläuft.

Ein lautes Pfeifen setzt sich in meinen Ohren fest. Alles schreit mich an, der drohenden Bewusstlosigkeit nachzugeben. Die Schwärze zu empfangen, die langsam in mein Sichtfeld kriecht. Aber das geht jetzt nicht. Nicht hier. Nicht schon wieder.

Langsam atmen. Ganz ruhig Dina. Alles wird gut.

Das Mantra der letzten dreieinhalb Jahre.

Vorsichtig wage ich einen wackeligen Schritt nach dem anderen. Der Boden fühlt sich schwammig an und lässt mich immer wieder straucheln. Langsam bewege ich mich auf das Büro von Holger zu. Die Tür steht offen. Drinnen empfängt mich mein Chef. Sein Kopf hebt sich in meine Richtung. Als er mich erkennt, springt er von seinem Stuhl auf und schließt eilig die Tür hinter mir. Deutlicher kann er mir nicht machen, was gleich passieren wird.

Erinnerungen stürmen auf mich ein.

Seit fünfzehn Jahren bin ich hier angestellt.

Ich habe mich von der Praktikantin bis zur Abteilungsleiterin hochgearbeitet. Kollegen sind zu Freunden und teilweise sogar zu einem Teil unserer Familie geworden. Dann der große Hammerschlag. Am Anfang war ich gelähmt. Schnell wurde allen klar, dass ich so nicht

weiterarbeiten kann. Ich wurde freigestellt, bei vollem Gehalt. Die Kollegen habe meine Arbeit unter sich aufgeteilt.
Und als ich bereit war, zurückzukommen, wurden mir Stück für Stück die einzelnen Aufgaben zurückgegeben. Ich habe allen immer wieder gedankt. Sie haben mich getragen, begleitet und getröstet. Dann kam der Punkt, an dem mir ein freundliches Gesicht entgegenblickte:

»Komm, ich mach das schnell für dich.«

Irgendwann wurde aus dem freundlichen Gesicht ein genervtes.
Die Bilder laufen wie ein Film vor meinen Augen ab. Und mir wird klar, dass aus den Freunden wieder Kollegen wurden. Aus dem Tragen ein Ziehen. Ich wurde durchgezogen.
Viel zu lang. Meine Aufgabenbereiche wurden kleiner, eigentlich hatte ich die letzten Monate nur noch eine Aufgabe. Anfragen via Mail bearbeiten.
Meine Schultern sinken, gefühlt bis zu meinen Knien. Ich will es nicht hören. Mit wackeligen Beinen gehe ich zu dem Stuhl vor seinem Schreibtisch und lasse mich darauf gleiten.

»Holger. Lass gut sein. Ich weiß es doch schon.«

Aber Holger kommt meiner Bitte nicht nach. Leise beginnt er zu sprechen.

»Es tut mir leid, Dina. Aber so geht das nicht mehr. Wir hatten die Jahresrevision. Und ganz ehrlich, Dina. Ich weiß nicht, woran du im letzten Jahr gearbeitet hast.« Holgers Stimme schwankt zwischen Mitleid und aufsteigender Wut. Auffordernd sieht er mich an. Er möchte eine Erklärung haben. Ich will nichts dazu sagen. Es fällt mir auch gar nichts dazu ein. Ich habe selbst keine Ahnung, woran ich im vergangenen Jahr gearbeitet habe. Ehrlich gesagt, weiß ich nicht einmal, was ich die letzten vier Jahre getan habe und warum dieser Tag nicht schon viel früher gekommen ist. Holger scheint meine Gedanken lesen zu können.

»Wir hatten die letzten Jahre Glück. Dein Bereich wurde lange nicht so genau überprüft. Du hast sehr gute Kollegen. Aber dieses Jahr ... Was soll ich sagen, Dina?! Es ist eine Katastrophe.« Resigniert senkt Holger seinen Kopf.

Als er wieder in meine Augen sieht, ist der Blick warm, voller Mitgefühl und von Tränen verschleiert.

»Dina. Du weißt, wie leid mir das alles tut! Jan fehlt auch mir. Uns. Er war so ein toller Mensch. Keiner weiß, wie es für dich sein muss. Für Paul und Louisa.

Aber ...«

Ja, aber ...

Ich muss mich nun sehr konzentrieren, den Boden unter den Füßen nicht zu verlieren. Er schwankt bedrohlich, seit Holger Jans Namen ausgesprochen hat. Bei jeder Erinnerung an ihn bleibt mir die Luft weg. Immer. Überall. Nur wenn ich mit Paul und Louisa über ihren Papa rede, kann ich mich beherrschen. Dann genieße ich es sogar. Durch meine Kinder kann ich meinen Mann sehen. Kann Geschichten wiederbeleben. Alle. Auch die, in denen die Zwillinge noch nicht mitspielen.

»Dina?« Holger sieht mich fragend an. Ich muss einen Moment abwesend gewesen sein.

Schnell nicken, um meine Anwesenheit

zu signalisieren. Das geschieht mittlerweile schon automatisch. Eine erworbene Angewohnheit. Das hat ebenfalls vor dreieinhalb Jahren begonnen.

»Dina. Das geht so nicht mehr. Du hast einen Berg an Mails, die nicht oder nur unzureichend beantwortet sind. Die Kunden beschweren sich reihenweise bei mir. Offene Rechnungen wurden nicht gezahlt und du bist dem nicht nachgegangen. Und wir reden nicht von ein paar Tausend Euro. Es ist mittlerweile bedeutend mehr. Und irgendwie bin ich froh, dass es endlich rausgekommen ist. Es tut mir leid, Dina, aber ich muss dir kündigen.«

Ich höre die Worte, ich kann sie sogar verstehen.

Bei jedem anderen würde ich die Konsequenzen nachvollziehen können. Aber in meinem Kopf brüllt es. Laut fliegt das *Nein* darin umher. Ich würde mich am liebsten auf die Knie werfen und betteln. Es ist so viel mehr als ein Job. Es war ein Rückhalt in den vergangenen Jahren. Ein Stück Normalität. Stabilität. Tagesstruktur.

Holger schaut mich eindringlich an. Er scheint auf eine Reaktion zu warten. Ich habe keine Kraft mehr. Nicht einmal für Tränen. Starr sitze ich ihm gegenüber und warte darauf, das Büro verlassen zu können.

»Es ist so …«, als Holger ansetzt, habe ich Angst, dass ich den Rest des Satzes unmöglich ertragen könnte.

Was soll denn noch kommen?!

Langsam verlasse ich meinen Körper und stehe neben mir. Schaue mir die Situation aus einer unbeteiligten Perspektive an. So scheint es einfacher zu sein. Der Moment, in dem ich wieder in meinen Körper finde, wird schmerzhaft. Ich kenne das schon. Und doch ist das meine beste Strategie, mit unbändigem Schmerz umzugehen.

»… ich könnte dich fristlos kündigen. Das Recht dazu hätte ich allemal. Dennoch möchte ich es nicht.

Du bist ab sofort freigestellt, bis zur Beendigung der Kündigungsfrist in drei Monaten. Es tut mir leid, Dina, aber mehr kann ich dir nicht anbieten.«

Der Aufprall in meinen Körper ist hart. Ich muss zurück, um zu reagieren.

Alles andere wäre meinem Chef gegenüber unfair.

»Danke, Holger. Wirklich. Das ist mehr, als ich verdient habe.«

Meine Stimme klingt hohl, aber für etwas anderes reicht es nicht. Holger nickt wissend. Er muss nichts weiter hören. Er kennt mich und weiß um die Wertschätzung meiner Worte.

»Du kannst dich von allen verabschieden, wenn du möchtest. Nimm dir die Zeit, die du brauchst. Ich melde mich bei dir wegen der Unterlagen … und auch so. Wenn das okay für dich ist?«

Das ist es. Holger will meine Hand über den Tisch hinweg ergreifen, doch ich entziehe sie ihm. Ich kann das jetzt nicht. Eine tröstende Berührung und ich

würde komplett zusammenbrechen. Noch einmal nicken. Beim Rausgehen drehe ich mich zu Holger um. Mein Chef, der über die Jahre hinweg ein Freund geworden ist. Er sitzt zusammengesunken in seinem Stuhl mit dem Kopf in den Händen.
Schnell packe ich am Schreibtisch meine persönlichen Sachen zusammen.
Bilder, Schokolade, Taschentücher mit allerlei Gute-Besserung-Sprüchen darauf und meinen Lieblingskuli. Fünfzehn Jahre in meiner Handtasche. Ich will hier weg, so schnell es geht. Der Teppich dämpft meine Schritte. So eilig ich es habe, so wenig kann ich mir den Blick zurück verkneifen. Ich schaue über meine Schulter in das Großraumbüro. Die Augen meiner Kollegen, meiner ehemaligen Freunde, bleiben auf ihre Bildschirme gerichtet. Nur Mel hebt ihren Kopf. Sie sieht mich direkt an. Sie will etwas sagen, richtet sich schon auf. Ich will es nicht hören. Ich stürme zu den Treppen. Auf gar keinen Fall möchte ich jetzt auf den Lift warten müssen.

Draußen ist es kalt und nass. Der Wind mischt meine Tränen mit Regentropfen.
Das Gebäude hinter mir starrt mich durch seine unzähligen Fenster an. Die Menschen auf dem Vorplatz laufen geschäftig umher. Die Anonymität der Großstadt hat mich verschluckt. Die Januarkälte kriecht an meinem Körper empor. Januar. Zum Glück hat mir Holger nicht schon vor Weihnachten gekündigt …

Schnell laufe ich zum Auto. Ich will endlich den Schmerz fühlen. Er pulsiert heiß durch meine Adern, jagt mir Übelkeit in den Magen und saugt mir alle Energie aus meinem Körper. Er reißt und zerrt an mir. Und ich schlage zurück. Im übertragenen Sinn. Mein Lenkrad ist mein Boxsack.

Drei Monate habe ich jetzt Zeit. Zeit, mich zu ordnen. Wieder aufbauen. Weitergehen. Ankommen?

Aber wo zur Hölle soll ich da nur anfangen? Wie in Trance starte ich den Motor meines Autos. Die Straßen fliegen an mir vorbei. Schnell nähert sich mein Ziel. Als ich ankomme, parke ich ungelenk mein Auto und starre auf das gusseiserne Tor des Friedhofes. Eine alte Steinmauer, von Efeu überzogen. Ruhe. Absolute Stille.

Ich weiß nicht, wie ich es geschafft habe, aber meine Füße tragen mich längst weiter. Ich kann ihn schon sehen. Noch zwanzig Meter. Und dann stehe ich vor ihm.

Jan Schubert.
Wir werden niemals aufhören, dich zu lieben.

Mehr steht nicht auf dem hellgrauen Stein. Muss auch nicht. Es ist egal, wie alt er war, als er gestorben ist. Er war zu jung. Mit zweiunddreißig Jahren ist man definitiv zu jung, um zu sterben. An Lungenkrebs. Als Nichtraucher. *Ironie des Schicksals.* Der Gedanke schwebt mir jedes Mal bei dem Blick auf den grauen Stein durch den Kopf. Aber auf dem Grabstein ist die Redewendung wohl eher unpassend.

Meine Knie geben nach. Endlich kann ich schwach sein. Langsam sinke ich auf den kalten und feuchten Boden. Schnell ist meine Hose durchweicht.

Jan war ein guter Mensch. Der beste Ehemann. Der allerbeste Vater. Er war gesund. Liebte das Joggen. Den Sport im Allgemeinen. Und ganz besonders liebte Jan das Leben. Alles daran. Die Sonne und den Regen.

Familie, Freunde und seinen Job.

Wenn der Frühling sich entfaltete, dann trauerte Jan dem Winter nach und gleichzeitig fuhr er in den Baumarkt und kaufte unzählige kleine Primeln, Stiefmütterchen und Narzissen.

Hockte sich in schlammige, kalte Erde und pflanzte Blumenbeet um Blumenbeet. Er liebte es zu kochen und brachte dabei die entferntesten kulinarischen Hochgenüsse in unsere Küche. Er fuhr stundenlang mit den Zwillingen durch die Nacht, damit sie schlafen konnten und damit ich Zeit hatte, um zu duschen, ein Buch zu lesen oder einfach nur, damit auch ich schlafen konnte. Er war niemand, der sich nicht auch beschweren konnte. Oh doch. Das hatte er drauf. Aber es gab einen großen Unterschied zu anderen. Er packte die Dinge an, über die er sich beschwerte. Er sprach über Probleme, wenn sie ihn beschäftigten. Er setzte sich für das ein, was ihm lieb und teuer war. Seine Familie. Seine Freunde. Die Natur. Er war kein Übermensch. Bei Weitem nicht. Auch Jan hatte seine Fehler. Diese machten ihn komplett. So wurde er zu dem Menschen, der genau richtig an meiner Seite war. Er war mein Herzensmensch. Der Mensch, der mich vervollständigte.

Und jetzt ist er weg. Seit dreieinhalb Jahren schon. Noch immer ist das Loch so groß wie am ersten Tag. Es verschlingt mich jedes Mal, wenn die morgendliche Dämmerung einsetzt. Es zerreißt mich in Stücke und lässt nichts als Leid zurück.

Leid und zwei Kinder, die sich mit sechs Jahren kaum noch an den Mann erinnern können, der ihnen unendlich viel Liebe geschenkt hat. Er liebte sie mehr als alles andere.

Louisa und Paul trauern nicht wie ich. Das könnten sie gar nicht. Sie wissen aber sehr wohl, dass etwas fehlt. Dass jemand fehlt. Ein Vater. Ein Papa. Dass sie etwas von ihren Freunden unterscheidet. Sie erleben es immer wieder. An Geburtstagen. Bei Treffen auf dem Spielplatz mit Freunden. Im Kindergarten. Immer. Überall.

An den meisten Tagen ist es, wie es ist. Und dann gibt es die anderen. Die, an denen der ihnen Unterschied hart entgegenschlägt. Es wird sie niemals ihr Papa aus dem Kindergarten abholen kommen. Papa wird nie am Grill stehen und Bratwürste braten. Papa wird nie Fotos bei einer Geburtstagsparty schießen. Kein Papa, der Gute-Nacht-Geschichten liest, sie vor den bösen Monstern unterm Bett beschützt, das Fahrrad repariert. Keine Umarmungen. Keinen Kuss. Keine Vaterliebe. Nur Erzählungen und Fotos. Verblassende Erinnerungen. Und ich. Eine Mama, die beides ist. Mama und

Papa. Letzteres werde ich nie so können, wie Jan es gekonnt hätte. Aber ich werde nicht müde, meinen Kindern von ihrem Papa zu erzählen. Er wird immer zu ihnen gehören. An jedem Tag im Jahr. In jedem Jahr ihres Lebens.

Meine Hände sind so kalt, dass die Fingerspitzen bereits schmerzlich stechen. Mein Haar klebt in nassen, langen Strähnen an meinem Gesicht. Müdigkeit setzt ein. Sie ist bleiern und so übermächtig. Mit allerletzter Kraft schaffe ich es, meine Mama anzurufen.

Erika ist kurze Zeit später da und setzt sich neben mich. Zieht mich in eine wärmende Umarmung. Sanft streichen ihre Hände über meinen Rücken. Sie schenkt mir Liebe und Geborgenheit. Mama bringt mich nach Hause und holt kurze Zeit später die Zwillinge aus dem Kindergarten ab.

Der Abend rauscht an mir vorüber und erst als die Kinder im Bett sind, finde ich den Mut meiner Mutter zu erzählen, was passiert ist.

Sie ist nicht sonderlich überrascht. Schon längst konnte sie sich denken, dass das Kartenhaus nicht mehr lange halten wird. Aber wie ich, hatte auch sie gehofft. Gehofft, dass es auch dem nächsten Sturm noch standhält. Vergebens.

Bis spät in die Nacht sitzen wir zusammen. Erzählen uns Belangloses. Vertreiben die bösen Geister im Kopf. Strafen sie mit Ignoranz.

Mama schläft im Gästezimmer. Wie so oft seit vier Jahren. Ich habe mir mehr als einmal gewünscht, dass sie bei uns einzieht, doch ich kann ihr nicht verübeln, dass sie das nicht will. Auch sie braucht ihren Freiraum. Abstand.

Die Tage vergehen in Einheitsbrei. Erst am Wochenende habe ich den Mut meinen Kindern zu erzählen, dass Mama zurzeit zu Hause ist und nicht mehr arbeiten geht. Zu meiner Erleichterung empfinden Louisa und Paul es als Glück und tragen mir sogleich auf, dies und jenes Spielzeug zu reparieren, spezielle Gerichte zu kochen, etc. ... Da ich jetzt Zeit hätte ... Ich bin froh, dass meine Kinder die Situation so mühelos annehmen können und ihnen die Folgen nicht bewusst sind. Eine sorglose Kindheit. Zumindest in diesem Punkt.

Ich verspreche den Zwillingen, am kommenden Wochenende mit ihnen in den Zoo zu gehen. Bis dahin, so habe ich mir vorgenommen, will ich meinen Lebenslauf schreiben und mich auf dem Stellenmarkt umsehen.

Februar

Dina

Von einem Lebenslauf bin ich noch weit entfernt. Vielleicht sogar weiter als letzte Woche. Die Datei von meiner Bewerbung vor fünfzehn Jahren ist auf nimmer Wiedersehen von meinem Laptop verschwunden. Die letzten Versuche sind zerknüllt in meinem Papierkorb gelandet. Am Morgen mache ich die Kinder fertig und bringe sie in den Kindergarten. Wenn ich wieder zu Hause bin, falle ich zurück in mein Bett, schmeiße die Decke über mich und sperre die Welt aus. Das Handy liegt lautlos gestellt auf meinem Nachttisch.
Die Wäsche stapelt sich korbweise neben der Waschmaschine. Pizzakartons direkt daneben.
Der Briefkasten fleht mich an, geleert zu werden. Aber ich kann es nicht.
Ich bin gelähmt. Sobald meine Kinder außer Reichweite sind, schaffe ich es geradeso zu atmen und dann und wann die Toilette aufzusuchen. Alles andere hat keinen Platz. Ergibt keinen Sinn.
Ich esse einzig und allein in Anwesenheit von Paul und Louisa. Dusche nur, wenn ich mich nicht mehr riechen kann.

Nur eines gelingt mir sehr gut. Schlafen. Immer und zu jeder Zeit.

Als ich das nächste Mal die Augen öffne, verspannt

sich mein ganzer Körper. Ich höre etwas.

Es klimpert unten. Paul und Louisa sind im Kindergarten. Vorsichtig schlage ich die Bettdecke zurück, schwinge meine Füße über die Bettkante und schleiche zum Flur.

Es ist eindeutig jemand im Haus. Schränke werden geöffnet.

Mein Blick schweift durch den Gang. Es steht nichts in der Nähe, was als Waffe dienen könnte. Schmutzige Wäsche ist zwar eklig, wird einen Einbrecher aber wohl kaum verjagen.

Ich habe schon länger darüber nachgedacht, etwas anzuschaffen, mit dem ich mich *-uns-* verteidigen könnte. Einen dicken Besenstil, Baseballschläger ... einfach etwas mit Wums. Etwas, das mir Beruhigung schenkt. Nicht dass Jan überaus muskulös oder kampfsporterprobt war. Aber mit einem Mann an meiner Seite, in einem freistehenden Einfamilienhaus, habe ich mich wohler gefühlt. Das wird mir in diesem Moment schmerzlichst bewusst, genau wie der Umstand, dass ein Einbrecher sich keinen Kaffee machen würde ... oder das Radio anstellen?! Leise schleiche ich um die letzte Ecke und werfe einen Blick in die Küche.

Meine Mutter steht mit dem Rücken zu mir und hat sich über das dreckige Essgeschirr hergemacht.

Summend und mit dem Kopf nickend räumt sie das verdreckte Geschirr in die Spülmaschine.

Erst jetzt wird mir bewusst, dass wohl Donnerstag ist. Der Blick auf die Wanduhr bestätigt meine Vermutung. Ich war schon vor zwanzig Minuten mit ihr zum Kaffee verabredet.

Gerade als ich mich umdrehen möchte, um mich schnell anzuziehen und mir eine Ausrede einfallen zulassen, hat Erika den gleichen Gedanken.

Sowie sie mich erblickt, wandert eine ihrer Augenbrauen nach oben. Der Mund verzieht sich nach unten. Und ihre krause Nase verdeutlicht den Gesamteindruck ihres Gesichts.

Es zeigt Erstaunen und Ekel. Ekel. Meine Gedanken rasen schnell und ich komme nicht umhin, mir die Frage zu stellen, wann ich das letzte Mal duschen war ... Habe ich mir heute Morgen die Zähne geputzt? Die Antworten auf meine Fragen ekeln auch mich an. Ich weiß es nicht mehr und das ist einem Nein näher als einem Ja. Mama kommt auf mich zu.

»Das geht so nicht, Dina. Das muss unbedingt aufhören«, sagt sie mit liebevoller Strenge.

Mit zuckenden Schultern gebe ich ihr die abgedroschene Antwort:

»Ich weiß.« Seit dreieinhalb Jahren schon ... Der Gedanke ist mir jeden Tag bewusst, jede Minute. Aber ich kann nicht. Es geht nicht. So sehr ich es versuche. Es will mir nicht gelingen. Mama tritt einen Schritt zurück und schaut mich eindringlich an.

»Nein, Dina. Du weißt es nicht.«

Gerade als ich trotzig erwidern will, dass ich es sehr wohl weiß, redet meine Mutter weiter.

»Dein Haus ist ein Sauhaufen. Du bist ein Sauhaufen! Wann hast du zum letzten Mal in einen Spiegel geschaut?«

Ich habe keine Ahnung. Aber das will ich ihr lieber nicht sagen. So habe ich meine Mutter ewig nicht mehr erlebt. Ihre Wangen glühen rot und sie sieht aus, als könne sie jeden Moment explodieren.

»Du hast zwei Kinder, Dina! Sie sehen dich! Jeden verdammten Tag! Du bringst sie in den Kindergarten und da sehen dich alle! ALLE! Es reicht doch, dass die beiden ohne Vater aufwachsen müssen. Seit geraumer Zeit müssen sie auch ohne Mutter klarkommen.«

Es ist ein herber Schlag in mein Gesicht. Er treibt mir Tränen in die Augen. Aber ich kann ihr nicht widersprechen. Ich weiß, dass meine Mutter recht hat. Das ist etwas, was ich wirklich weiß. Der Schmerz zieht sich bis in meine Brust, tief in mein Herz. Selbst wenn ich wollte, ich habe keine Kraft, um jetzt davonzulaufen. Ich werde meiner Mutter weiter zuhören müssen.

»Auch wenn sie es dir nicht sagen würden, Dina, aber

sie leiden und dass nicht nur, weil ihr Vater gestorben ist. Wann habt ihr das letzte Mal etwas zusammen unternommen?«

Ich bin zu schwach, um ihr zu erklären, dass wir am Wochenende in den Zoo wollen. Also die Kinder wollen ... Ich würde lieber ...

Scheiße ... Meine Mutter hat verdammt noch mal recht.

Nur mein Kopf hat es noch nicht verstanden.

»Weißt du eigentlich, was bei den beiden gerade los ist? Mensch, Dina, sie kommen im Sommer in die Schule! Sie haben Angst! Ihr Geburtstag im Herbst war erbärmlich. Sie sind traurig! Du bist mit ihnen zum Spielplatz gegangen, jeder hat ein Geschenk bekommen. Keine Feier. Kein Kuchen. Keine Freunde. Ist dir das eigentlich klar?«

Nein, ist es mir nicht. Bis eben. Tränen fluten meine Augen. Mein Körper bebt heftig. Mein Herz droht ganz und gar zu zersplittern.

»Das geht so nicht mehr. Lass dir verdammt noch mal helfen! Und zwar jetzt! Sofort! Geh dich duschen. Du stinkst!«

Meine Mutter beendet ihre Ansprache. Sie schnappt sich ihre Kaffeetasse und geht in die Stube. Ich bleibe in der Küche zurück und weiß kaum, wo oben und unten ist. Ich habe geahnt, dass auch meine Mutter irgendwann der Geduldsfaden reißen würde. Aber doch nicht jetzt! Ich habe keinen Mann. Keinen Job. Nichts. Ich habe nichts mehr ...

Doch eine kleine Stimme in meinem Herzen schwillt zu einem lauten Schreien an. Mein Herz schreit mich an aufzuwachen. Ich habe zwei Kinder! Zwei wundervolle Geschenke, die mir Jan hinterlassen hat. Ich habe ihm versprochen, dass ich sie für zwei lieben werde.

Aber ich schaffe es nicht, meine Mutterliebe vollständig auszuleben, wie soll ich dann noch einen Vater ersetzen ...

Mit Kraft stoße ich mich vom Tisch ab und renne ins

Badezimmer. Beinahe panisch entledige ich mich meines Schlafanzuges und springe unter die kalte Dusche. Energisch schrubbe ich meinen Körper in der Hoffnung, das schlechte Gefühl gleich mit abzuwaschen. Ich habe zwei Kinder!

Ich liebe sie abgöttisch, aber ich habe es ihnen nicht gezeigt. Viel zu lang schon nicht mehr.

Mit nassen Haaren und frischer Kleidung setze ich mich neben meine Mutter.

»Du hast recht, Mama. Ich werde es anpacken«, verspreche ich ihr.

»Dina, dafür ist es zu spät. Das hättest du in den letzten Monaten schon tun müssen.«

Ich kann nicht glauben, was ich höre. Wie kann das nicht reichen? Ich will ...

»Hör zu! Du brauchst professionelle Hilfe. Unbedingt! Geh zu deinem Hausarzt, erzähl ihm von deinen Gefühlen und lass dich BITTE auf seine Hilfe ein.«

Die Augen meiner Mutter schwimmen in Tränen. Sie sieht so viel älter aus, als sie ist. Jegliche Körperspannung ist aus ihren Gliedern gewichen.

»Ich werde gleich morgen anrufen und einen Termin machen«, verspreche ich ihr. Wie könnte ich auch anders.

»Nein, Dina. Du rufst jetzt an!«

Das war nicht die Reaktion, die ich erwartet habe.

»Warum? Glaubst du mir nicht?«

Ich weiß nicht, ob ich traurig oder wütend darüber sein soll.

»Nein, ich glaube dir nicht. ›*Ich mache es gleich morgen.*‹, habe ich die letzten Monate zu oft gehört. Mach es jetzt.«

Ja, sie hat schon wieder recht. Ich mache gern alles morgen. Morgen wird ein guter Tag. Besser als heute.

Ohne weiteren Kommentar vereinbare ich einen Termin und bin überrascht, dass dieser schon morgen Mittag sein wird. Eigentlich wollte ich mir ersteinmal klar werden, was ich meinem Arzt sagen soll. Also, was ist mein Problem?

»Mein Mann ist gestorben. Mir geht es nicht so gut damit.«

Da wird mein Arzt auch nichts anderes sagen können als:

»Geben Sie sich Zeit. Das wird schon wieder. Zeit heilt alle Wunden.«

Dieser Satz begleitet mich seit dreieinhalb Jahren. Nie hat ihn jemand zu mir gesagt.

Aber Blicke können Bände sprechen und meine Gedanken tun den Rest dazu. Jedem würde es so wie mir gehen! Oder?

Ich nehme mir vor, den Termin abzusagen, sobald meine Mutter aus dem Haus ist. Aber sie scheint meine Gedanken lesen zu können.

»Ich werde dich dann morgen abholen und begleiten.«

Ich könnte jetzt wütend werden über die Bevormundung, doch es ist genau diese Aussage, die mir deutlich macht, dass es ernst ist. Sehr ernst.

Am nächsten Morgen habe ich Mühe, mich nicht wieder ins Bett fallen zu lassen. Um meinen guten Willen zu beweisen, gehe ich duschen, föhne mir die Haare und lege sogar Wimperntusche auf. Mein Spiegelbild sieht mich zustimmend an.

Im Gegensatz zu mir, sieht mein Arzt das irgendwie anders. Ich muss noch nicht einmal etwas sagen. Sogar das »Hallo« bleibt mir im Hals stecken, als Dr. Heinze mich mit einem bestürzten Blick empfängt.

»Frau Schubert. Setzen sie sich erst mal ... Sie sehen furchtbar aus. Sabine? Sagst du bitte meinen Telefontermin ab? Ich brauche etwas länger mit Frau Schubert.«

Ich schaue meinen Arzt fassungslos an. Sabine, die Arzthelferin, schließt eilig die Tür. Und so bleiben nur ich und der kauzige Dr. Heinze zurück. Er ist schon seit vielen Jahren mein Hausarzt. Er war es, der Jan nach vielen fehlgeschlagenen Diagnosen seines eigenen Arztes weiter behandelt hat und ihn letztendlich ins

Krankenhaus eingewiesen hat. Der Mann in den Sechzigern mit der Metallgestell-Brille sieht mich fragend und auch mitleidig an.

»Erzählen Sie mal, Frau Schubert. Wir haben uns seit fast dreieinhalb Jahren nicht mehr gesehen. Wo drückt denn der Schuh?«

Unwillkürlich muss ich über die Wortwahl lächeln. So hätte auch mein Opa gefragt, wie es mir geht. Leider weiß ich aber keine richtige Antwort auf diese Frage. Ich habe die halbe Nacht gegrübelt, was ich Dr. Heinze sagen soll. Aber so richtig ist mir nichts eingefallen. Mein Arzt gibt mir Zeit und lehnt sich in seinem Stuhl zurück.

Die Zeit dehnt sich und das Schweigen wird mir zunehmend unangenehm. Es will mir kein Wort über die Lippen kommen und je fieberhafter ich überlege, desto weniger Sinn ergeben meine Gedanken. Dr. Heinze atmet einmal tief durch und beugt sich dann zu mir.

»Frau Schubert. Ich könnte jetzt eine Blickdiagnose stellen. Die ist sogar recht einfach. Aber ich würde es gerne von Ihnen hören.« Hä? Was? Blickdiagnose?

Ich möchte fragen, was er meint, aber wieder wollen die Worte nicht aus meinem Mund. Stattdessen löst sich etwas anderes von mir. Eine Träne rollt mir die Wange hinab. Es folgt noch eine und noch eine … und schließlich brechen alle Dämme. Stumm weine ich schmerzende Tränen. Sie brennen, schütteln mich durch und hinterlassen taube Haut. Ich kann gar nicht aufhören. Noch immer habe ich kein Wort gesagt, könnte ich jetzt auch nicht mehr. Meine Kehle ist wie zugeschnürt und plötzlich habe ich das Gefühl, dass nicht genügend Luft in meine Lungen kommt.

Angst macht sich in mir breit. Sie steigert sich in Panik. Wild rudere ich mit den Armen, während Dr. Heinze versucht mir etwas zu sagen. Ich kann ihn nicht hören, was meine Panik noch weiter steigert. Ein Pfeifen legt sich in meine Ohren und wird immer lauter. Ich will dagegen ankämpfen, versuche Luft in meine Lungen zu saugen, aber mein Blickfeld verkleinert sich bereits.

Von den Seiten engt mich die Schwärze weiter ein. Mein Kopf scheint davonzuschweben und ich lasse mich mittreiben. Das Letzte, was ich spüre, ist ein dumpfer Schmerz. Dann ist alles still.

Nur langsam kommen die Geräusche wieder. Ich höre Schritte und Stimmen. Ich möchte die Augen nicht öffnen. Der Zustand, nichts zu fühlen, taub zu sein, war so schön. Doch die Schwärze spuckt mich wieder ins Hier und Jetzt. Hier, das ist die Liege von Dr. Heinze. Langsam schlage ich meine Augenlider auf und schaue in die warmen grauen Augen meines Arztes.

»Mensch, Frau Schubert, da haben Sie uns aber einen ganz schönen Schrecken eingejagt«, sagt er milde lächelnd.

»Zum Glück bin ich ja Arzt und wusste, was zu tun ist.« Ein brummiges Lachen kriecht aus seiner Kehle und lässt mich leicht schmunzeln. Es ist seine Art, die mir ein Lächeln schenkt.

»Schön, Sie Lächeln zu sehen!«, kommentiert Dr. Heinze sogleich. »Also, Frau Schubert. Sie haben sich ganz schön den Kopf gestoßen. Aber keine Sorge, mit ein bisschen Wundkleber kriegen wir das wieder hin«, sagt er augenzwinkernd.

Was?! Ich greife an meine Stirn und werde direkt von Dr. Heinze zurückgehalten und tadelnd angeschaut.

»Nicht anfassen!« Seinen strengen Blick nimmt er auch nicht von mir, als er nach dem Material zum Verarzten sucht. Mit wenigen Griffen hat er alles beisammen und versorgt vorsichtig meine Wunde.

»Ich mache nachher noch ein Pflaster darauf. Aber jetzt zum eigentlichen Problem. Und bevor sie wieder eine Panikattacke bekommen, versuche ich mein Glück. Okay?«

»Okay.« Meine Stimme klingt fremd.

Dr. Heinze reicht mir ein Glas Wasser und beginnt mit seiner Blickdiagnose, wie er es vorher genannt hat.

»Sie geben mir bitte ein Zeichen, wenn ich aufhören soll zu reden!« Ich nicke, da ich meiner Stimme noch nicht ganz vertraue und so fährt er fort.

»Sie haben stark abgenommen, Frau Schubert. Ihre Haut ist fahl. Ihre Haare ... Naja ... das sollte lieber ein Friseur beurteilen. Ihre Körperhaltung ist gebeugt und als ich Sie fragte, wie es Ihnen geht, haben Sie eine ausgewachsene Panikattacke bekommen. Sie haben Ihren Mann verloren und sind allein mit zwei Kindern. Ich nehme ganz stark an, dass Sie unter einer schweren Depression leiden.«

Depression?

»Depression? Dr. Heinze, ich habe keine Depressionen. Mein Mann ist tot. Ja, das ist scheiße. Aber das würde doch jedem so gehen.«

»Ich will es mal so sagen ...«, er kommt noch ein Stück näher an die Liege und legt eine Hand auf meinen Arm.

Oh, oh.

»Ja, das ist scheiße. Aber, Frau Schubert, das ist dreieinhalb Jahre her. Damit will ich nicht sagen, dass Zeit alle Wunden heilt oder Trauer schneller getrauert sein muss. Auf keinen Fall! Aber Sie müssen lernen, damit umzugehen. Und wenn ich mir Sie so anschaue, dann haben Sie das bisher nicht im Geringsten gelernt. Oder irre ich mich?«

»Nein.« Keine Widerworte, keine Ausreden.

Ich erkenne die Wahrheit seiner Worte.

»Gut, das ist schon mal ein Anfang.« Dr. Heinze nickt anerkennend, als hätte ich etwas sehr Schlaues, Weltbewegendes gesagt.

»Das ist wichtig, wissen Sie, Frau Schubert!?

Erst wenn Sie erkennen, dass Sie ein Problem haben, dann kann ich Ihnen auch helfen.«

Deswegen dieses anerkennende Nicken. Ich habe ein Problem.

»Aber ich kann es nicht benennen, Dr. Heinze. Ja, ich bin traurig. Meine Haare haben schon sehr lange keinen Friseur mehr gesehen. Vielleicht sollte ich mich auch häufiger eincremen ... Aber ist das wirklich das Problem?« Ich kann die Verunsicherung in meiner Stimme nicht unterdrücken.

»Ja, Frau Schubert, das ist das Problem. Ich kenne Sie als selbstbewusste, fröhliche und gepflegte junge Frau und Mutter. Und wenn ich so ehrlich sein darf?« Dr. Heinze wartet auf meine Zustimmung, die in Form eines Nickens kommt.

»So sehen Sie nicht im Geringsten mehr aus. Auch wenn man trauert, kann man Körperhygiene betreiben, sich gesund ernähren und ein Lächeln ab und zu auf dem Gesicht zulassen.«

Am liebsten würde ich schon wieder weinen. Aber anscheinend sind alle Tränen ausgeweint. Ich hatte keine Ahnung, dass ich so schlimm aussehe. Ja, mir sind viele Kleidungsstücke zu weit geworden. Auf Fotos habe ich immer dasselbe gleichgültige Gesicht ... Ich muss gar nicht weiter darüber nachdenken, um Dr. Heinze zuzustimmen.

»Was kann ich tun?«, frage ich voller Entschlossenheit. Dr. Heinze freut es, denn er sieht mich mit einem erleichterten Blick an, welcher von einem Lächeln auf seinen Lippen begleitet wird.

»Nun ja. Zuerst einmal gebe ich Ihnen ein Antidepressivum mit. Keine Sorge! Das ist für den Start. Damit Sie wieder in Schwung kommen. Außerdem überweise ich Sie zu einer Psychologin. Ich habe eine gute Kollegin, Sie kann Ihnen sicher weiterhelfen. Und wenn Sie eine Strategie für den Umgang mit Ihrer Trauer gefunden haben, dann setzen wir die Medikamente wieder ab. Ist das ein Plan?«

»Das ist ein Plan!«

Ich. Habe. Depressionen.

Der Zooausflug muss leider um eine Woche verschoben werden. Mir brummt noch immer der Schädel von dem Sturz und die Wunde sieht gruselig aus. Die Naht sitzt über meiner linken Augenbraue. Es hat sich ein blauer Fleck gebildet, der mich aussehen lässt, als hätte ich an einer Schlägerei teilgenommen.

Paul findet es cool und Louisa umsorgt mich großherzig. Sie bringt mir Tee und möchte immer wieder ein neues Pflaster auf die Verletzung kleben. Am kommenden Freitag lasse ich die Wunde von Dr. Heinze kontrollieren und am Wochenende wollen wir dann in den Zoo.

An diesem Wochenende wird dafür das Haus von oben bis unten geputzt. So ungern die Zwillinge sonst Hausarbeit erledigen, so viel schwungvoller tun sie es diesmal. Wahrscheinlich ist es das Gespür der Kinder, das eine Veränderung an mir wahrnimmt.

Am Samstagabend sitzen wir zusammengekuschelt und mit frischem Popcorn vor dem Fernseher und sehen uns Kinderfilme an. Ich hatte schon immer eine Schwäche für Animationsfilme, Märchenverfilmungen und Disney im Allgemeinen. Es hat mir noch nie viel ausgemacht, einen Nachmittag mit den Kindern vor dem Fernseher zu lümmeln und Filme zu schauen. Es ist viel zu lang nicht mehr vorgekommen. Umso mehr genieße ich die Zeit mit Louisa und Paul und sauge jedes Kichern, ihre Körperwärme und die Kraft der beiden auf.

Der Sonntag verfliegt im Nu und am Montag bin ich stolz auf die geleistete Arbeit. Schon lange sah das Haus nicht mehr so gut aus. Kleinigkeiten sind weiterhin zu erledigen. Meine Mutter wird noch vorbeikommen und mir zur Hand gehen.

Trotz des neuen Tatendrangs bin ich mit den Bewerbungen nicht weitergekommen. Allein das Foto für den Lebenslauf macht mir Mühe. Fotografiert habe ich schon immer gern. Und das ist auch im Haus zu sehen. An den Wänden hängen Bilderstrecken. Manche von Jan und mir, andere von unseren Freunden, unserer Familie, später auch von Paul und Louisa. Seit dreieinhalb Jahren sind nur noch spärlich neue Bilder dazu gekommen. Auf den meisten davon sind die Zwillinge zu sehen. Ohne mich. Ohne Jan.

Auf den letzten Bildern der beiden sehen sie so ernst aus. Die Münder lachen, aber die Augen tragen keinen Glanz in sich. Kein Lachfältchen umgibt sie. Die Körper wirken starr. Bisher habe ich die Bilder nie so gesehen wie in diesem Moment. Es erschüttert mich zutiefst. Die Vorwürfe, die ich mir selbst mache, sind enorm und mit nichts in der Welt kann ich diese verlorene Zeit wieder aufholen. Aber ich werde es besser machen. In meiner Hand liegt die Zukunft und ich setze alles daran, meinen Kindern wieder ein echtes Lachen ins Gesicht zu zaubern.

Für heute allerdings lege ich meine Kamera wieder zurück. Baue das Stativ ab und überlege, wie es für mich weitergehen soll. Ich könnte Bewerbungen schreiben, Internetseiten nach Jobs durchsuchen.

Doch letztendlich weiß ich nicht einmal, was ich gerne machen möchte. Will ich wirklich weiter mit Finanzen arbeiten? Seitenlange Exceltabellen füllen. Geld bei in Schieflage geratenen Firmen eintreiben. Den ganzen Tag vor dem PC sitzen. All das, was ich in den letzten Jahren, bevor Jan gestorben ist, mit Freude gemacht habe, schafft mir heute keinen Anreiz mehr.

Meine Gedanken zeigen eine Nulllinie. Ich habe keine Ahnung, wie es für mich weitergehen soll. Quereinsteigen. Aber wo?

Ich habe keine herausragenden Fähigkeiten oder zumindest nichts, womit man Geld verdienen könnte.

Einen Knopf an eine Hose annähen – *nicht gerade rentabel.*

Wocheneinkäufe ohne Einkaufszettel erledigen – *Respekt, aber damit verdient man kein Geld.*

Zwillinge erziehen – *leistungsstark, wird aber nicht mit Geld gewürdigt. Und mit Liebe lässt sich leider kein Lebensunterhalt bestreiten.*

Fotografieren - *möglich, aber ohne Startkapital unmöglich.*

Ich vertage die Entscheidung auf später und mache mir einen Plan. Einen zur Sanierung meines Selbst.
Eine ausgedehnte Dusche mit rasieren.
Unbedingt rasieren!
Dazu gehört ein Termin beim Friseur.
Den Kühlschrank auffüllen und Wochenendausflüge mit den Kindern planen.

Genau in dieser Reihenfolge.

Nur drei Tage später habe ich frisch geschnittene Haare, einen gefüllten Kühlschrank und Ausflugsziele für die nächsten Wochenenden. Im Spiegel betrachte ich mein lächelndes Gesicht und empfinde das erste Mal seit langer Zeit, Freude und Zufriedenheit und auch ein klein wenig Stolz.

Der erste Ausflug, auf den die Kinder schon sehnlichst warten, wird heute stattfinden. Paul und Louisa sind schon früh wach. Es ist Samstag. Samstagmorgen 6:20 Uhr. Die Tür zum Schlafzimmer fliegt schwungvoll auf. Vier kalte Füße krabbeln unter meine Decke. Kichernd und flüsternd werden Pläne geschmiedet, auf welche Art und Weise Mama aus dem Schlaf geholt werden soll. Ich liege still und grinse in mich hinein. Zwei paar Kinderhände schlüpfen unter die Decke und kitzeln mich wach.

Auch wenn es noch früh ist, bin ich froh, dass die Nacht vorbei ist. Nichts hasse ich mehr, als allein in meinem Bett zu liegen.
Eine Stunde später hätte es aber schon sein dürfen …
Die Antidepressiva lassen mich am Abend nicht einschlafen und morgens nur schwer in die Gänge kommen. Dr. Heinze hat mich vorgewarnt, dass die Einstellungsphase Nebenwirkungen mit sich bringen kann. Bisher ist es noch okay. Aber gerade heute bin ich schwerfälliger als sonst. Bevor ich ins Grübeln kommen kann, mache ich lieber Pfannkuchen und lasse mich von der guten Laune meiner Kinder anstecken. Wobei gute Laune untertrieben ist. Die Kinder sind um 7:00 Uhr morgens schon total aufgedreht. Sie springen umher, lachen und streiten sich. Es ist gleichermaßen schön wie auch anstrengend. Und es zeigt mir, dass ich schon viel zu lang nichts mehr mit den Zwillingen unternommen habe. Sie wissen gar nicht, wohin mit ihrer Freude. Bevor die Situation kippt, ist zum Glück das Frühstück fertig und es kehrt ein wenig Ruhe ein.

Es ist Februar und der Zoo ist entsprechend leer. Davon abgesehen, dass es recht früh ist und der Rest der Bevölkerung Samstagmorgen 9:00 Uhr noch in den Federn liegt. Ganz bestimmt.

Eine Vorstellung, die mich etwas neidisch werden lässt. Ich weiß, dass ich die letzten Jahre zu viel Zeit mit mir selbst verbracht habe und ermahne mich abermals, die Gedanken beiseitezuschieben, um mich auf meine Kinder zu konzentrieren.

Zuerst sind die Wildtiere in den Außengehegen dran. Der Weg führt uns an Bären, Wölfen und Lamas vorbei. Die Pinguine genießen die kühle Februarluft und watscheln lustig in ihrem Gehege umher. Ich kann mich gar nicht sattsehen an den kleinen, kegelförmigen, gut gekleideten Tieren. Sie necken sich, spielen miteinander und streiten sich um Nahrung. Es sieht so herrlich leicht aus.

Nach kurzer Zeit fangen Paul und Louisa an zu quengeln, da ihnen kalt wird. Ganz in der Nähe ist das Affenhaus. Mit seinen Sitzgelegenheiten vor den großen Glasfronten bietet es einen idealen Platz für eine Pause. Durch die Fenster kann man einen unschlagbaren Blick auf die menschenähnlichen Tiere erhaschen.

Als ich die Dosen mit Obst und Keksen öffne, habe ich das Gefühl, dass die Affen ein wenig neidisch zu mir und den Leckereien schauen. Ein besonders großes Exemplar setzt sich direkt an die Scheibe und verdeutlicht mit Gesten, dass es gerne einen Apfel hätte. Am liebsten den, in den Paul gerade genüsslich beißt. Der lässt sich natürlich nicht nehmen, dem Affen die Zunge rauszustrecken und den Apfel mit vielen Genusslauten weiter zu essen. Irgendwann hat das Tier genug. Es dreht sich um und pinkelt gegen die Scheibe.

Ich kann nicht anders als zu lachen. Das ist das Lustigste, was ich jemals im Zoo erlebt habe. Paul sieht das allerdings anders.

»Iiiiiih!!! Das ist voll eklig!«, schreit Louisa und wendet

sich ab. Auch ihrem Bruder ist die Lust am Essen vergangen. Nur ich habe mich noch immer nicht wieder unter Kontrolle und halte mir bereits den Bauch. Es tut so gut zu lachen. Sich diesem Glücksgefühl hinzugeben. Es durch den Körper strömen zu lassen.

Irgendwann stimmen Louisa und Paul mit ein und als der letzte kichernde Laut über unsere Lippen geschlüpft ist, ziehen die Zwillinge schon zu den nächsten Affengehegen. Währenddessen packe ich die Snacks unter den kritischen Blicken der Tiere wieder zurück in meinen Rucksack. Eine Tupperdose rutscht mir aus der Hand und fällt zu Boden. Weintrauben kullern durch das halbe Affenhaus.

Karma is a bitch.

Das leise Fluchen kann ich mir nicht verkneifen. Eine Eigenschaft, die Jan nicht mochte. Vor allem, als Paul und Louisa sprechen gelernt haben.

Eine große Hand, voll mit Trauben, schiebt sich in mein Gesichtsfeld. Ich folge der Hand. Den Arm hinauf. Vorbei an dem gepflegten Bart. Zwei tiefbraune Augen, umrandet von Lachfältchen zieren sein Gesicht. Eine Mütze verdeckt das pechschwarze Haar, das es nur in einzelnen Strähnen durch den Rand eben dieser geschafft hat.

»Die gehören anscheinend Ihnen«, sagt er mit tiefer, rauer Stimme und hält mir die kleinen Früchte hin. Ich schaue zu seiner Hand und wieder zurück in seine Augen. Ich weiß, ich sollte etwas sagen. Aber mein Kopf ist leer. Völliger Blackout. Mit hochgezogener Augenbraue mustert er mich, bevor sich ein schiefes Grinsen auf seine Lippen legt. »Hallo?«

Ehe ich meine Stimme wiederfinde, greift der Unbekannte nach meiner Hand, dreht sie um und legt mir die Trauben hinein. Seine Hände sind warm. Rau. Groß. Die Berührung seiner Finger treibt mir eine Gänsehaut den Arm hinauf.

Die gute Art von Gänsehaut. Die, die ein Prickeln und Wärme hinterlässt.

»Danke.« Mehr als ein Flüstern verlässt meine Lippen

nicht. Der fremde Mann kratzt sich kurz am Hinterkopf, zuckt mit den Schultern, dreht sich mit einem »Gern« weg von mir und geht zu einem kleinen Mädchen. Zusammen laufen sie um die nächste Ecke.

Was zur Hölle?!

Was war denn das? So kenne ich mich gar nicht.
Das war doch nur ein Mann. Nett war er. *Genau.*
Und ziemlich gut aussehend. *Ja.*
Kein Grund für ein Blackout. *Nein, eigentlich nicht.*
Ich stehe noch immer wie vom Donner gerührt da und schaue in die Richtung, in die er verschwunden ist. Ich habe keine Ahnung, warum ich mich nicht bewege. Irgendetwas scheint mich festzunageln. Ein Tippen auf meinen Rücken lässt mich zusammenfahren. Paul. Gott sei Dank! Er fordert mich auf, endlich weiterzugehen. Schließlich hätten sie die Affen nun genügend beobachtet.

Der Vormittag vergeht wie im Flug. Das Areal ist riesig und bietet nach dem Mittagessen immer noch weitere Sehenswürdigkeiten. Kindgerechte Ernährung besteht heute aus Pommes, Bratwurst und Mayo.

Zum Nachtisch Eis.

Mutter des Jahres!

Louisa und Paul sitzen bereits an ihren Plätzen und beginnen zu essen. Ich gehe noch schnell zur Toilette. Die schmale Treppe in den Keller ist schlecht beleuchtet. Genau in dem Moment, wie ich über diesen Umstand nachdenke, knickt mein Fuß schon um.

Augen zu und durch! Mein letzter Gedanke, bevor ich mit zusammengekniffenen Augen darauf warte, den kalten Fliesenboden mit meinem Hintern zu küssen.

Doch das, worauf ich falle, ist nicht hart und kalt. Es ist warm und riecht unglaublich gut. Wie Sommerregen auf Waldboden. Wer auch immer diesen Duft kreiert hat, ist hoffentlich mit einem Preis ausgezeichnet worden.

Zögerlich hebe ich meine Augenlider. Ich lehne an einer breiten Brust. Starke Arme halten mich fest. Ich bin nicht klein. Aber auch mit meinen 1,72 Meter muss ich den Kopf in den Nacken legen, um meinem Retter in die Augen sehen zu können. Es sind die gleichen Augen wie vor zwei Stunden.

»Sie sollten sich dringend mit Ihrer Koordinationsgabe auseinandersetzen. Irgendetwas scheint da nicht zu stimmen.« Schon wieder diese Stimme.

»En... Entschuldigung.« Am liebsten würde ich die Augen über mich selbst verdrehen! Gott, Dina, reiß dich zusammen!

Ein Lächeln umspielt seine schönen Lippen. »Wenigstens haben sie ihre Stimme wiedergefunden.«

Dieses unwiderstehliche Lächeln verschlägt mir abermals die Sprache. Aus irgendeinem Grund halten seine Arme immer noch meinen Rücken fest umschlossen. Ein Bild von Jan flackert vor meinen Augen auf.

Wieso jetzt? Ich schüttle den Kopf und stoße mich von diesem unverschämt attraktiven Mann weg. Ich gehe zwei Schritte zurück, ohne daran zu denken, dass die Treppe hinter mir ist. Abermals stolpere ich. Wieder sind es seine Arme, die mich vor dem Sturz bewahren.

Welcher schlechte Scherz ist das hier eigentlich?

Ich habe den Gedanken kaum zu Ende gedacht, da zieht der Fremde mich noch ein wenig enger an sich. Er beugt seinen Kopf zu mir. Seine Augen glänzen vor Freude. Ich sollte mich schleunigst losmachen und endlich zu der blöden Toilette gehen. Warum hört mein Körper nicht auf mich? Warum stehe ich auf einmal auf Zehenspitzen, während seine Augen mich fixieren? Er ist mindestens so erstaunt über meine Reaktion wie ich selbst. Federleicht berühren sich unsere Lippen. Es funkt. Tatsächlich. Die elektrische Spannung zwischen uns entlädt sich. Es ist dieser winzig kleine Impuls, der mich erwachen lässt. Zum Glück ist die Damentoilette nur noch drei Schritte entfernt. Ich reiße mich von ihm los und stürme zu der rettenden Tür.

Eine halbe Ewigkeit stehe ich vor dem Spiegel. Ich beobachte mein Gesicht. Es sieht aus wie immer. Schmales Gesicht. Graue Augen. Mund. Nase. Wangen. Alles dran. Mh, ich könnte schwören, dass etwas anders ist. Aber es nützt nichts. Ich habe Louisa und Paul schon zu lange warten lassen.

Sie essen wahrscheinlich ihr Eis, während meine Pommes kalt und wabbelig auf dem Teller liegen. Vorsichtig gehe ich die Treppe nach oben. Um nichts in der Welt will ich noch einmal stolpern.

Meine Kinder erwarten mich schon sehnsüchtig.

»Wo warst du so lange, Mama?«, fragt Paul neugierig. Noch ehe ich antworten kann, legt Louisa nach.

»Musstest du etwa kacken?« Diese kindliche Neugier. Immer. Zu jeder Zeit. An jedem Ort. Heute in einem Zoo-Restaurant, zur besten Mittagszeit. Im Augenwinkel sehe ich, wie sich die Tischnachbarn nach uns umdrehen.

»Nein, Louisa musste ich nicht.«

Was wären Kinder, wenn sie sich mit zu einfach klingenden Antworten zufriedengeben würden?! Richtig. Sie wären keine Kinder!

»Du kannst es ruhig sagen, Mama. Wenn es gestunken hat, dann hast du dich bestimmt nicht aus der Kabine getraut. Das ist okay.«

Ich möchte am liebsten im Erdboden versinken. Mit gesenktem Kopf drehe ich mich verstohlen in Richtung der neugierigen Blicke. Das erste Augenpaar, das mir begegnet, ist schokoladenbraun. Mist.

Ich bin froh, als wir das Essen ohne weitere Zwischenfälle beendet haben und endlich wieder an die frische Luft kommen. Gierig sauge ich den kalten Wind in meine Lungen und warte darauf, dass sich mein Kopf klärt. Vergebens. Ich will meinen Kindern den Tag nicht versauen und beiße die Zähne zusammen.

Beim Streichelzoo ziehe ich mich ein wenig zurück, nachdem ich Paul und Louisa mit Popcorn für die Tiere ausgestattet habe. Natürlich greifen die kleinen Hände immer wieder heimlich in die Tüten, um sich den gepufften Mais in den eigenen Mund zu schieben. Egal wie viele Tiere vorher schon darüber geleckt haben.

Mit Faszination und leichtem Ekel, wegen dieser kindlichen Unbeschwertheit, beobachte ich Louisa und Paul von einer Bank aus. Meine Hände habe ich unter meinen Hintern geschoben, um sie aufzuwärmen. Meine Nase hängt tief im Schal. Die Ruhe und die Kälte helfen mir, den Nebel in meinem Kopf zu vertreiben. Für einen Moment schließe ich die Augen und genieße den inneren Frieden, der mich gerade durchfährt. Dabei blitzt die Erinnerung an den Kuss auf.

Beinahe panisch schüttle ich meinen Kopf, um den Gedanken an die warmen, weichen ... Nein! Hör auf! Raus aus meinem Kopf!!!

Genervt stöhne ich und will gerade aufstehen, als ich ein leises Lachen neben mir höre.

»Na, wenn das mal kein Zufall ist.« Sommerregen auf Waldboden setzt sich neben mich und ich habe keinen anderen Wunsch als ein schwarzes Loch. Jetzt. Hier. Unter mir.

Leider geht der Wunsch nicht in Erfüllung. Ich bleibe sitzen. Was auch immer mich hier festhält, es ist stark und hinterlässt ein Kribbeln. Nur lokalisieren kann ich es noch nicht.

»Was sag ich. Drei Mal an einem Tag. Das kann kein Zufall mehr sein ... «, beginnt er zu sinnieren. Dabei lehnt er sich ein Stück weiter zu mir. Die Worte kommen im Flüsterton über seine Lippen. Ich kann nichts anderes tun, als kurz die Augen zu schließen und dem vibrierenden Gefühl, welches seine tiefe Stimme in meinem Körper hinterlässt, nachzufühlen.

Irgendetwas macht er mit mir. Dabei spricht er nur. Langsam finden Worte den Weg von meinem Kopf in meinen Mund und schlüpfen mir über die Lippen. »Schönes Wetter heute.«

Anscheinend haben keine besonders klugen Worte in meinen Mund gefunden. Ein Blick in den Himmel reicht, um festzustellen, dass ich offensichtlich eine andere Einschätzung von schönem Wetter habe als der Rest der Bevölkerung. Sonst wäre der Zoo an einem Samstagnachmittag wahrscheinlich voller.

Der Fremde neben mir lässt ein Räuspern hören. Vermutlich versucht er sich ein Lachen zu verkneifen, denn die nächsten Worte klingen abgehackt.

»Kalt. Nieselregen. Nebel. Ja, es ist herrlich.«

Der Sarkasmus in seiner Stimme ist mehr als deutlich. Das löst etwas in mir aus. Ich spüre Trotz in mir aufsteigen und habe das Verlangen, ihn das auch wissen zu lassen.

»Nicht jeder braucht dreißig Grad und Sonnenschein, um sich wohlzufühlen!« Ich klinge genauso zickig wie ich es beabsichtigt habe, aber die erhoffte Reaktion bleibt aus. Stattdessen beugt sich dieser verdammt attraktive Mann noch ein Stück näher zu mir und flüstert mit warmer Stimme in mein Ohr: »Ich scheine dich nervös zu machen. Verrätst du mir, warum?«

Meine Nackenhärchen haben sich kerzengrade aufgerichtet und lassen Schauer um Schauer über meinen Rücken rieseln. Verräterischer, mieser Körper.

Zum Glück ertönt in diesem Moment ein lauter Schrei aus dem Tiergehege. Es ist Louisa, die versucht, sich von einer Ziege zu befreien. Das Tier frisst genüsslich an ihrem Jackensaum und lässt sich durch das laute Schreien und Rütteln nicht ablenken. Statt seiner Schwester zu helfen, steht Paul daneben und lacht Tränen. Bis er von einer Ziege in den Rücken gestoßen wird und vornüberfällt. Einen kurzen Schreckmoment später setze ich mich in Bewegung. Gerade habe ich mich noch über die lustige Szene amüsiert, als Paul beginnt zu weinen. Das nennt man wohl Karma. Louisa macht sich von der Ziege los und setzt sich neben ihren Bruder.

»Alles okay, Schatz?«, frage ich Paul.

»Ich bin auf mein Knie gefallen ... Das tut soooo weh!«, weint er. Louisa streicht ihm dabei zart über den Rücken. Sie war schon immer sehr fürsorglich.

Ihre Teddys verarztet sie stets fachgerecht und wenn jemand ein Taschentuch braucht, ist sie sofort zur Stelle. Wobei ich mich jedes Mal frage, woher sie immer ein frisches Taschentuch hat. Kindergeheimnis. Ich werde es nie erfahren.

Wenn ich gerade noch dachte, dass Paul sich kurz setzen muss und einen Schokoladenkeks mit magischer Heilwirkung braucht, so weiß ich jetzt, dass das nichts nützen wird. Seine Jeans färbt sich bereits rot an der Kniescheibe. Ich hebe Paul vom Boden.

Mit seinen sechs Jahren ist er kein Fliegengewicht mehr. Nie und nimmer schaffe ich es, ihn bis zum Auto zu tragen. Auf einmal steht ER mir gegenüber. Ohne seine lächelnde Miene und die leichte Arroganz in seinen Augen.

»Kann ich euch helfen?«, fragt er mit aufrichtiger Sorge.

»Das wäre fantastisch!«

Nie im Leben würde ich dieses Angebot ablehnen. Bis zum Auto müsste ich Paul mindestens einen Kilometer tragen. Vorbei an den Elefanten, Löwen, Aquarien und dem Zooshop. Ich bin erleichtert und dankbar und laufe mit Louisa und dem Mädchen des Fremden hinter ihm her. Louisa und Luna verstehen sich auf Anhieb. Sie ist ebenfalls sechs Jahre alt und vergöttert Glitzer genauso wie meine Tochter.

Viel zu schnell für den Geschmack der Mädchen stehen wir vor meinem Auto und verabschieden uns. Ganz ohne magischen Moment, Gänsehaut oder Kribbeln.

Ich habe auch keine Zeit für solche Gefühle. Ich desinfiziere Pauls aufgeschürftes Knie und versorge es mit einem großen Pflaster. Die Wunde sieht nicht dramatisch aus, aber sie wird Paul mit Sicherheit noch ein paar Tage wehtun.

MÄRZ

Dina

Der Februar ist an mir vorbeigeplätschert. Ich habe mein Haus in Ordnung gebracht und auch mich selbst. Zumindest habe ich einen Anfang gemacht.

Der erste Termin bei der Psychologin war anstrengend und tränenreich. Die Frau versteht ihr Handwerk sehr gut. Spielend leicht hat sie aus mir Antworten herausgekitzelt, die ich bisher selbst nie bedacht hatte. Jede Frage war gezielt gestellt, ohne dass ich mich wie bei einem Verhör gefühlt habe.

Die Medikamente tun ihr Übriges.

Ich verschlafe den Tag nicht mehr. Die trüben Gedanken beginnen einer Logik zu folgen und von tiefschwarz in dunkelgrau zu wechseln.

Ich habe Unmengen von Fotos gemacht. Bis Louisa und Paul sich geweigert haben, weiter fotografiert zu werden.

Wir waren nach dem Wochenende im Zoo auch noch im Möbelhaus und haben größere Kleinigkeiten gekauft. Eine Waldwanderung und einen Kinobesuch später ist es März. Der Frühling winkt uns schon entgegen.

Ich kann es nicht erwarten. Ich liebe diese Jahreszeit. Wenn sich ein zartes Grün über die Bäume und Büsche zieht. Wenn sich die ersten Blumen durch die feuchtkalte Erde drücken. Und wenn die Sonne mehr als nur hübsch anzusehen ist - sie endlich wieder Wärme abgibt. Über die Haut streicht. Und wenn der Wind diesen kalten Biss verliert.

Anders als Jan, habe ich durchaus bevorzugte Jahreszeiten und der Winter gehört definitiv nicht dazu. Wenn Schnee liegt, ist es okay, aber welche Region hat schon den ganzen Winter, diese weiße Wattedecke? Dabei sind die Arktisregionen kein bevorzugtes Wohngebiet.

In den kommenden Wochen bin ich mit meinen Bewerbungen beschäftigt. Denn selbst wenn ich nicht sicher bin, was ich möchte, weiß ich, was ich kann. Und was wir brauchen. Geld. Ich bin Holger dankbar, dass er mir drei Monate den Lohn weiterzahlt. So stehe ich nicht unter strengem zeitlichem Druck.

Dennoch ... einen Arbeitsplatz finden als alleinerziehende Zwillingsmutter, ist kein Zuckerschlecken. Und der Arbeitsmarkt wartet nicht auf mich.

Ich, die vierunddreißig Jahre ist und seit ihrer Ausbildung ein und dieselbe Stelle innehatte. Ich habe an Fortbildungen teilgenommen. Aber bei Weitem nicht an so vielen, wie ich gekonnt hätte. Jetzt bin ich sicher, dass das blauäugig war. Naiv zu glauben, für immer und ewig bei ein und derselben Firma zu arbeiten.

Stöhnend fahre ich mir durchs Haar. Früher hätte ich Mel angerufen. Wir hätten zusammen einen Kaffee getrunken, gelacht, das Thema vergessen und einfach einen schönen Nachmittag gehabt. Danach hätte ich neue Kraft gehabt und sicher eine hammermäßige Bewerbung geschrieben ...

Hätte, hätte Fahrradkette.

So sitze ich vor meinem Laptop und starre auf eine leere Seite. Der Cursor blinkt munter vor sich hin und wartet darauf, sich über die Zeilen bewegen zu können.

Noch einen tiefen Atemzug und ich beginne meinen Lebenslauf zu schreiben. Dieser ist erschreckend kurz und sagt so gar nichts über mich aus.

Name. Alter. Adresse. Schul- und Berufsbildung.
Arbeitgeber. Fremdsprachen. Führerschein.
Weiterbildung.

Nicht einmal eine A4-Seite beschreibt mein bisheriges Berufsleben. Die Meilensteine meiner Entwicklung. Geburt. Schule. Ausbildung. Arbeit.
Frustriert klappe ich den Laptop zu.

Nach kurzem Überlegen schnappe ich mir die Leergutflaschen und gehe einkaufen.

Gedankenverloren stehe ich vor dem Tiefkühlregal. Innerlich klopfe ich mir gerade auf die Schulter für meinen neu erworbenen Tatendrang und den Mut, mich einer Therapeutin geöffnet zu haben, als sich meine Nackenhärchen aufstellen.

Ich muss mich nicht umdrehen. Ich weiß, dass er knapp hinter mir steht. Sein Duft steigt schon in meine Nase. Sein Atem streift meinen Nacken.

»Und ich dachte schon, ich sehe dich nicht wieder.«

Leise tropfen die Worte wie Honig aus seinem Mund. Ein wohliger Schauer fließt mir die Wirbelsäule hinab.

»Ich ... ich bin ... Dina«, stottere ich und verfluche mich für meine Unsicherheit. Auf eine Reaktion muss ich nicht lange warten.

»Mh ... Dina. Schöner Name. Ich bin Jan.«

Jan? Jan?! Ist das sein verdammter Ernst? Das ist doch ein schlechter Scherz! Der wohlige Schauer wandelt sich in Übelkeit. Ich drehe mich um und will die Flucht ergreifen. Doch Jan steht direkt vor mir. Viel zu nah. Noch ehe ich weiß, wie mir geschieht, hält er mich fest. Schon wieder. Eine Hand umfasst mein Kinn und drückt es nach oben. Er mustert mich derart intensiv, dass ich glaube, er könnte alles von mir sehen. Jeden Gedanken. Jedes Gefühl. Jede Faser meiner Seele.
Seine Stimme ist warm und doch glaube ich, auch eine Spur Unsicherheit herauszuhören.

»Dina, warum auch immer du vor mir fliehen möchtest, ich tu dir nichts. Ich bin völlig zahm. Und
aus irgendeinem Grund scheinen wir uns ständig über

den Weg zu laufen.«

Meine Augen bewegen sich keinen Millimeter. Auch mein Körper versagt mir den Dienst. So sehr meine Gedanken mich anbrüllen, ich gehe keinen Schritt zur Seite. Ich will fort von ihm. Fort von Jan. Statt zu gehen, stehe ich noch immer hier und starre ihn an.

»Also Dina, warum willst du immer weg von mir?«

Ich weiß nicht, woher ich plötzlich den Mut nehme. Warum auf einmal die Worte den Weg über meine Lippen finden ...

»Weil du mir unheimlich bist.«

Ein Lachen dringt in meine Ohren, vibriert durch meinen Körper.

»Unheimlich?! Küsst du jeden, der dir unheimlich ist? Dann hättest du zu Halloween aber mächtig zu tun.« Amüsiert grinst er mich an. *Warum gehe ich nicht weg?*

»Okay. Das war vielleicht falsch ausgedrückt«, versuche ich mich zu verteidigen.

»Was du nicht sagst.« Langsam löst Jan seine Hände von meinen Armen. Er tritt einen Schritt zurück. Betrachtet mich von oben bis unten. »Und? Wie würdest du es richtig beschreiben?«

Er kann nicht lockerlassen. Warum muss er mich so quälen? Aber die eigentliche Frage ist: Warum zur Hölle gehe ich nicht einfach?!

»Ich weiß nicht, wie ich es sagen soll. Irgendetwas an dir ... keine Ahnung.« Ein kläglicher Versuch. Aber zumindest verstumme ich nicht wieder.

»Aha. Das ist natürlich eine gute Erklärung.« Die Ironie in seiner Stimme ist nicht zu überhören.

Plötzlich gehorchen mir meine Beine wieder. Ich trete zur Seite, greife meinen Wagen und gehe Richtung Kasse. Die Fischstäbchen sind es nicht wert. Hinter mir erklingt ein resignierter Seufzer. Ich bleibe stark und laufe weiter.

In der Tiefgarage suche ich wie immer mein Auto. Jan, mein Jan, fand diese kleine Macke *zuckersüß*, so hat er es zumindest gesagt. Mittlerweile habe ich gelernt, mir die Etage zu merken. Irgendwann sehe ich das Blinken meines Autos, nachdem ich den Schlüssel schon viele Male gedrückt habe. Ich gehe um das Fahrzeug herum zum Kofferraum. Das kann doch nicht wahr sein ...

Jan schaut nicht einmal auf. Sein Lächeln strahlt bis zu mir. Seine Arroganz auch.

»Ich sagte ja, wir laufen uns ständig über den Weg.«

Ja, sagte er. Verdammt. Kaum schwebt der Gedanke durch meinen Kopf, steht er schon neben mir.

»Irgendwer oder irgendetwas will es so. Nenn es Schicksal, wenn du willst.«

»Mit dem Schicksal habe ich die letzten Jahre keine guten Erfahrungen gemacht«, gebe ich bitter zurück.

Jan reibt sich nachdenklich über seinen Bart. Das kratzende Geräusch lässt meinen Bauch kribbeln. Während mein Verstand laut und deutlich *Nein!* ruft, ignoriert mein Körper diesen Befehl.

»Was auch immer du erlebt hast, mit mir hat es sicher nichts zu tun.« Seine Stimme verliert ein wenig von der Leichtigkeit, die sonst bei jedem seiner Worte mitschwingt. Viel mehr klingt er fast ... beleidigt? Ich kann es mir nicht verkneifen, mit meinen Augen zu rollen. Es ist verdammt ärgerlich. Wie kann dieser Kerl nur so oft recht haben?

»Nein, das hat nichts mit dir zu tun.«

Bevor ich weitersprechen kann, fällt er mir ins Wort.

»Gut, dass wir das geklärt haben. Wie wäre es mit einem Kaffee?«

Was?!

»Okay. Öhm. Klar.«

Was zur Hölle?! Seit wann hat mein Mund ein Eigenleben? Das Schokoladenbraun seiner Augen wird noch eine Nuance dunkler. Die Lachfältchen um seine Lider etwas tiefer.

»Dann gib deine Telefonnummer in mein Handy ein. Ich melde mich später bei dir«, sagt Jan mit einem Augenzwinkern. Mein Hirn schreit mich an, das bloß nicht zu tun. Doch wie schon mein Mund, so haben auch meine Finger ein Eigenleben. Nicht einmal ein Tippfehler. Kurz darauf vibriert es in meiner Tasche. Das sichere Zeichen, dass meine Nummer wirklich in seinem Handy ist.

Mist.

Zu Hause packe ich die Einkäufe aus und gehe die Kinder abholen. Paul und Louisa sind heute ganz übler Laune. Als sie erfahren, dass es die heiß geliebten Fischstäbchen nicht zum Abendessen gibt, ist das Chaos perfekt. Zwei sechsjährige Kinder sind wütend auf die schlechteste Mutter der Welt. Und ich fühle mich in die Trotzphase zurückversetzt. Auch die stärksten Nerven reißen irgendwann.

Ich verfluche meinen Ehemann für sein zeitiges Ableben. Meine Freundinnen, dass sie mich verlassen haben. Meine Mutter dafür, dass sie gerade nicht da ist. Die Welt im Allgemeinen und ganz besonders meine Kinder. Ich gehe ins Schlafzimmer um durchzuatmen. Von draußen höre ich sie laut schimpfen.

Irgendwann werden die Stimmen leiser. Die Treppen knarzen. Das sichere Zeichen, dass meine Zwillinge in ihre Zimmer verschwunden sind.

Jan

Mit laut klopfendem Herzen setze ich mich in mein Auto.

Dina ist mit Überschallgeschwindigkeit aus der Tiefgarage geflüchtet. Und ich sitze noch immer hier. Meine Hände legen sich um das Lenkrad und ich packe kräftig zu. So fest, dass meine Knöchel weiß hervorstehen.

Schon im Zoo hatte sie diese Wirkung auf mich. Ich sehe sie und will ihr nahe sein. Sofort und ohne Rücksicht.

Seit Jahren hatte ich keine solchen Gefühle mehr. Die Gefühle von dem plötzlichen Verlust meines Verstandes, vom Kribbeln auf meiner Haut, von Übermut.

»Scheiße verdammt!«

Der Fluch kommt mir lauter über die Lippen, als ich beabsichtigt hatte. Die Frau, die gerade neben mir ins Auto steigt, schaut mich erschrocken an. Schnell hebe ich meine Hand als Zeichen der Entschuldigung und schenke ihr ein Lächeln, welches sie sofort erwidert.

Sogar ihre Wangen röten sich ein wenig. Die gewohnte Reaktion auf mich. Mit meinen 1,98 Meter, den dunklen Augen und Haaren und meiner trainierten Statur falle ich auf. Fast ausnahmslos positiv. Meist beim anderen Geschlecht. Ich bin nicht übermäßig arrogant … gut, manchmal schon …

Ich weiß um mein Äußeres und auch, wie ich es geschickt einsetzen kann. Das musste ich frühzeitig lernen. Viel zu früh. Alles hat seinen Preis. Darum kann ich auch auf Knopfdruck lächeln und alle Welt kauft es mir ab. Nur eine nicht. Meine Frau.

»Fuck. Fuck. Fuuuuck!!!«

Bei dem Gedanken an meine Frau dreht es mir den

Magen um. Saure Galle steigt meinen Hals empor. Nur mit Mühe bekomme ich meine Atmung in Griff, sammle mich langsam wieder. Doch etwas kann ich nicht vergessen. Den Gedanken an Dina.

Wie sie mich angeschaut hat. Ihre blassblauen Augen haben mich tief blicken lassen. Ich habe Gefühle gesehen, die ich lieber nicht sehen wollte.

Angst. Verletzlichkeit. Und noch etwas anderes. Neugier?

Sie reagiert auf mich. Das ist offensichtlich. Ich muss noch nicht einmal etwas sagen, da jagt es ihr schon einen Schauer über den Körper. Wahrscheinlich merkt sie nicht einmal, dass ihr Körper zu vibrieren beginnt, wenn ich in ihre Nähe komme. Nur für einen winzigkleinen Augenblick. Aber lang genug, damit ich es sehen kann.

Ich bin kein Jäger. Weder Höschen noch Herzchen liegen massenhaft in meinen Schubladen. Es gibt nur ein Herz, das ich jemals ernsthaft erobert habe. Das Herz meiner Frau. Und sie hat meines zerbrochen.
In hunderttausende Einzelteile. Zu viele, um sie je wieder zusammenzusetzen. Ein unmögliches Puzzle.

Und nicht nur meines hat sie gebrochen. Auch das von Luna.

Dass mein Herz nie wieder repariert sein wird, ist das eine. Ich habe geliebt. Und wie ich geliebt habe. Bis zum letzten Atemzug und darüber hinaus. Aber Luna ...

Sie kannte nur diese eine Liebe. Die urtümlichste Liebe von allen. Die Liebe einer Mutter. Und sie wurde verletzt. Schwer verletzt. Ich setze alles daran, dass es ihr an nichts fehlt. Ich weiß, dass ich sie manchmal zu sehr verwöhne, aber ich kann nicht anders. Ich versuche wieder gut zu machen, was eigentlich nicht gut zu machen ist.

Mit dem Kopf voller Gedanken hole ich meine Tochter von ihrer Oma ab.

»Papaaaa!«

Das kleine Geschöpf rennt freudig auf mich zu. Jedes

Mal, wenn ich sie abholen komme. Eine der Folgen, wenn die eigene Mutter einen verlässt. Luna hat große Verlustängste. Am liebsten wäre sie immer mit mir zusammen. Doch ich muss arbeiten und ich tu es auch gern. Es ist eine Abwechslung zu meiner Verpflichtung als Vater.

Ich liebe den Job in meinem eigenen Restaurant, nur die Arbeitszeiten sind nicht immer mit einem Kind zu vereinbaren.

Und so schläft Luna unregelmäßig und öfter, als es mir lieb ist, bei meinen Eltern. Ohne sie und meine Ex-Schwiegereltern wäre ich aufgeschmissen. Beide Paare lieben ihre Enkelin und beteuern immer wieder, dass es überhaupt kein Problem ist, Luna bei sich aufzunehmen. Auch wenn es spontan ist. Wenn ich zum Beispiel für jemanden einspringen muss.

Luna musste lernen, dies zu akzeptieren. Das hat sie, auch wenn der Abschied auf Stunden mitunter sehr schwer ist und dramatischer aussieht, als er müsste.

Meine Mutter hat schon Kaffee und Kuchen vorbereitet. Mams Kuchen ist der Beste! So oft habe ich sie schon nach dem Rezept gefragt, doch meine Mutter will es nicht preisgeben. Ich habe probiert, den Kuchen nachzubacken. Himbeer-Erdbeer-Sahneschnitte. Aber entweder ist der Boden zu matschig oder die Beeren rutschen herunter. Er wird zu süß, zu hart, zu wenig wie der von meiner Mutter. Es hat mich einige Versuche gekostet, bis ich akzeptiert habe, dass es den besten Kuchen der Welt nur bei meiner Mam gibt.

Nach dem Kaffee sucht Luna ihre Sachen zusammen.

»Sag mal, Jan, ist alles in Ordnung bei dir?« Die Frage meiner Mutter überrascht mich und trifft mich etwas unvorbereitet.

»Ja. Wieso fragst du?«

Ein feines Lächeln ziert ihre Lippen und mit wissenden Blicken schaut sie mich an. »Als du angekommen bist, sahst du ziemlich zerzaust aus. Den ganzen Nachmittag warst du mit deinem Kopf irgendwo anders … Und ich frage mich, woran das wohl liegen mag?«

Unwillkürlich fahre ich mir durch die Haare. Es fühlt sich wirklich ziemlich zerzaust an. Oder? Ein kurzer Blick in den Spiegel der Garderobe bestätigt ihre Aussage. Meine Haare stehen in alle Himmelsrichtungen. Irgendetwas in mir widerstrebt es jedoch, ihr recht zu geben.

»Keine Ahnung, was du meinst. Ich hatte eine Mütze auf. Klar, dass da meine Haare durcheinanderkommen!«

»Durcheinanderkommen ... ja, das denke ich auch.« Wie machen Mütter das nur? Sprachlos lässt sie mich zurück und eilt der rufenden Luna entgegen.

Als wir nach Hause fahren, drehen sich meine Gedanken noch immer im Kreis. Kurz vor dem Abendessen kommt Luna zu mir und kuschelt sich fest an mich.

»Papa?«, fragt sie mit großen Augen und weicher Stimme.

»Ja, mein Engel?« Ich kenne diesen Tonfall von Luna. Was auch immer sie möchte, es ist etwas Großes.

»Ich hätte gerne eine richtig echte beste Freundin.«

Oje ...

»Okay ... und was ist mit Emily, Mia und Sina?«

»Emily ist doof! Mia nimmt mir immer meine Puppen weg! Und Sina ...« Luna gerät verdächtig ins Stocken.

»Was ist mit Sina?« Ich schaue ihr in das angestrengt überlegende Kindergesicht.

»Sina hat ... Sie ist ... «, fieberhaft sucht Luna nach einer Erklärung. »Mh?«

»Ich will halt eine neue Freundin, Papa!«, sagt sie trotzig.

»Soso. Und wo soll ich die hernehmen?«

»Ich mochte Louisa aus dem Zoo. Weißt du noch?«

Oh scheiße. Ich habe gerade mal fünf Minuten nicht an Dina gedacht und dann bekomme ich sie von dem kleinen Teufelchen mit Engelsaugen auf dem Serviertablett präsentiert.

»Ja, Luna, ich kann mich an Louisa erinnern«, sage ich mit betont gelassener Stimme, auch wenn es in mir gerade alles andere als gelassen zugeht.

»Sie war so nett! Louisa hätte ich wirklich gern als Freundin.«

Ich atme tief durch und muss zugeben, dass es mehr als ein Zufall ist, dass ich Dinas Nummer seit heute Mittag in meinem Smartphone gespeichert habe. Ich werde das Gefühl, dass irgendetwas nicht mit rechten Dingen zugeht, nicht mehr los ...

»Ich werde Dina, der Mama von Louisa, schreiben. Vielleicht können wir uns mal treffen.«

Luna strahlt mich mit großen, glücklichen Augen an. Eilig zieht sie mich in eine feste Umarmung. Ihre dünnen Arme umgreifen meinen Hals und die kleinen Hände legen sich kühl in meinen Nacken. Es gibt nichts Schöneres als die Umarmung des eigenen Kindes. Den kleinen Körper, der schnelle Herzschlag und die Liebe, die dabei so übermächtig aus ihr strahlt. Es ist ein überwältigendes Gefühl. Jedes Mal.

Ich lege meinen Kopf leicht in Lunas Halsbeuge und ziehe sie fest an mich. Der süße Erdbeerduft von ihrem Glitzer-Prinzessinnen-Shampoo steigt mir in die Nase. Eilig speichere ich das Gefühl ab, gleich neben den unzähligen anderen wunderschönen Momenten.

Jeder Einzelne macht mein Leben ein Stück leichter, lässt mich mit einem Lächeln in den Tag starten.

Dina

Das Vibrieren meines Handys lenkt mich ab. Wobei es nicht die Vibration ist, sondern viel mehr der Name auf dem Display, der meine Aufmerksamkeit erregt. Jan.

Ungläubig starre ich darauf und vergesse dabei, was ich machen wollte. Erst als mir der Geruch von verbranntem Spiegelei in die Nase steigt, kann ich den Blick von meinem Handy losreißen.

»Mist!«

Es gibt wenig, was ekliger riecht als verkohltes Spiegelei. Der beißende Geruch bleibt tagelang an den Möbeln hängen und auch mit übertrieben langem Lüften klebt er an den Küchenschränken.

Ich könnte mich jetzt über mich selbst ärgern. Sinnvoller ist es jedoch, sich über Jan zu ärgern. Ohne ihn würde ich gleich ein, mit Käse überbackenes, knuspriges Spiegelei essen. Stattdessen reiße ich die Fenster auf und lasse das verbrannte Ei wehleidig in den Mülleimer rutschen.

Ich sollte sauer sein. Das weiß nur mein Herz nicht. Es klopft verdächtig laut, als ich mir mein Handy schnappe und eilig die Nachricht lese.

> Jan:
> Indoorspielplatz. Morgen. 14:30 Uhr. Bis dann.

Das ist mit Abstand die blödeste Nachricht, die ich jemals bekommen habe. Und definitiv kein verbranntes Spiegelei wert. Jetzt bin ich wirklich sauer! Ich will das Handy gerade zur Seite legen, als ich meine Antwort lese.

Unmöglich! Wann soll ich das geschrieben haben?

Dina:
»Alles klar. Freue mich.«

Nie. Im. Leben.

Ich werde das Gefühl nicht los, dass irgendetwas mit mir nicht stimmt.

Die Kinder sind hellauf begeistert, als sie erfahren, dass wir morgen auf den Indoorspielplatz gehen. Ich werde stürmisch umarmt und abgeknutscht. Mein Mutterherz lacht und doch kribbelt es unangenehm in meinem Bauch.

Ich bin beunruhigt, als ich am nächsten Tag vor meinem Kleiderschrank stehe. Als Durchschnittsfrau mit Durchschnittsgröße und Durchschnittsgeschmack gibt mein Kleiderschrank nicht wahnsinnig viel her. Ich bin keine zwanzig mehr und die Fünfzig ist zum Glück noch weit entfernt. Ich trage weder Size Zero noch Plus Size, habe kein großes Kleiderbudget. Zwillinge. Witwe.

In meinem Schrank herrscht ein Mix aus Grautönen, etwas Beige, Jeans und No-Name-Shirts. Vor zehn Jahren sah mein Kleiderschrank noch anders aus. Bunt. Bunt. Bunt. Eng geschnitten. Weit geschnitten. Kleidchen hier. Blüschen da. High Waist. Low Waist. Ein guter Mix aus allem. Schulterzuckend greife ich das nächstbeste Teil. Schwarze Jeans. Weißes Shirt. Graue Strickjacke. Den Blick in den Spiegel spar ich mir. Zu meiner eigenen Überraschung lege ich dennoch großzügiger als sonst Make-up auf.

Dunkle Wimpern, schwarzer Lidstrich, rote Lippen. Perfekt. Die Haare legen sich in weichen Wellen über meine Schultern.

Louisa und Paul staunen nicht schlecht, als ihre Mama aus dem Badezimmer kommt. »Mama, ich wusste gar nicht, dass du so hübsch aussehen kannst«, staunt Louisa mit offenem Mund.

»Vielen Dank aber auch.« Ich bin sicher, dass es Louisa nicht böse meint, dennoch versetzt es mir einen kleinen Stich. Paul legt noch einen obendrauf.

»So kenne ich dich nur von den Fotos. Oben. Aus der Galerie.«

Jetzt möchte ich dann doch gerne weinen. Ich habe nicht geahnt, dass so eine kleine Aussage mich derart treffen würde. Trotzdem oder gerade deswegen umarme ich meine Kinder und freue mich auf den Nachmittag.

Der Spielplatz ist voll. Es ist laut. Stickig. Geprägt von Neonfarben. Ein kleiner Teil von mir hofft, Jan nicht unter den vielen Menschen ausmachen zu können. Schließlich finde ich nicht einmal mein Auto in der Tiefgarage. Aber selbst diese Eigenart lässt mich kläglich im Stich. Kaum schweift mein Blick durch die Halle, da schauen mir tiefbraune Augen entgegen. Meine Beine bewegen sich automatisch in die Richtung des Mannes, der mich mit einem breiten Lächeln begrüßt. Louisa und Paul hüpfen mir unbekümmert nach.

Die Freude zwischen den Kindern ist groß. Sie lächeln sich mit leuchtenden Augen an und beginnen, wild durcheinander Pläne zu schmieden, welches Spielgerät zuerst, danach und dann danach erobert werden soll. Es dauert keine fünf Minuten, bis die Kinder rennend verschwinden.

Ich beschließe, dass es Zeit für einen Kaffee ist und wende mich dem kleinen Take-away zu.

Unaufgefordert folgt mir Jan. An der Theke stellt er sich dicht neben mich. Er hätte genügend Platz aber das scheint ihn nicht wirklich zu kümmern. Seine Arme liegen neben meinen. Wenn mich nicht alles täuscht, dann ist es eben mindestens noch fünf Grad wärmer geworden. Schnell ziehe ich meine Strickjacke aus und hänge sie mir über den Arm. Dass das ein Fehler war, bemerke ich keine zehn Sekunden später, als Haut auf Haut trifft.

Jan hat ebenfalls nur ein T-Shirt an. Er stützt sich auf die Theke und beugt sich zu mir.

Gott, ist das heiß hier drin.

»Du bist schön.« Seine Augen leuchten und das Lächeln auf seinen Lippen verrät mir, dass er nichts als die Wahrheit sagt. Zum Glück kommt genau in dem Moment die Bedienung und nimmt die Bestellung auf. So habe ich die Möglichkeit, die Aussage im Raum stehen zu lassen und ein wenig abzukühlen. Denn selbst der frisch gebrühte Kaffee in der Hand ist kühl im Vergleich zu dem, was hier gerade passiert.

Unser Sitzplatz ist im hinteren Teil der großen Halle. Zwischen den Hüpfburgen. Hier ist es ruhiger als auf der Innenfläche des Spielplatzes. Die Gummiburgen schirmen den Lärm großzügig ab. Nur die Pumpen rauschen gleichmäßig vor sich hin.

Um mehr Raum zwischen uns zu schaffen, setze ich mich an den äußeren Rand der Bank und stelle meine Kaffeetasse neben mich. Wenn Jan keinen heißen, feuchten Hintern haben will, muss er wohl oder übel mindestens vierzig Zentimeter Abstand halten.

Gerade noch beglückwünsche ich mich für meinen Einfall, als ich Jans hochgezogene Augenbraue bemerke. Er errät meinen Plan spielend leicht, nimmt
meine Tasse in die Hand und übergibt sie mir.

Blödmann. Mit einem kleinen Siegerlächeln lässt er sich viel zu nah neben mir auf der Bank nieder.

Großer, unverschämt attraktiver Blödmann.

Während ich damit beschäftigt bin, empört zu sein, eröffnet Jan das Gespräch.

»Also, Dina. Was ist dein Geheimnis?«

Small Talk ist anscheinend nicht so sein Ding.

»Was soll ich denn für ein Geheimnis haben?«

Ich verstehe nicht, worauf er hinaus will. Undurchdringlich ruhen Jans Augen auf mir. Er rutscht ein Stück näher. Noch fünf Zentimeter und er sitzt auf meinem Schoß. Ich weiß nicht, ob ich das gut oder schlecht finden soll.

Schlecht! Das wäre unglaublich schlecht!

Was ist denn nur mit meinen Gedanken los?

»Du bist jung, hübsch und offensichtlich alleinerziehend. Oder täusche ich mich da?« Es ist der Moment, in dem ich eilig meine Mauern verstärke. Ich will keinen fremden Mann... keinem fremden und verdammt gut aussehenden Mann von meinem Leben erzählen. Wieder vernebelt sein unverwechselbarer Geruch meine Sinne. Ich muss den Kopf schütteln, um die Klarheit über meine Gedanken zu behalten.

Offenbar habe ich zu lang nichts gesagt, denn Jan mustert mich intensiv. Sein Blick glüht förmlich und ich habe das Gefühl, dass hinter diesen Augen mehr steckt.

»Ich bin eine alleinerziehende Zwillingsmama. Das ist richtig. Aber mit einem Geheimnis hat das nichts zu tun.« Die Entscheidung zu reden, statt zu grübeln, tut mir gut. Ich hatte schon lange nicht mehr die Möglichkeit, mich ohne meine Vorgeschichte mit jemanden zu unterhalten. Keine traurigen Blicke. Kein Mitleid. Und keine Furcht, die falschen Fragen zu stellen. Einfach hier sitzen. Einen Kaffee mit einem unbekannten Mann genießen und ein bisschen plaudern.

Plaudern oder flirten?

»Vielleicht habe ich mich nicht klar genug ausgedrückt. Wie kann es sein, dass eine Frau wie du Single ist?«

Eindeutig flirten!

»Ha. Die Frage könnte ich genauso gut dir stellen?«

Jans Augen wandern zwischen meinen hin und her. Schließlich akzeptiert er die Grenze. Langsam biegen sich seine Mundwinkel nach oben.

»Warum ich als attraktive Frau nicht liiert bin?«, fragt er mit gespielt hoher Stimme. Prompt verschlucke ich mich an meinem Kaffee und habe Mühe, dass mir das heiße Getränk nicht aus der Nase schießt. Er und eine Frau? Der schlechteste Scherz aller Zeiten …

Jan beginnt herzhaft zu lachen. Ich muss eine ziemlich witzige Figur abgeben. Ich lache und huste gleichzeitig und nebenbei halte ich mir die Nase zu, damit der Kaffee nicht den falschen Weg nimmt. Meine Kehle brennt, meine Nase juckt und es ist mir unendlich peinlich. Aber nicht nur das. Mein Lachen kommt direkt aus dem Herzen, vermischt mit seinem ergibt das ein phänomenales Gefühl. Es berührt etwas in mir, von dem ich vergessen oder vielleicht auch verdrängt habe, dass es in mir wohnt. Wenn mich jemand fragen würde, was es ist, ich könnte es nicht definieren. Aber ich erinnere mich, wie es sich anfühlt. Es wärmt mich von innen. Es schenkt mir einen Moment Frieden. Ausgelassenheit. Aufrichtige Fröhlichkeit.

Als auch die letzten Laute verklungen sind, der letzte Rest Kaffee den Weg in meinem Bauch gefunden hat, packt mich die Neugier.

»Also gut. Was ist dein Geheimnis?«, versuche ich es erneut.

Jan legt eine Hand unter mein Kinn und zieht es zu sich. Sein Gesicht ist so nah. Ich sehe jede Regung darin. Das leichte Lächeln auf seinen Lippen. Die schwarzen Haare, die ihm strubbelig in die Stirn fallen. Strubbelig auf eine gepflegte und äußerst attraktive Art. Die Augenbrauen, die sich fragend zusammenziehen. Es sollte verboten sein, so gut auszusehen!

Wild trommelt mein Herz gegen meine Brust, es sperrt all die anderen Geräusche aus.

Eine Frage legt sich in seine Augen, als er noch ein Stück näherkommt. Seine Nase berührt mich. Um zu antworten, schließe ich meine Augen und überwinde den letzten Zentimeter. Weich und warm legen sich seine Lippen auf meine. Sanft küsst er mich und nimmt dabei mein Gesicht in seine Hände. Die Schmetterlinge in meinen Bauch lernen in diesem Moment zu fliegen. Stürmisch flattern sie umher, während wir uns immer drängender küssen. Auch meine Hände finden nun den Weg zu Jan und legen sich um seinen Nacken, drücken ihn noch ein Stück näher an mich.

Gott schmeckt dieser Mann gut ...

Vorsichtig lässt er seine Zunge mit meiner tanzen. Ein leises Stöhnen schlüpft durch meine Lippen und landet in Jans Mund. Er zieht mich auf seinen Schoß ...

Plötzlich ertönt von ziemlich nah ein lautes Räuspern und schleudert mich zurück in die Realität. Samstagnachmittag, Kinderspielplatz. Oh, verdammt.

Schnell rutsche ich wieder auf die Bank. Doch Jan ist

nicht bereit, den Körperkontakt zu beenden. Seine Hand sucht und findet mich. Sie ruht warm auf meinem Knie.
Eine Frau in unserem Alter steht mit verschränkten Armen vor uns und lässt einen anklagenden Blick auf Jan und mich fallen.

»Entschuldigt mal! Hier sind Kinder!«, empört sie sich.

Ich spüre, wie sich mein Gesicht rot einfärbt. Am liebsten würde ich im Erdboden versinken, während Jan neben mir leise lacht. Er schaut entschuldigend zu der Frau und lächelt sie an.

Noch bevor er etwas gesagt hat, beginnen sich ihre Wangen zu röten und sie kommt ins Zögern. Sie löst ihre Arme und weiß nicht, wohin damit. Sie geht tief ins Hohlkreuz. Ich bin kein Orthopäde, aber ich bin sicher, dass das für ihre Wirbelsäule nicht gesund sein kann. Ihre Brüste springen gleich aus dem Shirt. Wenn es jetzt noch reißt, bin ich in einer Slapstick-Nummer gelandet. Ich verkneife mir das Lachen mühevoll.

Jan hingegen hat seine Haltung nicht verändert. Seine Hand liegt noch immer auf meinem Bein, sein Körper ist zu mir gerichtet. Die Schmetterlingsschwärme in meinem Bauch freuen sich mit wilden Loopings über diese Berührung.

»Sorry. Kommt nicht wieder vor«, sagt er unschuldig.

Die Lippen der Frau öffnen sich, aber es kommt kein Wort aus ihrem Mund. Sie sieht ein wenig wie ein Fisch auf dem Trockenen aus. Ich versuche krampfhaft mir nicht vorzustellen, wie kleine Blubberblasen aus ihrem Mund kommen. Doch es ist wie mit dem rosa Elefanten.

»Kann ich Ihnen sonst noch irgendwie helfen?«, fragt Jan freundlich.
Mehr als ein Kopfschütteln bekommt er nicht als Antwort und mit einem ausladenden Hüftschwung geht sie von dannen. Ich will gerade in lautes Gelächter ausbrechen, als Jan sich wieder ganz zu mir dreht.
Aus dunklen Augen schaut er mich an.
In diesem Moment scheint sich etwas zu ändern.

Gewaltig zu ändern. Ruckartig beendet er den Körperkontakt. Er senkt seinen Blick zu Boden und reibt sich über die Oberschenkel. Er wird blass und springt auf.

»Scheiße!«

Was habe ich verpasst?

Doch bevor ich die Frage aus meinem Kopf befreien kann, läuft Jan in Richtung Ausgang. Plötzlich hält er inne, dreht sich zu mir und kommt zurück zu unserem Platz gestürmt. Einen viel zu kurzen Moment hoffe ich, dass er einen Scherz gemacht hat. Aber seine Hand greift an mir vorbei zu seinem Rucksack.

Mit einem letzten »Scheiße« ist er verschwunden.

Was auch immer gerade passiert ist, ich verstehe es nicht. Ich gehe die Situation wieder und wieder durch. Habe ich etwas übersehen? Etwas gemacht, was er nicht wollte? Quatsch!

All meine Überlegungen kommen zu ein und derselben Lösung: Null. Nichts. Nada.

Paul und Louisa kommen zu unserer Bank. Ihre kleinen Köpfe sind puterrot und verschwitzt. Sie sind enttäuscht, dass Luna und Jan so schnell gegangen sind. Beide wollen nicht länger hierbleiben. Frei nach dem Motto: »Ohne Luna ist alles doof«. Mit motzenden Kindern verlasse ich den neonfarbenen Spielplatz. Das Nachdenken verschiebe ich auf später.

Jan

Verfickte Scheiße!

Seit Stunden fliegen mir diese Worte durch den Kopf und immer beschreiben sie dabei die gleiche Situation.

Dina und ich. Wir. Der Kuss. Das Gefühl dabei.

Dabei ist es ganz einfach. Ich bin alleinerziehend. Ja. Und ich liebe meine Frau. Und Luna! Sie würde es nicht verstehen. Sicher nicht. Oder?

Luna war alles andere als begeistert, dass wir schon so früh gehen mussten. Aber es wäre nicht Luna, wenn ich sie nicht durch ein Essen beim »*goldenen M*« ablenken könnte.

Eine Juniortüte später ist ihre Welt wieder in Ordnung. Vorerst.

Jetzt liege ich in meinem Bett, drehe und wende mich und kann nicht einschlafen. Vor allem, da mein Handy immer wieder anzeigt, dass SIE angerufen hat. Auch die eine oder andere Nachricht ist eingetroffen. Ich will sie nicht öffnen. Dina wird es sehen und ich würde mich verpflichtet fühlen zu antworten. Dabei bin ich kilometerweit von einer Antwort entfernt. Immer, wenn ich in ihrer Nähe bin, schaltet sich mein Kopf aus. Dafür geht ein anderes Organ an. Und das passt mir gar nicht. Überhaupt nicht. Mein Herz sollte nur für eine Frau so schlagen.

Doch das dumme Ding lässt sich einfach nicht kontrollieren. Ich sehe Dina mit ihren langen gewellten Haaren. Ihren zierlichen Körper und diesen blassblauen Augen, die mich unsicher gemustert haben, als ich abgehauen bin. Ich bin ein Trottel.

Ich will ihr wieder nahe sein, sie berühren, fühlen.

Gott, diese Frau fühlt sich so gut an.

»Fuck.« Warum kann ich nicht aufhören an sie zu denken?

Ich bin jetzt seit vier Jahren allein mit Luna. Sicher gab es da die eine oder andere Frau. Aber alles One-Night-Stands. Ausschließlich. Mein Job hat Vorteile ... keine Frage ... und mein Aussehen tut sein Übriges.

Nie war da irgendeine Art von Gefühlen dabei, abgesehen von Lust. Keine gebrochenen Herzen. Keine geheimen Sehnsüchte. Eigentlich habe ich auch nicht vor, das zu ändern. Eigentlich.

Bevor ich mich versehe, habe ich mein Handy in der Hand.

Dina:
16:47 Uhr
»Alles okay?«

17:32 Uhr
»Was ist passiert?«

18:14 Uhr
»Hallo?«

21:50 Uhr
»Keine Ahnung, was mit dir nicht stimmt, aber das war scheiße! Ich habe überlegt, ob ich etwas »*falsch*« gemacht habe. Habe ich nicht. Also, wo liegt der Fehler?«

23:00 Uhr
»Weißt du was? Du bist ein Arsch!«

Ja, ich bin ein Arsch. Ein riesengroßer noch dazu. Ich will gerade das Chatfenster schließen, da entdecke ich das kleine »online« unter ihrem Namen. Mist, jetzt sieht sie, dass ich die Nachrichten gelesen habe. Verdammt, ich bin auch online.

Fuck. Dina schreibt.

00:26 Uhr
»Echt jetzt? Du liest, bist online und bekommst

es nicht hin, wenigstens ein »sorry« zu schreiben?!«

Nein, bekomme ich nicht hin. Und schlimmer noch, ich schaue den Text an, möchte irgendetwas schreiben, doch meine Finger bewegen sich nicht. Oder ist es mein Kopf, der sich weder vor noch zurückbewegt? Was soll ich denn auch schreiben?

»Sorry, Dina. Eigentlich bin ich verheiratet. Ich liebe meine Frau aber du machst irgendetwas mit mir.«

Super. Sicher nicht.

00:28 Uhr

»Nicht mal jetzt?«

Nein, nicht mal jetzt. Shit.

Eine Sekunde schaue ich nicht auf mein Display und plötzlich fängt mein Handy an zu vibrieren. Wie von Zauberhand wischt mein Daumen über das grüne Symbol. Und dann höre ich sie schon.

»Jan?« Sie klingt wütend und zur gleichen Zeit enttäuscht. Das können nur Frauen, oder? In ein einziges Wort so viele Emotionen legen.

Oh, Mann ...

»Dina.« Das Schweigen dehnt sich ins Unendliche. Ich bin es, der den ersten Schritt machen muss. Sonst habe ich endgültig verspielt.

»Es tut mir leid!«

Das tut es wirklich! Ich bin sonst nicht so. Ich bin ein ehrlicher Mensch. Sollte ich auch. Als Koch muss man sich klar äußern können. Ich kann das auch privat ganz gut. Normalerweise. Aber hier, mit ihr, mit Dina, ist das etwas ganz anderes. Ich will sie um keinen Preis anlügen. Ich muss mir einfach sicher sein, ob sie es wirklich wissen will.

»Frag mich noch mal!«

»Was?« Dinas Stimme klingt verwirrt. Sie redet leise, als ob sie jemand hören könnte.

»Frag mich, was mein Geheimnis ist.«

Ich weiß, dass das verwirrend sein muss. Es ist mitten in der Nacht. Wir haben beide Kinder und wissen ganz genau, dass der nächste Morgen gnadenlos kommen wird. Und das viel zu früh. Für Geheimnisse braucht es Zeit. Ich kann es nicht in Minuten erzählen. Dina muss wissen, ob sie mir diese Zeit schenken will. Es raschelt in der Leitung. Es hört sich an, als würde sie unter eine Decke rutschen. Ihre Stimme klingt jetzt gedämpfter.

»Jan?«

»Dina, frag mich. Bitte!«

Einen tiefen Atemzug später erlöst sie mich.

»Jan, was ist dein Geheimnis?«

Dina

»Was auch immer du gegen das Schicksal hast, ich finde es gar nicht so übel.«

Ich habe keine Ahnung, was Jan mit diesem Satz meint, doch ich lasse ihn sprechen. Es verlangt ihm einiges an Mut ab, mir zu sagen, warum er heute Nachmittag abgehauen ist.

Erst war ich verletzt. Dann sauer. Enttäuscht. Und wieder sauer. Zwischendurch ein wenig besorgt.

Blöde Gefühle. Manchmal möchte ich sie abstellen. Vor allem dann, wenn ich mich nicht auf eines einigen kann.

»Okay. Ich fange ganz von vorn an. Meine Frau. Medina. Dina.«

Was? Hat er gerade…?

»Wir waren elf Jahre zusammen. Sieben verheiratet. Lange haben wir uns Kinder gewünscht. Der Weg dahin war nicht immer einfach. Umso größer war die Freude, als wir erfahren haben, dass wir Zwillinge bekommen.« Jans Stimme bricht. Lange sagt er nichts.

Ich muss tief Luft holen. Medina. Dina. Seine Frau? Zwillinge …

Ich rutsche noch ein Stück tiefer unter meine Decke. Aber der Schutz meiner federweichen Mauer ist nutzlos. Mir wird schlecht. Kotzübel. Tränen sammeln sich in meinen Augen.

Es ist nicht nötig, dass er diesen Teil der Geschichte beendet. Aber Jan hält Wort.

»Sebastian durfte nur zwei Tage bei uns sein. Er war schwer behindert. Niemand konnte ihm helfen.« Jan atmet tief durch. Sein Schmerz ist deutlich zu spüren.

»Und Dina. Vor viereinhalb Jahren erhielt sie die Diagnose Brustkrebs. Vor vier Jahren hat sie den Kampf verloren. Und jetzt gibt es nur noch Luna und mich. Und ihre Großeltern. Sie helfen mir, wo sie nur können. Ich werde ihnen nie genug danken können.«

Die Worte bleiben im Raum hängen. Mein Gehirn hat schon längst aufgegeben. Kein Gedanke ergibt mehr Sinn. Kein Wort. Kein Satz. In meinen Ohren pfeift es schrill. Mir ist heiß. Viel zu heiß. Es ist nicht meine Geschichte. Aber es ist meine Geschichte.

Ich muss hier raus. Ich schlage meine Deckenburg zur Seite. Stürze ans Fenster und reiße es schwungvoll auf. Gierig sauge ich die kalte Nachtluft ein. Trotzdem habe ich das Gefühl, dass der Sauerstoff nicht meine Lungen erreicht.

Leise dringen Worte zu mir durch. Eigentlich ist es nur ein Wort. Mein Name. Ich starre das Handy in meiner Hand an. Jans Name leuchtet noch immer auf dem Display. Ich kämpfe, dränge die Schwärze zurück. Ich kann nicht zulassen, dass die Panik mich jetzt überrennt.

»Dina?«

Noch einmal hole ich tief Luft. Lasse den kalten Wind meine Gedanken klären. Dann bin ich wieder da.

»Du MUSST versprechen, mir zu glauben.« Er muss einfach!

»Okay.« Das Wort kommt zögerlich. Wie sollte er auch anders reagieren. Er hat gerade sein gesamtes Leben und seine Gefühle ohne Deckung vor mir ausgebreitet, und was ich ihm jetzt erzählen möchte, ist selbst für mich zu viel. Zu unglaublich.

»Im Ernst, Jan. Du darfst nicht auflegen! Hör mir zu. Gib mir die Chance, meine Geschichte zu erzählen, bis zum Schluss. Bitte.«

Ein leises »Okay« flutet die Leitung. Mein Zeichen. Jetzt oder nie. »Louisa und Paul waren absolute Wunschkinder. Aber wie es nun mal mit Wünschen ist ... Manchmal braucht es Zeit, bis sie in

Erfüllung gehen. Das doppelte Glück hat uns überrascht. Neben der doppelten Schlaflosigkeit war unsere Freude unglaublich groß. Mein Mann. Jan.«

Ich halte kurz inne. Warte auf eine Reaktion. Als keine kommt, nehme ich meinen Mut wieder zusammen und erzähle weiter.

»Jan. Er hat … Er hat vor vier Jahren die Diagnose Lungenkrebs erhalten. Vor dreieinhalb Jahren hat der Krebs ihn aus dem Leben gerissen.«

Weiter komme ich nicht. Das Nächste, was ich höre, ist das Tuten in der Leitung. Er hat aufgelegt.

Ich weiß nicht, was ich denken oder fühlen soll. Ich bin traurig, dass Jan nicht Wort gehalten hat, einfach aufgelegt hat. Zugleich bewundere ich ihn auch dafür, dass er es getan hat. Er hat seine Grenze erkannt und akzeptiert. Und sind wir mal ehrlich: Das ist mehr als ein morbider Scherz. Warum gerade wir uns kennengelernt haben, verstehe ich nicht.

Vielleicht hat sich das jetzt auch schon erledigt.

April

Dina

Ich habe seit einiger Zeit nichts von Jan gehört. Ich habe mich nicht mehr bei ihm gemeldet und er sich nicht bei mir. Er hat aufgelegt, hat mir seine Grenze sehr deutlich gezeigt und ich akzeptiere sie.

Auch wenn es mir schwerfällt und die Schmetterlinge in meinem Bauch traurig umherschleichen, habe ich seine Nummer gelöscht. Es ist okay. Ich wäre eh nicht bereit für einen Mann.

Für Abende zusammen vor dem Fernseher. Für das Teilen gemeinsamer Interessen. Für warme, weiche Küsse auf meinen Lippen. Starke Arme, die mich festhalten, an einen unverschämt attraktiven Körper pressen ...

Ach, wem mache ich hier was vor? Richtig. Mir.

Ich weiß nicht, wofür ich bereit bin. Ich bin davon überzeugt, meinen Ehemann noch zu lieben. Das werde ich immer tun.

Ich habe keine Ahnung, ob jemals ein anderer Mann Platz in meinem Herzen hätte. Oder ob dieser überhaupt akzeptieren könnte, nicht der Einzige zu sein, der darin wohnt.

Ich habe keine Zeit, mir über so etwas Gedanken zu machen. Meine bezahlte Kündigungszeit ist fast um. Und ich habe nichts. Gar nichts.

Dafür habe ich zwei glückliche Kinder, die ich unendlich liebe. Wir haben uns Rituale geschaffen. Eines davon ist, dass wir einmal in der Woche zusammen kochen.

Jan hatte viel zu viele Kochbücher. Von allen möglichen Küchen dieser Welt. Jede Woche nehmen wir ein anderes aus dem Regal, schlagen es auf und kochen, was auf dieser Seite steht. Oft ist schon der Einkauf dafür ein Erlebnis. Und nicht jedes Mal sind wir begeistert von dem, was da in unseren Töpfen köchelt. Auch am Geschmack gibt es immer wieder etwas auszusetzen. Öfter als einmal haben wir nach der Vorbereitungs- und Kochzeit den Pizzalieferdienst angerufen.

Mittlerweile haben wir aussortiert.

Mexikanisch, Libanesisch und alles mit Meeresfrüchten ist unwiederbringlich gestrichen.

Es macht großen Spaß, mit Louisa und Paul zu kochen.

Gerade Paul geht dabei auf. Er liebt es, mit mir einzukaufen, die speziellen Zutaten aus den Regalen zu suchen, die Düfte aus den Töpfen zu inhalieren. Und ich liebe es, ihm dabei zuzusehen, wenn er auf dem Hocker steht, am Essen schnuppert und dabei genüsslich die Augen schließt. Wie geschickt seine kleinen Hände Gemüse schneiden.

Wie er sich freut, wenn das Essen auf dem Teller platziert wird. Er ist Jan so ähnlich.

Louisa macht es auch Spaß, keine Frage. Sie ist jedoch in anderen Dingen geschickter. Es macht ihr nichts aus. Sie hat Freude an der Sache, weil ihr Bruder Freude daran hat. Und das wiederum freut mein Mutterherz.

Dafür hilft Louisa mit Begeisterung bei der Planung von kleinen und großen Ausflügen. Sie hat immer wieder neue Ideen und überrascht mich mit ihrer Kreativität. Wir haben bereits das nächste halbe Jahr verplant. Inklusive eines kleinen Sommerurlaubes, wobei das Ziel noch nicht ganz klar ist. Spaß muss es machen. Sonne. Sand. Meer.

Ich vertage die Überlegung auf später und widme mich wieder dem Bewerbungsschreiben vor mir.

Holger hat sich letzte Woche gemeldet und gefragt, wie es mit der Jobsuche läuft. Selbst wenn ich wollte, Holger kann ich nichts vormachen. Dafür kennt er mich schon zu lange.

Jetzt halte ich mein Arbeitszeugnis in der Hand und würde ihn am liebsten dafür umarmen. Es ist durchgehend positiv. Den letzten vier Jahren hat er keine Bedeutung geschenkt. Einen Kündigungsgrund hat er nicht genannt.

»Wir danken Frau Schubert für die vielen Jahre, in denen sie das Wachstum der Firma so engagiert begleitet hat. Wir werden sie und ihre Fachkompetenz, Herzlichkeit und Engagement im Team vermissen. Wir wünschen Frau Schubert für ihre Zukunft nur das Beste.«

So habe ich die Möglichkeit, selbst zu entscheiden, was ich bei einem Vorstellungsgespräch sage.

Mittlerweile habe ich mich bei einigen kleineren Firmen für Teilzeitstellen beworben. Ich möchte mehr Zeit und Energie für Louisa und Paul haben, gerade im ersten Schuljahr.

Und auch ein anderes Projekt will ich wieder aufnehmen.

Das Fotografieren war schon in meiner Jugendzeit eine große Leidenschaft. Ich habe eine gute Ausrüstung. Sie ist ein wenig in die Jahre gekommen aber erfüllt noch immer ihren Zweck.

Zurzeit verfolge ich ein Miniprojekt. Ich habe mit den Zwillingen einige Frühblüher in einem Blumentopf ausgesät.

Jeden Tag mache ich ein Foto von dem, momentan nur aus Erde bestehenden, Topf.

Sollte es uns gelingen, die Blümchen aufzuziehen, ergibt das einen schönen kleinen Zeitrafferfilm.

Das Klingeln meines Telefons reißt mich aus meinen abschweifenden Gedanken.

»Guten Tag. Spreche ich mit Frau Schubert?«

Nach kurzem Zögern entsteht ein erstes Kennenlernen mit einer Sekretärin von einer kleinen Steuerkanzlei.

Mein erstes Vorstellungsgespräch seit fünfzehn Jahren wird nächste Woche stattfinden.

Ich bin unglaublich nervös und muss mit Schrecken feststellen, dass mein Kleiderschrank nichts hergibt, was für ein so wichtiges Gespräch angemessen wäre.

Meine Mutter erklärt sich sofort bereit, mit mir eine Shoppingtour zu unternehmen. Sie ist geradezu euphorisch.

Ich habe auch meine Mama vernachlässigt. Sie war immer da, wenn ich sie gebraucht habe, hat mich durch jedes Tief begleitet und seit Monaten nicht ein einziges Hoch mit mir erlebt.

Ich nehme mir fest vor, den viel geliebten Kaffeedonnerstag wieder einzuführen. Ich freue mich schon auf warme Croissants, heißen Kaffee und selbst gemachte Marmelade.

Mh ... ein kleiner Hochgenuss.

Leider ist heute kein sonnig-klischeehafter Shoppingtag, der das Herz einer jeden Frau höherschlagen lässt.

Es regnet in Strömen, meine Haare kleben mir in Strähnen am Kopf und ich finde ewig keinen Parkplatz. Mit entsprechend schlechter Laune komme ich auf meine freudestrahlende Mutter zu, der sogleich das Gesicht einschläft.

Mist. Zusammenreißen, ein Lächeln aufsetzen und einhundertmal bestätigen, dass es mir gut geht.

Drei Läden später ist auch die Laune meiner Mutter merklich gesunken. Frustriert und genervt betreten wir Geschäft Nummer vier. Der gleiche Einheitsbrei wie in den vorhergehenden Läden.

Meine Vorstellung:

Ein schlichter grauer Hosenanzug. Eine farbige, taillierte Bluse und schwarze einfache Pumps.

Realität:

Hosenanzüge sind out. Wenn, dann sind sie unfassbar schlecht geschnitten. Ich kann mich entscheiden, ob ich aussehen möchte wie eine verstaubte Bibliothekarin oder wie die verruchte Büromatratze.

Eine farbige, taillierte Bluse ist auch so eine Sache. Tailliert wird oft mit bauchfrei verwechselt. Farbig mit wilden Blumenmustern, die im unmöglichen Kontrast zu der Grundfarbe der Bluse stehen.

Einfache schwarze Pumps. Was soll ich sagen? Strass und fünfzehn Zentimeter oder dicker Absatz im Oma-Style.

Und immer wieder die Frage:

Muss das so sein? Umkleidekabinen, die mit einem furchtbaren Licht beleuchtet sind und einfach jeden, JEDEN Makel betonen?

Ich fühle mich alt, fett, faltig und mit Cellulite überzogen.

Wann bin ich zu alt für die gängigen Läden geworden?

Ich habe keine Lust, noch mal losgehen zu müssen. Also lasse ich mich von meiner Mutter bequatschen, in einen Laden zu gehen, in dem mich vor fünf Jahren noch keiner reinbekommen hätte. Mit zehn Pferden nicht. Für eintausend Euro nicht.

Früher hätte ich gesagt, es ist ein Alte-Weiber-Laden.

Heute muss ich sagen, dass die Beraterin äußerst freundlich ist. Es gibt zwar weniger Auslagen, aber dafür sind sie qualitativ hochwertig – sicher nicht von Kindern aus Bangladesch genäht.

Die Dame gibt sich wirklich Mühe, meine Wünsche zu erfüllen. Bei den Pumps wird sie ein paar Modelle für mich bestellen und ich kann mir dann ein entsprechendes aussuchen.

Ich werde mir das nicht immer leisten können, aber hier und heute ist es mir das wert.

Jan

Ich bin ein Arsch. Ein Lügner. Ein Feigling.

Ich habe aufgelegt, obwohl ich versprochen habe, Dina bis zum Ende zuzuhören. Und jetzt sitze ich hier und starre mein Handy an und getraue mich dennoch nicht, sie anzurufen.

Ich weiß ja, dass es an mir hängt. Ich habe die Tür zugeschlagen. Aber mal im Ernst? Wie eng können zwei Schicksale miteinander verbunden sein, ohne dass es zum schlechten Scherz wird?

Dabei habe ich ihr noch gesagt, dass ich nichts gegen das Schicksal habe. Ich habe gelogen.

Ich hasse es. Seit wir Sebastian verloren haben, bin ich auf der Hut gewesen. Zu Recht. Es hat uns und später mich und Luna verachtet. Es hat mir immer wieder gezeigt, was es bedeutet zu verlieren, zu trauern und wütend zu sein.

So wütend, dass ich ein Ventil brauchte, um nicht bei jeder Kleinigkeit meine Küche auseinanderzunehmen und dabei mein ganzes Team zu vergraulen.

Über die Jahre habe ich gelernt, es anzunehmen, meine Trauer zu verarbeiten und meiner Wut einen Weg zu geben.

So oft ich es schaffe, gehe ich zum Boxen. Mich austesten und meine Grenzen erfahren. Jedes Mal aufs Neue. Ich brauche das Gefühl von Kraft und der anschließenden Erschöpfung. Es erdet mich. Es schenkt mir innere Ruhe. Es vertreibt die Albträume.

Die, in denen ich Medina sehe, mit dem positiven Schwangerschaftstest in der Hand.

Uns, wie wir ein Kinderzimmer für zwei Kinder einrichten.

Mich, wie ich es zerschmettere, als wir erfahren haben, dass Sebastian nicht bei uns bleiben wird.

Medina, wie sie weint und ihren kleinen Sohn nicht loslassen möchte.

Luna, die ihre Mama nicht loslassen will, wenn wir am Abend vom Krankenhaus nach Hause gehen müssen.

Luna und mich, wie wir am Grab stehen, den kalten Stein anstarren und nicht wissen, wohin mit den ganzen Gefühlen.

Luna, die zu vergessen droht.

Ich, der weiß, wie man mit schwarzen Gefühlen umgehen muss, aber keine Ahnung davon hat, sein Herz für etwas Neues zu öffnen. Etwas Neuem Vertrauen zu schenken.

Dina eine Chance zu geben.

Dabei kann ich kaum an etwas anderes denken. Zu oft habe ich mich in letzter Zeit geschnitten, weil eine Frau mit braunem, gewelltem Haar und blassblauen Augen mein Hirn vernebelt.

Noch immer starre ich mein dummes Handy an und warte darauf, dass etwas passieren wird.

Doch das Einzige, was geschieht, ist ein lautes Rufen, welches meine Aufmerksamkeit auf sich lenkt.

»Papaaaaaa!«

Lunas Stimme klingt verängstigt und ich stolpere fast über die vielen Schuhe, die im Flur stehen, als ich zu ihrem Kinderzimmer renne.

Schwungvoll reiße ich die Tür auf und schaue in ein glühend rotes Kindergesicht. Vielmehr muss ich gar nicht sehen, um zu wissen, dass diese Woche anders wird als geplant. Lunas Augen sind glasig. Haltsuchend kauert sie auf ihrem Bett. Ich setze mich zu ihr und streiche über ihren erhitzten Kopf. Sie hat weder Bauch- noch Halsweh. Erst als ich sie genauer betrachte, bemerke ich kleine, gerötete Punkte, die verschiedene Stellen ihres Körpers zieren. Statt sie zur Schule zu bringen, fahren wir zum Kinderarzt. Mit einem Krankenschein für mich und einem Rezept für

Luna trudeln wir wieder zu Hause ein.

Zum Glück ist die Apotheke nur zweihundert Meter entfernt. Ich lege Luna das Telefon auf den Couchtisch und stelle den Trickfilmsender im Fernsehen ein. Nachdem sie mir vierzehnmal versprechen musste, dass sie mich anruft, falls irgendetwas ist, verlasse ich mit schlechtem Gewissen die Wohnung.

Ich werde keine zehn Minuten brauchen. Als alleinerziehender Vater muss man Kompromisse mit sich selbst eingehen. Recht ist es mir trotzdem nicht.

In der Apotheke ist es voller, als ich es um diese Tageszeit für möglich gehalten hätte. Mist. Ich rufe Luna an und sage ihr, dass ich doch einen Moment länger benötige. Hörbar genervt bestätigt sie mir, dass alles in Ordnung ist und ich nicht hetzen brauche.

»Ich bin doch schon groß, Papa. Und ich muss jetzt Schluss machen, ich will endlich weitergucken.«

Abgekanzelt von der eigenen Tochter. Autsch.

In der Warteschlange, etwas weiter vorn, entdecke ich eine hübsche Brünette. Eine Bekannte noch dazu. Bevor ich realisiere, dass ich sie die ganze Zeit anschaue, dreht sie sich schon um.

Unsere Blicke treffen sich, verhaken sich ineinander. Keiner sagt etwas, dabei stehen wir nur zwei Meter voneinander entfernt.

Ich bin wieder der Arsch, denn ich senke meinen Blick auf den Boden. Der ist bei Weitem nicht so hübsch und hat auch weniger Anziehungskraft, wenn man die Schwerkraft außer Acht lässt, aber ich kann das nicht.

Darf ich mich vorstellen? Jan, das Arschloch.

Von weiter vorn höre ich ein Seufzen.

Nachdem Dina bezahlt hat und an mir vorbeilaufen will, führt mein Körper eine Geste aus, die bestimmt nicht meinen Gedanken entsprungen ist. Es ist eher so, als würde jemand meinen Arm nehmen, ihn auf Dina zubewegen und mit der Hand ihren Jackenärmel festhalten.

Es fühlt sich eigenartig an und bevor ich begreife, was hier geschieht, schaue ich in ein fragendes Augenpaar.

Sie sagt nichts. Schaut von meiner Hand in mein Gesicht und zurück.

»Es tut mir leid.« War das gerade meine Stimme?

»Ich bin ein Arsch. Ich hätte nicht auflegen sollen.«

Was passiert hier? Ja, das stimmt alles. Aber ich habe keinen Anteil an dem, was ich hier gerade spreche.

Doch es wirkt. Ich sehe, wie ihre Gesichtszüge weicher werden. Wie sich ihre Lippen öffnen, bevor sie mir eine Antwort gibt.

»Glaub mir, ich hätte auch aufgelegt, wenn ich den Mut dazu gehabt hätte.« Das wundert mich jetzt doch ein bisschen.

»Warum hast du es dann nicht gemacht?«

Ihre Antwort kommt mit einem breiten Lächeln. »Weil ich kein Arsch bin.« Ja, das hat gesessen. Verdient.

»Da bin ich aber froh.« Wirklich.

Dina wartet, bis ich bedient wurde und schaut interessiert auf das kleine Fläschchen in meiner Hand.

»Windpocken?«

»Ja. Kennst du dich damit aus?«

»Louisa und Paul hatten sie das letzte Jahr. Hast du auch Kompressen zu Hause?«

Jetzt ist es mein Gesicht, das sich in ein fragendes verwandelt. Dina versteht es, ohne dass ich die Frage stellen muss.

»Die Tinktur ist super, aber wirkt nicht ewig. Ich habe bei Paul und Louisa immer wieder kalte Kompressen auf die schlimmsten Pocken gelegt.«

»Danke für den Tipp! Ich muss wieder nach Hause, Luna ist allein. Ich verspreche dir hoch und heilig, dass ich mich bei dir melden werde. Wirklich!«

Etwas misstrauisch schaut sie mich an. Aus irgendeinem Grund scheint sie mir jedoch zu vertrauen.

»Gute Besserung für Luna.«

Es dauert nicht lange, bis ich mich bei Dina melde. Es ist erst wenige Stunden her, dass wir uns gesehen haben. Ich weiß nicht, wen ich sonst fragen soll. Gut, ich wüsste da schon jemanden. Ich könnte meine Mutter fragen oder meine Schwiegermutter, trotzdem überlegen meine Finger nicht lang, welchen Namen sie auf meinem Handy antippen.

»Hey, Jan. Das ging aber schnell.« Ihre Stimme drückt pure Freude und ein klein wenig Überraschung aus.

»Dina. Hi! Ähm …« Ach Mist. Ich bin Vater. Ich sollte das können.

»Luna lässt dich nicht überall die Tinktur auftragen?«

Wow. Die Frau kann anscheinend Gedanken lesen.

»Ich weiß nicht, warum sie das plötzlich stört. Sie ist doch mein Mädchen.«

»Sie wird älter, Jan.« Die Wärme in ihrer Stimme drückt Verständnis aus und lässt mich noch schlechter über mich selbst denken. Wie konnte ich dieser Frau gegenüber nur so unfair sein?

»Aber sie wird doch erst sieben«, klage ich. Ja, ich bin verzweifelt. Das sind die Momente, in denen Medina fehlt. So sehr.

»Ich frag meine Mutter, ob sie die Zwillinge aus dem Kindergarten holen kann. Wo wohnst du?«

»Das würdest du wirklich tun?«

»Klar!«

Wow!

»Das ist … Danke!«

Nachdem ich ihr die Adresse genannt habe, verspricht mir Dina in einer halben Stunde da zu sein.

Dina

Der Mann, der mir die Tür öffnet, sieht weniger wie Jan und mehr wie ein sehr verzweifelter Vater aus. Ich schenke ihm ein Lächeln in der Hoffnung, dass er sich ein wenig entspannt. Es wirkt.

Er führt mich durch den mit Mädchenschuhen übersäten Flur. Ich kann mir das Kichern nicht verkneifen. Jan dreht sich um und folgt meinem Blick.

»Ich weiß. Aber ich kann einfach nicht *Nein* sagen. Vor allem nicht bei Schuhen, Schals und Ketten. Das hat sie von Medina.«

Der Name bleibt in der Luft hängen und schwebt zwischen uns.

Er wartet auf eine Reaktion, man sieht die Anspannung in seinem ganzen Körper. Es gibt nur einen richtigen Satz und den meine ich voll und ganz so, wie ich ihn sage:

»Das kann ich gut verstehen.«

Die Spannung in seinem Körper lässt nach und mit einem Lächeln dreht er sich wieder um. Luna liegt auf dem Sofa und ist gerade eingeschlafen.

Jan möchte uns einen Tee machen, um die Zeit zu überbrücken, bis seine Tochter wieder aufwacht. Ich folge ihm in die große und trotzdem gemütlich eingerichtete Küche. Es ist voll hier. Überall stehen kleine Gläser mit Gewürzen darin. Verschiedenste Nudelsorten dekorieren ein Regal. Direkt daneben stehen Kochbücher. Viele Kochbücher.

Das Geschirr sammelt sich rund um das Spülbecken. Bunte Tassen stehen kreuz und quer dazwischen.

Ein kleiner runder Tisch steht unter dem Fenster und lädt mit drei Stühlen zum Verweilen ein. Drei Stühle.

Ich könnte den Dritten auch nicht entsorgen. Er ist sicher eine Erinnerung an gemeinsame Mahlzeiten. An ein Familienleben. An Liebe und herzhaftes Lachen. Genau aus diesem Grund stehen bei uns auch vier Stühle.

Jan öffnet den Schrank und ich kann einen Blick auf die unterschiedlichen Teesorten erhaschen. Es sind mindestens fünfzehn.

Mir ist bewusst, dass es viele verschiedene Teesorten gibt. Nur dachte ich bis eben, dass sie in solch einem vielseitigen Sammelsurium nur im Laden stehen. Bei mir zu Hause gibt es genau drei. Pfefferminz, Kamille und Fenchel. Und die sind lediglich für den Krankheitsfall da.

Ich bin einigermaßen verwirrt von der Frage, welchen Tee ich haben möchte und als ich nach der Auswahl frage, werden mir Sorten genannt wie:

Marokkanische Minze mit Blütenhonig. Winterlicher Bratapfeltee. Grüner Tee mit Lemongrass.

»Wow. Ähm. Keine Ahnung. Mach mir einfach irgendeinen, aber wenn du einen Kaffee hättest, dann nehme ich auch gern den.«

»Nachmittags um 17:00 Uhr?«

»Ich kann immer Kaffee trinken. Immer.« Ich schenke ihm ein Lächeln und erhalte dafür einen belustigten Gesichtsausdruck zurück.

»Okay. Kaffee also. Ich mache mir trotzdem einen Tee. Nach 16:00 Uhr sollte ich nämlich keinen Kaffee mehr trinken, außer ich habe vor heute Nacht einen Marathon zu laufen.«

Mit zwei dampfenden Tassen setzt er sich mir gegenüber.

»Danke, Dina. Wirklich! Und noch mal: Es tut mir wahnsinnig leid, wie ich mich verhalten habe!« Jan sieht angefressen aus und sinkt noch ein Stück tiefer in den Stuhl. Ich war schon in der Apotheke überrascht von seiner plötzlichen Einsicht und komme nicht umhin mich zu fragen, ob er sich auch gemeldet hätte, wenn wir uns nicht zufällig über den Weg gelaufen wären. In diesem Moment habe ich keine Lust auf so eine Unterhaltung.

Ich lasse meine Augen nochmals durch die Küche schweifen und Jan hakt nicht weiter nach. Er folgt meinem Blick.

Mit zuckenden Schultern erklärt er das kleine Chaos.

»Alleinerziehend. Berufstätig. Du kennst das.«

»Oh ja, das kenne ich. Aber zurzeit bin ich ohne Beruf und habe daher ein wenig mehr Zeit für unseren Haushalt.«

»Magst du drüber reden?«

Eine einfache Frage, die so viele Antworten zulässt. Ich könnte ehrlich sein oder ihm irgendetwas erzählen. Ich entscheide mich für eine dritte Variante.

»Nicht heute.«

»Okay.« Ein kleines Wort und ein zaghafter Blick. Das Wort, das mir Vertrauen schenkt und der Blick, der sich in meinen brennt. Das Braun seiner Augen fließt durch meinen Körper, hinterlässt ein Gefühl von Wärme und ein Lächeln auf meinen Lippen.

»Du kochst gern?«, frage ich das Offensichtliche.

»Das tue ich. Sollte ich auch. Als Koch ist es durchaus wichtig, dass man gern kocht.«

Seine Mundwinkel bewegen sich nach oben. Meine hingegen biegen sich in die entgegengesetzte Richtung.

Koch. Wie Jan. Mein Jan.

Aus der Wärme wird ein Frösteln. Ich muss mich zusammennehmen, nicht einfach aufzustehen und davon zu rennen.

Dafür, dass Jan mich nicht kennt, kann er mich sehr gut lesen.

»Nicht wirklich?«

Ein kurzes Nicken bestätigt seine Vermutung.

»Wie heißt er mit vollem Namen?«

»Jan Schubert.« Der Name hinterlässt ein quälendes Gefühl in mir. Ich will gar nicht wissen, ob sich die zwei kennen. Das würde ich nicht aushalten. Ich müsste raus. Weg. Es wäre zu viel.

»Nein. Das sagt mir nichts.«

Na, Gott sei Dank!

Ich habe nicht bemerkt, dass sich die Luft in meiner Lunge gestaut hat. Mit einem tiefen Seufzen entweicht der Sauerstoff und schenkt mir einen Moment Ruhe, bevor eine neue Frage durch meinen Kopf wirbelt.

»Wo arbeitest du?«

Jan ahnt, dass es noch genügend Zufälle geben kann und spannt sich wieder an.

»Mir gehört das Leh Muh. Am …«

Weiter kommt er nicht. »Rathausplatz.«

»Woher kennst du es?« In seinen Augen funkelt Nervosität und Neugier. Ich bin mir sicher, das Letztere überwiegt.

Ich erinnere mich an warme Sommerabende auf der Holzterrasse. Sanfte Lichter, laue Nächte. Und unbeschreiblich gutes Essen.

»Es war Jans und mein Lieblingsrestaurant.«

Da ist es wieder. Das Schicksal klopft laut an unsere Türen. Den Zufall habe ich gedanklich schon aus meinem Wortschatz gestrichen. Das hier. Das mit Jan. Das ist kein Zufall mehr. So viele Zufälle kann es gar nicht geben. Das ist mehr. Vielleicht sogar mehr als Schicksal. Ich komme nicht weiter in meinen Überlegungen. Von meinem Gegenüber höre ich ein Lachen. Ich richte meine volle Aufmerksamkeit auf Jan. Er sitzt vor mir. Oder viel mehr, er schüttelt sich vor mir. Tränen rollen über seine Wangen und er hält sich den Bauch. Ich würde gern mit in sein Gelächter einfallen. Aber es ist kein glückliches Lachen. Dafür ist sein Gesichtsausdruck zu gequält.

Ich warte, bis er sich gefangen hat. Es dauert eine ganze Weile und ich möchte ihm beinahe ein Taschentuch reichen, so viele Tränen rinnen über sein Gesicht.

»Es …« Schon schnappt Jan wieder nach Luft. Er saugt sie gierig ein und gibt sie dann mit einem lauten Keuchen wieder frei.

»Das ist doch ein mieser Scherz!«

Ja, das ist es. Aber ich kann es ihm nicht sagen, denn irgendwie verbindet es uns. Und so unglaublich es ist, ich finde diese Art von Verbundenheit nicht schlimm. Wir sind zwei Alleinerziehende, mit Kindern im gleichen Alter. Wir sind berufstätig. Gut, ich werde bald wieder berufstätig sein. Wir teilen viele Probleme und nicht zu vergessen: Wir sind verwitwet. Es verbindet uns etwas, was nicht vielen Leuten in unserem Alter passiert. Zum Glück. Das allein ist so viel wert. Glück verdoppelt sich, wenn man es teilen kann. Trauer halbiert sich nicht, aber zusammen zu trauern schafft Verständnis, Vertrauen und Verbundenheit.

Jans Aussage, so oft ich sie vorher selbst schon gedacht habe, sie verletzt mich aus seinem Mund.

»So meine ich das nicht ...«

»Das weiß ich! Wirklich. Es ist ja nicht so, dass ich das selber nicht oft genug denke ...«

»Aber?«

Tja, was aber?!

Ich fühle mich dir verbunden. Dir vertraue ich mehr als ... ja, mehr sogar als meiner Mutter. Und das Braun in deinen Augen berührt noch ganz andere Punkte in meinem Körper.

Nein, sicher nicht. Während ich noch nach dem richtigen *Aber* suche, scheint es Jan schon gefunden zu haben.

Seine Hand schleicht über den Tisch, legt sich um meine. Zieht ein wenig daran, so, dass ich meine wärmende Tasse loslasse. Seine Hand führt mich zu ihm. An seine Brust. Durch das Shirt fühle ich die Wärme seines Körpers, spüre den schnellen Herzschlag.

»Dina?«

»Ja?« Meine Augen wandern an seiner Brust empor, an seinem Kinn entlang, über die geschwungenen Lippen, bis in seine warmen Augen.

»Es ist alles ein bisschen viel für mich.«

Es ist sein Mund, aus dem diese Worte kommen. Es gibt nichts auf der Welt, was mich dazu bringen könnte, dem zu widersprechen.

»Das ist es.«

Unter meiner Hand spüre ich, wie sich sein Herzschlag beschleunigt. Ich habe das Gefühl, ich habe sein Herz in meiner Hand. Es reagiert auf mich, meine Worte, die Bewegungen, die von mir ausgehen. Jans Augen folgen der Bewegung meiner Hand, die sich von seiner Brust löst. Sie landet federleicht auf seinem Rücken. Und ich ziehe ihn mit all meiner Kraft zu mir. Ich lege meinen Kopf auf seine Schulter und spüre ihn.

Nach einem Moment des Schrecks verliert er alle Anspannung und lässt sich in die Umarmung fallen.

Er hebt seinen Kopf und schaut mich an. Es stehen so viele unausgesprochene Fragen in seinen Augen. Doch die dringendste will ich mit Ja beantworten.

Er kommt mir noch ein Stück näher. Auf meinen Lippen bildet sich ein Lächeln der Vorfreude. Vorfreude auf das, was mir seine Augen versprechen.

»Paaaaaaapa?«

Papa? Papa!

Plopp. Da platzt sie, die kleine Seifenblase, in der wir bis eben waren. Es ist kein schmerzhaftes Ploppen. Kein Katapult, das einen zurück in die Realität schmettert. Es ist mehr eine Erinnerung. Eine schöne Erinnerung.

Jan steht auf und läuft zu Luna. Ich höre die zwei murmeln und gehe langsam auf die Stimmen zu, die aus dem Wohnzimmer kommen. Luna lächelt, als sie mich sieht.

»Ich habe gehört, du brauchst ein wenig Hilfe?«

»Das wäre toll!«

Ihr Gesicht ist gerötet und ihre Augen sind glasig. Soweit ich sehen kann, ist ihr kleiner Körper mit den lästigen, juckenden Pusteln übersät. Sie tut mir unendlich leid. Das muss jucken wie verrückt.

»Jan, machst du uns einen Kakao während wir diesen kleinen, fiesen Dingern den Gar ausmachen?«

Er versteht die subtile Anweisung, uns allein zu lassen. Ich sehe den Vaterschmerz in seinen Augen und hoffe gleichzeitig so sehr, dass Paul noch eine Weile Paul bleibt.

Ich helfe Luna aus ihrem Schlafanzug und streiche ihr sachte alle Stellen ein, an die sie nicht selbst herankommt.

Von Punkt zu Punkt sieht ihr Gesicht ein wenig erleichterter aus.

»Das juckt so sehr«, sagt sie weinerlich.

»Ich weiß. Aber das vergeht wieder. Versprochen! Ich mach noch kurz das Fenster auf und lass ein wenig frische Luft rein.«

Neben dem Fenster steht eine kleine Kommode, die über und über mit Bilderrahmen vollgestellt ist.

Es ist ein intimer Einblick in die Vergangenheit der beiden. Ich wage nur einen kurzen Blick. Es ist der Blick von Medina, der meinen trifft. Ihr hübsches Gesicht brennt sich in meine Netzhaut. Sie hält ein kleines Bündel Leben im Arm und lächelt das glückliche Lächeln einer frisch gebackenen Mama.

Den Schmerz sieht man nur, wenn man die Geschichte von Medina und Jan kennt. Dann springt er einem geradezu entgegen. Die kleinen Tränen, die ihr über die Wangen rollen symbolisieren den Verlust. Ich weiß nicht, wen von beiden Kindern Medina auf dem Bild hält. Ich bin mir nicht sicher, ob ich es überhaupt wissen möchte. Die Antwort soll ich trotzdem haben.

»Das ist Sebastian. Mein Bruder.«

Die helle Stimme hinter mir ist nah. Luna sitzt am äußersten Ende der Couch und beobachtet mich.

»Er ist leider gestorben. Genau wie Mama.«

Ihr Gesicht ist voller Schmerz und Trauer.

»Ich weiß Luna. Dein Papa hat es mir erzählt.«

Luna nickt. Mit dieser Geste sieht sie so viel älter aus, als sie tatsächlich ist.

»Ich vermisse sie.«

Drei kleine Worte, die mein Mamaherz zum Überlaufen bringen.

Ich setze mich neben Luna und ziehe sie zu mir.

Sie sinkt gegen meine Schulter, lässt sich fallen.

Heute habe ich das Gefühl, dass Umarmungen heilsam sein können.

Jan stellt zwei Tassen mit Kakao vor uns ab. Eigentlich dachte ich, dass sich Luna von mir lösen würde. Aber ihr kleiner Körper liegt noch immer an meinem. Jan betrachtet uns einen Moment, bevor er sich dazu setzt.

Keiner sagt ein Wort und das ist okay so. Nach einiger Zeit rutscht Luna tiefer. Jan schaut an mir vorbei zu ihr.

»Sie ist eingeschlafen«, flüstert er.

»Kranksein ist auch echt anstrengend«, flüstere ich wissend zurück.

»Ich bringe sie ins Bett.« Langsam hebt er Luna von meinem Schoß. »Wartest du kurz?«

Ich nicke Jan zu und bleibe allein auf dem Sofa sitzen.

Ich strecke mich einmal in alle Richtungen, um die Steifheit aus meinen Gliedern zu vertreiben.

Die oberste Regel:

Wenn Kinder kuscheln und dabei einschlafen, wird sich nicht bewegt!

Gilt im Übrigen auch für Haustiere.

Der Kakao ist kalt. Für mich gibt es nichts Ekligeres als kalte Milch. Bevor ich also aus Anstand trinke, bringe ich die Tassen in die Küche und leere sie aus.

Ich höre, wie Jan in die Stube läuft und laut seufzt. Wahrscheinlich denkt er, ich habe mich davongeschlichen.

Ich will ihm gerade entgegenlaufen, da kommt er schon in die Küche.

»Scheiße, verdammt.« Jan hüpft beinahe rückwärts aus der Küche.

»Sorry, ich wollte dich nicht erschrecken.«

Doch das Lachen zu der Entschuldigung kann ich mir nicht verkneifen. Auch Jan kommt schnell über den Schrecken hinweg und fällt mit in das Lachen ein.

»Normalerweise bin ich nicht so schreckhaft«, versucht er seine Männlichkeit zu retten.

»Na, genau«, ziehe ich ihn weiter auf.

»Ich bin ziemlich hünenhaft und sehe wahnsinnig erschreckend aus wie ich hier an deiner Spüle stehe und die Tassen reinige ...«

Irgendetwas verändert sich in seinen Augen. Bevor ich begreife, was es ist, steht er schon vor mir.

Ich muss meinen Kopf in den Nacken legen, um ihm in die Augen sehen zu können. Ich bereue den Blick fast, denn das, was mir entgegen schaut, jagt mir einen heißen Schauer über den Rücken.

»Du siehst alles andere als erschreckend aus.« Jans Stimme ist eine Oktave tiefer und leiser, als sie es sein müsste. Dieses Mal lässt er den magischen Moment nicht verstreichen. Er legt seine Hände auf meine Wangen und kommt mir die letzten Zentimeter entgegen. Seine weichen Lippen legen sich auf meine.

Langsam beginnt er mich zu küssen. Immer weiter. Bis ich meinen Körper wieder unter Kontrolle habe und endlich reagieren kann.

Ich lege meine Hände in seinen Nacken, ziehe ihn ein Stück näher zu mir. Schmiege meinen Körper an seinen. Eine Geste, die nicht ohne Folgen bleibt.

Jan öffnet seinen Mund und lässt seine Zunge über meine Lippen gleiten. Mit einem tiefen Seufzen gewähre ich ihm Einlass. Das Spiel unserer Zungen wird zunehmend leidenschaftlicher. Mehr Lust rollt durch meinen Körper, sammelt sich feucht in meiner Mitte. Mit einem Ruck hat mich Jan angehoben und auf die Arbeitsplatte gesetzt. Drängend positioniert er sich zwischen meinen Beinen. Bei dem, was ich zu spüren bekomme, bleiben keine Zweifel offen. Er ist mindestens genauso erregt wie ich.

Sein Mund bewegt sich seitlich an meinem Hals entlang. Ich kann nichts anderes tun, als mich an diesen Mann zu klammern. Seine federleichten Küsse zu genießen und ihn mit den Beinen näher zu meiner Mitte zu schieben. Schamlos reibe ich mich an ihm.

Das süße Kribbeln lässt nicht lange auf sich warten. Er ist überall an mir. Eine Hand greift meinen Po und massiert ihn. Während die andere sich unter mein Shirt schiebt und langsam meinen Bauch empor streicht. Seine Lippen finden den Weg zurück zu meinen. Ich begrüße ihn mit einem leichten Biss in die Unterlippe. Jan stöhnt in meinen Mund, lässt seine Hand das Ziel finden und umschließt meine Brust.

»Wenn wir jetzt nicht aufhören, kann ich für nichts mehr garantieren.« Eine Warnung, die in meinen Ohren nicht nach einer klingt. Es klingt viel mehr nach einem Versprechen.

Aber ein anderer Teil von mir, der, der nicht von Lust gesteuert ist, reagiert.

Meine Hände stemmen sich gegen Jans Brust und schieben ihn weg. »Du hast recht. Wir sollten aufhören.« Ich klinge definitiv gefasster, als ich mich fühle.

Jan hingegen sieht genauso aus, wie ich es erwartet habe.

Er schaut mich fragend an. Sein Gesicht ist gerötet und mit der Hand versucht er seinen Schritt ein wenig zu richten. Ich verkneife mir das Grinsen.

»Du musst mir die Chance geben, meine Geschichte zu erzählen. Dann kannst du … oder besser gesagt wir entscheiden, ob das hier eine gute Idee ist oder nicht.«

Jans Augen klaren auf. Die Lust weicht der Vernunft. Doch er sagt nichts dazu. Mein Zeichen zu gehen. »Melde dich, wenn du es dir überlegt hast.« Im Vorbeilaufen schnappe ich mir meine Tasche und die Jacke. In die Schuhe bin ich schnell geschlüpft. Ohne »Tschüss« zu sagen, gehe ich. Es wäre auch keiner da gewesen, dem ich hätte Tschüss sagen können. Jan ist in der Küche stehen geblieben. Seine Gedanken schienen in seinem Kopf zu explodieren. Mehr als ein Nicken habe ich nicht von ihm bekommen.

Es ist eben alles ein bisschen zu viel …

Jan

Schon wieder habe ich es nicht geschafft, auf Dina zu reagieren. Abermals hat mich dieser Stillstand überrollt. Zumindest körperlich. Mein Geist hingegen, der rast wie eine außer Kontrolle geratene Achterbahn durch meinen Kopf.

Ich versuche zu begreifen, aber verstehe kein Wort.

Nachdem ich meine ganze Küche aufgeräumt und geputzt habe, sehe ich auf die Uhr. Es ist fast Mitternacht. Geisterstunde.

Ich weiß nicht, woher der Gedanke an eine Geisterstunde kommt. Doch er trifft es genau. Es fröstelt mich. All die kleinen Härchen auf meinem Arm stehen kerzengerade.

Zur Beruhigung mache ich mir einen Tee. Dabei ist es die Bewegung, die mich beruhigt und nicht wirklich der Tee, der jetzt dampfend vor mir steht. Unbeachtet lasse ich ihn stehen und schnappe mir ein kühles Bier aus dem Kühlschrank.

Die Couch begrüßt mich mit einem Knarzen, als ich mich auf sie fallen lasse.

Ich habe keine Lust auf Fernsehen oder ein Buch. Ich will hier sitzen und die Ruhe genießen. Ich will sie in mir aufnehmen und hoffe, dass sie meine Gedanken übernimmt und zum Schweigen bringt.

Doch statt Ruhe schwebt ein summendes Geräusch durch den Raum.

Mein Handy. Ich nehme es und schaue, wer mich mitten in der Nacht nervt. Niemand. Kein Anruf, keine Nachricht. Nichts.

Doch als ich es wieder weglegen möchte, beginnt es erneut zu vibrieren.

Was zur Hölle geht hier vor?

Mein Blick bestätigt meine Vermutung.

Nichts erscheint auf dem Display. Es ist schwarz. Neuer Versuch. Ich schiebe es unter die Sofakissen und warte. Die Spannung ist beinahe unerträglich. Sie explodiert, als das Handy wieder zu vibrieren beginnt.

»Scheiße! Was ist das?« Ich bin ein erwachsener Mann, mit fortgeschrittenen Kenntnissen im Boxen und habe Schiss vor meinem Smartphone. Toll.

Vorsichtig ziehe ich das Teil unter dem Kissen hervor.

Das Display ist noch immer schwarz. Trotzdem hört es nicht auf zu vibrieren.

Okay, ich stelle es aus. Ich entsperre es und würde es zeitgleich am liebsten wegwerfen.

Dina.

Das Chatfenster ist bereits geöffnet und ihr Profilbild lächelt mir entgegen. Der kleine Cursor blinkt und wartet darauf, dass ich etwas eintippe.

Das ist gruselig! Oder?

Okay. Einmal tief durchatmen. Handy ausstellen. Problem behoben.

Das sieht mein Smartphone anders. Es lässt sich partout nicht abstellen. Ich kann den Chat nicht verlassen. Nur die Tastatur funktioniert. Ich werde das Gefühl nicht los, dass ich nicht allein bin.

Klar, Luna ist auch hier. Doch ich bezweifle, dass sie ausgeprägte Hackerfähigkeiten besitzt und mein Handy fernsteuert. Es gibt genau zwei Möglichkeiten.

Entweder werfe ich das Ding im hohen Bogen gegen die nächste Wand oder ich tue, was es mir befiehlt.

Wieder einmal ist mein Körper schneller als meine rasenden Gedanken.

> 00:00 Uhr
>
> »Natürlich möchte ich gerne deine Geschichte hören. Manchmal bin ich nicht fähig, so zu reagieren, wie ich es sollte. Gib mir ein bisschen Zeit. Bitte. Ich melde mich. Versprochen!«

Bravo. Die Uhrzeit ist genauso passend wie die Worte.

So hätte Medina mich beschrieben.
Ich beschließe, dass ich es für heute gut sein lasse. Ich lege das Handy zurück unter die Kissen und bin froh, dass es dieses Mal still bleibt. Anscheinend habe ich seinen Willen erfüllt. Wobei ich glaube, dass es nicht der Willen des Handys war, den ich da erfüllt habe ...

Dina

Heute ist es so weit. Der Tag der Tage. Völlig nervös flattere ich durchs Haus. Scheuche meine Zwillinge viel zu früh aus dem Bett und trotzdem sind wir spät dran. Dabei ist heute der Tag, an dem ich auf gar keinen Fall zu spät sein möchte. In Höchstgeschwindigkeit fahren wir zum Kindergarten. Louisa und Paul sind froh, ihrer übernervösen Mutter entfliehen zu können. Zurück zu Hause dusche ich in Windeseile, vermassle mein Make-up und kann beim besten Willen die neue Bluse nicht finden.

Verdammt.

Ich bin sicher, dass ich sie gewaschen und gebügelt habe. Aber das Mistding ist nirgends zu finden.
Zum letzten Mal gehe ich alle Räume durch. Auch die Kinderzimmer. Wer weiß …
Doch weder Paul noch Louisa haben die Bluse entführt. Sie hängt im Büro. Der Kleiderbügel baumelt vor dem Regal mit den Fotoalben. Und ich meine, er baumelt! Als hätte irgendjemand ihn gerade dahin gehängt.
Wahrscheinlich ich. Sicher ich. Ist ja sonst niemand hier. Oder?

Mist. Oh Mann, ich muss mir unbedingt etwas zur Verteidigung zulegen. Wobei ein Einbrecher wohl kaum in mein Haus kommt, die Bluse sieht und sich denkt:

»Ach herrje, die ist aber gar nicht schön aufgehängt. Na, die hänge ich doch besser mal im Büro auf.«
Ein Blick auf die Uhr lässt meinen Puls in die Höhe schnellen. Selbst wenn ich wollte, ich werde es niemals rechtzeitig schaffen.

Ich reiße die Bluse vom Haken und erstarre zur Salzsäule.

Das Regal mit den Fotoalben. Direkt hinter der Bluse, das Album von Jan und mir.

Es ist das erste Album. Die Anfänge unserer Beziehung, die ersten Jahre. Erste Reisen. Viele erste Male von allem. Auf dem Einband des Hardcovers steht der Spruch, der uns damals so tiefsinnig vorkam:

Wenn Träume wahr werden.

Ich ziehe das Buch aus dem Regal und auf dem Cover lächelt mir ein junges Pärchen entgegen.

Jan mit einem Kochlöffel in der Hand. Und ich. Mit einer Kamera in der Hand. Er hatte damals gerade seine Ausbildung abgeschlossen und seinen ersten Job angefangen. Er hat seine Träume wahr werden lassen. Schon immer. Er war mein Vorbild. Ist es noch.

Ich stelle das Buch zurück und ziehe die Bluse über.

Träumen kann ich erst, wenn ich die finanziellen Mittel dazu habe.

Der Preis der alleinerziehenden, verwitweten Mutter.

Doch das Zeichen habe ich begriffen. Es war kaum nicht zu verstehen.

Wie erwartet, komme ich zu spät zu meinem ersten Vorstellungsgespräch seit fünfzehn Jahren. Ganze zehn Minuten.

Doch ich bin komplett so angezogen, wie ich es mir vorgenommen habe. Trotzdem werde ich das Gefühl nicht los, dass ich irgendetwas vergessen habe.

Der Blick der Sekretärin, die sich mehr oder minder freundlich als Frau Bürger vorstellt, bestätigt meine Vermutung. Es ist etwas Äußerliches. Keine Frage. Wahrscheinlich habe ich vergessen, meine bis zu den Knien hängenden Tränensäcke zu überschminken. Ich setze mein freundlichstes Lächeln auf und folge Frau Bürger in ihr Büro.

»Guten Tag Frau Schubert. Schön, dass Sie den Weg zu uns gefunden haben.« Sie klingt durchaus freundlich, aber die gehobene Augenbraue bei der Anspielung auf den Weg verrät, dass sie verärgert ist.

»Entschuldigen Sie meine Verspätung.«

Erwartungsvoll sieht sie mich an. Klar will sie wissen, warum ich zu spät bin. Aber ohne offensichtliche Frage sehe ich mich nicht gezwungen zu antworten.

Mist. Ich merke jetzt schon, dass wir uns nicht mögen werden.

Ich bin professionell genug, sitzen zu bleiben und nicht gleich wieder zu gehen. Auch wenn ich weiß, dass dieses Gespräch zum Scheitern verurteilt ist.

»Nun gut, Frau Schubert. Vielen Dank für Ihre Bewerbungsunterlagen. Wollen Sie sich erst einmal vorstellen? Ihrem Lebenslauf ist ja nicht sehr viel zu entnehmen.«

Autsch. Der hat gesessen.

»Gern, Frau Bürger. Also, ich bin vierunddreißig und war über fünfzehn Jahre bei *Job-to-go* angestellt. Ich habe die Finanzbuchhaltung geleitet und über die Jahre das Wachstum der Firma begleitet und mitgestaltet.«

»Ja, das habe ich durchaus Ihren Unterlagen entnehmen können.« Jetzt wird es aber recht ungemütlich hier. Nervös rutsche ich auf meinem Stuhl hin und her. Ich habe das Gefühl, in einem Verhör zu sitzen und ich bin definitiv die Angeklagte.

»Sagen Sie mir doch, Frau Schubert, was hat sie dazu bewogen, *Job-to-go* zu verlassen und sich bei uns zu bewerben?«

»Ich möchte mich gern weiterentwickeln. Eine neue Herausforderung annehmen und laut Ihrem Jobinserat bin ich da bei Ihnen genau an der richtigen Stelle.« Ich versuche mich an einem Lächeln, bekomme aber keines zurück. Stattdessen richtet sich Frau Bürger die Brille und starrt erneut auf meine dürftigen Unterlagen.

»Ihnen ist also bewusst, dass Sie von einer Personalvermittlungsfirma in eine Steuerkanzlei wechseln wollen?«

Bevor ich etwas antworten kann, fährt sie fort:

»Sie haben fünfzehn Jahre die Finanzabteilung in einer Personalvermittlungsfirma geleitet und wollen sich jetzt mit Steuererklärungen auseinandersetzen?«

Wieder habe ich keine Möglichkeit zu antworten.

»Mit vierunddreißig Jahren und ohne genügend Vorkenntnisse möchten Sie von jetzt auf gleich Ihre berufliche Tätigkeit ändern?«

Jetzt wird es mir allmählich zu bunt. Aus meiner Nervosität wird Wut und Unverständnis. »Warum laden Sie mich zu einem Vorstellungsgespräch ein, wenn Sie doch schon eine vorgefertigte Meinung von mir haben?«

»Nach unserem Telefonat war ich der Annahme, dass Sie eine qualifizierte junge Frau sind, die unsere Anforderungen erfüllt. Leider wurden meine Erwartungen nicht erfüllt. Sie kommen zehn Minuten zu spät und offensichtlich nehmen Sie es mit Ihrem professionellen Auftreten nicht sehr genau.«

»Ich? Was? Na hören Sie mal!«

Ich weiß gar nicht, was ich sagen soll. Auf dem Mund gefallen bin ich nicht. Eigentlich. Aber so was wie hier ist mir noch nie passiert. Ich bin völlig fassungslos und bekomme nicht die Möglichkeit, meine Fassung wieder zu erlangen.

»Frau Schubert. Tun Sie mir einen Gefallen und betrachten Sie sich demnächst ein wenig genauer im Spiegel, bevor Sie das Haus verlassen.«

Mit diesen Worten steht sie auf und geht aus dem kleinen Konferenzraum. Sprachlos laufe ich ihr hinterher. Sie begleitet mich bis zum Eingang und bleibt demonstrativ an der geöffneten Türe stehen. Ich werfe mir meine Jacke über und kämpfe bereits mit den Tränen. Meine Gedanken rasen und bevor ich die Kanzlei verlasse, fallen mir doch noch ein paar passende Worte ein. »Vielen Dank, Frau Bürger, dass Sie mir gezeigt haben, wo ich nicht arbeiten will. Ihre herablassende Art ist höchst unangemessen. Und wenn Sie sich das Recht herausnehmen, mein Äußeres zu kritisieren, dann werde ich mir dieses Recht jetzt ebenso nehmen. Mit Mitte fünfzig einen Bleistiftrock zu tragen, der nicht Ihrer Konfektionsgröße entspricht und definitiv zu viel von Ihren Beinen zeigt, lässt darauf schließen, dass Sie mit dieser Kanzlei mehr verbindet als nur die berufliche Beziehung. Schönen Tag noch.«

Mit diesen Worten eile ich durch das Treppenhaus. Ich hätte wirklich gern ihr Gesicht gesehen, aber dafür haben die Tränen zu schnell meine Wangen erreicht. Das empörte Seufzen war trotzdem ein Fest für meine geschundene Seele.

Im Auto lasse ich meinen Tränen freien Lauf. Irgendwann versiegt der Strom und ich möchte mir die Reste meines Make-ups aus dem Gesicht wischen. Beim Blick in den Rückspiegel wird aus meiner Wut und der Enttäuschung ein Grinsen. Es steigert sich zum Lachen und purzelt laut aus meinem Mund.

Ich habe vergessen, einen unordentlichen Rosa-Schleifchen-Zopfgummi-Dutt in eine Frisur zu verwandeln. Oh Mann. Ich muss ein herrliches Bild abgegeben haben.

Egal. Es wäre auch zu einfach gewesen, wenn die erste Bewerbung direkt den richtigen Job ergeben hätte.

Ich habe die letzten Tage weitere Bewerbungen abgeschickt und hoffe, dass ich nicht wieder vergesse, meine Haare zu richten. Oder besser noch, dass so ein Fauxpas mit Humor genommen wird, statt mit Ablehnung. Ich beschließe, nicht weiter traurig zu sein und es als vermasselte Übung abzuhaken.

Zu Hause zeigt mir mein Handy eine eingegangene Nachricht. Von Jan. Mein Herz macht kleine Jubelsprünge und mein Verstand flüstert mir zu, dass er mir gesagt hat, dass er sich melden würde.

Ich bedanke mich bei meinem Verstand für die weise Vorhersehung und höre meinem Herzen beim Jubeln zu.

Jan

Ich bewundere Dina für ihre Geduld. Sie hat mir die Zeit gegeben, die ich brauchte, um mir klar zu werden, ob ich sie wirklich kennenlernen will. Mit allem Drum und Dran. Mit einer Vergangenheit, die meiner viel zu ähnlich ist.

Ich bekomme sie nicht aus dem Kopf. Sie ist die erste Frau seit Medina, für die ich etwas empfinde. Mehr empfinde als Lust. Es macht mir eine Scheißangst. Es sind zu viele Zufälle. Es ist Schicksal. Oder auch mehr. Ich glaube nicht an diesen Esoterikmist. Aber ich kann auch nicht leugnen, was alles passiert ist, seitdem mir Dina über den Weg gelaufen ist.

Sie zieht mich an wie ein Magnet.

Ich könnte schwören, dass ich ihr vor dem Tag im Zoo noch nie in meinem Leben über den Weg gelaufen bin. Auch wenn es davor schon so viele Schnittstellen gegeben hat.

Ich möchte gar nicht wissen, ob wir uns nicht hätten schon im Krankenhaus über den Weg laufen können.

Vielleicht sind wir das auch. Wir haben uns nur nie gesehen, weil unsere Augen keinen Blick füreinander hatten. Unsere Zeit war noch nicht gekommen.

So viele Fragen, auf die ich keine Antworten möchte. Und doch denke ich sie und bin mir dabei sicher, dass ich, ob ich will oder nicht, früher oder später die Antworten darauf bekommen werde.

Ich bin froh, dass bei aller Geduld, die Dina aufbringt, sie mich nicht lange warten lässt. Auf meine Frage, ob wir uns zu einem Spaziergang treffen wollen, kam nur wenig später:

»*Ja.*«

Sie lässt den Ball bei mir. Ich kann entscheiden, wann und wo. Da Luna wieder gesund ist und in den Kindergarten gehen kann, bin ich flexibler. Ein kurzer Check im Kalender reicht, um festzustellen, wann ich Zeit habe.

Jan:
»Morgen 9:00 Uhr, am Haupteingang vom Stadtpark?«

Dina:
»Sehr gern. Bis morgen!«

Das Morgen lässt leider ziemlich lang auf sich warten. Die Zeit kriecht im Schneckentempo dahin und quält mich mit ihrer Dehnbarkeit.

Luna hat am Abend auf gar nichts Lust. Nicht spielen. Keine Bücher. Nicht malen. Das Essen ist ihr nicht recht und ins Bett möchte sie auch nicht. Na, toll. Der Abend zieht sich wie Kaugummi. Als ich endlich im Bett liege, bekomme ich kein Auge zu. Nervosität, Vorfreude, Angst. Alles.

Diese Nacht ist zum Scheitern verurteilt, ist mein letzter Gedanke, bevor eine schimpfende Luna mein Schlafzimmer betritt. Ich mache mich innerlich schon bereit dafür, sie wieder ins Bett zu bringen, als mich ein helles Licht trifft.

Völlig desorientiert starre ich meinen Wecker an und kann jetzt erst den Sinn hinter Lunas Worten entnehmen.

»Du hast verschlafen, Papa! Jetzt komme ich zu spät.«

Trotzig stampft sie auf und rennt aus dem Zimmer. Einen kleinen Augenblick brauche ich noch, bevor ich die Uhrzeit auf dem Wecker begreife.

8:35 Uhr

»Fuck. Scheiße. Arrrgh.«

»Ich kann dich hööören«, lässt mich Luna wissen. Schnell schreibe ich Dina eine Nachricht, dass ich mich etwas verspäte und hoffe, dass sie nicht schon unterwegs ist und ewig auf mich warten muss.

So schnell wie irgendwie möglich, was definitiv nicht schnell genug ist, mache ich Luna und mich parat. Zum Frühstück gibt es heute zwei Müsliriegel. Statt zu Fuß zu gehen, fahren wir mit dem Auto zum Kindergarten.

9:25 Uhr laufe ich auf den Haupteingang vom Park zu und sehe ...

Niemanden. Verwundert drehe ich mich einmal um mich selbst. Nichts.

Resigniert lasse ich meinen Kopf auf die Brust fallen und will gerade loslaufen, als mich jemand von der Seite anstupst. Vor Schreck fahre ich zusammen. So wie ich mich dem Stupser zudrehe, lacht mir ein sehr bekanntes Gesicht entgegen.

»Ich habe anscheinend eine ziemliche Wirkung auf dich.« Dinas Gesicht ist überzogen von Freude. Um ihre Augen bilden sich kleine Lachfältchen und ihr Mund grinst von einem Ohr zum anderen. »Entschuldige, dass ich nicht hier war.«

Bevor ich etwas erwidern kann, schwebt ein dampfender Pappbecher vor meinem Gesicht.

»Eine Freundin von mir hat ein kleines Café da drüben. Sie macht höllisch guten Kaffee und hat einige ausgefallene Teesorten im Angebot.«

»Ich komme zu spät und bekomme einen Tee dafür? Das muss ich mir unbedingt merken«, lache ich ihr entgegen.

»Mit Kindern hat man immer eine Entschuldigung fürs Zuspätkommen.« Ich kann ihr nur nickend zustimmen. Neugierig schnuppere ich an meinem Becher.

»Ich kann beim besten Willen nicht erraten, was das für ein Tee ist.«

Dinas Augen funkeln und mit einem verschwörerischen Grinsen beugt sie sich ein wenig zu mir. »Blue Matcha mit einem Schuss Ingwer.«

»Du hast keine Ahnung, was das bedeutet, oder?«

Lachend schüttelt sie ihren Kopf. Ihre Haare wippen auf und ab und ich kann nicht anders, als sie einfach anzustarren. Ich sollte unbedingt damit aufhören.

»Es war der Tee mit der schönsten Farbe und dem

coolsten Namen.«

Unsere Beine tragen uns langsam durch den Park. Ein Schweigen hat sich zwischen uns ausgebreitet. Ich bin völlig überfordert mit der Situation und Dina scheint es nicht anders zu gehen. Immer wieder bemerke ich, wie ihre Augen zu mir schweben und sich dann wieder an den Boden heften.

»Dina?«

»Ja?«

»Ich bin mir nicht sicher, was ich dich fragen soll.«

Ihre linke Augenbraue wandert in die Höhe. Sie bleibt abwartend stehen.

»Ich meine ... naja ... ach scheiße.« Ich bin frustriert von mir selbst und würde am liebsten wie ein trotziges Kind auf den Boden stampfen. Zum Glück ist meine Impulskontrolle stärker als die eines vierjährigen Kindes.

»Du musst nichts fragen. Du musst mir nur sagen, ob du es hören möchtest. Ohne wegzulaufen. Bitte.«

Das »*Bitte*« klingt lange in meinen Ohren nach. Ja, sie hat mir Zeit gegeben, aber das heißt nicht, dass es okay war, wie ich mich verhalten habe. Sicher nicht.

»Erzähl es mir. Ich bin hier.« Das ist ein Versprechen, auch wenn ich es ihr nicht so sagen kann.

»Okay.« Dina atmet tief durch. Ich bin sicher, dass es ihr nicht leicht fällt, ihre ganze schmerzhafte Vergangenheit vor mir auszubreiten. Und das, was ich zu hören bekomme, jagt mir eine Gänsehaut über meinen Körper. Unsere Geschichten sind sich so ähnlich.

Jan musste seine Frau und Kinder allein lassen. Er hat den Kampf gegen den Lungenkrebs nicht gewonnen. Er war sportlich, liebte das Leben und besaß Leidenschaft fürs Kochen. Er war nie selbstständig und hatte es auch nicht vor. Trotz seiner Leidenschaft liebte er seine Familie noch mehr. Natürlich gab es nicht immer nur Friede, Freude, Eierkuchen. Aber eines blieb, die Liebe und das Vertrauen zueinander. Jan hat hart und lang gekämpft, bevor er aufgab.

Dina verlor sich in Trauer, flüchtete vor dem Mitleid ihrer Freunde und gab alles um sich herum auf.

Ich sehe diese starke Frau von der Seite an. Ich bewundere jeden ihrer Schritte zurück ins Leben. Ich weiß, wie viel Kraft jeder einzelne Atemzug kostet. Und doch kann ich es erkennen. Der Lebensmut, die Freude am Leben, sie ist spürbar, auch wenn ihr Gesicht tränennass ist.

Irgendwann bleibt sie stehen.

Dina

Zwei starke Arme umschlingen meinen Körper. Eine warme Brust hält meinen Kopf. Jan gibt mir Zeit, wieder in das Hier und Jetzt zu finden. Zu lange schon habe ich niemandem mehr zusammenhängend von den letzten vier Jahren erzählt.

Selbst mit meiner Therapeutin bin ich noch nicht so weit, ihr alles zu erzählen. Doch Jan konnte ich es sagen. Er kennt meinen Schmerz. Es ist auch seiner. Ich habe mich nie so verstanden gefühlt wie in der letzten halben Stunde.

Sein unverwechselbarer Geruch steigt mir in die Nase. Noch einen Moment. Einmal tief einatmen und dann löse ich mich von ihm. Bevor mein Herz aus dem Takt kommen kann.

»So. Und jetzt du.«

Verständnislos schaut mich Jan an.

»Wer bist du? Nicht deine Geschichte, die kenne ich schon. Ich will wissen, wer du bist!«

Nervös fliegen seine Augen durch die Umgebung.

»Also … ähm … Ich bin Jan. sechsunddreißig Jahre. Koch.«

Das geht so nicht. Zu seiner Verteidigung muss ich sagen, dass ich mich auch verständlicher ausdrücken könnte. Ich mag es einfach, ihn ein wenig aus der Reserve zu locken. Hinter die Fassade des dauergrinsenden und selbstbewussten Schönlings zu blicken. Es ist köstlich, ihn zu sehen, wenn er nervös ist und nicht weiß, wohin mit sich. »Das meine ich nicht. Ich will wissen, wer du bist. Was dich ausmacht. Alles andere sagt mir nichts über dich.«

»Puh ... du kannst ja komplizierte Fragen stellen«, bemerkt er mit einem schiefen Lächeln.

»Dann will ich mal nicht so sein. Ich fange an. Ich liebe meine zwei Kinder und vermisse meinen Mann. Meine Lieblingsfarbe ist Mintgrün. Ich esse am liebsten Nudeln mit Pesto und Unmengen an Parmesan. Buffy ist noch immer meine Lieblingsserie. Ich hasse das Klingeln von meinem Wecker, egal zu welcher Zeit. Von Senfsoße mit Ei wird mir schlecht. Überfüllte Innenstädte lösen Panik in mir aus.«

Während ich erzähle, hört Jan mir aufmerksam zu. Ein breites Grinsen ziert sein markantes Gesicht.

»Alles klar. Jetzt weiß ich, was du meinst.«

Er kräuselt kurz seine Nase und scheint sich seine Worte genau zu überlegen. Ich freue mich darauf, zu hören, wer er ist.

»Ich liebe Lazy-Sundays mit Fast Food und in Jogginghose. Ich höre am liebsten die Red Hot Chilipeppers, von Schlagermusik könnte ich kotzen. Ich mache meiner Tochter sehr gern die Haare und habe unzählige YouTube-Tutorials dafür angesehen.«

Unwillkürlich muss ich lächeln und gleichzeitig warte ich auf ein Merkmal, welches ihn nicht noch unwiderstehlicher macht. Vergebens.

»Für Schokolade würde ich töten. Stoffhosen mit aufgebügelter Falte finde ich eklig.« Jan läuft gerade erst warm und führt die Liste ewig fort. Mit jedem Schritt. Mit jedem Wort rollt die Wahrheit weiter auf mich zu. Die Schmetterlinge in meinem Bauch schlagen Purzelbäume. Eine Hand umfasst meinen Oberarm und zwei schokoladenbraune Augen mustern mich verspielt. Sein Blick schwebt über meine Lippen. Seine Augen verharren einen Moment zu lang auf ihnen.

»Wo warst du gerade?«, fragt er mich leise.

»Mh?«

»Du hast gar nicht mitbekommen, dass ich stehen geblieben bin und dich gefragt habe, ob du noch einen Kaffee möchtest.«

Ich folge seiner Handbewegung, die auf einen kleinen

Kiosk deutet und mich erkennen lässt, dass wir schon länger unterwegs sind, als es sich anfühlt. Zeit ist eine komische Sache. Sie kann sich ins Unermessliche dehnen oder rinnt einem durch die Finger.

»Ich habe dem Schicksal einen stummen Dank geschickt.« Das habe ich wirklich. Nicht weil ich froh bin, dass mein Mann fort ist. Nein, ich bin froh, dass es mir Jan gebracht hat.

Das Nachhausekommen ist heute von Leichtigkeit geprägt. Schon lang habe ich mich nicht mehr so gelöst gefühlt. Befreit. Ruhig.

Auf dem Weg nach Hause habe ich eine Entscheidung getroffen, die ich schon viel zu lang vor mir herschiebe. Als am Abend Ruhe einkehrt und ich mich vor meinem Kleiderschrank positioniere, überkommt mich ein Moment des Zweifelns, der Trauer und der Wut. Aber heute werde ich diesen Moment bezwingen, die Gefühle durch mich hindurchströmen lassen, den Kopf wieder heben und einen Schritt näher auf das Leben zugehen.

Ich öffne die Schiebetür und blicke auf meine Vergangenheit.

Wie ein Mahnmal hängen Jans Kleidungsstücke im Schrank. Pullover, Shirts und Hemden hängen wild durcheinander. Socken, Unterwäsche und Sportklamotten kullern durch die Schubladen.

Einen Moment noch. Einmal tief durchatmen. Dann greife ich hinein. Ich nehme den Pulli raus, den ich an Jan geliebt habe. Marineblau. Einfach geschnitten. Bauchtasche und Kapuze. Jan sah in den einfachen Sachen am attraktivsten aus. Das Blau hat seine grünen Augen betont, seine roten Lippen, wenn er mich fröhlich angelächelt hat. Ich muss es versuchen und stecke meine Nase tief in den Stoff. Ich will ihn noch einmal riechen. Aber nach dreieinhalb Jahren ist nichts mehr übrig von seinem Duft. Der Pulli riecht nach nichts. Der Stoff fühlt sich an meiner Wange weich an und erinnert mich an Stunden auf der Couch, wenn ich meinen Kopf an seine Brust gelehnt habe. Wir haben gern ferngesehen. Alles Mögliche. Es hat uns entspannt und gleichzeitig nähergebracht. Der Abend gehörte immer unser. Die Handys haben wir in der Küche liegen lassen, um nicht gestört zu werden. Es hat nicht immer geklappt, allein schon wegen Jans Diensten. Umso mehr haben wir die Abende genossen, die wir hatten. Zu gern bin ich an ihm angekuschelt eingeschlafen, habe mich von der Geborgenheit in den Schlaf lullen lassen. Oft genug bin ich grunzend wieder aufgewacht und habe versucht, meinen Sabber davon abzuhalten, auf Jans Pullover zu tropfen. Das amüsierte Lachen von ihm hatte ich jedes Mal verdient und das vertraute Geräusch genossen.

Diesen Pulli werde ich behalten. Er bringt mich zum Lächeln und ist mit hunderten schönen Erinnerungen verknüpft. Ich schüttle ihn kräftig aus, um den imaginären Staub zu vertreiben, als mir ein kleiner Zettel entgegenfliegt. Meine Neugier gewinnt gleich die Oberhand und das kleine Stück Papier findet den Weg in meine Hände. Vorsichtig öffne ich den ordentlich gefalteten Zettel.

»Ich werde dich immer lieben.«

Mein Herz setzt für einige Schläge aus. Ich halte die Luft an, drehe und wende das Stück Papier in meinen Händen.

Was? Wie? Warum?

Der Gedanke, dass mehr Kleidungsstücke mit Zetteln gespickt sein könnten, schießt mir wie ein Blitz durch den Kopf. Ich bin mir nur nicht sicher, ob das meinen Mut übersteigt. Kann ich das? Will ich das? Wird es mich zurückwerfen?

Ich weiß es nicht. Ich muss es probieren. Und aus dem Gedanken des Probierens wird ein Entschluss und aus dem Entschluss fasse ich Mut und sogar Hoffnung. Schwungvoll reiße ich ein Kleidungsstück nach dem anderen aus dem Schrank, durchwühle Hosentaschen, Brusttaschen, Socken und auch Unterwäsche. Ein bunt gemischtes Chaos belagert mein Bett. Und davor liegen achtundvierzig kleine Nachrichten. Achtundvierzig!

Ich würde mich über mich ärgern, dass ich mich nicht eher an den Kleiderschrank getraut habe. Doch die Freude überwiegt. Freude und Überraschung. Ich habe keine Ahnung, wann Jan das gemacht hat. Woher er die Kraft nahm.

Die kleinen Zettel sind aufgereiht nach einem möglichen zeitlichen Ablauf. Am Anfang ist seine Schrift wie immer. Gerade, etwas krakelig, leserlich. Je weiter der Zeitstrahl fortschreitet, umso schwächer ist die Tinte, desto unleserlicher die Schrift und geknüllter das Papier.

Ich gehe jede Nachricht durch.

Alles ist dabei.

> *»Sag Louisa und Paul, dass ich sie liebe. Für immer.«*
>
> *»Ich habe jeden Tag mit dir genossen. Alle! Auch die, an denen wir gestritten haben bis die Teller geflogen sind.«*
>
> *»Du bist die beste Mutter der ganzen Welt. Vergiss das nicht!«*
>
> *»Mach dein Hobby zum Beruf. Das Leben ist viel zu kurz. Frag meine Eltern nach dem Sparbuch. Das sollte reichen, um zu starten.«*
>
> *»Vergiss mich nicht. Aber bitte Dina, bleib nicht allein. Du hast es verdient, glücklich zu sein, geliebt zu werden und auch zu lieben.«*
>
> *»Ich werde dich immer lieben. Immer.«*

Einige Nachrichten wiederholen sich. Andere beinhalten kleine und große Momente aus unserem Leben,

geschrieben aus seiner Sicht.
Die erste gemeinsame Reise nach Kopenhagen.
Unser Hochzeitstag. Der positive Schwangerschaftstest.
Die Geburt der Zwillinge.

Immer mehr Tränen lösen sich aus meinen Augen. Ich bin überwältigt von allem und habe keine Ahnung, wohin mit meinen Gefühlen. Ich schwanke zwischen unendlicher Trauer. Freude. Frust. Liebe.
Ich kann das hier nicht länger allein.

Meine Mutter klingt verschlafen, als sie nach unendlich vielen Versuchen ans Telefon geht. Gespannt hört sie mir zu und fragt, ob sie vorbeikommen soll.

»Nein, Mama. Aber bitte leg nicht auf.«

»Okay, mein Schatz.«

Ein Schweigen legt sich zwischen uns.

»Willst du sie mir vorlesen?«

Ja, das will ich. Und so reden wir die halbe Nacht, weinen und freuen uns zusammen. Fragen uns, wann Jan die Zettel geschrieben haben könnte. Ob er erst damit angefangen hat, als ihm klar wurde, dass er es nicht schaffen wird.

»Du musst Claudia und Ralf anrufen«, sagt meine Mutter bestimmend.

»Ich weiß ...« Das tue ich wirklich, aber ich habe keine Ahnung, wie ich ihnen gegenübertreten soll. Sie wussten davon und haben mir nichts gesagt. Warum? Ich hätte so viel früher von den kleinen Schätzen erfahren können.

»Sei ihnen nicht böse. Du kennst Jan und wie stur er auf etwas beharren konnte. Ich bin sicher, er hat sie lange bearbeiten müssen, damit sie dir nichts sagen.«

»Wahrscheinlich hast du recht. Und trotzdem ist es unfair!«

»Nein, ist es nicht. Jan hat es so gewollt.«

Das hat er wohl, auch wenn ich nicht weiß, warum. Als ich auflege, graut bereits der Morgen. Ich mache Frühstück, scheuche Paul und Louisa aus dem Haus und lege mir die Worte zurecht, die ich beim nächsten Telefonat aussprechen möchte. Es klingelt nicht lang bis ich Claudias vertraute Stimmer höre.

»Hi, Dina. Schön, dass du dich meldest. Wie geht es euch?«

Ich mochte Claudia und Ralf schon immer und sie mögen mich. Die Urlaube bei ihnen an der Nordsee waren das Highlight im Jahr. Die Kinder vergöttern ihre Großeltern und jedes Paket wird überschwänglich aufgerissen. Trotz der räumlichen Entfernung zwischen uns, haben wir die familiäre Nähe bewahrt.

»Ist Ralf da?« Ich habe keine Zeit für Small Talk. Viel zu sehr brenne ich auf die Antworten auf meine vielen Fragen.

»Alles okay, Dina?«

»Ja, alles gut. Ist Ralf da? Ich würde wirklich gerne mit euch beiden sprechen.« Ich versuche, nicht unhöflich zu werden, aber ich bin so nervös, dass ich schwören könnte, dass die Luft um mich herum elektrisch aufgeladen ist.

»Ja ... ähm ... warte kurz, ich gehe ihn holen.«

Claudia und Ralf sind ständig zu Hause. Nicht weil sie arbeitslos wären, ganz im Gegenteil. Sie betreiben eine Pension und einige Bungalows und haben alle Hände voll damit zu tun. Gerade jetzt, kurz bevor die neue Saison beginnt.

Kurze Zeit später höre ich das tiefe Räuspern von Ralf, bevor er ans Telefon geht.

»Dina. Claudia sagt, es wäre dringend. Was gibt es denn, Kindchen?« Kindchen. So nennt mich Ralf von Anfang an. Das Wort steht für mich für einen Vater, den ich so lange schon nicht mehr habe. Es steht für bedingungslose Zuneigung und Geborgenheit.

»Kannst du den Lautsprecher anstellen. Ich will es gerne mit euch beiden besprechen.«

Es knackt in der Leitung, was der Startschuss für mich ist, um in Kurzform zu erzählen, was mich die letzte Nacht beschäftigt hat und endlich meine Fragen auf sie abzufeuern. »Wusstet ihr davon?« Mit der dringendsten Frage, schieße ich direkt nach meiner

Erzählung los. Ein tiefes Seufzen flutet die Leitung, gefolgt von einer unangenehmen Stille.

»Ja.«

Ja. Ja? Ja! Ein Wort, so viele Gefühle und alle strömen sie auf mich ein. Ich kann nicht weiterreden. Es geht nicht. Ich muss atmen. Luft in meine Lungen bekommen. Tränen zurückdrängen. Stehen bleiben, nicht umkippen.

»Dina? Bist du noch dran?« Die Stimme von Claudia klingt so dünn, schüchtern und traurig. Ich nicke, auch wenn sie es nicht sehen können. Mehr gibt mein Körper nicht her.

»Kindchen, du kennst doch Jan und wie überzeugend er sein kann. Er hat ewig auf uns eingeredet. Wir ...«, der Rest des Satzes schwebt durch meinen Kopf, bevor ich ihn aussprechen kann.

»Ihr wolltet ihm einen seiner letzten Wünsche nicht abschlagen.« Abgedroschen. Klischee. Wahrheit. Ich höre das leise Schniefen und gleichzeitig kann ich die Erleichterung spüren, die die Distanz von der Nordsee bis zu mir überwindet.

»Danke.« Vier Buchstaben. Ein kleines Wort. Die große Bedeutung, die es für mich hat. Ich hätte es ebenso nicht gekonnt, auch wenn ich nicht ganz verstehe, was Jan damit bezwecken wollte. Manchmal reicht es nur zu wissen, auch ohne zu verstehen.

»Hast du alle Nachrichten gefunden?« Die Stimme von Claudia reißt mich zurück ins Hier und Jetzt.

»Ich denke schon. Achtundvierzig waren es.«

»Es sollten fünfzig sein, Kindchen.«

Fragezeichen ploppen in meinem Kopf auf wie Leuchtreklamen.

»Ich habe all seine Kleidungsstücke durchsucht, seine Schuhe ... einfach alles.« Ich drehe mich in unserem Schlafzimmer hin und her. Hektisch schweben meine Augen über die Kommode, den Nachttisch, unters Bett. Doch nirgends kann ich einen weiteren Zettel sehen.

»Du wirst sie nicht im Schlafzimmer finden. Aber ich

bin sicher, über kurz oder lang finden sie den Weg zu dir«, sagt Claudia mit Entschlossenheit in der Stimme und ich kann nichts weiter tun, als ihr zu vertrauen.

»Wenn du uns anrufst, dann gehe ich davon aus, du hast die Notiz mit dem Sparkonto gefunden?«

»Ja, habe ich. Könnt ihr mir was dazu sagen?«

»Nur zu gern. Ralf, möchtest du?«

Ein kurzes Räuspern später höre ich meinem Schwiegervater gespannt zu.

»Es ist so. Das Konto läuft auf deinen Namen, ist aber in unserer Kreissparkasse angemeldet. Ich sende dir die Zugangsdaten, dann hast du einen Überblick
und kannst die Vertragsdetails einsehen.«

»Vertragsdetails?« Ich verstehe nur Bahnhof.

»Das Geld ist zweckgebunden. Jan hat verfügt, dass du achtzig Prozent des Geldes für die Erfüllung deines Traumes nutzen musst. Die anderen zwanzig Prozent stehen dir zur freien Verfügung. Aber du weißt, Kindchen, wenn du Geldsorgen hast, kannst du jederzeit zu uns kommen und das komplette Ersparte für dich nutzen.« Ich bin völlig überfordert mit den ganzen Informationen.

Traum? »Achtzig Prozent von wie viel?«

»Dina, schau es dir selbst an. Wir senden dir umgehend alle Zugangsdaten und wenn du noch Fragen hast, dann ruf uns wieder an. Okay?« Ich höre die Sorge in Claudias Stimme, aber es schwingt auch Freude darin mit.

»Okay.«

»Und wenn du den Kopf wieder frei hast, dann besprechen wir mal die Sommerferien und wann wir unsere geliebten Enkel wiedersehen können.«

»Okay.« Mein Gehirn ist kurz vor dem Überhitzen und ich bin mir nicht sicher, was gerade um mich herum geschieht.

Nachdem ich aufgelegt habe, sind die gesamten Zugangsdaten schon auf meinem Handy. Eilig lade ich mir die entsprechende App runter und öffne das Konto.

Fünfundzwanzigtausend Euro. Und genaue Angaben, wie es verwendet werden soll. Die Telefonnummer des ansässigen Beraters und die Bitte, ihn anzurufen, um alles Weitere zu klären.

Ich hänge den halben Tag am Telefon. Das gemeinsame Kochen mit den Zwillingen muss heute ausfallen. Ich bin völlig erschöpft und bringe kaum noch die Konzentration auf, dem Lieferservice meine Bestellung verständlich herüberzubringen.

Louisa und Paul stört es kaum, Pizza zu essen und nebenbei einen Kinderfilm zu schauen.

Mai

Dina

Die nächsten Tage beschäftige ich mich damit, meinen alten Businessplan zu sanieren.

Eventfotografie. Das ist mein Traum. War es schon immer. Die Liebe zu den gedruckten Fotos begleitet mich schon mein Leben lang. Unser Haus ist voller Erinnerungen in Form von unzähligen gerahmten Fotos, Collagen und losen Bildern, die Türen zugeordnet sind. Ja, Türen.

An Louisas Tür hängen Fotos und Postkarten, die sie mit Erinnerungen verknüpft. Das Gleiche an der Tür zu Pauls Zimmer. An der Küchentür hängen vor allem Fotos von Jan. Erster Job. Kochversuche, die geglückt oder misslungen sind. Gewürzmarkt in der Türkei und Thailand. Und noch vieles mehr. An der Wohnungstür hängt ein Sammelsurium von Postkarten, Fotos aus Automaten, kleine Notizen und so weiter.

An der Schlafzimmertür hängen die Meilensteine unserer Beziehung. Erste Wohnung. Erste Reise. Hochzeit. Schwangerschaft. Geburt. Jan im Krankenhausbett, angeschlossen an den Chemotropf. Die Daumen nach oben gereckt.

»Ich schaff das.«

Hat er nicht. Aber seinen Mut, seinen Frohsinn, seinen unerschütterlichen Glauben an das Gute hat er nicht verloren. All das drückt dieses Foto aus. Und ich liebe es, auch wenn ich weiß, was danach kam. Es erinnert mich daran, selbst mutig zu sein. Den Dingen positiv entgegenzusehen. Nicht aufgeben. Heute mehr als noch vor Wochen.

Und neben all den Fotos, die unser Haus füllen, habe ich wahnwitzig viele Fotoalben.

Vor ein paar Wochen habe ich wieder angefangen, intensiv alles in unserem Alltag und bei Ausflügen mit Fotos zu dokumentieren. Als wollte ich die verlorene Zeit aufholen, wiedergutmachen. Es wird mir nicht gelingen, doch ich habe Freude daran. Ich habe nicht mehr das neueste Equipment, aber das wird sich dank Jan demnächst ändern.

Nachdem ich sicher bin, dass mein Businessplan unschlagbar gut ist, beginne ich verschiedene Telefonate. Allen vorweg, das Telefonat mit Mel. Ich will sie unbedingt wieder in meinem Leben haben. Als Freundin, Vertraute und Patentante. Das bin ich meinen Kindern schuldig und nicht zuletzt auch Mel.

Das erste Gespräch am Telefon verlief etwas holprig. Darum bin ich mehr als nervös, als ich zu dem kleinen Café im Park unterwegs bin. Wir haben uns zum Kaffeetrinken verabredet und neben all der Vorfreude trage ich auch die Last der Schuld, unsere Freundschaft so lange vernachlässigt zu haben.

Ich erkenne Mel sofort. Ihr feuerrotes, lockiges Haar glänzt in der Sonne. Als sie mich sieht, breitet sich ein Lächeln auf ihrem Gesicht aus. Erleichterung flutet mich und lässt auch meine Mundwinkel nach oben wandern.

Mel steht auf und geht ein paar Schritte auf mich zu. Ich weiß gar nicht, wohin ich zuerst sehen soll. In ihr strahlendes Gesicht oder auf den kugelrunden Bauch, den sie vor sich herträgt. Neben all der Freude mischt sich nun ein neues Gefühl in mein Herz. Wehmut.

Nach wenigen Schritten bin ich bei ihr und ziehe sie in eine kräftige Umarmung, soweit es mir ihr Bauch erlaubt. Tränen kullern über unsere Gesichter.

»Mel. Es ... Mel.« Mehr bringe ich nicht raus.

Sie hält mich an den Schultern ein Stück von sich und mustert mich. »Ach Maus. Alles gut! Ich freue mich einfach, dass du da bist und ich dich endlich wiederhabe. Ich habe dich vermisst.«

Ich kann kaum antworten. Ein kräftiges Schnäuzen später finde ich meine Stimme und kann meine Freundin ohne Tränenschleier in den Augen genau betrachten. Mittlerweile sitzen wir uns gegenüber und lächeln uns an.

»Mel, du hast mir auch so gefehlt. Es tut mir so unendlich leid!«

»Das muss es nicht. Ich konnte es einfach nicht länger. Mir tut es leid!«

Erneut lösen sich Tränen aus meinen Augen. In all meiner Trauer, meinem Egoismus, habe ich sie so sehr vernachlässigt. Ich habe kaum gefragt, wie es ihr geht und selbst wenn, kann ich mich an die Antworten nicht mehr erinnern. Es ging immer nur um mich und wie scheiße es mir geht. Unsere Freundschaft war irgendwann eine Einbahnstraße. Und so wie ich sie heute ansehe, hätte mir schon viel früher auffallen müssen, dass sie schwanger ist. Ich habe ihr jeden Tag im Büro gegenübergesessen und nichts mitbekommen.

»Ach Maus. Hör auf, sonst muss ich gleich wieder weinen. Diese blöden Hormone haben mich zu einer Heulsuse gemacht«, sagt sie und schluckt hörbar einen Kloß herunter. Ich versuche ihrem Wunsch zu folgen und atme tief durch, um den Tränenstrom zum Versiegen zu bringen.

Eine große Tasse Kaffee später - koffeinfrei für Mel - haben wir uns in die Erzählung der Ereignisse der letzten Monate verstrickt.

»Du müsstest sie sehen. Sie schafft nicht die Hälfte von dem, was du früher gearbeitet hast. Der Chef ärgert sich maßlos, dass er dich entlassen hat.« Mel hat mir ausführlich von der neuen, offenbar inkompetenten Abteilungsleiterin erzählt.

»Warum hast du den Job nicht bekommen?«

Meine Freundin streicht sich liebevoll über den Bauch und eigentlich ist das schon Antwort genug.

»Der kleine Zwerg hat mich daran gehindert. Aber das ist okay. Ich habe mich so lange darauf gefreut, da ist der Verzicht auf einen Job kein Problem für mich«, sagt sie mit einem Zwinkern.

Ja, Kinder können Prioritäten gehörig verschieben.

»Wann wird der kleine Bauchzwerg das Licht der Welt erblicken?«

»Der Bauchzwerg ist eigentlich eine Bauchzwergin. Und sie wird im Juli unser Leben auf den Kopf stellen.«

»Wow. Das ist nicht mehr lang. Wie geht es Anton? Freut er sich schon sehr?«

Mel antwortet mir nicht. Sie zupft an dem Tischtuch und hält ihren Blick stur auf den Boden. So kenne ich sie gar nicht. Normalerweise ist sie äußerst auskunftsfreudig und manchmal habe ich Dinge gehört, die ich lieber nicht wissen würde.

»Mel?«

»Also. Naja. Anton ...«

»Ja?« Ich kann die Spannung quasi fühlen und werde langsam ungeduldig. »Mel, jetzt sag schon! Was ist mit Anton?«

»Wir haben uns vor etwa einem Jahr getrennt.«

Ich bin sprachlos und muss sehr darauf achten, meinen Mund wieder zu schließen. Nicht dass mir da noch eine Biene reinfliegt. Ich fürchte außerdem, dass mir gleich meine Augen aus dem Kopf fallen.

Melanie und Anton. Das ist eigentlich in Stein gemeißelt. Sie waren seit dem Schulabschluss zusammen, haben die wilden Zwanziger miteinander verbracht. Sie sind zusammen in die Dreißiger gestartet. Das Letzte, woran ich mich erinnern kann, ist, dass sie vorhatten, ein Haus zu kaufen, eine Familie gründen, inklusive Gartenzwerg im Vorgarten und Gardinen an den Fenstern. Alles was eben dazugehört. Sie sind immer gegen den Strom
geschwommen und haben dabei gar nicht gemerkt, dass sie der Strom sind. Sie haben neue Maßstäbe für

Beziehung gesetzt - zumindest in meinen Augen. Sie konnten immer glücklich miteinander sein, aber auch jeder für sich. Sie haben es geschafft, ihre Interessen zu vereinen.

»Was? Warum?« Die Vorstellung, dass es eine Mel ohne Anton gibt, funktioniert nicht in meinem Kopf und so kann ich nicht mehr, als meine Worte sinnlos aneinanderzureihen. »Ich meine: Wieso?«

Mel atmet tief durch, bevor sie zu erzählen beginnt.

»Anton hat sich in einem Spieleclub angemeldet. Brettspiele, Kartenspiele ... alles, was man nicht an einem PC machen kann. Er sagte, er braucht den Ausgleich zum Job. Ich fand es erst ziemlich spießig und verdammt öde. Aber Anton gefiel es. Er meldete sich für Spiel-Wochenenden und Turniere an. Und naja, irgendwann war er mehr dort als bei mir. Tja ... und eines Abends lag sein Handy auf dem Tisch. Eigentlich schau ich nicht drauf. Du kennst mich. Aber an dem Abend hat es mir in den Fingern gejuckt. Sein erster Chat war mit einer Theresa. Und was soll ich sagen? Es gab da noch eine Julia, eine Dani und eine Carolin.« Mels Augen füllen sich mit Tränen. So viele Jahre kann man nicht einfach so vergessen, dass weiß ich nur zu gut.

»Mel, warum hast du nichts gesagt?«

»Du warst genug mit dir beschäftigt und ich ... ich hatte das Gefühl, dass du mich eh nicht hören würdest.«

»Scheiße, Mel. Das tut mir so unendlich leid!« Wieder wische ich mir über die Augen und versuche die Tränen aufzufangen. Die Wimperntusche hätte ich mir heute sparen können.

»Es ist okay. Manchmal tut es noch weh. Und soll ich dir was sagen?«

Auffordernd sieht sie mich an und ich erleichtere sie nur zu gern. »Was?«

»Das ging schon zu lange so. Nachdem ich Anton kräftig in die Mangel genommen habe, war er sehr offen. Gut, vielleicht lag es auch an den Kleidungsstücken, die eines nach dem anderen auf die Straße gesegelt sind, wenn er nicht weiterreden wollte.«

Mel kann sich das Schmunzeln nicht verkneifen. Ich kenne sie. Sie war schon immer zielstrebig. Wenn sie etwas unbedingt will, dann bekommt sie es auch.

»Das ging über Jahre, Dina! Jahre! Er wollte mit mir ein Haus kaufen. Ein Nest, in das er immer wieder fliehen kann, wenn gerade mal keine für ihn die Beine breit macht. Scheiß Bastard!« Schneller als ich es für möglich gehalten hätte, wechselt Mel von traurig zu ziemlich wütend. »Dieser verdammte Mistkerl. Und ich blöde Kuh habe ihm jede verdammte Überstunde abgekauft. Jedes verfickte Spielturnier.«

»Mel?« Langsam mache ich mir Sorgen um ihren Blutdruck. Die rote Farbe in ihrem Gesicht kann nicht gesund sein.

»Was?« Sie spuckt mir das Wort vor die Füße.

Hoppla. Hormone. Ganz sicher.

»Trink mal einen Schluck, Süße. Er ist nicht hier, um ihn mit deinen Blicken und Worten zu erdolchen.«

Zum Glück hört sie auf mich und entspannt sich sichtlich. Erst jetzt fällt mir die Ungereimtheit in der Gleichung auf.

»Wenn ihr euch vor einem Jahr getrennt habt und du jetzt im achten Monat schwanger bist ...«

Schon wieder fliegen Mels Gefühle von einem zum anderen Extrem. Ihre Wangen färben sich wieder rosa, und dieses Mal glänzen ihre Augen vor Freude.

»Naja, ich war ziemlich wütend und habe meine unfreiwillig neugewonnene Freiheit zum Feiern genutzt. So wie damals. Als der Körper Alkohol noch vertragen hat und nicht zwei Tage zur Regeneration brauchte.«

Da kann ich ihr leider nur recht geben.

»Und eines Morgens lag da ein ziemlich schnuckeliges Exemplar von einem Mann neben mir und aus irgendeinem Grund hat er sich geweigert, mein Leben wieder zu verlassen.« Fragend hebe ich eine Augenbraue und hoffe, dass Mel meine Aufforderung versteht.

»David. Er ist der Wahnsinn. Wir streiten uns öfter als

es sein sollte, aber wenn wir uns versöhnen ... halleluja.« Vielsagend wackelt Mel mit ihren Augenbrauen und ich hoffe sehr, dass sie das *»Halleluja«* nicht genauer erläutert.

»Naja und dann ging es ziemlich schnell. Wir hatten noch nicht einmal über Kinder gesprochen, da hat sich eines seiner Schwimmerchen durch die Gummibarriere gemogelt. Aber ehrlich, Dina, ich könnte mir keinen Besseren an meiner Seite wünschen. David erträgt jedes einzelne meiner gefühlsträchtigen Hormone. Er massiert meine Füße und kocht mir alles, worauf ich Lust habe.«

Ich freue mich wahnsinnig für sie und höre mir nur zu gern all ihren ausführlichen Beschreibungen von David alias Traummann an.

Es ist Abend, als ich nach Hause komme. Louisa und Paul sitzen mit meiner Mutter im Garten. Als ich durch die Terrassentür trete, stockt mir der Atem. Ich weiß gar nicht, wohin ich zuerst sehen soll. Überall blühen bunte Blumen, Setzlinge sprießen aus der Erde und der Rasen ist frisch gemäht.

»Gefällt es dir?« Louisa klingt fast ängstlich.

Es könnte an den Tränen liegen, die zum x-ten Mal heute meine Wangen fluten. Dieses Mal sind es unbändige Freudentränen.

»Es ist wunderschön, mein Schatz.«

»Oma hat uns geholfen. Aber es war Louisas Idee.« Paul sieht stolz zu seiner Schwester, die verlegen auf ihre Hände schaut.

»Wir sind froh, dass du so lange weg warst. Wir sind eben erst fertig geworden.«

»Es ist einfach ein Traum. Danke! Ihr seid die Besten!«

Ich ziehe meine Kinder in die Arme und atme den erdigen Geruch ein, der an ihnen klebt. Es riecht noch nach mehr. Es riecht nach Zuhause, Liebe und Glück.

Wir lassen den lauen Abend bei Pizza im Garten ausklingen. Aufgeregt erzählen mir Paul und Louisa, wie sie alles geplant haben, wann sie Oma eingeweiht haben und wie schwer es war, für alle Regenwürmer ein neues Zuhause zu finden.

»Wo ist denn das neue Zuhause der Regenwürmer?« Ich bin nicht sicher, ob ich die Antwort hören möchte und das Schmunzeln meiner Mutter lässt mich Böses erahnen.

»Na, in der großen weißen Kiste ... die aus dem Keller.«

Große weiße Kiste? Oh nein ...

»Du meinst den Wäschekorb? Der mit den Löchern an den Seiten?« Strafend sehe ich meine Mutter an, die nur belustigt mit den Schultern zuckt.

»Paul, wo habt ihr den Wäschekorb hingestellt?«

»Na, in die Badewanne. Wir haben Erde reingemacht und sie dann mit der Dusche nassgemacht.«

»Was? Ist das euer Ernst? Mama!«

Ich will gerade ausholen und zu einer gehörigen Schimpftirade ansetzen, da bemerke ich das verräterische Lächeln in Louisas Gesicht. Auch Paul sieht aus, als würde er die Luft anhalten.

»Ihr veralbert mich, oder?«

Alle drei brechen in Gelächter aus und sind sichtlich stolz auf ihre dreiste Lüge. Louisa flitzt nach drinnen und ich höre sie die Treppen nach oben rennen.

»Wo will sie hin?«, frage ich Paul und meine Mutter.

»Ich denke, sie will dir noch was zeigen.« Meine Mama versteckt sich hinter der aufgeklappten Pizzaschachtel und lässt mir so keine Möglichkeit, ihr Gesicht zu lesen.

Als Louisa wieder nach unten kommt, hat sie ein Glas in der Hand. Ein Marmeladenglas, gefüllt mit Erde.

»Lass mich raten. Ein Regenwurm?«

»Rudi Regenwurm«, sagt sie bestimmend.

»Okay, Rudi darf bei uns wohnen. Oder besser gesagt, bei dir. Aber es wird keinen Ralf, Robert oder Robin geben.«

»Und was ist mit Ronja?« Paul sieht mich flehend an und lässt dabei seine Augen auf Comicgröße wachsen. Welche Chance habe ich da schon?

»Okay, Rudi und Ronja. Aber ich will sie nirgends im Haus frei rumkriechen sehen. Und nach dem nächsten

Regen werden sie wieder ausgesetzt. Verstanden?«

Zwei Kindergesichter nicken mir eifrig zu und ich bin froh, dass die Wettervorhersage für die nächsten Tage Regen verspricht.

Heute habe ich das Gefühl, ich könnte die ganze Welt umarmen. Zu gern möchte ich noch einen Menschen daran teilhaben lassen. Jemanden, der mir viel zu oft im Kopf umherschwirrt und einen Weg in mein Herz sucht.

Jan

Es ist kurz nach Mitternacht, als ich müde nach Hause komme. Luna ist bei meinen Eltern und ich bin mehr als froh darüber.

Ich versuche, so oft es geht, mich meinen Pflichten als Geschäftsführer hinzugeben. Aber das Kochen ist und bleibt meine Leidenschaft. An den Wochenenden nehme ich zu gern auch mal die langen Spätdienste und bin bis zum Schluss in meinem Restaurant. Ich schließe die Tür hinter mir ab und gehe mit dem Gefühl von absoluter Zufriedenheit nach Hause.

Ich werde morgen zum Mittagessen zu meinen Eltern fahren, Mamas gute Küche genießen und danach mit Luna den Sonntag vertrödeln.

Erst jetzt habe ich den Kopf frei für mehr als meinen Job. Frisch geduscht und in ein Handtuch gewickelt, gehe ich die Nachrichten der vergangenen Stunden durch. Interessieren tut mich jedoch nur eine.

Dina.

Ich habe sie seit dem Spaziergang nicht mehr gesehen. Seither schreiben und telefonieren wir regelmäßig.

Ich freue mich sehr für sie und wegen der vielen kleinen Notizen, die ihr ihr Jan hinterlassen hat. Und ich muss ehrlich zugeben, ich habe auch Medinas Sachen durchwühlt. Viel ist es nicht mehr, was ich noch in der Wohnung habe. Ich konnte es schlichtweg nicht ertragen, jeden Tag über ihre Schuhe zu stolpern, ohne sie dabei Grinsen zu sehen. Die vielen bunten Halstücher, die sie stets getragen hat. Ihre ganzen Kleidungsstücke, in denen ich sie noch immer vor mir laufen sehe. Selbst die Jogginghosen, die ihr zu groß waren. Ich habe sie darin geliebt.

Ihr Parfüm habe ich behalten. Alles, was für die Haare ist, sowie alle Ketten und Halstücher hat jetzt Luna.

Sie trägt die Erinnerung an ihre Mama jeden Tag bei sich. Den einen oder anderen Haargummi habe ich schon heimlich ersetzt. Ich möchte ihr nicht die Vorstellung nehmen.

Selbst ihr Hochzeitskleid und auch meinen Anzug habe ich weggegeben. Aber all die Fotos von ihr, die kleinen, schnell geschriebenen Notizen und Einkaufszettel, die habe ich noch. Medinas Schrift war jeden Tag ein bisschen anders. Man konnte immer sehen, ob sie es eilig hatte oder sich Mühe gab. Es ist gut zu erkennen, wann sie besonders glücklich war oder wann sie wütend eine Notiz geschrieben hat. So viele kleine Erinnerungen. Ich verstehe zu gut, warum Dina die Nachrichten von Jan so viel bedeuten. Keine von Medinas Notizen ist auf ihr Ableben bezogen. Dennoch gibt es viele, auf denen steht, wie sehr sie mich liebt, was sie sich zum Abendessen wünscht, was ich noch unbedingt einkaufen soll und welch ein Idiot ich bin, weil … die Gründe sind verschieden, waren aber nie von Dauer.

Schon seit Beginn unserer Beziehung habe ich diese kleinen Zettel gesammelt. Ich wusste damals nicht, warum, aber heute bin ich dankbar dafür.

Ich lese Dinas Nachricht nochmals durch, zu sehr war ich gerade in der Vergangenheit gefangen.

Dina:

»Hi Jan. Wie geht es dir? Hast du Zeit zum Telefonieren?«

Die Nachricht ist schon mehr als drei Stunden alt und ich bin sicher, dass Dina mittlerweile schläft. Schade, ich hätte mich wahnsinnig gefreut, die Frau zu hören, die meine Gedanken beherrscht.

In den letzten Wochen hat der Frühling sich von seiner sonnigsten Seite gezeigt, so konnten wir die Terrasse im Restaurant wieder öffnen. Damit geht natürlich mehr Arbeit einher. Was will ich mich eigentlich beschweren? Mein Geschäft läuft gut, auch wenn das eine Menge Energie erfordert.

Außerdem startet die Hochzeitssaison demnächst. Das heißt, unser Catering wird bald wieder gefordert sein. Die Buchungen füllen schon jetzt den Terminkalender und ich suche bereits Aushilfskräfte für die Sommermonate.

Das Catering war Medinas Idee und sie lag damit goldrichtig. Seit ihrem Tod stehe ich allein damit da. Das Restaurant ist das eine, die Planung und Durchführung eines Caterings ist noch mal eine ganz andere Hausnummer. Bisher hatte ich Glück und konnte eine meiner Köchinnen dafür erwärmen. Aber Jana ist schwanger und wird nächsten Monat in Mutterschutz gehen. Die Nachfolge gestaltet sich als schwierig.

Jana hat mir versprochen, eine Freundin zu fragen, die bisher noch in einem anderen Lokal arbeitet, in dem sie anscheinend nicht glücklich ist. Ich werde sie in der kommenden Woche kennenlernen und hoffe sehr, dass sie fähig ist und den Job will. In Gedanken gehe ich meinen Dienstplan durch und überlege, wann ich Zeit habe, um mich mit Dina zu treffen.

Normalerweise haben wir montags geschlossen und damit hätte ich frei. Am kommenden Montag lerne ich die Freundin von Jana kennen und muss anfangen, Lunas Geburtstag zu organisieren, was im Umkehrschluss heißt, dass ich keine Zeit für ein Treffen mit Dina habe.

Ich kann nicht glauben, dass meine Tochter schon sieben wird. Verdammt. Das geht alles viel zu schnell.

Mir bleibt nichts anderes übrig, als ein Treffen wieder aufzuschieben und zu hoffen, dass Dina es versteht.

> Jan:
> »Hallo Dina. Wie du siehst, bin ich erst spät nach Hause gekommen. Du schläfst bestimmt schon. Sorry, ist gerade viel los bei mir. Vielleicht können wir morgen telefonieren?«

Gerade will ich mich in mein Bett legen, da klingelt mein Telefon. Es gibt nur eine Person, die mich nach Mitternacht noch anruft. »Hi Dina. Was verschafft mir die Ehre?«

»Naja, wenn du schon so viel um die Ohren hast, dann freust du dich vielleicht, eine freundliche Stimme zu hören.«

Eine freundliche Stimme? Deine freundliche Stimme! Ich möchte es ihr sagen, bringe es dennoch nicht über meine Lippen. Irgendetwas hat die Frau an sich, dass ich schüchtern werde wie ein Schuljunge. Ich nehme all meine erwachsene Männlichkeit zusammen, bevor ich es wage, die nächsten Worte auszusprechen.

»Dann sollte mir die freundliche Stimme jetzt aber ganz freundliche Sachen erzählen, damit ich nachher freundlich einschlafen kann.«

Ich höre, wie Dina hastig nach Luft schnappt. Seit dem Kuss in meiner Küche ist nichts mehr zwischen uns passiert. Im Park musste ich an mich halten, um ihre Lippen nicht an meine zu ziehen. Sie war in Gedanken bei ihrem Mann und das wollte ich nicht durchbrechen. Von Tag zu Tag fällt es mir schwerer, nicht an sie zu denken. Wie sie lacht, ohne Punkt und Komma redet und an ihren Körper. Wie er sich in meinen Armen anfühlt und dass ich sie ewig festhalten möchte. Ich bin sicher, dass sie genauso fühlt. Ich höre es in dem Zögern ihrer Stimme. Sie weiß nicht, wie sie auf meinen Satz reagieren soll. Ich bin gespannt, ob sie es überhört oder sich auf ein kleines Spiel einlässt.

»Das kann ich nicht«, sagt sie dumpf und lässt damit meine Vorfreude erlöschen. Gleichzeitig wächst mein schlechtes Gewissen. Shit. In so eine Situation hätte ich sie nicht bringen sollen. Hätte ich ihr einfach den weniger zweideutigen Gedanken gesagt. Wir waren die letzten Wochen am Telefon auf rein platonischer Ebene unterwegs und jetzt dränge ich sie.

»Sorry Dina. Da sind wohl die Pferde mit mir durchgegangen.« *Echt jetzt? Die Pferde durchgegangen?* Ich höre mich wie mein Vater an.

»Also, wie war dein Tag?«

Ich hoffe, Dina kann sich auf die jämmerliche Ablenkung einlassen und legt nicht gleich auf. Nachher sollte ich auf die Suche nach meinen Eiern gehen, die sind mir sicher gerade abgefallen. Zum Glück ist Dina einfach klasse und erzählt von ihrer Freundin und dem Garten, den die Kinder für sie hergerichtet haben. »Und bei dir so? Was ist alles los?«

»Eigentlich ist alles gut. Luna geht es gut und das Restaurant läuft. Doch gerade wenn´s läuft, braucht man Zeit und Energie dafür. Die Cateringsaison geht los und ich habe noch keinen Ersatz für Jana. Außerdem hat Luna in einer Woche Geburtstag. Sie hat einen Haufen Kinder eingeladen und ich habe keine Ahnung, was ich mit denen alles anfangen soll.«

Ja, ich kann kochen. Ich kann Einkäufe planen und Dienstpläne schreiben. Man könnte also meinen, so ein Kindergeburtstag wäre ein Klacks. Ist es nicht. Zumindest nicht für mich. Ich mache liebend gern das Essen. Auch laktosefrei, glutenfrei, vegan, Bio oder was es sonst noch gibt. Bei der Beschäftigung von einer Horde Kinder hört es jedoch auf.

»Kann ich dir vielleicht helfen?«, fragt sie.

»Quatsch. Das krieg ich schon hin.« Tu ich nicht. Aber psst!

»Komm schon Jan. Ich bin arbeitslos und super bei Kindergeburtstagen. Ich würde dir sogar die Fotos an dem Tag machen. Also, wenn du das möchtest?«

»Das wäre fantastisch, aber ist das nicht ein bisschen zu viel verlangt?«

»Ich habe die Einladung bei Louisa und Paul gesehen und habe ihre Kostüme schon fertig. Also kein Problem.«

Kostüme? Ich habe keine Ahnung, wovon Dina redet.

»Was für Kostüme?«

»In Krakelschrift steht unten auf der Karte
›Hälowienparti Bidde Kostum ansihn ‹ …«

Oh verdammt. Ich dachte, Luna wollte ein paar Sticker auf die Karten kleben. Diese kleine, schlaue Hexe.

»Oh shit. Eigentlich sollte es nur eine kleine Geburtstagsfeier mit Kuchen und so werden. Luna hat mich ausgetrickst.«

Ich kann Dinas Lachen vor mir sehen. Wahrscheinlich wirft sie ihren Kopf in den Nacken und ihre Haare fliegen wild umher.

»Dina, ich bin am Arsch. Bitte rette ihn, sonst verliert er seine Knackigkeit.«

»Aber gern doch. Wir wollen ja nicht, dass das knackige Ding unansehnlich wird.«

Ich kann es bis hierher spüren, wie die Luft wieder an Spannung gewinnt und noch mal will ich es nicht vermasseln und bleibe mit all meiner Willenskraft auf der freundschaftlichen Ebene. »Die Frauen dieser Welt werden dir danken.«

»Wow. Das habe ich jetzt besser nicht gehört. Geht mich auch nichts an, was du mit den Frauen dieser Welt machst.«

Fuck. Nein. Shit. Schon wieder ins Fettnäpfchen. Mit Anlauf, Schwung und nochmals darin gewälzt.

»So war das nicht gemeint...«

»Vergiss es. Reden wir über die Geburtstagsparty.«

Ich bin sicher, dass sie es nicht vergisst und ich es gerade ordentlich vermasselt habe. Aber Dina redet so schnell weiter, dass ich keine Zeit habe, mir Gedanken über mein arschiges Ich zu machen.

»Also, ich kann dir anbieten, dass wir bei uns im Garten feiern. Am Wochenende soll schönes Wetter sein. Ich mach die Deko, denk mir ein paar Spiele aus und du sorgst für die Verpflegung. Deal?«

»Das klingt wunderbar! Danke Dina! Du bist die Beste!«

»Gern. Schreib mir noch, wie viele Kinder es sind, damit ich besser planen kann. Gute Nacht Jan.« Ohne auf einen Abschiedsgruß von mir zu warten, legt Dina auf. Ich höre fassungslos dem Tuten in der Leitung zu und beglückwünsche mich dabei zu dem Titel des größten Vollidioten aller Zeiten.

Erst will ich sie zu *»freundlichen Sachen«* überreden, um keine fünf Minuten später über die Frauen dieser Welt und meine Wirkung auf sie zu reden. Super. Klasse Jan.

Dina ist auch die nächsten Tage kurz angebunden. Ich schaffe es nicht, ihre Mauer wieder einzureißen. Zum Glück habe ich mit Cindy eine würdige Nachfolgerin für Jana gefunden und weiß zumindest mein Sommergeschäft in trockenen Tüchern.

Luna freut sich wie verrückt auf ihren Geburtstag und ist ziemlich stolz auf ihre Leistung mit der Kostümparty.

Als ich am Samstagnachmittag Dinas Garten betrete, traue ich meinen Augen kaum. Es sieht aus wie Halloween, mit dem Unterschied, dass es angenehm warm ist und wir Mai haben. Ich sollte mir ein riesen Dankeschön für Dina einfallen lassen.

Paul hat uns reingelassen. Die Kinder sind sofort verschwunden, um ihre Kostüme anzuziehen.

Ich bin unterwegs in den Garten, um zu Dina zu gehen. Sie hockt nicht weit von mir vor einer großen Schüssel. Langsam lässt sie Äpfel in das Wasser gleiten. Sie sieht dabei wahnsinnig süß aus, wie sie versucht, mit spitzen Fingern die Äpfel ins Wasser zu lassen, ohne dabei nass zu werden.

Mein erster Impuls ist es, ihr die Augen zuzuhalten und sie an mich zu ziehen. Aber ich habe es ordentlich verkackt. Und so bleibt mir nichts, als mich zu räuspern und zu hoffen, dass sie mich nicht zum Teufel jagt.

»Hi Jan!« Vorsichtig kommt sie auf mich zu und scheint zu überlegen, welche Art der Begrüßung richtig ist. Ich nehme ihr die Entscheidung ab, indem ich sie in eine Umarmung zu mir ziehe. Scheiß auf Selbstbeherrschung. Ich muss die Frau nur ansehen und kann nichts weiter denken, als in ihrer Nähe zu sein. Und in ihrem Elfenkostüm sieht sie einfach zum Anbeißen aus. Der mintgrüne glänzende Stoff schmiegt sich an ihren Körper und lässt meine Fantasie durchdrehen.

Länger als ich erwartet habe, darf ich sie in meinen Armen halten. Der leichte rote Schimmer auf ihren Wangen schenkt mir Glauben, dass ich ihr genauso gefehlt habe wie sie mir.

»Du siehst super aus!« Ich versuche es mit Absicht neutral zu halten. Noch ein Fettnäpfchen würde ich nicht überleben.

»Danke. Du auch Käpt'n«, kommentiert sie mein Piratenkostüm. Ihre roten Lippen verziehen sich zu einem Lächeln. Ich weiß, dass jede Minute mit ihr allein gefährlich für das dünne Eis ist, auf dem ich mich gerade bewege.

»Kann ich dir noch was helfen?«

»Du fragst zum richtigen Zeitpunkt. Ich bin gerade fertig geworden.« Dina führt mich einmal durch das ganze Reich und erklärt mir die Spiele dazu.

Schnipseljagd, Kostümwettbewerb, Apfelfischen und Eierlauf. Wobei die Eier wie Augen angemalt sind. Es ist großartig. Ein kleines Reich für eine Meute Kinder.

Ich hole das Essen und die Getränke aus dem Auto und baue alles auf dem Gartentisch und den Bänken auf.

Dinas Augen werden groß, als sie das Fingerfood erblickt.

»Wow. Jan. Das ist … wow.«

Ich muss schmunzeln über ihre Sprachlosigkeit. So erlebt man sie selten. Sie zeigt wild zwischen den ganzen Platten hin und her, sucht offensichtlich nach den richtigen Worten.

»Das ist fantastisch?«, versuche ich ihr auf die Sprünge zu helfen.

Eifrig nickt sie, bevor ihren Kopf zu mir schwenkt und ihre Augen mich fixieren. Es ist, als würde sie mich sehen. Alles von mir. Ich fühle mich nackt unter ihrem Blick. Ich weiß nicht, wohin mit mir. Mein Körper reagiert von selbst und tritt einen Schritt näher auf Dina zu. Ihre blassblauen Augen bohren sich in meine. Sie suchen nach Gefühlen, Absichten, nach Vertrauen.

Ich will es ihr schenken, mein Vertrauen in sie. Das habe ich. Ich sehe ihr an, dass sie sich nicht sicher ist, ob sie mir vertrauen kann. Ihre Augen wandern zwischen meinen hin und her und langsam zieht sie ihre Mauer wieder hoch. Die Mauer, die ich geschaffen habe.

Bevor sie den Blick ganz von mir abwenden kann, stehe ich dicht vor ihr. Ich spüre die Wärme ihrer Haut. Der zitronige Duft, der sie immer umgibt, schwebt in meine Nase.

Ich kann nicht anders, ich muss sie berühren. Ich will sie fühlen, so sehr, dass meine Fingerspitzen bereits kribbeln.

Ich streife mit meiner Hand über ihr Kinn und hebe ihren Kopf an. Dina hat keine Wahl, sie muss mir in die Augen sehen.

Ich spüre ihre Gänsehaut unter meinen Fingerkuppen. Sie zieht sich von ihrem Hals über ihre Arme in Regionen, die ich aus meiner Perspektive nicht sehen kann. Sachte fahren meine Hände darüber. Einen kurzen Moment schließen sich ihre Lider. Ich wüsste zu gern, was gerade in ihrem Köpfchen vor sich geht.

»Du kannst mir vertrauen, Dina.«

Meine Stimme ist nicht mehr als ein Flüstern, dennoch bin ich sicher, dass sie mich hören kann. Ihre Hand umfasst meine und streicht meinen Arm entlang, hinterlässt auch bei mir eine Gänsehaut.

Als beide Hände meinen Nacken streifen, weiß ich, was sie vorhat. Und ich kann es kaum erwarten. Ihre kirschroten Lippen nähern sich meinen und lassen meinen verräterischen Körper schneller reagieren, als mein Hirn denken kann.

Ich schlinge meine Arme um ihre Taille und ziehe sie näher zu mir. Kein Blatt Papier passt mehr zwischen uns und trotzdem habe ich das Gefühl, ihr immer noch nicht nahe genug zu sein. Ich will mehr. Ich lasse meine Zunge über ihre Lippen gleiten. Mit einem Seufzen gewehrt sie mir Einlass. Am liebsten würde ich den ganzen verdammten Tisch mit einer Handbewegung leeren und meiner Fantasie freien Lauf lassen.

Doch unsere Zeit ist noch nicht gekommen. Eine andere Zeit kündigt sich mit lautem Gelächter an.

Ruckartig löst sich Dina von mir. Hektisch fliegen ihre Augen zur Tür. Klar, sie will sichergehen, dass uns niemand gesehen hat. Ich verstehe es. Ein kleines, mieses

Piksen in meinem Herzen sagt mir jedoch, dass es ihm gar nicht gefällt, dass sie so reagiert. Ich versuche es zu überhören.

Luna, Paul und Louisa stürmen in Begleitung von vier weiteren Kindern den Garten.

»Boah Papa! Das sieht klasse aus!« Luna hüpft begeistert vor dem kleinen Buffet auf und ab. Das Cape ihres Superman-Kostüms schwenkt dabei wild durch die Luft.

»Du siehst super aus, Schatz!«

»Ich bin ja auch Superman.« Passend zu ihrer Aussage, stellt sie sich in Pose und zeigt ihre gefakten Muskeln. Paul inspiziert das Essen sehr genau.

»Alles klar, Paul?« Sein Blick wandert kritisch zu mir und zurück zum Buffet.

»Sind das Mandelsplitter als Fingernägel auf den Würstchen?«

»Na klar.«

»Mh. Und die Spinnenbeine da in den Fleischklopsen?«

Ich werde das Gefühl nicht los, dass ich es hier mit einem kleinen Kenner zu tun habe. »Paprika.«

»Und die Geister dahinten?«

»Zuckerwatte.«

Im Augenwinkel sehe ich Dina lächeln. Sie hat unverkennbar Freude an der Situation. Und ihr entspannter Ausdruck im Gesicht verrät mir, dass Paul mich nicht kritisieren will, sondern einfach Spaß daran hat, alles genau zu erfragen.

»Das sieht sehr gut aus, Jan.« Das ist offenbar seine abschließende Meinung. Denn der Junge im Skelettkostüm rennt zu den anderen Kindern.

Der Nachmittag ist ein voller Erfolg. Luna ist glücklich, was wiederum mich glücklich macht. Doch ich bin auch ziemlich geschafft. Vielleicht sogar geschaffter als nach einem Zwölf-Stunden-Tag hinter dem Herd, bei vierzig Grad und vollem Restaurant.

Das Schönste an diesem Nachmittag war, dass ich Dina unentwegt beobachten konnte. Und das, was ich gesehen habe, lässt mich erahnen, dass ich mehr von ihr will, als mir lieb ist.

Konzentriert hat sie die Kinder beobachtet und im richtigen Moment ihre Kamera zum Klicken gebracht. Die Fotos werden sicher der Hammer. Und ihr dabei zuzusehen, ist unvergleichlich. Sie liebt es, das sieht man auf dem ersten Blick. Unsichtbar huscht sie den Kindern nach, erwischt sie im besten Moment. Sie lachen oder strecken konzentriert ihre Zungen raus, als sie mit den Eiern über die Wiese rennen.

Auch wenn ich ihre Augen dabei nicht sehen kann, weil sie ständig von der Kamera verdeckt sind, fühle ich Dinas Glück. Es ist ihre unbeschwerte Haltung, wie sie alles um sich herum vergisst und nur für diesen Moment hier ist.

Ich habe sie noch nie so gelassen gesehen, von Glück und Liebe erfüllt. Ich bin sicher, ich habe die ganze Zeit ein dümmliches Grinsen auf den Lippen. Selbst mein verräterisches Herz lächelt den ganzen Nachmittag, auch als ich meinen Kopf in das eiskalte Wasser tauche und versuche, einen Apfel mit meinem Mund zu schnappen. Leise höre ich die Kamera hinter mir klicken und schaue eine vergnügte und nicht minder schadenfrohe Dina an.

Schon als ich sie das erste Mal gesehen habe, wie sie die Trauben leise fluchend vom Boden aufgelesen hat, hat sie mich in ihren Bann gezogen. Keine nach Medina konnte das. Bisher.

Ich bin mir nur nicht sicher, ob ich für dieses *Mehr* bereit bin. Ich bin gut im Flirten und ich kenne meine Wirkung auf das weibliche Geschlecht. Aber ich musste auch früh lernen, dass es nicht immer ein Segen ist. Dina scheint meine Gedanken lesen zu können und stupst mich von der Seite an.

»Alles okay?«

Ja. Nein. Manchmal ist mir die Vergangenheit näher,

als ich es zulassen möchte. »Ja, alles gut. Ich bin nur geschafft.«

»Da sagst du was. Bier?«

»Aufräumen und dann Bier?« Dina verzieht das Gesicht und sieht ein wenig enttäuscht dabei aus.

»Oh, Mann. Dich will ich nicht als Chef. Na gut. Aber zuerst muss ich aus diesem Kostüm raus, sonst schwitze ich mich zu Tode.« Ihr Lächeln ist breit und umfasst ihr ganzes Gesicht.

Den Vorschlag, dass ich ihr gern aus dem Kostüm helfe, lasse ich auf meinen Lippen liegen.

»Gib mir zehn Minuten. Okay?«

»Ja, natürlich. Schaust du noch schnell nach den Kindern? Dann fange ich hier schon mal an.«

»Klar.«

Mit schnellen Schritten verschwindet sie im Haus und ich lasse meinen Blick einmal durch den Garten fliegen.

Gott sei Dank hat Dina die angemalten Eier für den Eierlauf vorher gekocht, das erspart uns jede Menge Zeit und Frust. Dennoch sieht es aus wie auf einem Schlachtfeld. Und zu meinem Leidwesen ist vom Buffet nichts mehr übrig, was mein Bauch mit einem lauten Grummeln bemängelt. Ich habe die Servierplatten von den Essensresten befreit und zu meinem Auto getragen. Die angebissenen Äpfel habe ich zusammengesammelt und entsorgt.

Bevor ich Dina überhaupt sehen kann, bemerke ich sie allein an ihrer Anwesenheit. Sie steht direkt hinter mir.

»Wie kann ich dir helfen?« Ich spüre ihren Atem an meinem Nacken. Keine Sekunde länger halte ich es aus. Ich drehe mich um und schenke ihr ein Lächeln.

»Da fällt mir so einiges ein, aber nichts macht dieses Chaos hier besser.« Bevor ich über die Worte nachdenken kann, ist dieser Satz schon über meine Lippen gerutscht. Falsch war er anscheinend nicht, denn Dinas Pupillen weiten sich so sehr, dass vom Blau fast nichts mehr übrig ist.

Erst jetzt gleiten meine Augen über ihren Körper. Die Haare sind noch feucht, verwuschelt und zu einem lockeren Knoten gebunden. Das Kostüm hat sie gegen ein weites Top und enge Leggings getauscht. Umgehend rauscht mein Blut vom Kopf eine Etage tiefer.

»Jan, gib mir noch einen Moment Zeit. Bitte.« Ihre Worte klingen, als würden sie ihr Schmerzen bereiten.

»Ich habe es versaut, oder?«, frage ich reumütig.

»Naja... du bist ein bisschen wie ein Fähnchen im Wind. Den einen Tag habe ich das Gefühl, du bist ein offenes Buch. Lässt mich an dir und deiner Welt teilhaben. Und dann machst du wieder dicht. Glaub mir, ich vertraue dir, auch wenn deine Kommentare manchmal echt daneben sind, aber du musst auch mir vertrauen. Bitte.«

Autsch. Aber sie hat recht. Schon wieder. Diese Frau ist unglaublich. Sie kennt mich nur ein paar Monate und kann mich lesen wie niemand anderes.

»Also brauchen wir beide noch etwas Zeit?«

Ein zögerliches Kopfnicken und fragende Augen richten sich intensiv - noch intensiver als ohnehin schon - auf meine.

»Okay. Und ich verspreche hoch und heilig, dass ich mich nicht wieder ganz in mein Schneckenhaus zurückziehe.«

Ein Lächeln und ein Hauch Erleichterung huschen über ihr Gesicht. Was folgt, hätte ich nicht erwartet und überrascht mich genauso, wie es mir Hoffnung schenkt.

Federleicht bedecken ihre Lippen meine und hinterlassen ein warmes Gefühl, das nicht nur auf meinem Mund liegt. Es breitet sich ebenso in meinem Bauch aus und es fühlt sich verdammt gut an. Es ist kein Abschiedskuss. Nein. Es ist ein Versprechen, dass sie mir Zeit und Vertrauen schenkt.

Zusammen räumen wir den ganzen Garten auf, während die Kinder einträchtig alle Geschenke von Luna austesten.

Später koche ich mit Paul zusammen Spaghetti und Tomatensoße für uns alle. Ich bin mir sicher, dass er ziemlich begabt ist. Trotz seines jungen Alters hält er das Messer wie ein Großer und schneidet schnell die Tomaten in kleine Würfel. Ich bin beeindruckt und Paul freut sich riesig über mein Lob.

»Kochen mit Mama macht Spaß, es ist aber auch mal schön, mit jemandem zu kochen, der nicht die ganze Zeit seine Nase im Kochbuch stecken hat und alles ganz genau nach Rezept machen will.«

Auch wenn ich nur *jemand* bin, freue ich mich wahnsinnig darüber. Paul ist skeptisch mir gegenüber, und das ist okay so. Er hat keinen Vater mehr und kennt sein Leben beinahe nur mit einer Mama. Da ist ein anderer Mann nicht leicht zu akzeptieren. Ich nehme mir vor, ihn öfter zu fragen, ob er mit mir kochen möchte, denn ich habe nicht vor, wieder zu verschwinden. Ich will zu dieser Familie gehören. Der Gedanke kommt mir nicht zum ersten Mal und doch brennt er sich genau in diesem Moment bei mir ein. Ich bin mir nicht ganz sicher, wie der Platz aussehen könnte, den ich für Paul und Louisa einnehmen kann. Ich spüre einen kleinen Wunsch, der in meinem Herzen wächst mit jeder Minute, die ich mit Dina und den Kindern verbringe. Wenn ich Luna sehe, wie sie mit den Zwillingen spielt und mit ganzem Herzen lacht, spüre ich ein Gefühl in mir, dass ich schon längst vergessen habe. Glück.

Juni

Dina

Ich kann nicht fassen, wie schnell die Zeit vergeht.

Es ist Juni. Der Sommer ist unverkennbar da. Er trägt die Hitze durch die Stadt und lässt die letzten langärmeligen T-Shirts verschwinden.

Paul und Louisa sind fast immer draußen. Vor allem Louisa kümmert sich um den bunt blühenden Garten. Zusammen jäten wir Unkraut und verfolgen das Wachstum der Tomatenpflanzen.

Es war damals so richtig von Jan und mir, dieses kleine Häuschen mit dem großen Garten am Stadtrand zu kaufen. Anfangs hat es uns belastet, vor allem finanziell. Aber dank unserer Eltern hatten wir gute Bürgen und mittlerweile darf ich es unser Eigen nennen. Heute könnten wir uns das Haus nicht mehr leisten. Die Randbezirke boomen und jeder möchte am liebsten hier wohnen, was zu horrenden Preisen führt.

Ich hatte schon mehrfach Angebote zur Besichtigung und Schätzung für unser Haus im Briefkasten. Alle sind umgehend im Müll gelandet.

Wir haben so viel Arbeit in das Haus investiert.

Ralf hat uns unglaublich viel geholfen. Er ist Handwerker durch und durch. Wir haben den gesamten unteren Stock entkernt und offen gestaltet.

Nur die Küche ist ein abgeschlossener Raum. Das war

Jans Bedingung. Er hatte nie etwas für diese offenen Küchen übrig. Er sagte immer, dass er den Essensgeruch nicht in allen Möbeln haben möchte. Auch wenn ich am Anfang etwas trotzig war, denn schließlich ist's schick, so eine offene Küche. Heute bin ich froh.

Vor allem bei unseren ganzen Kochversuchen zurzeit.

Glücklich lasse ich meinen Blick zu Louisa gleiten, die versucht, das Unkraut zwischen den Erdbeeren zu entfernen.

Plötzlich verzieht sich ihr hübsches Gesicht in ein schmerzhaftes.

»Mamaaaaa.«

In weniger als einer Sekunde bin ich bei ihr und entdecke schon den Übeltäter. Eine Biene hat ihren Stachel in Louisas Finger gebohrt. Eilig schnippe ich das blöde Vieh weg und versuche Louisa zu beruhigen.

»Das wird wieder, Schatz. Warte kurz, ich hole eine Pinzette für den Stachel.«

»Nein Mama, bitte geh nicht weg, ich habe Angst, dass die Biene zurückkommt.«

»Okay. Klar. Pauuul!!!«, rufe ich aufgebracht durch den Garten. Alarmiert von meinem schrillen Tonfall kommt er angerannt. Paul sieht seine Schwester und stürmt sofort auf uns zu. »Was ist denn los?«

»Kannst du uns bitte eine Pinzette holen, eine halbe Zwiebel und ein Coolpack?«

Fragend hebt er eine Augenbraue, rennt aber davon, um meine Anweisung umzusetzen.

In Windeseile ist er wieder bei mir. Während ich versuche, Louisa den Stachel zu ziehen, setzt sich Paul zu seiner Schwester und versucht sie mit Grimassen abzulenken. Tatsächlich gelingt es ihm für einen Moment, den ich nutze, um den schwarzen Stachel zu entfernen. Eilig drücke ich die Zwiebel auf die Einstichstelle.

»Warum eine Zwiebel, Mama? Das stinkt doch nachher.« Ich bin froh, dass Louisa sich wieder auf etwas anderes als auf den Schmerz konzentrieren kann.

»Das hilft, damit es später nicht so juckt.«

»Warum?«

Tja, da hört mein Wissen auch schon wieder auf.

»Naja, ... meine Mama, also Oma, hat das früher auch so gemacht und mir hat es geholfen.«

Zum Glück reicht das als Erklärung. Einige Minuten später tausche ich die Zwiebel gegen das Coolpack und schaue in zwei fragende Kindergesichter.

»Mama?«

»Ja?« Ich bin nicht sicher, was jetzt kommt.

»Wenn wir beim Arzt eine Spritze bekommen, dürfen wir immer hinterher etwas Süßes haben.«

Aha. Daher weht der Wind. Wenn es sonst nichts weiter ist.

»Eis oder Schokolade?«

»Eis!«, ruft es aus freudigen Mündern.

So einfach mache ich es ihnen dann doch nicht.

»Paul, eigentlich hat ja nur Louisa einen Piks bekommen.« Sofort fällt das Gesicht meines Sohnes ein.

»Veralbert!«, rufe ich triumphierend aus.

»Oh Mann. Mama!«, kommt es genervt, aber auch erleichtert zurück.

Zusammen sitzen wir auf den Gartenstühlen und genießen das klebrige Eis.

»Mama?«, fragt Louisa schüchtern.

»Ja?«

»Können wir mal wieder zu Oma Claudia und Opa Ralf fahren?« Ich habe mit der Frage gerechnet. Nicht unbedingt jetzt, aber es ist Sommer. Und die Nordsee war immer unser Sommerdomizil. Das letzte Mal ist schon schmerzhaft lange her. Es war in dem Jahr nach Jans Tod. Die Jahre danach sind Claudia und Ralf nach der Sommersaison stets für zwei Wochen zu uns gekommen.

Husum ist mit vielen schönen Erinnerungen verbunden. Warum es mir so schwerfällt, meinen Kindern diese Freude zu machen, weiß ich nicht. Wahrscheinlich habe ich Angst, dass der Verlust größer wiegt als all die schönen Erinnerungen. Spaziergänge im Regen übers Watt. Sandburgen an Nordstrand. Sonnenbrand mit Quark gekühlt. Bratwurst und Fisch, frisch vom

Grill. Der Wind, der jeden Versuch, eine präsentable Frisur zu machen, vergeblich werden lässt.

Wer wäre ich, meinen Kindern all diese Orte weiter vorzuenthalten, die Geschichten dazu nicht mit ihnen zu teilen?

Hallo Schatten, hier komme ich und springe über dich hinweg. Vielleicht werde ich stolpern und mir dabei die Knie aufschürfen, aber ich will springen, hüpfen und sogar über dich hinweg tänzeln.

»Wie wäre es mit Pfingsten?«

»Aber das sind ja nur drei Tage.«

Zu dumm, dass die Kinder schon zählen können. Zwei traurige Augenpaare starren mich enttäuscht an.

»Okay, ich frage Oma und Opa, wie lange sie einen Bungalow für uns freihalten können. Aber freut euch nicht zu früh.«

Die Kinder jubeln und freuen sich definitiv zu früh. Ich hoffe inständig, dass Claudia und Ralf überhaupt noch etwas frei haben.

Wie sich herausstellt, haben meine Schwiegereltern einen Bungalow noch gar nicht vermietet. In der Hoffnung, dass wir in diesem Jahr den Weg zu ihnen finden. Auf meine Nachfrage, ob das im letzten Jahr auch schon so war, ernte ich nur ein verlegenes Räuspern.

»Das tut mir leid! Das hättet ihr doch nicht machen müssen.«

Ich fühle mich schuldig, dadurch haben sie wahrscheinlich einige Verluste gemacht.

»Doch Dina. Wir wollten es so und es ist okay. Wir haben einfach gehofft, dass du irgendwann wieder zu uns kommst!«

Ich bin von so viel Liebe und Vertrauen überwältigt und kann mir die Tränen nicht verkneifen.

»Hast du schon einen Job, Kindchen?« Ralfs brummige Stimme lässt mich wieder durchatmen.

»Nein. Ich habe Freitag einen Vorstellungstermin. Bevor ihr meckern könnt. Es ist eine Teilzeitstelle, so, dass ich noch genug Zeit habe, mich um meine kleine Firma zu kümmern.«

Und das sage ich mit all meinem Stolz.

In den vergangenen Wochen hat mir Mel ordentlich geholfen, meine Selbstständigkeit professionell aufzuziehen. Und auch David war mir eine große Hilfe. Mel hat wirklich Glück mit ihm. Er vergöttert sie.

David hat sich um die Website und den Socialmedia-Auftritt gekümmert. Mel hat mir bei der Planung des Einsatzes für das Startkapital geholfen. Ich habe meine Ausrüstung teilweise erneuern können und der Rest wird folgen, sobald die Finanzen es erlauben.

Jan hat mir erlaubt, einige Bilder von Lunas Geburtstagsfest auf meine Website zu stellen. Und auch die anderen Eltern waren einverstanden. Ich habe jedem Abzüge der Fotos zukommen lassen. Bisher habe ich nur positives Feedback erhalten und das Versprechen, für mich zu werben und mich zu buchen, wenn bei ihnen Festivitäten anstehen.

Ich sage meinen Schwiegereltern, dass wir auf jeden Fall über Pfingsten kommen und schauen, wie es mir dabei geht und ob wir noch länger bleiben.

Gerade als ich aufgelegt habe, klingelt mein Telefon erneut.

»Hallo Schöne, was machst du so?« Jans Stimme lässt meine Schmetterlinge erwachen und aufgeregt durch meinen Bauch flattern. *»Schöne«* sagt er seit einigen Tagen zu mir. Er weigert sich vehement, es wieder abzulegen. Das Gefühl, dass er mir mit diesen Worten gibt, ist Balsam für meine Seele.

»Ich habe eben mit meinen Schwiegereltern telefoniert. Ich werde mit den Zwillingen über Pfingsten an die Nordsee fahren und ein paar Tage die Füße in den warmen, weichen Sand stecken.« Allein bei der Erzählung heben sich schon meine Mundwinkel voller Vorfreude.

»Das ist super! Ich freue mich für euch.«

Irgendwie klingt seine Stimme nicht so aufrichtig, wie es seine Worte beschreiben. Doch ich will mir die Vorfreude nicht nehmen lassen und wechsle spontan das

Thema.

»Und bei dir? Hast du frei heute?«

»So halbwegs. Ich treffe mich nachher mit Cindy im Restaurant. Wir wollen uns zusammen die Buchungen für die Caterings anschauen und planen, wer, wann, was bestellen muss. Wie viel Personal wir für die Veranstaltungen brauchen und ob wir noch zusätzliche Aushilfen einstellen müssen.«

Ich sehe Jan vor mir. Die Augen funkelnd vor Aufregung. Man merkt seiner Stimme an, dass er in seinem Element ist. Auch wenn er immer betont, dass Kochen seine Leidenschaft ist, bei der Planung macht ihm so schnell keiner was vor. Ich möchte nicht in Cindys Haut stecken. Das, was sie alles in kurzer Zeit lernen, verstehen und umsetzen muss, ist nicht ohne.

»Klingt spannend. Wann werdet ihr fertig sein?«

»Ich denke, so in der Mittagszeit. Warum?«

»Wie wäre es, wenn du mir ein kleines Mittagessen zauberst, dass wir zusammen bei einem Picknick im Park genießen?«

»Danke, dass ich dir eine Kleinigkeit kochen darf, das klingt fair! Und dann darf ich auch etwas davon haben. Du bist wunderbar.« Der Sarkasmus in seiner Stimme ist nicht zu überhören. Mittlerweile kenne ich Jan ein bisschen und weiß, wie er es meint.

»So bin ich. Dann bis ... sagen wir 13:00 Uhr?«

»Bis nachher, Schöne.«

Auch Minuten nach dem Telefonat flattern die Schmetterlinge noch aufgeregt durch meinen Bauch. Dauergrinsend mache ich meinen Haushalt und packe ein paar Sachen für das Picknick zusammen.

Auf der großen Wiese im Park ist einiges los. Viele Studenten tummeln sich und lassen erahnen, dass die Hörsäle heute weitestgehend leer sind.

Anders als die jungen Leute, suche ich mir einen Platz im Schatten. Meine Haut ist zu hell für einen längeren Aufenthalt in der Mittagssonne. Ich habe die Fähigkeit, direkt einen Sonnenbrand zu bekommen, zwei Tage knallrot zu sein, mich zu schälen und anschließend wieder weiß wie eine Kalkwand durch den Sommer zu wandeln. Als Jugendliche habe ich es mit Sonnenstudio versucht. Mit dem gleichen Ergebnis.

Dann bin ich auf Selbstbräuner umgestiegen, habe aber leider nie den richtigen Ton getroffen. Zu oft sah ich aus wie ein geflecktes Möhrchen. Ganz zur Freude meiner Schulkameraden.

Schließlich habe ich meine helle Haut akzeptiert und schatte mich, statt mich zu sonnen.

Es dauert nicht lange, bis ich Jan entdecke. Und ich entdecke ihn definitiv nicht als einzige. Einige der Studentinnen werfen ihm sehnsüchtige Blicke zu und ich kann es ihnen nicht verübeln.

Was ich allerdings dann bemerke, lässt mein Herz ein paar Schläge aussetzen. Neben ihm läuft eine bildhübsche Blondine. Sie ist fast ebenso groß wie Jan, hat zwei Meter lange Beine und eine Figur zum Niederknien. Ihr perlendes Lachen kann ich bis zu mir hören und der vergnügte Funken in Jans Augen ist leider nicht zu übersehen.

Sein Blick gleitet suchend über die Wiese. Automatisch richte ich mich kerzengerade auf, streiche mein Top glatt und zupfe an meiner kurzen Jeans rum. Es nützt alles nichts, neben dieser Frau sehe ich aus wie das verdammte hässliche Entlein.

Als Jan mich sieht, winkt er mir zu und zeigt der Frau, wo sie hingehen müssen. Mein Mund wird staubtrocken und ich bemühe mich um ein Pokerface.

Eilig klebe ich mir ein Lächeln ins Gesicht.

Jan bemerkt es. Fragend hebt er eine Augenbraue, die ich unkommentiert lasse und stattdessen versuche, meinen Mund geschlossen zu halten. Denn der würde gern weit aufklappen und die Blondine unverhohlen anstarren. Aus der Nähe ist sie noch hübscher. Ihre Haare fallen in Wellen über ihren Rücken, die Haut hat eine gesunde Bräune und ihre Augen strahlen in einem tiefen Blau. Alles in allem sieht sie aus wie ein australisches Beachgirl. Scheiße.

Kurz schaue ich an ihnen vorbei und sehe die Reaktion der vielen Menschen um uns herum. Die Frauen ziehen Jan mit ihren Blicken aus und die Männer durchleuchten die Blondine mit ihren Röntgenaugen.

Verdammt. Das perfekte Paar.

Jan steht derweil vor mir, beugt sich nach unten und haucht mir einen Kuss auf die Wange.

»Es tut gut, dich zu sehen«, flüstert er mir ins Ohr.

Sein Atem streift meinen Nacken und mein verfluchter Körper reagiert mit einer flächendeckenden Gänsehaut.

»Dina, das ist Cindy.«

Ich bin fassungslos und habe den Kampf gegen meine Mundmuskulatur verloren. Wie ein Fisch schnappe ich nach Luft, während mir Cindy ihre feingliedrige Hand entgegenstreckt.

»Hi Dina. Ich freue mich ja so dich kennenzulernen.«

Als ob. Ihre Augen sprechen eine ganz andere Sprache.

»Hallo Cindy.«

»Ich habe Cindy gefragt, ob sie Zeit hätte, dann lernst du sie auch gleich kennen. Ich hoffe, es ist okay für dich?« Welche Wahl habe ich denn? Jede verneinende Antwort wäre ein Eingeständnis von Eifersucht. Den Schuh will ich mir ganz bestimmt nicht anziehen.

»Na klar. Setzt euch.« Zum Glück funktioniert die Kontrolle über meine Muskeln wieder und auch mein Verstand findet einen Weg, Worte zu sinnvollen Sätzen zu formen.

Jan sieht zufrieden aus. Wahrscheinlich entgeht ihm der frauliche Zwist, den Cindy und ich gerade austragen.

»Cindy, wie gefällt es dir mit Jan zu arbeiten?«

Ich will sie definitiv aus der Reserve locken und hoffe sehr, dass sie darauf anspringt und Jan es mitbekommt.

Während Cindy mir lächelnd erzählt, dass Jan ein so *»super mega toller«* Chef ist, packt dieser das *»kleine«*

Mittagessen aus. Er stellt Tomatensalat, Kräuterbaguette, Erdbeeren und einige Getränke auf die Decke.

Die Düfte der verschiedenen Lebensmittel steigen mir in die Nase. Mein Bauch bemerkt das Essen ebenfalls und meldet sich mit einem lauten Knurren zu Wort. Während ich am liebsten im Boden versinken möchte, schaut mich Cindy mitleidig an.

»Oh du Arme. Dann hau mal rein. Ich habe vorhin schon einen Müsliriegel gehabt und bin pappsatt.«

Achtung liebes Pokerface, bleib bitte an Ort und Stelle! Zum Glück erweist mir mein Körper diesen Dienst. Um eine Antwort bin ich dennoch nicht verlegen.

»Einen ganzen Müsliriegel? Wow, da wäre ich auch satt.« Ich versuche meine Worte lustig klingen zu lassen, doch den abschätzigen Blick kann und will ich mir nicht verkneifen.

Jan sitzt noch immer nichts ahnend neben uns und erfreut sich an der anscheinend heiteren Kommunikation zwischen uns beiden. Männer können so naiv sein.

Ich nehme mir eine Portion Salat und ein Stück von dem frischen Baguette. Als ich wieder aufsehe, bemerke ich, wie Cindy sich näher neben Jan setzt und ihn mit einem oscarreifen Schlafzimmerblick anhimmelt.

»Sorry, Jan, aber das Gras pikst mich so in meine Oberschenkel.«

Ich könnte kotzen. Der Appetit ist mir gründlich vergangen. Um ihre Aussage zu unterstreichen, fährt sie sich einmal über ihren gertenschlanken Oberschenkel. Auch Jan ist *nur* ein Mann und schaut ihrer Hand interessiert zu.

Wenn ich jetzt vier Jahre wäre, würde ich einfach anfangen zu weinen, ohne offensichtlichen Grund. Leider bin ich vierunddreißig und habe mich eine Spur mehr im Griff, auch wenn ich mit den Tränen kämpfe.

Ich habe das Gefühl, einen Kampf verloren zu haben, von dem ich gar nicht wusste, dass ich ihn heute austragen würde.

Reiß dich zusammen, Dina!

»Schmeckt es dir nicht?« Jans braune Augen mustern mich besorgt, während er sich selbst eine Gabel in den Mund schiebt.

»Nein. Nein. Ich war nur gerade in Gedanken.«

Während ich frustriert, trotzig und todtraurig den Salat in den Mund schiebe, höre ich Jan und Cindy bei ihrem Gespräch zu. Öfter als es nötig wäre. Und ganz nebenbei, es wäre gar nicht nötig, berührt Cindy Jan. Mal streicht ihre Hand über seinen Oberschenkel. Dann lehnt sie sich ein Stück an ihn, wirft den Kopf zur Seite, lacht und schmiegt sich dabei ein Stück näher an ihn. Es ist, als würde ich einem Hund zusehen, der gerade ziemlich deutlich sein Revier markiert.

Ich bin keine zwanzig Jahre mehr und weiß verdammt genau, was sich zwischen Jan und mir anbahnt. Er hat mich gebeten, ihm zu vertrauen. Und das tu ich. Aber ihr vertraue ich nicht. Keinen verfickten Zentimeter.

An der Menge der Fluchworte in meinem Kopf kann man die Wut bemessen, die mich gerade wie ein Tsunami durchströmt. Wenn sich nicht gleich die Erde auftut und diese dumme Tussi in ein sehr tiefes Loch fällt, spring ich ihr ins Gesicht.

»Ähm, Dina? Wen ermordest du denn in deinen Gedanken?«

Shit. Mein Pokerface muss wohl den Abflug gemacht haben. Nun habe ich die geballte Aufmerksamkeit von Jan und Cindy.

»Oh, sorry. Ich habe mich nur gerade so sehr über …« Fuck. Fuck. »die … ja, die Steuererklärung aufgeregt.«

»Aha.« Jans einziger Kommentar. Er weiß, dass er jetzt nicht weiterkommt und wendet sich wieder Cindy zu.

Ich allerdings kann mir diesen Scheiß gerade nicht mehr geben.

Ich fummle ungelenk in meiner Tasche rum und kann tatsächlich unbemerkt meinen Wecker starten.

Zwei Minuten später erlöst mich dieser aus meinem Elend.

»Musst du noch wohin?« Bedauern liegt in Jans Augen. Zu spät, mein Freund.

»Ja, ich habe mich noch mit meiner Mutter verabredet. Sorry, das hätte ich früher gesagt, aber ich wollte euch in eurem Gespräch wirklich nicht stören.«

Blödes, trotziges inneres Ich.

»Die Decke kannst du mir ein anderes Mal vorbeibringen.«

Schnell springe ich auf meine Beine und sammle meine Sachen zusammen. Alles noch in meine Handtasche gepackt und schon winke ich dem Traumpaar zu und laufe davon.

Verflucht. Keine Ahnung, warum mich das Ganze so sehr stresst. Wir sind erwachsene Menschen. Ich kann mich doch nicht aufführen wie ein liebeskranker Teenager.

Nützt alles nichts, die Tränen haben schon einen Weg aus meinen Augen gefunden und laufen mir über die Wangen.

Kurz bevor ich wieder an der Straße bin, werde ich von einem starken Arm herumgewirbelt.

Zwei Hände kreuzen sich über meinem Rücken und drücken mich an eine breite Brust. Jan sagt nichts, er hält mich einfach fest. Und ich feiges Huhn traue mich nicht, ihn anzusehen. Stattdessen lehne ich mich noch ein Stück weiter an ihn und sauge seinen Duft auf.

Langsam gleiten seine Hände meinen Rücken nach oben, um meinen Nacken herum und legen sich unter mein Kinn. Behutsam hebt Jan meinen Kopf an und schaut mir in die Augen.

Ich stelle mich auf Zehenspitzen und lasse meine Lippen über seine gleiten. Egal wie viel Zeit wer noch braucht. Jetzt gerade brauche ich ihn. Hier. Genau so.

Der Kuss hat nichts Drängendes oder Wütendes. Er schickt aufgeregte Schmetterlingsschwärme auf eine Reise durch meinen Bauch. Jans Bart kribbelt an meiner Wange. Dieses Gefühl löst einen wohligen Schauer aus. Viel zu schnell beendet er den Kuss und tritt einen Schritt zurück.

»Vertrau mir bitte, Dina.« Seine Stimme klingt traurig. Ich fühle mich so, wie er klingt.

»Dir vertraue ich. Wirklich. Aber Cindy vertraue nicht.« Ich klinge wie eine eifersüchtige Zicke. Irgendwie bin ich das auch. Dabei habe ich keine Ahnung, was das zwischen Jan und mir ist oder wird. Ja, das Schicksal sendet uns unendlich viele Signale. Doch was ist, wenn es nicht passt? Oder vielleicht ist es nur, um uns von unserer jeweiligen Trauer einen Moment abzulenken?

»Mach dir um Cindy keine Gedanken. Glaub mir, ich bin nicht so ahnungslos, wie du vielleicht denkst. Sie ist super in ihrem Job und ich möchte sie ungern verlieren. Ich werde ihr durchaus deutlich machen, dass wir zusammenarbeiten und mehr nicht.«

Trotzdem bleibt die Skepsis. »Geht das schon die ganze Zeit so?«

»Nein, nicht wirklich. Sie hat schon versucht, mit mir zu flirten. Wenn ich arbeite, dann bin ich nur auf meinen Job konzentriert und lasse mich zu keiner Zeit auf so etwas ein. Das, was sie heute gezeigt hat, war das erste und sicher auch das letzte Mal.« Er spricht ruhig, dennoch erkenne ich die Spannung in seiner Stimme.

»Warum hast du eben nichts zu ihr gesagt?« Nein, ich kann meinen Mund einfach nicht halten.

Jans Augen funkeln mich ein wenig genervt an und ich komme mir wie ein Volltrottel vor.

»Hätte ich sie wirklich vor dir bloßstellen sollen? Das wäre ziemlich unprofessionell.«

Jupp. Volltrottel.

»Dina. Schöne.« Bei diesen Worten beginnt mein Herz zu lächeln.

»Vertrau mir einfach. Okay?«

»Mach ich.« Ich werde es versuchen.

»Wann kann ich dir die Decke vorbeibringen?«

»Mh?«

»Na, ich glaube nicht, dass du mit mir zurückkommen möchtest, um deine Decke einzupacken. Ich bin sicher, dass Cindy da noch immer sitzt.«

»Ach so, die Decke. Wie wäre es Freitag zum Abendessen?«

»Das klingt fantastisch.«

Die Schmetterlinge applaudieren mir im Gleichklang mit meinem Herzen. Noch mal darf ich von Jans Lippen kosten, als er sie federleicht über meine legt.

Ich stehe wie angewurzelt da, sehe ihm nach, während er in langen Schritten zurück in den Park geht. Kurz bevor er das große Tor erreicht, dreht er sich zu mir um. Das Lächeln auf seinen Lippen ist für mich bestimmt. Jede Frau in meinem unmittelbaren Blickfeld starrt mich neidisch an.

Und ich grinse triumphierend zurück.

Jan

Als ich wieder bei der Picknickdecke ankomme, liegt Cindy langgestreckt im Bikini in der Sonne. Zum Glück ist Dina nicht mitgekommen, das hätte ihr ganz sicher den Rest gegeben. Auch wenn ich sie gebeten habe, mir zu vertrauen, Cindy sieht ziemlich gut aus.

Noch vor ein paar Monaten wäre sie genau mein Beuteschema gewesen, allerdings nur, wenn ich nicht mit ihr zusammenarbeiten würde. Diese Regel habe ich schon immer. Das bringt sonst nur Ärger mit sich.

Ich bin mir sicher, dass Cindy nichts Festes sucht und einfach auf Spaß aus ist. Doch nicht mit mir. So wie sie sich heute Dina gegenüber verhalten hat, war scheiße. Da hilft ihr ihre üppige Oberweite auch nicht weiter. Ich werde morgen mit ihr reden müssen. Im Restaurant. Mein sicheres Terrain. Und bestimmt auch angenehmer für sie, wenn nicht alle mitbekommen, dass sie einen Einlauf von ihrem Chef bekommt.

Ich bleibe vor der Decke stehen und räuspere mich laut. Gierig schweben Cindys Augen über meinen Körper. Ich kann jeden ihrer Gedanken hören. Aber es reizt mich nicht. Nicht einmal ein bisschen.

Dina ist da anders. Ich sehe, was sie fühlt, wenn ich sie berühre und das ist mehr als Lust. Es ist Leidenschaft. Und die wird aus Liebe gemacht.

Liebe?

Ich erschrecke vor meinem eigenen Gedanken derart, dass ich gar nicht mitbekommen habe, dass Cindy bereits sitzt und mich aufgefordert hat, mich neben sie zu setzen.

»Ich muss los, Cindy. Der Kindergarten hat gerade angerufen. Meiner Tochter geht es nicht so gut.« Die beste

Ausrede ever!

»Ach, Schade. Ich dachte, wir hätten die Möglichkeit, uns privat noch ein wenig besser kennenzulernen.«

Das reicht.

»Cindy, komm doch morgen vor deiner Schicht noch schnell zu mir ins Büro. Wir müssen noch ein paar Vertragsdetails klären.«

Fragend huscht eine ihrer akkurat gezupften Augenbrauen in die Höhe, aber sie ist klug genug, nicht weiter nachzufragen.

Ich habe keine Ahnung, was ich jemals an dieser Sorte Frau gefunden habe. Medina war nie so und auch Dina ist das komplette Gegenteil davon. Vielleicht ist es genau das gewesen. Etwas Belangloses, nichts, was mein Herz in Anspruch nehmen würde.

In diesem Moment merke ich, dass ich nichts Belangloses mehr will. Ich bin bereit für mehr.

Ich will eine Frau, die nach meiner Tochter fragt, wenn ich sage, dass es ihr schlecht geht. Sie sollte die Zeit nicht bedauern, die wir nicht miteinander verbringen können, weil Luna mich braucht.

Ich möchte eine Frau, die sich für mich interessiert. Für alles an mir und nicht nur meinen Körper. Eine, die jedes Mal leise seufzt, wenn ich ihre Lippen mit einem Kuss bedecke, selbst wenn sie das wahrscheinlich nicht einmal bemerkt. Ich kenne diese Frau bereits. Jetzt muss ich nur lernen meinem Herz zu vertrauen.

Sowie Cindy am nächsten Tag in mein Büro kommt, vergeht ihr das Lächeln, als ich sie auf ihr unpassendes Verhalten anspreche. Sie zeigt sich reumütig und entschuldigt sich mehrfach. Ich bin froh, dass sie so reagiert. Wäre sie wütend davongestürmt und hätte fristlos gekündigt, hätte ich jetzt ein gigantisches Problem. Denn trotz ihres Fehlverhaltens ist sie wirklich gut in ihrem Job.

Ihre Kochkünste und ihre Auffassungsgabe sind sehr gut. Sie hat sich schnell in das Team integriert und bereits begonnen, das erste Catering allein zu organisieren. Sie fragt mich, wenn sie nicht weiterweiß und das schätze ich an ihr. So sparen wir Zeit und eventuelle unnötige Kosten.

Die Woche bis Freitag verfliegt und ich freue mich unglaublich, Dina zu sehen, bevor sie mit den Kindern am Samstag an die Nordsee fährt.

Luna rennt bereits zur Tür, als ich noch meinen Kofferraum leere und die versprochene Decke sowie das Grillgut auspacke.

Als ich an der Tür ankomme, ist Luna schon mit Louisa unterwegs. Aus der Küche höre ich ein leises Fluchen. Mit dem Essen in der Hand gehe ich durch den Flur, geradewegs der Stimme nach.

Paul steht auf einem Hocker an der Arbeitsfläche und schneidet Salat. Dina hingegen ist am Waschbecken und hält einen Finger unter fließendes Wasser.

»Ist nur ein Kratzer«, berichtet mir Paul, der mich bereits bemerkt hat.

»Ist schon klar. Aber trotzdem tuts weh.« Dina klingt ein bisschen wie ein trotziges Kind und ich kann mir ein kleines Lachen nicht verkneifen.

Sie hört mich und dreht sich zu mir um. Lächelnd sieht sie mich an, vergisst dabei das Wasser, welches jetzt über ihren Unterarm zu Boden fließt. Erst als ihre Beine nass werden, bemerkt sie ihren Fehler. Fluchend dreht sie den Wasserhahn zu und will sich die Küchenrolle schnappen. Diese hat allerdings andere Pläne und rollt einmal quer durch die Küche, mir direkt vor die Füße.

»Sieht so aus, als könntest du Hilfe gebrauchen.«

»Ja, gern«, sagt sie leicht resigniert und mit hängenden Schultern. Dina wirkt erschöpft. Etwas an ihr ist anders, ich bin mir aber nicht sicher, was es ist.

Zusammen wischen wir den Boden auf und anschließend helfe ich Paul bei der Zubereitung des Salats.

Dina deckt währenddessen den Gartentisch und zündet die Kohle im Grill an.

Während des Essens berichtet sie von ihrem heutigen Vorstellungsgespräch. Sie ist begeistert von den Anstellungsbedingungen und dem Arbeitsumfeld. Es handelt sich dabei um eine Institution für Menschen mit einer Beeinträchtigung.

»*MitMensch*«. Anscheinend eine größere Einrichtung mit mehreren Wohnheimen, einem Arbeitsbereich, einem Restaurant und sogar einem kleinen Kreativladen.

Ich habe mich nie mit solchen Institutionen auseinandergesetzt, vor allem macht mich das Restaurant neugierig.

Dina könnte Mitte Juli anfangen. Sie ist optimistisch, die Stelle zu bekommen. Nächste Woche soll die Entscheidung fallen. Ich würde es mir so sehr für sie wünschen! Trotz ihrer freudigen Erzählung erreicht ihr Lächeln nicht ihre Augen.

Erst als alle Bäuche gefüllt sind und die Kinder sich zurückgezogen haben, habe ich die Möglichkeit, Dina danach zu fragen. »Was ist los mit dir?«

»Nichts. Was meinst du?«

Ich sehe, dass sie sich nicht einmal selbst diese Aussage glaubt. Mit meinem Stuhl rücke ich näher an Dina heran und lege meine Hand auf ihre. »Sieh mich an, Schöne.«

Ich liebe ihre Reaktion auf den Kosenamen, den ich ihr gegeben habe. Unwillkürlich bewegen sich ihre Mundwinkel nach oben und ihr Gesicht entspannt sich.

Langsam richten sich ihre Augen auf meine.

»Du erzählst nur tolle Sachen und siehst dabei aus wie ein Trauerkloß. Ist alles okay?«

Dinas Augen füllen sich mit Tränen. Es ist für mich beinahe unerträglich, sie so zu sehen. Ich will sie lachen hören, scherzen und mit ihr unbeschwert reden können. Ich ziehe sie in meine Arme und gebe ihr einen Moment Zeit, sich zu sammeln.

»Ich ... Ich ... ach verdammt. Ich habe bis Dienstag Antidepressiva genommen und jetzt denkt meine Therapeutin, dass es an der Zeit ist, den Mist abzusetzen. Jetzt. Dabei ist Jans Todestag in vier Wochen. Morgen fahren wir zu meinen Schwiegereltern. Zu den Menschen, die mir Jan geschenkt haben. Ich fühle mich schlecht. Ich kann nicht schlafen. Meine Gedanken rasen. Mir ist immer übel.«

Ich habe Dina gebeten, dass sie mir vertraut und das tut sie. Ohne Zweifel.

Sie hat schon einmal das Thema angerissen, doch so offen wie jetzt, hat sie nie mit mir darüber geredet.

Ich bin erleichtert und besorgt zur selben Zeit.

»Kann ich etwas für dich tun?«

»Das machst du gerade«, sagt sie und schmiegt sich noch ein bisschen näher an mich. Wir reden nicht mehr viel an diesem Abend. Ich genieße ihren warmen Körper an meinem.

Mein Herz überschlägt sich beinahe.

Zu schnell schreitet die Zeit voran und drängt mich, mir Luna zu schnappen und nach Hause zu fahren. Dabei würde ich viel lieber die ganze Nacht hier sitzen. Den Grillen beim Zirpen zuhören. Die kühle Nachtluft, vermischt mit dem zitronigen Duft von Dina einatmen. Und dabei den Glühwürmchen zuschauen, wie sie flink durch die Dunkelheit tanzen.

Dina ist eingeschlafen, sie atmet gleichmäßig an meiner Brust.

Ich habe mich seit Jahren nicht mehr so zu Hause gefühlt. Nicht nur rein physisch. Auch mein Herz fühlt sich zu Hause. Sanft küsse ich ihren Scheitel und streiche ihr über den Rücken. Zwei verschlafene Augen schauen mich an.

»Wie spät ist es?« Ihre Stimme ist rau und leise.

»Zu spät. Ich sollte Luna einsammeln und nach Hause fahren.«

Bedauern liegt in ihrem Gesicht.

»Wir sehen uns, wenn wir wieder zurück sind?«, fragt sie unsicher.

»Auf jeden Fall!«

Vorsichtig küsse ich sie, lasse sie fühlen, dass sie mir vertrauen kann. Manchmal reichen Worte nicht aus. Manchmal braucht es einen Beweis. Aus Vorsicht wird

Drängen und ohne mein Zutun sitzt Dina plötzlich auf meinem Schoß.

Ihr Körper schmiegt sich an mich, dabei vergraben sich ihre Hände verlangend in meinem Haar. Ein leises Stöhnen schwappt über ihre Lippen, als ich sie zärtlich in den Hals beiße. Ich ziehe eine Spur von Küssen über ihr Schlüsselbein, den Hals, bis zu ihrem Mund.

Ich spüre die Hitze in ihrem Schoß. Meine dünnen Sommershorts können kaum noch verbergen, was mein Körper verlangt.

Dina rutscht noch ein Stück weiter nach oben und sitzt jetzt genau auf meiner Erektion. Die langsamen, kreisenden Bewegungen ihrer Hüfte treiben mich in den Wahnsinn.

Ich stöhne in ihren Mund. Sie quittiert es mit einem Lächeln. Ich kann es nicht sehen, aber ich fühle es an meinen Lippen.

Ich packe Dinas Hintern und reibe ihn mit Druck über meinen Schwanz. Gott fühlt sich das gut an. Dinas Beine zittern und ihre Bewegungen werden unkontrollierter.

»Verdammt. Dina.«

Ich senke meinen Kopf und beiße ihr durch das dünne Top in ihre steifen Nippel. Dina keucht und die Anspannung in ihren Beinen wird noch größer. Ruckartig zieht sie mich an meinen Haaren zu sich. Sie bedeckt meinen Mund mit ihrem und dämpft so unser Stöhnen. Angestrengt flüstert sie meinen Namen, als sie kommt. Ich kann nicht anders, als ihr zu folgen. Der intensive Orgasmus lässt meinen Kopf schwer werden und ich lehne mich an Dinas Brust. Ich genieße ihre Berührung, wie sie mir durch die Haare fährt und ihren Kopf auf meinen legt.

»Serviette?«, fragt sie amüsiert.

»Hast du auch zwei?«

Leise lachend richtet sich Dina auf und greift über den Tisch.

»Zum Glück hast du gemusterte Shorts an, sonst müsstest du gleich unangenehme Dinge erklären.«

»Ich beglückwünsche mich auch zu meiner Entscheidung.«

Ich versuche den Schaden einzudämmen, aber es bringt nicht wirklich was. Dina steht daneben und beobachtet mich grinsend.

»Hat was von feuchten Träumen als Schuljunge«, murmel ich mir selbst zu. Leider nicht leise genug. Es ist das Stichwort für Dina, in volles Gelächter auszubrechen. Sie hält sich sogar den Bauch und hat anscheinend Mühe, auf den Beinen zu bleiben.

Angelockt durch das Lachen kommen die Kinder in den Garten und schauen uns fragend an.

Das ist das erste Mal seit verdammt vielen Jahren, dass ich rot werde und ich bin überaus froh, dass es fast dunkel ist und man es nicht sehen kann. Hoffentlich.

»Jan hat sich versehentlich Saft über die Hose gekippt.«

Ein Hoch auf Dina! Ich hätte keine Ahnung gehabt, wie ich mich aus dieser Situation retten kann. Die Kinder finden es witzig und ich hoffe inständig, ich muss durch keinen hell beleuchtenden Raum. Denn der Unterschied zwischen Fruchtsaft und Erguss ist doch mehr als deutlich.

Der Abschied ist etwas ungelenk. Im Gegensatz zu den letzten zwanzig Minuten stehen Dina und ich uns steif gegenüber und keiner weiß, was eine angemessene Verabschiedung wäre.

Letztendlich umarmen wir uns und ich fahre mit einem eigenartigen Gefühl im Herzen nach Hause.

Luna ist im Kindersitz eingeschlafen. Sie ist motzig, als ich sie in die Wohnung tragen möchte.

Ohne geputzte Zähne bringe ich sie ins Bett. Es dauert keine drei Minuten, bis sie tief und fest schläft.

Ich gebe mich einer ausgiebigen Dusche hin. Mit einem frischen Gefühl, vor allem in gewissen Regionen meines Körpers, lege ich mich nackt ins Bett. Nichts in der Welt würde mich bei siebenundzwanzig Grad dazu bringen, mir nachts etwas anzuziehen. Wobei nicht nur die Wärme der Nacht mir einheizt. Es sind auch die Gedanken an Dina und was sie mit meinem Körper macht, die ein Feuer in mir entfachen. Unwillkürlich werde ich wieder hart. Es gefällt mir gar nicht, dass sie ab morgen sechshundert Kilometer weit weg ist und wir das, was eben auf ihrer Terrasse gelaufen ist, nicht vertiefen können.

Auch meinem Herzen passt die physische Distanz gar nicht. Ein Umstand, der noch eine dritte Form von Wärme in mir entfacht. Eine, die sich vor allem auf mein Herz konzentriert und wohlig durch meine Adern pulsiert. Jeder Winkel, jede Faser meines Körpers, alles wird von dieser Wärme umschlossen und weckt gleichzeitig eine Sehnsucht, die sich tief in mir festsetzt.

Dina

Mein Herz flattert und die Schmetterlinge in meinem Bauch fahren eine actionreiche Achterbahn.
Ich sollte schlafen, um morgen fit für die Fahrt zu sein, doch ich kann nicht. Heute ist es nicht der Entzug von den Medikamenten, der mich wachhält. In dieser Nacht lässt mein Herz mich nicht schlafen.
Neben all den bunten, schönen Gefühlen macht sich auch ein Gefühl der Schuld breit.
Ich weiß, dass es Quatsch ist und trotzdem ist es da.
Nach einer gefühlten Unendlichkeit fallen meine Augen zu und ich sinke in einen überraschend tiefen Schlaf.

Der Morgen kommt ohne Gnade mit Gelächter in mein Bett gesprungen. Louisa und Paul sind völlig überdreht und reden gleichzeitig auf mich ein.
Die Koffer haben wir gestern bereits fertig gepackt. Heute geht es eigentlich nur noch darum, Hygieneartikel und das jeweilige Lieblingskuscheltier zu verstauen. Doch trotz aller gestrigen Zustimmung muss ich ohne Kaffee um weitere Spielzeuge feilschen.
Der Drang nach einer heißen Tasse, voll mit dem schwarzen Muntermacher wird so groß, dass ich zustimme, dass jedes Kind noch zwei Spielzeuge einpacken darf. Ich bin sicher, dass ich die Entscheidung später bereuen werde, denn ich habe wichtige Rahmenbedingungen vergessen:

1. keines mit Geräuschen
2. keines mit blinkenden Lichtern
3. generell nichts Elektronisches
4. eigentlich habt ihr genug im Koffer bei Oma und Opa ist genug - inklusive ungeplanter Geschenke und

es wird während unseres Aufenthalts sicher auch noch das ein oder andere geben wird

Eindeutig ein Anfängerfehler, der mir nach sechs Jahren mit Zwillingen nicht passieren sollte. Die Aussicht auf einen Kaffee hat definitiv mein Hirn vernebelt.

Die ersten einhundert Kilometer verlaufen schleppend, da wir zwei Pinkelpausen machen müssen. Erst Louisa, dann Paul. Und zu meiner eigenen Genervtheit, spüre nun ich den Drang, ein Klo aufsuchen zu müssen.

Doch ich bin geübt. Rede ich mir zumindest ein. Fünfundzwanzig Kilometer später lässt meine Übung nach und ich bin gezwungen, den nächsten Parkplatz anzusteuern.

Die Ankunft bei meinen Schwiegereltern ist sehr emotionsgeladen. Es fließen viele Tränen. Selbst Ralf muss sich verstohlen über die Augen wischen. Claudia und Ralf haben uns nicht irgendeinen Bungalow freigehalten. Es ist der größte, mit Gartenanschluss und zwei Schlafzimmern.

Die Kinder lassen ihre Koffer explodieren. Binnen drei Minuten hat sich der Bungalow in ein Schlachtfeld verwandelt. Ich habe Urlaub, also tue ich so, als würde es mich nicht stören.

Am Abend schreibe ich Jan, dass wir gut angekommen sind und bekomme einige Smileys zurück. Ich weiß, dass er heute arbeitet und schätze es, dass er überhaupt auf sein Handy geschaut hat.

Oma und Opa machen uns Krabbenbrötchen zum Abendessen.

Einmal mehr bin ich über sehr probierfreudige Kinder froh. Mir ist bewusst, dass das eher die Ausnahme als die Regel ist.

Während Paul zwei Brötchen vertilgt, schiebt Louisa ihres nach ein paar Bissen zurück.

Claudia bietet ihr noch etwas anderes an, aber Louisa ist der Appetit vergangen.

Am nächsten Morgen bin ich mit den ersten Sonnenstrahlen aufgestanden. Beide Kinder schlafen noch friedlich und ich beschließe, einen Spaziergang zum Hafen zu machen. Claudia wird sich um die beiden kümmern, wenn sie wach werden.

Die Sonne wird schnell von Wolken verdeckt und der Wind frischt auf. Das Wetter wechselt hier schneller, als eine heiße Tasse Kaffee abkühlen kann.

Das ist tatsächlich so. Eben saß ich noch am Dock und habe dem Wasser zugeschaut, wie es langsam das Hafenbecken verlässt und keine fünf Minuten später schnappe ich mir meinen Kaffeebecher und die frischen Brötchen und mache mich auf den Heimweg.

Obwohl mein Spaziergang kürzer ausfällt, als ich gehofft habe, fühle ich mich gut und bereit für ein paar Tage im schönen Norden Deutschlands.

Die Wege, die mich an den roten Backsteingebäuden vorbeiführen, bin ich schon unzählige Male mit Jan gelaufen.

An sonnigen Tagen sind wir sie entlang geschlendert, haben die Vorgärten bewundert und Eis gegessen.

An stürmischen Tagen hat uns der Wind die Haare zerzaust.

Wenn es regnete, sind wir schnellen Schrittes und doch völlig durchweicht durch die Straßen gerannt.

Was sich nie geändert hat, ist das Gefühl dabei.

Wir waren immer in Urlaubslaune, selbst noch, als wir den schweren und ungelenken Zwillingswagen vor uns her gestoßen haben.

Die Erinnerungen fluten meinen Kopf und hinterlassen ein Gefühl der Leere. Es tut nicht weh, aber ich kann mich auch nicht daran erfreuen.

Mittlerweile sind Paul und Louisa wach. Während Paul die Brötchen quasi wegatmet, sitzt Louisa mit gequältem Gesichtsausdruck vor ihrem Frühstücksteller.

»Schatz, was ist denn los?«

»Ich habe keinen Hunger«, sagt sie fast weinerlich.

Bei mir schrillen alle Alarmglocken. Ich befürchte bereits einen drohenden Magen-Darm-Virus. Ich gehe alle Parkplätze und Raststätten der Herfahrt durch und überlege angestrengt, ob sie sich immer die Hände gewaschen hat, was sie gegessen und angefasst hat. Es ist egal, wo es passiert ist, ich kann es ohnehin nicht ändern.

»Louisa, hast du Bauchweh?«, frage ich verängstigt.

Es gibt keine Krankheit, die ich mehr verabscheue als diese.

Es ist egal, wie sehr man alles desinfiziert. Ich bin sicher, selbst ein Bad in Desinfektionsmittel würde einen nicht vor diesem Elend schützen.

»Nein, ich habe einfach keinen Hunger.« Meine Tochter beteuert mir mehrfach, dass sonst alles okay mit ihr ist. Dennoch kann ich mich nicht entspannen. Ich frage sie viel zu oft, wie es ihr geht und ob sie nicht doch eine Kleinigkeit essen möchte. Selbst mit Milchschnitten kann ich sie nicht locken.

Paul hingegen futtert wie ein Mähdrescher und hat trotzdem nach einer Stunde wieder Hunger. Gegensätzlicher könnten die beiden gerade nicht sein.

Louisa verbringt fast den ganzen Tag bei Oma vor dem Fernseher und Paul stromert mit Opa übers Gelände. Er darf ihm bei allerlei kleinen Aufgaben helfen. Ich kann die neugewonnene Freiheit jedoch nicht genießen. Meine Sorge um Louisa wächst von Mahlzeit zu Mahlzeit.

Als die Kinder im Bett sind, kommt Claudia zu mir auf die Terrasse. Am Abend ist der Himmel wieder aufgeklart und hat der Sonne Platz gemacht. Ich genieße halbherzig die letzten Sonnenstrahlen des Tages bei einem kühlen Bier.

»Darf ich dich stören?«, spricht mich Claudia von der Seite an.

»Immer.«

»Mach dir keine Sorgen um Louisa. Gib ihr ein paar Tage Zeit. Ich glaube nicht, dass sie krank wird. Ich denke viel mehr, dass sie etwas bedrückt«, sagt Claudia mütterlich.

»Aber sie hat sich so sehr auf diesen Urlaub gefreut.«

Ich weiß, dass ich wie ein wehleidiges Kind klinge.

»Das möchte ich auch gar nicht bestreiten. Trotzdem kann sie doch etwas bedrücken, oder?«

Ich lasse den Satz unkommentiert. Nicht weil ich Claudia nicht recht gebe, ich bin in Gedanken. Ich denke an sämtliche Szenarien, die Louisa bedrücken könnten. Letztendlich kommt mir nur eines logisch vor. »Ihr fehlt ihr Papa.«

In meinen Augen sammeln sich bereits die ersten Tränen.

Claudia streicht mir sanft über den Arm.

Sie ist nicht meine Mutter, aber sie hat die schwersten Zeiten meines Lebens miterlebt. Jans Tod hat auch sie und Ralf aus der Bahn geworfen.

Er ist ihr einziges Kind gewesen. Nicht dass es etwas ändern würde, wenn er noch Geschwister gehabt hätte.

Wenige Tage vor seinem Tod habe ich meinen Schwiegereltern mitgeteilt, dass es Jan nicht schaffen wird. Dass er keine Kraft mehr hat. Sie haben alle nötigen Vorkehrungen getroffen, um zu uns zu kommen. Doch in der Hauptsaison ist das nicht so einfach. Sie haben für alle Gäste versucht, eine Ersatzunterkunft zu finden. Sie haben dabei mit offenen Karten gespielt und alle Gäste waren sofort bereit umzuziehen.

Ralf und Claudia haben sämtliche Kosten übernommen. Was nicht wenig ist, wenn man versucht, im Sommer spontan eine Ferienwohnung oder gar ein Haus zu mieten. Sie hatten Glück im Unglück. Manche ihrer Freunde führen selbst kleine Ferienwohnungen und waren sofort bereit, einigen Gästen Unterkunft zu gewähren. Ohne meinen Schwiegereltern etwas zu berechnen. Zwei Tage später konnten Ralf und Claudia zu uns fahren.

Doch die Zeit hat gegen sie gespielt. Sie standen mehr im Stau, als zu fahren. Als sie den Eingang des Krankenhauses betreten haben, ist Jan eingeschlafen. Sie hatten keine Möglichkeit, sich zu verabschieden, ihn noch ein letztes Mal sehen, seine Hand halten oder auf seine Stirn einen letzten Kuss tupfen.

Es hat sie niedergeschmettert.

Sie sind lange bei uns geblieben. Haben mir geholfen, die Beerdigung zu planen und Versicherungsdinge abzuwickeln.

Ralf hat viel auf Louisa und Paul aufgepasst, während sich Claudia und ich, jede für sich, in ein eisernes Schneckenhaus zurückgezogen haben.

Meine Mutter war jeden Tag bei uns. Sie hat uns bekocht, die Wäsche gewaschen und das Haus sauber gehalten. Auch Mel war ständig da und hat mich stundenlang getröstet.

Claudia holt mich sanft aus meiner schmerzlichen Gedankenwelt zurück. »Kindchen, hör auf, dir deinen Kopf zu zermürben. Frag sie morgen einfach.«

Wir sitzen noch eine Weile zusammen und als ich das Gefühl habe, mich wieder zu beherrschen, ziehe ich mich in mein Schlafzimmer zurück. Auf dem Nachttisch vibriert mein Handy. Da ich ahne, wer anruft, hechte ich übers Bett und nehme eilig ab.

»Jan?«

»Schöne.« Ich höre das Lächeln auf seinen Lippen, auch wenn das eigentlich unmöglich ist. Aber jedes Mal, wenn Jan lächelnd mit mir spricht, nimmt seine Stimme diesen gewissen Ton an.

»Musst du heute gar nicht arbeiten?«

»Schon. Ich habe mich kurz in mein Büro verkrochen, um dich wenigstens einen kleinen Moment hören zu können.«

Mein Herz schwillt auf die doppelte Größe an und mein Kopf ist völlig verwirrt von der Gefühlsachterbahn der letzten Stunde.

»Wie geht es dir? Habt ihr schönes Wetter?«

Ich berichte Jan von meiner Sorge um Louisa. Er hört mir schweigend zu und gerade als er ansetzen will, murmelt eine bekannte Stimme ihm etwas im Hintergrund zu. Cindy. Automatisch verdrehe ich die Augen und mein Herz krampft sich für einen Moment zusammen. Jan hält den Telefonhörer zu und ich schnappe nur dumpfe Wortfetzen auf. Als ich ihn endlich wieder klar höre, klingt er genervt. »Dina, kann ich dich später noch mal anrufen? Scheinbar hat einer meiner Köche die Vorsuppe anschmoren lassen«

Meine Frage, wie denn eine Suppe verbrennen kann, behalte ich lieber für mich. »Okay. Klar. Ruf einfach an.«

»Dina?«

»Mh?«

»Du fehlst mir.«

Bevor ich reagieren kann, hat Jan aufgelegt und ich bleibe mit den aufgeregt flatternden Schmetterlingen zurück. Zu meiner eigenen Überraschung falle ich kurze Zeit später in einen tiefen, traumlosen und sehr erholsamen Schlaf.

Das Nächste, was ich wahrnehme, ist Paul, der vor meinem Bett steht und mich bedrückt anschaut. Sofort bin ich hellwach.

»Was ist los?«

»Louisa weint«, sagt er und hat dabei selbst Tränen in den Augen. Mit Taschentüchern bewaffnet laufe ich ins Kinderzimmer und ziehe mein kleines Mädchen in eine feste Umarmung. Ich sage und frage nichts. Louisa sieht mich nach einiger Zeit an und erzählt von selbst, was ihr kleines Herz so sehr belastet.

»Mama, ich habe vergessen Rapunzel freizulassen.«

»Wer ist denn Rapunzel?« Ich bin mäßig verwirrt.

»Mein neuer Regenwurm. Sie steht in einem Glas auf meinem Fensterbrett.«

Oje. Der wird wohl nicht mehr zu retten sein.

Nach Rudi kam noch Ralf, Rosa, Rudmilla und so weiter.

Es wird Zeit für eine Mama-Notlüge.

»Ich rufe Mel an und bitte sie Rapunzel freizulassen, okay?«

»Meinst du denn, dass Rapunzel noch lebt?«

»Ganz bestimmt Schatz. Mel kann uns ja ein Foto von ihr schicken.« Hoffentlich findet Mel bei fünfunddreißig

Grad einen lebendigen Regenwurm.

»Komm, wir rufen sie gleich mal an.«

Zu meiner Überraschung geht David ans Telefon.

»Dina, was gibt's?«

»Ähm. Ist Mel in der Nähe?«

»Die kann gerade nicht ans Telefon gehen.« David klingt gehetzt und gleichzeitig ängstlich. Oder nervös?

»Ist alles okay bei euch?«

»Ähm ... naja ...«

»David?«

»Mel hat wehen. Ich glaube, es geht gleich los.«

Meine Mundwinkel schießen in die Höhe und Vorfreude durchflutet meinen ganzen Körper.

»David, wer ist denn da am Telefon?«, höre ich Mel von weiter weg.

»Es ist Dina. Aber schon okay, Mel, atme weiter.«

» So 'n Quatsch. Gib sie mir mal«, kommt es genervt von ihr. Ich sehe Mel vor mir, wie sie mit den Augen rollt und fordernd ihre Hand nach dem Handy ausstreckt. Ein Rascheln später habe ich meine beste Freundin am Telefon.

»Dina, alles gut?«

»Also, wenn es gerade nicht passt, ist das schon okay. Bekomm du erst mal dein Baby.«

»Blödsinn. David macht sich nur gerade ins Hemd, weil die Wehen eingesetzt haben. Aber die Abstände sind groß, meine Fruchtblase noch nicht gesprungen und wir sind zu Hause.« Mel klingt erstaunlich ruhig und gelassen. »Also, was kann ich für dich tun?«

»Nein Mel. Schon gut, ich rufe unsere Nachbarn an.«

»Warum?«, kommt es neugierig vom anderen Ende der Leitung.

»Louisa hat Rapunzel Regenwurm auf dem Fensterbrett vergessen. Wir wollten dich bitten, sie nach draußen zu bringen und uns ein Foto von der fröhlich vergnügten Rapunzel zu schicken, wie sie sich in die Erde eingräbt.« Ich hoffe inständig, Mel versteht meinen Wink mit dem überdimensionalen Zaunpfahl.

»David, fahr doch bitte bei Dina vorbei und lass den

Regenwurm im Garten frei.«

»Hä, ich soll was?«, höre ich einen verwirrten David. Kurz darauf kommt ein »Autsch.« durch die Leitung.

»Klar, kann ich machen, Schatz.«

»Hast du gehört, Louisa? David fährt schnell zu euch rüber und lässt Rapunzel frei.«

»Danke Mel!« Louisa steht die Erleichterung ins Gesicht geschrieben und ich schicke stumme Dankesgrüße zu Mel und David.

Es dauert keine halbe Stunde, bis ich ein Foto von einem Regenwurm auf dem Handy habe. Sicher ein Bild aus dem Internet, denn ich glaube nicht, dass David wirklich einen lebendigen Regenwurm irgendwo gefunden hat. Wenig später schreibt sie noch, dass David die ziemlich verkümmerte Rapunzel ordnungsgemäß in unserem Garten bestattet hat. Ich danke ihr mit Unmengen an Kuss-Smileys und wünsche ihr wenig Schmerzen, viel Geduld und Ausdauer für die Geburt. Zurück kommt ein Foto, dass Mel mit einem Daumen hoch zeigt. Ihr Optimismus in allen Ehren …

Louisa vertilgt erleichtert ihr Frühstück und legt eine Einhundertachtziggradwendung hin. Jetzt sind beide Kinder voller Energie und gehen mir gehörig auf den Keks. Eigentlich will ich *nur* duschen, muss dieses Vorhaben jedoch auf einen späteren Zeitpunkt verschieben.

Paul und Louisa wollen zum Strand. Ich versuche ihnen mehrfach begreiflich zu machen, dass gerade Ebbe ist und das Wasser erst in der Mittagszeit wiederkommen wird.

Aber es hilft alles nichts.

10:00 Uhr morgens machen wir uns auf nach Nordstrand.

Ich liebe diese kleine Insel. Der Deich mit dem großen Sandstrand ist ein Geheimtipp in der Region.

Es gibt nicht viele, nicht überlaufene Strandabschnitte in und um Husum. Der schönste ist St. Peter Ording. In der Ferienzeit ist es unmöglich, ohne auf unzählige

Handtücher zu treten, einen schönen Platz zu ergattern. Darauf verzichte ich gerne.

Nordstrand hat keine Promenade zu bieten und die Toiletten sind auch nicht der Hit. Aber es findet sich immer ein Platz und der Kiosk hat einen scheinbar unendlichen Vorrat an Pommes.

Eine halbe Stunde später haben wir unseren Strandkorb gefunden und machen uns breit. Im Umkreis von fünf Metern ist alles uns. Ich habe den Korb für sieben Tage gemietet und damit die Entscheidung gefällt, wie lange wir die Nordsee genießen.

Länger können wir wirklich nicht bleiben, denn wenn ich den Job in der Behinderteneinrichtung nicht bekomme, werde ich noch zu einem weiteren Vorstellungsgespräch gehen müssen.

Zudem habe ich eine Anfrage für einen Auftrag. Eltern aus dem Kindergarten von Louisa und Paul haben mich für einen Kindergeburtstag angefragt. Ich freue mich sehr und möchte mir diese Chance nicht entgehen lassen.

Wir genießen den sonnigen Tag am Strand und am Abend bin ich wirklich reif für eine Dusche. Müde und glücklich lenke ich mein Auto zu meinen Schwiegereltern. Louisa und Paul springen aus dem Auto und rennen zu Opa Ralf, der gerade unterwegs ist, um die Fische im Teich zu füttern. Ich breite die feuchten Badesachen auf der Terrasse aus und mach mich an das Abendessen. Heute habe ich Claudia und Ralf zu uns zum Essen eingeladen. Ich habe nichts Großes vor. Ich will mich einfach bedanken und da meine Schwiegereltern kein Geld von mir wollen, habe ich mir vorgenommen, ihnen auf anderen Wegen etwas zurückzugeben.

Frischer Fisch landet auf dem Grill und verbreitet einen verführerischen Duft. Ein Salat dazu und warmes Baguette. Perfekt.

Zwischendurch habe ich das Gefühl, beobachtet zu werden und schaue mich um. Außer dem weitläufigen

Garten, den anderen Bungalows, Bäume und Büschen, kann ich nichts Ungewöhnliches sehen.

Beim Abendessen erzählen Claudia und Ralf, dass nun auch der letzte Bungalow vermietet ist. Die Kinder sind ganz aufgeregt, weil anscheinend ein Mädchen in ihrem Alter dabei ist.

Mit einer angenehmen Schwere falle ich in mein Bett. Ich starre mein Handy an und versuche, es mit meinen nicht vorhandenen telepathischen Fähigkeiten zum Klingeln zu bringen. Ich habe Jan einige Fotos von heute geschickt, ohne eine Antwort zu erhalten. Ich will ihn nicht nerven, vor allem, da wir nicht zusammen sind. Oder?

Wir sind Freunde. Freunde, die sich küssen. Stundenlang reden können. Freunde, die es beinahe auf einem Gartenstuhl in der Abenddämmerung getan hätten. Okay. Wir sind keine Freunde. Wir sind mehr. Nur was dieses »*mehr*« ist, weiß ich nicht. Wir haben bisher nicht darüber gesprochen und vorerst wird das auch nicht passieren. Das ist nichts für ein Telefongespräch. Ich werde nach unserer Rückkehr mit ihm reden müssen.

Was mein Herz will, ist klar. Doch eine kleine Stimme in meinem Kopf flüstert mir ständig Schuldgefühle zu. Leise zwar, aber stetig.

Ein Klopfen erregt meine Aufmerksamkeit. Ich suche nach dem nicht vorhandenen Baseballschläger. Ich bin mir ziemlich sicher, dass kein Einbrecher freundlich und leise anklopft, um die Kinder nicht zu wecken und um Einlass zu bitten. Dennoch, man weiß ja nie.

Auf Zehenspitzen schleiche ich zur Tür. Meine Anspannung steigt, als es wieder klopft. Wobei ich nicht sicher bin, ob das Klopfen meines Herzens nicht lauter ist als das leise, fast zögerliche Klopfen an der Tür.

Ich ziehe die Tür einen Spalt auf und traue meinen Augen nicht.

Das kann nicht sein. Da steht er. In voller Größe und mit warmen braunen Augen. Sein typischer Duft wird durch den Wind zu mir getragen.

Verunsichert blinzelt er mich an.

Es vergehen Sekunden, bis ich realisiere, dass ER es wirklich ist. Es ist kein Traum. Ruckartig reiße ich die Tür auf und schlinge meine Arme um Jans Brust. Sofort drückt er mich fest an sich und haucht mir einen Kuss auf den Kopf. Nach einem kurzen Moment fällt bei mir der Groschen.

»Du bist der, der den letzten Bungalow gemietet hat. Und das Mädchen im Alter von Paul und Louisa ist Luna. Das blaue Auto im Hof ist deines. Ich wusste es. Nein, ich wusste es nicht. Ich habe … Ich meine … Du bist hier.« Ich plappere drauf los. Ohne Punkt und Komma. Bevor ich weiterreden kann, hat Jan seine großen Hände um mein Gesicht gelegt und zieht mich zu sich nach oben. Sanft bedeckt er meine Lippen und hinterlässt ein prickelndes Gefühl. Es ist ein Hauch von einem Kuss und viel zu schnell vorbei. Die Intensität und Länge interessiert mein Herz nicht, es jubelt nach dieser flüchtigen Berührung, als hätte es den Super Bowl gewonnen.

»Ich habe dich vermisst«, flüstert er mir schüchtern zu.

Es steht im Kontrast zu seiner sonstigen Persönlichkeit. Er ist verunsichert, weil er nicht weiß, wie ich reagiere. Ob ich ihn für verrückt erkläre und wieder wegschicke.

»Ich habe dich auch vermisst. «Mehr als ich mir bis zu diesem Moment eingestehen wollte.

Jan

Endlich halte ich sie in meinen Armen, kann sie riechen und schmecken.

Die Entscheidung, an die Nordsee zu reisen, zu Dina, war die Beste überhaupt. Ein paar Tage wegfahren und eine Auszeit vom Alltag genießen, im Sand buddeln und im Wasser planschen. Luna konnte ich rasend schnell für die Idee erwärmen. Im Restaurant habe ich das Nötigste vorbereitet, den Rest bekommt Cindy schon hin.

Dinas Blick lässt mich meine Entscheidung nicht bereuen. Ihre Augen funkeln, als sie sich in meinen verhaken.

Sie sieht wunderschön aus. Selbst in der späten Dämmerung erkenne ich, dass sie einen leichten Sonnenbrand hat und sich kleine Sommersprossen auf ihr Gesicht mogeln. Ich könnte sie für ewig so festhalten. Ich weiß nicht, wann genau es passiert ist, aber in diesem Moment wird mir klar, dass ich nicht mehr ohne Dina sein will.

Sie ist mehr als eine Verbündete in der Trauer.

Sie ist mein Anker und gleichzeitig mein Leuchtturm.

Es gibt tausend gute Gründe, ihr das jetzt sofort zu sagen, und doch bringe ich es nicht über meine Lippen.

Mein Herz hat eine unumstößliche Entscheidung gefällt, nur mein Kopf mahnt mich abzuwarten.

»Warum hast du nicht gesagt, dass ihr kommt?« Dinas Worte reißen mich aus meinen Gedanken.

»Dann wäre es keine Überraschung mehr gewesen. Und bis heute Morgen wusste ich auch gar nicht, dass ich am Abend vor dir stehen würde.«

»Und wie lange wollt ihr bleiben?«, fragt sie hoffnungsvoll.

»Wie lange bleibt ihr denn?« Die Gegenfrage bringt sie ins Straucheln. Unsicher huschen ihre Augen zwischen meinen hin und her.

»Vierzehn Tage.« So wie sie es ausspricht, weiß ich, dass sie mich auf dem Arm nimmt. Sie beißt sich auf die Unterlippe und versucht krampfhaft ein Grinsen zu unterdrücken. Aber was sie kann, kann ich auch.

»Oh okay. Wir wollen übermorgen wieder zurückfahren.«

Fragend mustert sie mich und sucht nach einer Antwort in meinem Gesicht. Aber wenn ich eines schon immer konnte, dann ist das eine unbeteiligte Miene aufrecht zu erhalten. Ein Muss bei meiner Vergangenheit. Lange halte ich das jedoch nicht mehr aus. In Dinas Blick mischt sich Enttäuschung.

»Das war ein Scherz, meine Schöne. Und jetzt her mit der Wahrheit, wie lange bleibt ihr, damit ich im Restaurant und meinen Eltern Bescheid geben kann.«

Dinas Gesicht hellt sich augenblicklich auf. »Ich dachte daran, Sonntag zurückzufahren.«

»Alles klar. Dann bleiben wir bis Sonntag.« Kaum habe ich den Satz ausgesprochen, kleben Dinas Lippen an meinem Mund. Ich umfasse ihren Hintern und hebe sie zu mir. Sofort schlingen sich ihre Beine um meine Hüfte und ihr Kuss wird stürmischer. Gierig kostet sie von meiner Zunge und fährt mit ihren Händen durch meine Haare. Ich genieße die Art, wie sie Besitz von mir ergreift, mich küsst, als würde es kein Morgen mehr geben.

Am liebsten würde ich sie in ihr Bett tragen, ihr die restlichen Kleider abschälen und die Dinge mit ihr machen, die ich in meiner Fantasie schon zu oft durchgespielt habe. Ich bin mir sicher, Dina will es in diesem Moment auch. Immer fester zieht sie an meinen Haaren. Sie stöhnt in meinen Mund, als ich sie genau auf meine Erektion platziere.

Dummerweise funktioniert der Teil meines Gehirns, wo die Vernunft angesiedelt ist noch. Langsam und widerstrebend stelle ich sie auf ihre Beine.

»Du glaubst nicht, wie gern ich das beenden würde. Aber ich denke, das ist gerade nicht die beste Entscheidung. Ich will dich hören, wenn du für mich kommst. Ich will mir Zeit dafür nehmen.« Meine Stimme ist rau vor Lust.

Dina atmet tief durch, bevor sie ihre Augen auf meine richtet.

»Dann solltest du jetzt besser gehen, denn meine Selbstbeherrschung ist dahin und je länger du vor mir stehst, desto weniger kann ich für irgendetwas garantieren.«

Nichts als die Wahrheit, das ist ihr unschwer anzusehen.

»Frühstück, morgen?«, frage ich sie. Sie nickt mir zur Bestätigung zu. Bevor sich Dina in Bewegung setzt, sehe ich, wie sie ihre Oberschenkel aneinanderpresst, um sich ein wenig Druck zu nehmen. Ich habe keine Ahnung, woher meine Beherrschung kommt. Mein Kopf malt mir Bilder, wie ich sie an die Hauswand drücke und meine Hand in ihrem Höschen verschwinden lasse.

Artig schlucke ich meine Gedanken hinunter und hebe die Hand zum Abschied, bevor ich zurück in meinen Bungalow gehe.

Das Wetter am nächsten Tag ist der Wahnsinn. Schon beim Frühstück sind die Werte weit über zwanzig Grad. Louisa und Paul haben sich sehr gefreut, als sie gesehen haben, dass wir die Neuankömmlinge sind.

Dinas Schwiegereltern konnten mir zum Glück bestätigen, dass ich den Bungalow bis zum kommenden Sonntag mieten kann.

Sie waren nicht aufdringlich oder skeptisch mir gegenüber, obwohl sie wahrscheinlich ahnen, dass Freunde einander nicht nachreisen. Vor allem nicht so spontan.

Der Tag am Meer ist der erste in einer Reihe von sonnigen Tagen. Am Morgen essen wir zusammen Frühstück, brechen dann zu einem kleinen Ausflug in der Region auf, um die Nachmittage am Strand zu verbringen. Wir beenden den Tag stets mit einem gemeinsamen Abendessen.

Durch Claudia und Ralf werde ich in die regionale Küche und ihre kleinen Geheimnisse eingeweiht. Auch Paul ist stets dabei, wenn wir das Abendessen vorbereiten.

Jeden Abend verbringen wir im Garten der Pensionsanlage. Ich muss mich ständig zurückhalten, Dina nicht bei jeder Gelegenheit zu küssen und sie in meine Arme zu ziehen.

Wir haben noch nicht darüber geredet, was das zwischen uns ist. Das wir uns mehr als mögen, ist sehr wahrscheinlich für alle unschwer zu erkennen. Es soll noch kein anderer wissen. Dina versucht mich nicht länger als nötig anzuschauen, wenn ihre Schwiegereltern dabei sind.

Ich verstehe es. Vollkommen. Sie haben ihren Sohn verloren und ihre Schwiegertochter gerade erst wiederbekommen. Und dann bringt sie einen »*neuen*« Jan zu ihnen. Allein die Sache mit dem Namen ist eigentlich schon zu viel. Und dann bin ich auch noch Koch wie ihr verstorbener Sohn.

Ich habe die Reaktion von Ralf deutlich gesehen, als ich ihm sagte, wie ich mein Geld verdiene. Er hat einen Moment um Fassung gerungen, bevor er sich wieder im Griff hatte. Dennoch geben mir beide nicht das Gefühl, dass ich hier nicht erwünscht bin. Im Gegenteil. Sie lassen mich spüren, wie schön es ist, dass wir hier sind. Luna bekommt genauso viel Eis wie Paul und Louisa. Und ich darf in der Küche mithelfen und Ralf das eine oder andere Mal zur Hand gehen. Oft bemerke ich, dass Dina mich beobachtet, wenn ich mit Claudia oder Ralf spreche. Sie sieht verängstigt aus, abwartend und mit dem Fortschreiten der Woche erleichtert.

Am Freitag bieten Claudia und Ralf an, am Abend auf die Zwerge aufzupassen, mit der Begründung, dass wir eine Auszeit verdient hätten und allein wäre die *natürlich* langweilig, also nehmen sie gleich alle Kinder. Ich sehe das wissende Lächeln in Claudias Augen, als Dina sich schüchtern bedankt.

Wir beschließen eine Runde durch den Hafen zu drehen, etwas zu essen und vielleicht noch über den Deich zu spazieren.

Im Restaurant nestelt Dina nervös an ihrer Serviette rum.

»Was ist los, Schöne?«

»Meinst du, sie wissen es?« Sie traut sich bei der Frage nicht mich anzusehen.

»Ich glaube schon.« Erschrocken funkeln mich ihre Augen an.

»Und jetzt?«

»Naja, und jetzt lassen wir es erst einmal so stehen, bis wir wissen, was wir sind und was nicht.« Das Gespräch ist längst überfällig. Dina weiß es auch und schaut mich leidend an.

»Brauchen wir wirklich eine Definition?«

»Ja Dina. Die brauchen wir. Um unserer Kinder willen und nicht zuletzt auch um unserer Herzen willen.«

Sie nickt. 1:0 für mich.

»Also Schöne, was sind wir?«, spiele ich ihr den Ball zu.

Vielleicht bin ich selbst zu feige, den Anfang zu machen.

»Ich bin mir sicher bei dem, was ich fühle, aber ich kann nicht sagen, was wir sind, oder vielmehr, was wir werden.«

Ich wünschte, sie würde weitersprechen, vor allem über den Teil mit den Gefühlen. Doch der Ball liegt offenbar wieder bei mir.

»Hast du Angst vor dem, was wir werden?«

»Ein bisschen, wenn ich ehrlich bin. Ich meine, komm schon. Die Art, wie wir uns kennengelernt haben, wie ähnlich sich unsere Geschichten sind ...«

Ich weiß, was sie meint.

»Ich habe Angst, Dina. Wirklich. Ich habe nie eine andere Frau als Medina geliebt. Nicht vor ihr und auch nicht danach.«

Abwartend sieht mich Dina an. Sie gibt mir Zeit, meine Gedanken zu sortieren. »Dann kamst du. Du lässt Weintrauben durch das Affenhaus rollen und bist seither in fast jedem meiner Gedanken. Und nicht nur da …« Ich Weichei. Scheiße Jan. Jetzt sprich es schon aus.

»Jan?« Dina hat eine Hand auf meine gelegt und streicht zart mit ihrem Daumen über meinen Handrücken.

»Es ist okay. Du musst es nicht aussprechen, wenn du es nicht kannst.«

Aber ich will es verdammt!

»Entschuldige mich kurz.« Viel zu schnell springe ich auf und reiße dabei meinen Stuhl um. Alle Blicke kleben an uns. Während ich nach draußen stürme, nickt Dina allen Gästen freundlich zu. Ich muss kurz durchatmen. Ich brauche einen klaren Kopf und Luft. Viel Luft. Warum zur Hölle kann ich nicht aussprechen, was ich fühle?

Hat sie mich so verdorben?

Schon bei Medina habe ich lange gebraucht, ihr zu sagen, was ich für sie empfinde. Und ich habe es definitiv nicht oft genug ausgesprochen. Das hat mich zerstört, tut es noch. Seither sage ich es Luna mindestens einmal täglich. Aber Dina … Ich kann es einfach nicht.

Sie sitzt in meinem Kopf und lächelt mich dreckig an, als würde sie es auch Jahre später noch genießen. Dieses verfluchte Miststück.

Zwei zarte Arme schlingen sich von hinten um meinen Bauch. Ein warmer Kopf liegt stumm an meinem Rücken und gibt mir einen ruhigen Atemrhythmus vor. So lang habe ich schon nicht mehr gegen diese aufsteigende Panik ankämpfen müssen. Und jetzt sitze ich mit dieser wunderbaren Frau nach einem traumhaften

Sommertag in einem Restaurant und kämpfe um meine Fassung, so dass ich fluchtartig das Lokal verlassen muss. Langsam wandert Dina um mich herum. Zu keinem Zeitpunkt löst sie den Körperkontakt zu mir. Ihre Finger fahren über meine kratzigen Wangen, halten sie umschlossen und ziehen sie zu sich. Statt mich zu küssen, legt sie ihre Stirn an meine und schaut mir in die Augen. Mein Sichtfeld erweitert sich wieder und ich finde zurück zu einer normalen Atmung.

»Komm. Wir gehen ein Stück«, sagt sie und verschlingt ihre Hand in meiner.

Wir gehen schweigend nebeneinander. Dina führt mich raus aus dem kleinen Stadtkern zum angrenzenden Deich.

Ich weiß nicht, wie weit wir gelaufen sind. Ich kann nichts als grüne Wiesen und Watt sehen. Dina setzt sich in das Gras und stellt einen Plastikbeutel neben sich ab. Ich habe gar nicht mitbekommen, dass sie überhaupt was dabeihatte. Sie zaubert Pommes, Salat und eine kleine Pizza daraus hervor.

Das Bier zieht sie aus ihrer Handtasche und stellt es einladend neben sich. Schweigend genießen wir das Essen.

»Ich habe gute Neuigkeiten«, durchbricht sie die Stille.

Ich bin sehr froh, dass sie mich nicht auf die Situation eben anspricht. Ich werde es ihr erzählen. Nur nicht heute. Ich sehe in ihre blassblauen Augen, die aussehen wie ein wolkenloser Himmel im Sommer. Ein zartes Lächeln liegt auf ihren Lippen. Gerade so viel, dass es nicht überschwänglich wirkt und nicht zu wenig, dass ich denken könnte, sie habe Mitleid mit mir.

»Ich werde es dir erzählen, wenn ich bereit dafür bin. Und jetzt sag, was du für fantastische Neuigkeiten hast!« Das Lächeln auf meinen Lippen fühlt sich noch etwas steif an.

»Ich habe den Job! Die Personaltante hat heute Mittag angerufen. Ich kann Mitte Juli anfangen.«

»Ich freue mich für dich, Dina! Wirklich! Auch wenn es gerade vielleicht nicht so aussieht.«

Juli

Dina

Ich bin nervös! So was von nervös! Heute ist mein erster Tag. Ich habe die halbe Nacht nicht geschlafen und bin bereits mit dem Morgengrauen aufgestanden. Jetzt ist es halb sieben. Ich bin geduscht, geschminkt, frisiert und angezogen. Das Frühstück steht auf dem Tisch. Nur die Kinder schlafen noch selig. Zehn Minuten gebe ich ihnen noch, dann wird es allerhöchste Eisenbahn.

Mein dritter Kaffee schmeckt genauso gut wie der erste. Durch die offenen Fenster strömt schon warme Luft. Der Juli macht da weiter, wo der Juni aufgehört hat. Warm und trocken. Wir müssen täglich unseren Gemüsegarten wässern und zu meinem Leidwesen tun wir das mit Leitungswasser. Die Wassertonnen sind schon längst leer und der nächste Regen ist noch lange nicht in Sicht. So sagt zumindest die Wetterapp.

Und ich glaube ihr, wenn ich in den strahlend blauen Himmel schaue. Mein vibrierendes Telefon holt mich aus meinen Gedanken über das Wetter.

Jan:

»Hallo, meine Schöne. Ich wünsche dir einen fantastischen ersten Arbeitstag.«

Mit einem breiten Grinsen gehe ich meine Kinder wecken und hoffe, dass ihre Laune ebenso gut ist wie meine.

Louisa und Paul enttäuschen meine Wunschvorstellung nicht.

Zehn Minuten vor Arbeitsbeginn stehe ich vor dem Haupteingang des Gebäudes. Neben den Büros der gesamten Administration, beherbergt das große Haus auch Wohngruppen für Menschen mit einer Beeinträchtigung. Es gibt noch drei weitere Nebengebäude.

Ich hoffe sehr, dass ich den Überblick nicht verliere und mich auf dem weitläufigen Gelände nicht verlaufe. Am Empfang sitzt eine Dame im Rollstuhl, die mir geduldig den Weg zu der Finanzabteilung erklärt. Aus Mangel an Verständnis meinerseits, begleitet sie mich zu den Büros.

Meine neue Chefin empfängt mich mit einem Kaffee. Sie ist mir jetzt schon äußerst sympathisch. Heute habe ich Zeit, mich in die Strukturen einzulesen und das System kennenzulernen.

Die Mittagspause gestaltet sich für mich als Stolperfalle. In der großen Cafeteria sitzen die Angestellten zusammen. Therapeuten neben Bereichsleitungen, Lehrern, Betreuern, Servicepersonal und wer sonst noch alles hier arbeitet. Auch einige Bewohner sitzen mit an den Tischen.

Der Raum ist groß, doch an die Rollstühle, Krücken und Rollatoren muss ich mich noch gewöhnen. Ständig stolpere ich über ein Rad oder übersehe eine Krücke, die unter einem Tisch hervorlugt. Sandra, meine Chefin, sagt mir, dass es ihr die ersten Tage auch so gegangen ist und dass man irgendwann ein Gefühl dafür bekommt.

Ich bin begeistert von der Vielfalt an Menschen in diesem Raum und es ist für mich nur schwer auszumachen, wer hier arbeitet, wer hier wohnt, wer für eine Therapie da ist oder wer einfach in Gesellschaft essen möchte.

Die erste Woche vergeht wie im Flug. Ich bin jeden Abend fix und alle und freue mich auf die Couch. Die ersten beiden Wochen arbeite ich Vollzeit, um mich in alles einzuarbeiten.

Am Sonntag ist Jans dritter Todestag. Mit den Kindern habe ich beschlossen, dass wir zum Friedhof gehen und neue Blumen auf sein Grab pflanzen. Nach vier Jahren verblassen die Erinnerungen an ihren Papa Stück für Stück. Nach wie vor erzähle ich ihnen viel von Jan. Wir sehen uns die Alben an und kochen seine Rezepte. Es schmerzt noch immer in meiner Brust. Und das nicht zu knapp. Doch die Trauer ist nicht mehr allumfassend. Ich denke jeden Tag an ihn. Nicht jeder Gedanken versetzt mich in Trauer und Wut.

Ich verfluche das Schicksal für seine Grausamkeit, dennoch bin ich ihm dankbar für die vielen schönen Jahre mit Jan. Für die großen und kleinen Momente. Und noch ein Dank schleicht sich von Tag zu Tag mehr an mein persönliches Schicksal.

Es hat mir einen Mann gebracht, den ich nicht mehr missen möchte. Der sich einen Platz in meinem Herzen gesucht und gefunden hat.

Jede Nachricht, jeder Anruf und jedes Treffen mit ihm lässt mein Herz jubeln und die Schmetterlinge Loopings fliegen. Doch die Unsicherheit bleibt. Ich habe Angst vor der Reaktion meiner Kinder. Nicht unbedingt vor der Ablehnung. Es ist mehr die Tatsache, dass sie ihn mögen werden. Sie werden mit ihm so viel erleben. Erinnerungen schaffen. Und damit ist es auch er, der unweigerlich zu einer Vaterfigur werden wird. Der ihnen Liebe und Sicherheit entgegenbringt. Alles Dinge, die zu einem Papa gehören. Zu ihrem Papa.

Es ist nichts falsch an der Vorstellung einen »*neuen*« Mann in mein Leben zu lassen, das weiß und fühle ich. Aber einen neuen Vater? Wird Jan ein Vater für sie sein? Kann ich das mit mir vereinbaren? Ob es ihm genauso geht in Bezug auf Luna? Gedanken, die mich tagelang begleiten.

Dabei rückt auch der Sonntag unaufhörlich näher. Meine innere Anspannung wächst. Jan weiß, dass mein

Mann an diesem Sonntag Todestag hat. Er hat Verständnis für meine kurzen Nachrichten und die einseitigen Telefonate. Wir haben uns dieses Wochenende nicht verabredet, was eine Seltenheit ist.

Seit den Ferien an der Nordsee haben wir uns jedes Wochenende gesehen. Ausflüge mit den Kindern, Abendessen im Garten und faule Sonntage zu Hause.

Jan und Luna wohnen in einer schönen, aber kleinen Dreiraumwohnung. Wenn wir uns treffen, dann bei uns.

Luna und Louisa sind auf dem Weg, beste Freundinnen zu werden. Und auch Paul ist mit dabei. Bei den Mädchensachen hält er sich jedoch zurück.

Sie spielen zusammen Fangen, Dinosaurier oder Feuer-Wasser-Sand. Aber bei Zöpfen und Puppen hört es dann doch auf.

Lieber verkrümelt er sich in die Küche. Mittlerweile macht er manche Sachen schon allein. Trotzdem soll er keine Küchengeräte bedienen, wenn ich nicht dabei bin. Ebenso darf er auch nicht den Herd oder Backofen einstellen. Und so hat er sich während des Sommers zum Salatspezialisten gemausert. Er profitiert stark von Jans Wissen und Anleitungen.

Jan und ich sind mittlerweile Meister in verstecktem Küssen.

Und doch werden die Situationen brenzliger, da es uns immer schwerer fällt, die Finger voneinander zu lassen. Selbst Mel riecht den Braten schon Kilometer weit gegen den Wind. So oft es ihre Müdigkeit zulässt, sehen wir uns. Die kleine Emilia ist bezaubernd. Ich könnte sie stundenlang halten und an mich knuddeln. Und das Beste dabei? Wenn sie anfängt zu weinen, kann ich sie David oder Mel zurückgeben.

Mel versucht seit Wochen mehr über Jan zu erfahren und vor allem interessiert es sie brennend, wie wir zueinanderstehen. Ich habe das dringende Bedürfnis, mit jemandem darüber zu reden. Und gleichzeitig habe ich das Gefühl, dass dann unsere kleine Blase platzen könnte. Dass das, was wir haben, real wird und mit realen Problemen konfrontiert wird. Meine Gedanken widersprechen sich regelmäßig. Nur die Schmetterlinge in meinem Bauch sind sich sicher, dass nichts falsch daran ist, einen *neuen* Mann zu lieben und diesen in mein Leben zu lassen.

Nach einer Reihe warmer und sonniger Tage ist es heute nasskalt und grau. Der Sonntag macht seinem Namen nicht gerade alle Ehre. Es ist Zufall oder vielleicht auch Schicksal. Wer weiß das schon ... Ich gestatte mir, die grauen Wolken auch zu meinen werden zu lassen. Paul und Louisa sind still. Unheimlich still. Ich bin sicher, sie spüren meine Anspannung und das ist okay. Alles andere wäre geheuchelt. So wie wir zum Friedhof aufbrechen, fallen die ersten Regentropfen zu Boden. Ein ekliges Klischee, wenn auch ungemein passend.

Wir haben einen Einkaufskorb voller Blumen dabei. Im Regen pflanzen wir eine bunt blühende Mischung von Gerbera, Lavendel und Dahlien. Eben alles, was das kleine Blumengeschäft in unserer Straße zu verkaufen hatte. Meine Augen brennen. Tränen mischen sich mit Regentropfen. Immer wieder umarmen wir uns. Auf einer Bank unter einem Baum versuchen wir uns vor dem Regen zu schützen. Ich erzähle ihnen von ihrem Papa und wie sehr er sie geliebt hat. Wie er verzweifelt versucht hat, die Babybetten aufzubauen. Wie er in einen Kaufrausch verfallen ist, als wir erfahren haben, dass wir einen Jungen und ein Mädchen bekommen werden. Wie sehr er geweint hat, als sie geboren wurden.

Mit feuchten Kleidern und schönen Erinnerungen gehen wir Richtung Ausgang. Ich muss stehen bleiben, da meine Augen etwas erfasst haben, dass augenblicklich meine Füße an den Boden kettet. *Tief durchatmen.*

Paul und Louisa haben nichts mitbekommen und sind beinahe am Ausgang angekommen.

Mein Blick ist auf einen weißen Grabstein gefallen.

Es sind zwei Engel darauf graviert. Eine Frau mit imposanten Flügeln und einem kleinen Engel im Arm.

Medina und Sebastian Hofmann
Wir werden niemals aufhören, euch zu lieben.

Ich bin gefesselt an das Stück Erde, auf dem ich stehe. Das Grab ist keine zwei Reihen von Jans entfernt. Ich weiß, dass die Inschrift eine sehr häufig verwendete ist. Aber es ist ein Zufall, bei dem es sich so anfühlt, als wäre es keiner.

Louisa und Paul rufen nach mir und ich setze mich langsam wieder in Bewegung.

Jan

Die vergangenen Wochen sind an mir vorbeigeflogen. Genauer gesagt, sind sie mit mir verflogen. Es ist Hochsommer und das Restaurant ist jeden Abend voll. Unsere Sommerkarte bietet alles vom Cesar Salad bis zum Krabbencocktail alles. Es ist ein bunter Mix an saisonalen und überregionalen Köstlichkeiten.

Ich habe vieles vorher mit Paul in Dinas Küche ausprobiert. Er ist kreativ und unvoreingenommen. Er ist für jeden Versuch zu haben und hat ein gutes Gespür dafür, was zusammenpassen könnte. Es macht großen Spaß, mit ihm zu experimentieren.

Heute habe ich meinen Kopf ganz woanders. Es ist Sonntag. Und ich bin in Gedanken bei Dina und ihren Kindern.

Ich kenne die Tortur eines Todestages und die ganzen Gefühle dazu nur zu gut. Luna und ich haben dieses Ereignis in dem Jahr bereits hinter uns. Doch auch dieses Jahr wird bald wieder vergangen sein. Der Januar passt perfekt in die Stimmung von Abschied und Trauer. Es ist zu leicht, sich an diesem Tag den Gefühlen von Trauer, Wut und Frust hinzugeben.

Mittlerweile haben wir ein festes Ritual für den Tag.

Wir gehen am Vormittag auf den Friedhof. Zum Mittag kommt der Lieferdienst und über den Nachmittag erzähle ich Luna alle Geschichten von ihrer Mama, die mir in den Sinn kommen. Und dazu schauen wir uns sämtliche Fotoalben an. Im Verlauf eines Jahres gehen wir immer wieder zum Friedhof. Aber an diesem einen Tag im Jahr fühlt es sich anders an als an allen anderen Tagen.

Nach der Arbeit fahre ich zu meinen Eltern und esse mit ihnen und Luna zusammen. Ich habe aus dem Restaurant die neueste Salatkreation mitgebracht. Ein süßer Salat. Mehr ein Dessert als eine Beilage.

Luna schaut erst verdutzt und meine Mutter lächelt milde.

Sie hat den Salat schon für mich gemacht, als ich noch ein Kind war.

»Zurück zu den Wurzeln?«, fragt sie.

»Unbedingt. Paul hat mir bei der Auswahl des Blattsalates geholfen. Feldsalat gibt es zurzeit nicht.«

»Was ist da alles drin?«, fragt Luna etwas skeptisch. Sie stochert mit ihrer Gabel in dem Salat herum.

»Eisberg- und Kopfsalat, Himbeeren, gehackte Zitronenmelisse und rote Johannisbeeren. Das Dressing besteht aus Orangensaft, ein bisschen Zitrone und Honig.«

»Aha«, sagt meine Tochter mit hochgezogener Augenbraue.

»Probier es mal, Schatz«, muntert meine Mutter sie auf.

»Paul findet es sehr lecker!« Ich hoffe, dass ich sie überreden kann, dem Salat eine Chance zu geben. Zum Glück kommt in dem Moment mein Vater. Er trägt ein breites Grinsen im Gesicht, als er den Salat sieht.

»Mamas Rezept?«, fragt er brummig.

»Mit ein paar Anpassungen.«

Das lässt sich mein Vater nicht zweimal sagen und langt ordentlich zu. Luna vertraut anscheinend den Geschmacksnerven ihres Opas und probiert auch vom Salat. Es dauert nicht lang, bis die Salatschüssel leer ist und Luna fragt, ob ich den Salat öfter machen könnte. Kann ich. Werde ich. Da heute Lazy-Sunday ist, darf Luna vor dem Fernseher Platz nehmen und das Programm bestimmen.

Kurze Zeit später ist sie im Disney-Universum gefangen und blendet ihre Umwelt aus. Der perfekte Moment für meine Mutter, eine unangenehme Fragerunde zu starten.

Schon als sie mit drei Tassen Kaffee und einem musternden Blick auf mich und meinen Vater zukommt, weiß ich, was die Uhr geschlagen hat. Zu ihrer Verteidigung muss ich sagen, dass sie sich sehr lange zurückgehalten hat.

»Und jetzt erzähl mal, wer Paul, Louisa und Dina sind? Diese Namen fallen in der letzten Zeit häufig. Und das nicht nur von dir. Luna hat beinahe kein anderes Gesprächsthema mehr.«

Ich wappne mich innerlich für alles, was kommen könnte. Ich bin sicher, dass meine Eltern mich nicht verurteilen oder komisch reagieren werden. Aber sie kennen meine Vergangenheit besser als irgendjemand sonst und sind daher sehr vorsichtig, wenn es um neue Frauen geht und um Bekanntschaften im Allgemeinen. Zu schnell kommt ihr Beschützerinstinkt hervor.

Ich versuche mir jedes meiner Worte genau zu überlegen, um nicht irgendeinen Triggerpunkt zu treffen. »Wir haben uns im Zoo kennengelernt. Die Kinder mochten sich auf Anhieb.«

»Und deswegen fährst du spontan sechshundert Kilometer in den Norden und überlässt dein Restaurant einer Kollegin, die noch nicht mal die Probezeit überstanden hat?« Shit, da haben sich schon mehr Informationen angestaut, als mir lieb ist. Die Augenbrauen meiner Mutter kleben förmlich an der Decke und mein Vater sitzt angespannt im Sessel. Er redet nur dann, wenn er sich eine Meinung gebildet hat. Bis dahin setzt er sein Pokerface auf.

»Also ...« Verdammt. Weg ist meine gespielte Coolness und all die fein zurechtgelegten Worte.

»Jan?«

Fieberhaft lasse ich mir alle Sätze durch den Kopf gehen, die ich mir schon zurechtgelegt hatte, sollte es zu einer Fragerunde kommen. Keiner klingt plausibel oder beruhigend. Verdammt.

Ich atme tief durch, bis ich die Worte ausspreche, die noch niemand gehört hat. Nicht einmal ich. Sie gehen mir durch den Kopf, ich fühle sie in meinem Herzen, aber meinen Mund haben sie noch nie verlassen.

»Ich. Habe. Mich. Verliebt.« Ich schaue stur auf meine Hände und vermeide so jeden Blickkontakt. Mein Vater räuspert sich lautstark, was Luna dazu bringt, fragend in unsere Richtung zu sehen. »Alles okay?«, fragt sie ihren Opa.

»Alles gut, Schätzchen, ich habe mich nur verschluckt.«

Schulterzuckend dreht sie sich wieder um und verschwindet zurück in der Welt eines kleinen mutigen Löwenjungen.

»Weiß sie, wer du bist?«, fragt meine Mutter trocken.

»Sie kennt den Jan, der ich heute bin«, antworte ich mit zusammengebissenen Zähnen. Ich kenne diese Diskussion zur Genüge.

»Also hat sie keine Ahnung?«

»Nein.«

»Bist du sicher?«

Verdammt. Ich hasse das. »Ich denke nicht, dass sie irgendetwas ahnt.«

»Du denkst oder du weißt?«, meldet sich nun auch mein Vater zu Wort.

»Ich bin mir ziemlich sicher.«

»Jan!« Meine Mutter hat Mühe, mich nicht anzubrüllen. Ich fühle mich, als wäre ich wieder fünf Jahre alt und habe im Blumenbeet meines Vaters nach einem Piratenschatz gesucht.

Mittlerweile hat auch Luna ihre Aufmerksamkeit auf uns gerichtet. Sie traut sich allerdings nicht zu fragen, was hier vor sich geht. Im Gegensatz zu mir, kennt sie ihre Großeltern nicht so aufgebracht.

»Es ist alles okay, Luna«, versuche ich sie zu beruhigen.

Sie glaubt mir kein Wort, das sehe ich in ihren Augen. Trotzdem vertraut sie mir. Sie dreht sich zurück zum Fernseher und tut, als würde sie weiterschauen. Aber ich bin sicher, dass ihre Aufmerksamkeit auf uns liegt.

Meine Mutter geht in die Küche. Im Zweiminutentakt bittet sie erst meinen Vater und dann mich zu ihr zu kommen. Meine Eltern sehen um Jahre gealtert aus.

»Sie ist nicht so! Selbst wenn sie es wüsste«, sage ich mit Überzeugung.

»Du hast dich bei so vielen geirrt. Warum sollte es bei ihr anders sein?«, fragt mein Vater misstrauisch.

»Bei Medina habe ich mich nicht geirrt und bei Dina ebenso wenig. Ich kann Menschen besser einschätzen als noch mit zwanzig Jahren. Ich handle sicher nicht mehr aus Intuition. Ich überlege vorher und das oft mehr als gut für mich ist.« Das habe ich hart lernen müssen. Sehr hart.

»Wirst du es ihr sagen?« Meine Mutter sieht mich mit Tränen in den Augen an. Es ist nicht nur mein Schmerz. Sie teilen ihn mit mir.

»Irgendwann muss ich das wohl.« Ich will es nicht. Nicht weil ich Dina nicht vertraue. Es ist mehr, weil ich damit abgeschlossen habe. Abschliessen will. Ich bin es leid, dass es mich wieder und wieder einholt. Die Panikattacke in Husum war die erste seit vielen Jahren und es wird nicht die Letzte gewesen sein. Mit Sicherheit.

Ich lasse meinen Satz im Raum hängen, gehe zurück ins Wohnzimmer, pflücke Luna vom Fernseher und fahre mit ihr nach Hause. Es kommt mir wie eine Flucht vor. Vielleicht ist es das auch.

Es ist bereits Dienstag und ich habe immer noch nichts von Dina gehört. Auf meine Nachrichten und Anrufe reagiert sie nicht. Ich stehe also an einem Dienstagvormittag vor ihrem Haus und traue mich nicht, meinen verdammten Finger auf die Klingel zu drücken. Ich bin sicher, dass sie zu Hause ist. Ihr Auto steht vor der Tür. Arbeiten muss sie Montag, Mittwoch und Donnerstag am Vormittag. Einkaufen würde sie nicht zu Fuß. Außer sie kauft nur schnell was zum Abendessen ein. Mist. Was mache ich mir eigentlich so einen Kopf? Finger auf die Klingel gedrückt und gut jetzt.

Nichts ist gut. Keine Bewegung im Haus, kein Geräusch aus dem Garten. Komisch. Ich nehme mein Handy in die Hand, laufe zurück zu meinem Auto und versuche sie noch mal anzurufen, als plötzlich jemand in mich hineinrennt.

Im letzten Moment umfassen meine Hände einen schlanken Körper. Noch bevor ich sehe, wessen braune Locken über meine Arme fallen, weiß ich, wer direkt in mich hineingerannt ist.

»Dina?«

Ein tomatenroter Kopf schaut mich mit großen Augen an.

»Jan?« Schweißperlen rinnen ihre Stirn hinab.

»Gut, dass wir unsere Namen noch kennen«, flachse ich.

Dina sieht ziemlich abgekämpft aus. Sie bringt kein Wort hervor. Ich lasse meinen Blick über ihren Körper schweifen. Schweißperlen laufen von ihrer Stirn, den Hals entlang in ihr Dekolleté, das von einem neonfarbenen Sporttop bedeckt wird. Hautenge Leggings. Fuck. Ich habe sie noch nie so heiß gesehen.

»Du joggst?«

»Ich versuche es zumindest«, sagt sie mit einem halben Lächeln auf den Lippen. »Möchtest du mit reinkommen und was trinken?«

»Ja gern.« Mein Mund ist staubtrocken. Doch ich bezweifle, dass das am hochsommerlichen Wetter liegt. Dina schließt die Tür auf und wir treten zusammen in das angenehm kühle Haus.

Ich lasse sie nicht aus den Augen. Jede ihrer Bewegungen lässt mich hoffen, dass sie einen Schritt auf mich zukommt und mich endlich küsst. Aber aus irgendeinem Grund hat sie eine Mauer um sich herum gebaut.

»Ich springe schnell unter die Dusche. Du weißt ja, wo alles steht. Würdest du mir bitte einen Kaffee machen?«

Mehr als ein Nicken bringe ich nicht zustande. Mein Verstand ist in meine Hose gerutscht, die viel zu eng geworden ist.

Dina. Nackt. Duschen.

Mehr nimmt mein Hirn gerade nicht auf. In der Küche

lasse ich beinahe alles fallen. Und das, was nicht fällt, kippt um. Ich bin so scheiße nervös. Ich höre das Wasser rauschen und kann sie vor mir sehen. Wie ihre Hände über ihren Körper gleiten, um sich zu waschen.

Fuck. Jan. Hör auf dich wie ein Höhlenmensch aufzuführen!

Ich rücke zurecht, was längst nicht mehr zurechtzurücken ist und mache nebenbei Kaffee.

Ihr zitroniger Duft steigt mir in die Nase. Im Türrahmen steht Dina. Das Haar noch feucht. Kurze Hose. Trägertop. Oh Gott. Meine Selbstbeherrschung verdient einen Orden. Mit Mühe kann ich den Kaffee auf dem runden Tisch abstellen, ohne etwas zu verschütten.

»Medina. Ihr Grab ist auf dem Nordfriedhof.«

Was zur Hölle? Schneller könnte man mich nicht erden als mit diesen Worten. Mein Unverständnis steht mir anscheinend ins Gesicht geschrieben.

»Der Grabstein. Die zwei Engel. Medina und Sebastian.«

Mein Körper versagt mir jeden Dienst.

»Wir werden niemals aufhören, euch zu lieben.«

Ich kenne den Text. Er war der Einzige, der mir richtig vorkam.

»Warum hast du keine Geburts- und Sterbedaten auf den Grabstein gravieren lassen?«

Dinas Gesicht wirft tausend Fragezeichen in den Raum. Ich brauche einen Moment, um zu antworten. Die Frage habe ich schon zu oft gehört. Dieses Mal werde ich die Antwort jemandem geben, der sie wirklich versteht.

»Es ist egal, wie alt sie waren. Der Schmerz hängt nicht vom Lebensalter oder dem Sterbedatum der Person ab. Er ist einfach da, weil wir sie geliebt haben und es immer tun werden.«

Kopfschüttelnd sitzt mir Dina gegenüber. Schweigen legt sich zwischen uns. Es macht mich nervös. Anders nervös als vorher.

Als Dina den Kopf hebt und mir in die Augen schaut, kann ich ihre Anspannung spüren, bevor sie überhaupt

begonnen hat, sie auszusprechen.
»Jans Grab ist ein paar Reihen weiter hinten.«
Soweit so gut. Die Stadt hat drei Friedhöfe. Bei über einhunderttausend Einwohnern ist das erst mal nicht mehr als ein Zufall.
»Zwei Reihen, um genau zu sein.«
Okay. Jetzt kommen wir der Sache schon wieder verdammt nah.
»Wir werden niemals aufhören, dich zu lieben.«
Volltreffer. Man könnte jetzt anfangen, sich das Ganze schön zu reden. Über Wahrscheinlichkeiten nachdenken und es als gigantischen Zufall deklarieren. Aber in der Zeit, in der Dina und ich uns kennen, ist das Schicksal unser stetiger Begleiter geworden. An Zufälle glaube ich nicht mehr. Nicht bei uns.
Meine Zunge klebt in meinem Mund fest.
Ich weiß nichts darauf zu sagen. Eine Nulllinie schwebt durch mein Gehirn und lässt meine Welt stillstehen.
»Jan, ganz ehrlich, das wird langsam gruselig.« Dina schaut mich mit großen Augen an und ich kann ihre Furcht sehen.
»Glaubst du an das Übernatürliche?«, will sie von mir wissen.
Bis vor einem halben Jahr hätte ich sie ausgelacht.
»Habe ich nie. Doch so langsam glaube ich, dass ich meine Meinung ändern sollte«, gestehe ich. »Kannst du dich an die Nacht erinnern, nachdem du mir mit Luna geholfen hast?« Fragend schaut mich Dina an.
»Mein Handy hat vibriert, ohne dass ich etwas gemacht habe. Ich habe es unters Sofakissen gelegt, es versucht zu ignorieren. Es hörte einfach nicht auf. Ich nahm es in die Hand und wollte es abstellen. Es ging nicht. Ich entsperrte es und sah unseren Chat vor mir. Die Worte, die ich damals geschrieben habe … meine Finger taten es von selbst. Keine Ahnung. Ich habe es mitgelesen, aber ich war nicht derjenige, der geschrieben hat. Das ist doch verrückt. Sorry. Scheiße.«
Dina legt eine Hand auf meine. Ihr Blick sucht sich

seinen Weg in mein Herz. »Ist mir nicht nur einmal passiert, seitdem wir uns kennen.« Fast schmunzelt sie. Fast.

»Halte mich für verrückt oder nicht, aber ich bin sicher, dass jemand möchte, dass wir hier zusammensitzen. Vielleicht sind es auch zwei *jemande.*«

Ich würde ihr am liebsten widersprechen, sie für verrückt erklären lassen. Weiße Weste. Gummizelle.

Mein Herz rutscht mir in die Hose, als mir ein Gedanke entgegenschreit. Er ist schmerzhaft. Bevor ich es mir anders überlege, ist er schon über meine Lippen geschlüpft. »Wenn jemand das alles steuert ... Würdest du ... Meinst du ... Fuck.«

»Ob ich aus freiem Willen hier mit dir bin ... dich küsse ... das Gefühl habe, dass das mit uns richtig ist?«

Gut, dass wenigstens einer von uns beiden Worte sinnvoll aneinanderreihen kann. Selbst ein Nicken will mir nicht gelingen. Muss es auch nicht. Dina versteht mich so.

»Ja, Jan. Ich möchte nichts lieber, als mit dir hier zu sein. In diesem Jetzt. Selbst wenn ich das Gefühl hatte und manchmal auch noch habe, gelenkt zu werden, ich genieße es. Nicht das Schicksal, das uns zu überrennen droht. Aber das Gefühl, bei dir zu sein. Reden, lachen, weinen, küssen, umarmen und auf mehr davon warten.« Es ist kein verstecktes Schmunzeln mehr, es ist ein Lächeln. Eines, das ihre Augen feucht schimmern lässt. Selbst wenn es Freude ist, die den verräterischen Glanz in ihre Augen bringt. Ich kann sie nicht weinen sehen. Ihre Tränen lösen so starke Gefühle in mir aus, dass ich fürchte, ich explodiere wie ein Vulkan.

Es dauert keine Sekunde bis ich um den Tisch zu ihr gegangen bin, sie in meine Arme reiße und an mich drücke. Nie mehr möchte ich sie loslassen. Dina schmiegt sich an mich, bettet ihren Kopf auf meine Brust und lässt dabei mein Herz schneller schlagen. Es fühlt sich so verdammt gut an.

»Du brauchtest einen Moment, nachdem du ihr Grab gesehen hast. Deswegen hast du dich nicht gemeldet.«

Keine Vermutung. Ein Fakt. Dessen bin ich mehr als sicher. Ein Nicken streicht über mein Shirt. »Du wolltest dir klar werden, was du fühlst.« Ein weiteres Nicken.

»Du hast dich entschieden.«

Langsam hebt sie ihren Kopf und schaut mir dabei fragend in die Augen.

»Du hast Angst, dass ich mich anders entscheide«, stelle ich fest.

Unsicherheit dominiert ihre Gesichtszüge. Die Kraft, mit der sie sich an mir festhält, ist ein Zeichen von Zweifel. Es tut mir weh, dass sie an mir zweifelt. Es gibt nichts zu zweifeln. Meine Entscheidung steht schon längst fest. Länger als ich bereit bin, mir einzugestehen.

Ich senke meinen Kopf zu ihrem und streiche vorsichtig über ihre weichen Lippen. Das vertraute Seufzen dringt an meine Ohren. Es lässt mich lächeln. Dina verliert alle Anspannung. Sie zerfällt beinahe in meinen Armen. Ich halte sie, das werde ich immer tun.

Fester drücken ihre Lippen auf meine. Sie teilt sie mit ihrer Zunge, lässt sie mit meiner tanzen. Ihre zarten Hände wandern unter mein Shirt, meinen Rücken empor. Gänsehaut breitet sich über meinen ganzen Körper aus, lässt mich in Flammen stehen, die nicht durch einen Kuss gelöscht werden können. Niemals.

Ich hebe sie auf meine Hüfte, presse sie an mich und lasse sie dabei meine Lust spüren. Gierig reibt sich ihre Mitte darüber. Heute will ich mehr als einen Orgasmus in meiner Unterwäsche.

Dina stöhnt, als ich sie fester auf meine steinharte Erektion presse. Oh Gott, diese Frau treibt mich in den Wahnsinn. Meine Selbstbeherrschung schmilzt schneller als Eis in der Sonne. Ich brauche sie. Jetzt.

In großen Schritten gehe ich durch das Haus, die Treppe nach oben in ihr Schlafzimmer. Keine Sekunde hat sie aufgehört, mich zu küssen. Ihre Lippen wandern über mein Kinn, sie knabbert an meinem Hals. Verteilt Bisse und leckt darüber.

Mittlerweile bin ich so hart, dass es wehtut. Ich werfe sie auf das Bett und genieße dabei ihr erschrockenes

Kichern. Schnell streife ich mir alle Klamotten ab und verteile sie über den Boden. Als ich meinen Blick über Dina schweifen lasse, verschlägt es mir den Atem. Nur in Unterwäsche liegt sie auf dem Bett. Ihr Höschen bereits feucht vor Lust. Fuck.

Ein Blinzeln später bin ich über ihr. Meine Hände befreien ihre Brüste aus dem BH. Ein tiefes Stöhnen entweicht mir, als sich meine Lippen um ihre Nippel schließen. Sie reckt sich mir entgegen, zieht mich schon beinahe schmerzhaft an meinen Haaren. Meine Zunge zieht eine Spur über ihren Bauch bis zu dem Rand ihres Höschens. Das Stück Stoff landet auf dem Boden. Ich muss tief durchatmen, bevor ich mich ihr widme. Mein Kopf senkt sich zwischen ihre Beine. Gierig zuckt mein Schwanz, als ich meine Zunge über ihren Venushügel gleiten lasse.

Ihre Mitte ist warm und so unglaublich weich. Ich lasse meine Zunge zwischen ihre Lippen gleiten. Sie schmeckt so verdammt gut. Ich kann gar nicht genug von ihrem Geschmack bekommen. Immer wieder tauche ich meine Zunge tief in sie. Ihr Stöhnen wird ungezügelter, ihre Beine zittern. Ich lasse zwei Finger in sie gleiten. Meine Zunge streicht über ihre Perle. Ich beiße hinein, nehme sie wieder sanft zwischen meine Lippen und sauge daran. In dem Moment, als sie von der Klippe stürzt, versenke ich meine Zunge in ihr. Ich fange ihren Orgasmus auf und genieße jeden Tropfen davon. Ich lecke sie so lange, bis ich merke, dass sie einem weiteren Höhepunkt nahe ist.

Ich küsse ihren Venushügel, streiche mit meinen Lippen über ihren Bauch, bis ich an ihren Brüsten ankomme. Zärtlich beiße ich in die steifen Nippel. Dina verliert die Geduld und zieht mich grob über sich. Meine Penisspitze darf von ihrer Mitte probieren. Er zuckt, möchte eindringen und es kostet mich alle Willenskraft, nicht einfach in sie zu stoßen. Ich will gerade zurückziehen, ein Stück Vernunft versucht mein Gehirn zu dominieren, da legen sich Dinas Lippen an mein Ohr. »Genieß es und mach dir keine Sorgen«, haucht sie mir zu. Ich vertraue ihr zu einhundert Prozent. Vielleicht ist es auch nur mein Schwanz, der genau auf diese Worte gewartet hat.

Ich stürze mich in sie. Gebe ihr keine Zeit, sich an mich zu gewöhnen. Statt sich zu verspannen, lässt sie mich tief in sich eindringen. Sie krallt sich in meinen Rücken, als ich langsam beginne, mich in ihr zu bewegen. Ich genieße ihre warme Enge um mich herum. Ich kann nicht anders, als mir immer härter zu nehmen, was ich brauche. Dina stöhnt tief und kehlig. Ihre Lust treibt meine noch weiter an. Die Wellenlänge, auf der wir uns bewegen, ist völlig im Einklang. Ich lege ihre Beine über meine Schultern und stoße hart in sie.

Mein Schwanz ist kurz vorm Explodieren. Ich will sie mit mir reißen, erneut über die Klippe stürzen lassen. Ich umfasse ihre Perle mit zwei Fingern und massiere sie. Ich spüre es, bevor ich es hören kann. Ihre Muskeln zucken um mich herum, lassen sie noch feuchter werden. Nur wenige Sekunden später explodiere ich und gleichzeitig habe ich das Gefühl, mich zu vervollständigen.

Langsam lasse ich mich auf sie sinken. Vergrabe Dina unter mir.

Unsere Atmung beruhigt sich. Mein Gehirn ist wieder zu mehr Leistung fähig, seit sich das Blut nicht nur unterhalb meiner Gürtellinie befindet.

Eine Frage schwebt durch meinen Kopf und ich muss sie unbedingt stellen. Bevor ich jedoch ansetzen kann, bekomme ich eine Antwort.

»Ich bin unfruchtbar.« Diese Worte wirbeln weitere Fragen in meinem Kopf auf. Ich hebe meinen Körper von ihr. Löse unsere Verbindung und lege mich neben sie. Ihre Augen sind auf meine gerichtet.

»Ich habe dir ja erzählt, dass wir etwas länger auf Paul und Louisa warten mussten.« Um ihren Redefluss nicht zu stören, nicke ich einfach. »Wir wussten früh, dass wir Kinder möchten. Wir haben es lange probiert und uns letztendlich beide auf Unfruchtbarkeit testen lassen. Bei Jan war alles in Ordnung. Ich war das Problem.

Etliche Hormonbehandlungen später hat es endlich geklappt. Paul und Louisa waren die letzten beiden befruchteten Eizellen, die wir noch hatten.«

Es liegt kein Schmerz in ihren Worten. Freude dominiert ihr Gesicht, als sie mir von Paul und Louisa erzählt, die trotz aller Unwahrscheinlichkeit das Licht dieser Welt erblicken durften.

Wir liegen noch eine ganze Weile im Bett und erzählen über dieses und jenes, wir scherzen, lachen und haben Sex.

Erst am frühen Nachmittag schälen wir uns aus den Laken.

»Hast du die Zuteilung für die Grundschule bekommen?«, fragt mich Dina. Sie steht mit dem Rücken zu mir und wühlt im Kühlschrank nach etwas Essbaren.

»Ja. Luna kommt in die Westschule.«

Dina dreht sich zu mir. Mit zwei Wienerwürstchen in der Hand lacht sie laut und schallend.

»Wir wohnen im selben Bezirk. Das ist kein Schicksal! Das wäre auch so passiert«, erkläre ich, bevor ich in ihr Lachen einstimme.

»Welche Klasse?«, fragt sie.

»Eins B.«

Dina wedelt mit dem Würstchen vor meinem Gesicht. »Und ob das Schicksal ist, Jan!«

Zur Antwort beiße ich weit in das Würstchen, mit dem sie auf mich zeigt.

»Hey! Das ist mir!«, ruft sie entrüstet.

»Du darfst gerne einen Bissen von meinem Würstchen haben.« Das süffisante Grinsen dazu kann ich mir nicht verkneifen. Dina übergeht den Kommentar. »Gehen wir zusammen zum Elternabend?« Eine Spur von Unsicherheit huscht durch ihr Gesicht. Ich weiß nicht, welche Antwort die Richtige ist.

»Das darfst du gern entscheiden.« Damit drücke ich mich vor der Antwort.

»Arsch«, kommt es prompt zurück. Verdient.

»Okay. Du hast recht. Ich bin nur nicht sicher, ob ich

dir die richtige Antwort geben kann.«

»Touché.« Und da stehen wir und lächeln uns an. Ein freundliches Blickduell, das sich in die Länge zieht. Ich versuche sie zu lesen. Ihr Körper ist entspannt. Ihre Mimik glatt.

»Wir gehen zusammen«, entscheide ich. Da ich nicht alles entscheiden will, werfe ich ihr noch mal den Ball zu. »Zusammen-Zusammen oder Allein-Zusammen?«

»Allein-Zusammen, außer wir sagen es vorher noch den Kindern«, legt Dina die Spielregeln fest.

»Wann?«

»Freitag. Zum Abendessen. Du kochst«, bestimmt sie.

»Deal.« Ich ziehe sie zu einem Kuss zu mir, fange sie mit meinen Armen, so dass sie sich keinen Millimeter mehr bewegen kann. Glück durchströmt meinen Körper. Es lässt mein Herz schneller schlagen. Dina seufzt an meinem Mund. Lässt mich glauben, dass der kommende Freitag ihr Erlösung schenkt. Mir wird es so gehen. Ich will diese Frau küssen. Immer. Überall. Ohne Rücksicht auf anwesende Personen. Dabei bin ich sicher, dass einige aus unserem Umfeld schon länger Bescheid wissen als wir.

Es gibt nur eines, das mich nicht vollends durchatmen lässt.

Ich habe es Dina noch immer nicht gesagt. Auch heute werde ich nicht mit ihr darüber reden. Ich will den Tag nicht versauen. Meine dunklen Wolken sollen nicht vor ihre strahlende Sonne ziehen. Keine Ahnung, wann und wo der richtige Zeitpunkt ist. Ob es sie überhaupt interessiert. Im schlimmsten Fall dreht sie sich um und will nichts mehr von mir wissen. Ich muss es ihr sagen. Am besten vor Freitag. Bevor die Kinder in das Ganze mit einbezogen werden. Fuck.

»Alles klar?« Dinas graue Augen mustern mich. Sie ahnt es. Statt ihr zu antworten, lasse ich meine Lippen auf ihre prallen und hoffe so, dass sie die Frage vergessen wird.

Ich bin ein Feigling.

Der Freitag kommt schneller, als ich dachte. Jede Minute in dieser Woche habe ich überlegt, wann und wie ich Dina von meinem alten Ich, meiner versauten Jugend und dem ganzen Scheiß drumherum erzählen kann.

Es ist Freitag und ich habe es nicht getan. Ich ziehe Luna mit mir und hoffe, dass sie fliegt statt zu fallen. Sie vergöttert Dina und liebt Louisa und Paul. Ich bin ein scheiß Vater. Ein fucking scheiß Vater.

»Alles okay, Papa?« Luna spürt es. Mist.

»Alles okay, Schatz«, versuche ich sie zu beruhigen. Mein Blick liegt auf der Straße vor uns, die uns zu Dina führt.

»Du bist so still die letzten Tage«, stellt sie fest.

»Es ist viel los im Restaurant. Ich bin einfach müde.«

»Aha«, ist ihre Antwort. Sie glaubt mir kein Wort.

»Wollen wir den Pavianpopo hören?«, versuche ich meine Tochter abzulenken. Dankbar nimmt sie den Vorschlag an und wir verbringen die restliche Autofahrt singend. Ein Lied, das ich mittlerweile auswendig kann und dessen Melodie mich manchmal bis in den Schlaf verfolgt. Kinderlieder sind so eine Sache. Sie funktionieren für Kinder und für Partysüchtige auf Mallorca. Die Texte sind die Gleichen, ein paar Beats unter die Töne gemischt und fertig. Wobei ich felsenfest davon überzeugt bin, dass Kinder mehr Niveau haben als ein Haufen stockbesoffener Zwanzigjähriger.

Dina hat mit Paul und Louisa eine Deckenburg an der Wäschespinne gebaut. Luna ist sofort Feuer und Flamme und verschwindet mit den Zwillingen zwischen den Decken.

Dina hat ein rotes Gesicht und sieht ein wenig mitgenommen aus, als sie zwischen den vielen Decken hervorkriecht.

Alle drei Kinder sind in der Burg verschwunden und ich nutze den Moment, sie an mich zu ziehen und mit einem Kuss zu begrüßen. »Hallo meine Schöne«, flüstere ich an ihre Lippen.

»Du weißt schon, dass du eigentlich das Katalogmodel von uns beiden bist«, lacht sie.

»Bullshit«, gebe ich zurück und lasse meine Hände zu ihrem Po gleiten. Die Erinnerungen von Dienstag flimmern vor meinen Augen auf. Bevor ich überhaupt angefangen habe zu denken, presse ich ihre Mitte gegen meine Härte. Dina lacht. Sie lacht?

»Du bist spitz wie Nachbars Lumpi.«

»Bitte was?« Wer ist Lumpi? Ich bin ein bisschen verwirrt, muss ich gestehen. Die vielen Fragezeichen in meinem Gesicht hat auch Dina erkannt. »Kennst du die Redewendung nicht?«

»Offensichtlich nicht.«

»Hat meine Oma immer zu Opa gesagt und wenn ich es mir gerade recht überlege … Igitt.« Dina streckt angeekelt ihre Zunge heraus und sieht einfach nur witzig dabei aus. Spätestens jetzt hat es auch bei mir »*Klick* gemacht«. Manchmal ist meine Leitung länger, als es mich intelligent aussehen lässt.

»Ich würde meinen, deine Großeltern haben sich geliebt«, sage ich zwinkernd. Erst jetzt wird mir bewusst, was ich ihr eben gesagt habe. Zurücknehmen werde ich es aber nicht. Sicher nicht. Dinas Augen sind groß, doch sie lässt es unkommentiert. Sie küsst mich noch einmal, bevor sie zu Paul geht und fragt, ob er mir in der Küche helfen möchte.

Paul und ich kochen und decken den Tisch. Die Mädels sitzen im Garten und lachen. Zu gern wäre ich Mäuschen. Was auch immer meine Tochter so zum Strahlen bringt, es liegt an Dina und ihrer Art.

Am Tisch sitzend, fechten Dina und ich ein weiteres Blickduell aus. Keiner weiß, wie er zu dem Gespräch ansetzen soll.

Es fühlt sich kompliziert an. Ein Minenfeld mit verbundenen Augen. Hüpfend auf einem Bein. Ich versuche mir einzureden, dass alles gut wird. Dass die Kinder begeistert sein werden. Aber vor meinen Augen flimmert ein ganz anderer Film.

Trotzende Kinder. Missmut. Eifersucht. Tausend Fragen, die wir nicht beantworten können.

In Dinas Augen stehen die gleichen Ängste geschrieben. Sie räuspert sich, um zum Reden anzusetzen und ich atme erleichtert durch. »Ich wollte euch etwas Großartiges erzählen.«

Die Köpfe der drei Kinder wandern in ihre Richtung. Ich halte die Luft an und hoffe, dass es gut gehen wird.

»Ich darf das Sommerfest von »*MitMensch*« fotografieren.«

Dina strahlt. Und ich? Ich sitze mit tausend Fragezeichen im Gesicht da. Paul, Louisa und Luna sind begeistert. Sie verspricht ihnen, dass sie kommen dürfen. Es ist eine öffentliche Veranstaltung, die alle drei Jahre stattfindet. Eine Art »*Tag der offenen Tür*«. Die Kinder freuen sich sehr darauf. Ich freue mich mit ihnen, kann es nur nicht so recht zeigen. Noch immer sitze ich auf glühend heißen Kohlen und versuche mir nicht meinen Arsch zu verbrennen.

Dina

Jan sieht gequält aus. Sein Lächeln wirkt schief und sein Körper ist bis auf den letzten Muskel gespannt.

Ja, ich war feige. Aber auch ein wenig raffiniert. Erst das Zuckerbrot und dann ... Naja, eine Peitsche ist es nicht. Aber vielleicht eine Zitrone?

Ich erzähle den Kindern noch von meinem neuen Chef Michael, der dank einer Bekannten auf mich gekommen ist. Ich habe über den Sommer immer mal wieder einen Kindergeburtstag fotografieren können. Und bei einem davon war er anscheinend anwesend. Es freut mich wahnsinnig, ein so großes Fest fotografieren zu können. Das wird sich sicher gut auf meiner Website machen. So schön Kindergeburtstage sind, erträglich sind sie nicht. Sie sind die ehrlichsten aller Aufträge. Wenn Kinder keine Lust haben, lachen sie nicht, auch nicht für die Kamera. Sie trotzen auch auf Gruppenfotos.

Aber wenn sie Spaß haben, Freude und Glück fühlen, dann strahlen diese kleinen Wesen mit vollem Körpereinsatz. Kein Lächeln ist gestellt auf meinen Fotos. Keine Träne retuschiert.

Meine Erzählung zu den Vorbereitungen und dem Tag des Festes nähern sich dem Ende und ich überlege fieberhaft, wie ich den Bogen jetzt zu Jan und mir spannen könnte. Schlussendlich neigen sich die Köpfe wieder auf die Teller und ich rutsche nervös auf meinem Stuhl hin und her.

Bisher habe ich noch nichts von den Spaghetti vor mir angerührt.

»Dina und ich. Wir sind zusammen.« Ohne Ankündigung. Ohne Vorwarnung. Keine Ansprache. Hektisch fliegt mein Blick zu den Kindern. Ihre Augen kleben an

Jan.

»Zusammen wie ein Liebespaar?«, fragt Paul. Ruhig. Sehr ruhig.

Oh, oh. Innerlich wappne ich mich schon vor dem, was kommen könnte. Kurz treffen sich Jans und mein Blick. Ich nicke ihm zu.

»Ja, wie ein Liebespaar«, bestätigt er Pauls Frage.

»Okay.«

Was? Habe ich was verpasst?

Jan zuckt mit den Schultern. Die Kindermünder verspeisen weiter fleißig Spaghetti und wir starren uns an.

»Habt ihr keine Fragen?«, versuche ich es vorsichtig.

Drei Köpfe schütteln sich. Ich bin völlig sprachlos.

»Aber wollt ihr nicht wissen, seit wann und wie es weitergeht?«

»Seit dem Grillabend?«, fragt Louisa an uns gewandt.

Schamesröte steigt in mein Gesicht und ich bete und hoffe, dass sie uns nicht gesehen haben, als ich, ... als wir ... oh, verdammt.

»Ja, so ungefähr«, antwortet Jan sichtlich verunsichert.

»Mama hat sich an dich gekuschelt. Wir haben gesehen, wie ihr euch dann geküsst habt«, berichtet meine Tochter.

Ich bin erleichtert, dass sie uns in diesem Moment gesehen haben und nicht zwei Minuten später. Hoffentlich. Nachfragen werde ich bestimmt nicht.

»Warum habt ihr nichts gesagt?«, frage ich neugierig.

»Habt ihr doch auch nicht«, gibt Luna zurück.

»Luna und Jan sind so oft bei uns. Jedes Wochenende machen wir was zusammen. Wir sind doch nicht blöd!«, vermeldet Paul.

Nein. Offensichtlich sind sie das nicht.

»Papa, du glaubst doch nicht, ich habe dir das mit der Nordsee abgekauft?«, fragt Luna frech.

Doch. Hat er. Zumindest bis eben. Die Überraschung in seinem Gesicht steht ihm gut und lässt mich grinsen.

»Ihr habt euch so oft umarmt. Und geknutscht habt ihr auch andauernd.« Louisa grinst von einem Ohr zum anderen. Und ich dachte, wir sind Meister darin, uns versteckt zu küssen. Sind wir nicht. Ganz und gar nicht.

»Und wenn es so weiter geht wie bisher, dann ist das okay für mich«, beschließt Louisa. Paul und Luna stimmen ihr zu und widmen sich wieder ihrem Essen.

Mir fällt ein Stein vom Herzen. Doch als ich in Jans Gesicht schaue, hält sich ein Teil des Steins weiter an mir fest. Etwas stimmt nicht. Er lächelt mich zwar an, aber seine Augen können mich nicht anlügen.

Heute komme ich jedoch nicht dazu, eine zufriedenstellende Antwort von ihm zu erhaschen. Er sagt lediglich, dass es ihm gut gehe oder lässt meinen Mund verstummen, indem er ihn mit seinem verschließt.

Ich liebe es, ihn zu küssen. Seine geschwungenen, vollen Lippen bedecken meine komplett. Warm und weich umspielt seine Zunge die meine. Er schmeckt verboten gut. In seinen Armen fühle ich mich nie klein, nur beschützt. Sommerregen auf warmem Waldboden vernebelt mir alle Sinne. Dieser Duft lässt mein Blickfeld schrumpfen, bis ich nur noch ihn sehe. Seine schokoladenbraunen Augen, die wilden, schwarzen Haare.

Meine flache Hand klatscht gegen meine Stirn. Es ist fast Mitternacht und ich liege dümmlich grinsend in meinem Bett. Während ich einen Mann anschmachte wie ein trotteliger Teenager. Oh Mann. Es hat mich mehr als nur erwischt.

Mein Herz fliegt davon und tanzt mit den Schmetterlingen zu einem wilden Beat. Schlaf werde ich heute nicht mehr finden. Ich schreibe Mel und hoffe, dass sie noch oder vielleicht auch schon wieder wach ist.

Ist sie. Emilia hat keine Ahnung, was Tag und Nacht bedeutet und hält meine Freundin ganz schön auf Trab. Wir telefonieren, bis sie am anderen Ende der Leitung eingenickt ist. Gerade erzählt sie mir noch, wie schön sich der kleine Babyatem an ihrer Brust anfühlt und Schwupps hat eben jener sie zum Schlaf gebracht.

Ich freue mich für sie, bin aber auch ein wenig neidisch. Um nichts in der Welt will ich dieses Gefühl von

Schlafmangel zurückhaben. Aber der Duft von Babys, der zarte Atem, wenn sie schlafen, diese kleinen Händchen, die so fest zugreifen können ... Unter all diesen Erinnerungen gleite auch ich langsam in den Schlaf.

August

Dina

Elternabend. Der Erste meines Lebens. Klar, im Kindergarten gab es das auch. Aber das war mehr ein Austausch zwischen Eltern. Entwicklungsstand vergleichen, wer hilft bei der Organisation vom Sommerfest und solche Sachen.

Heute geht es um die schulische Zukunft meiner Kinder. Ich lerne ihre Klassenlehrerin kennen und mit dieser steht und fällt so vieles.

Ich mag mich noch an meine erste Klassenlehrerin erinnern. Ich habe sie geliebt. Sie war immer freundlich und nachsichtig. Leider musste sie unsere Klasse nach zwei Jahren abgeben, da sie selbst Mutter geworden ist. Danach hatten wir einen Drachen. Eine ältere Frau, die abgestumpft den Lehrstoff runtergerasselt hat. Nichts mehr mit themenbezogenem Malen und ausgedehnten Ausflügen in den Schulgarten oder Exkursionen am Bach.

Als ich auf das alte Gebäude zugehe, sehe ich Jan bereits vor der Schule stehen. Unsere Kinder sind in der Obhut der jeweiligen Großeltern und damit bestens versorgt.

Wir wollen nach dem Elternabend noch zusammen essen gehen, darum habe ich mich eventuell etwas schicker gemacht, als das für einen Elternabend an einer

Grundschule üblich ist.

Jan lächelt mir entgegen. Ich spüre seinen Blick meine nackten Beine empor wandern. Ein Kribbeln breitet sich in meinem Unterleib aus.

»Ein Rock? Schöne, was tust du mir an?« Kaum hat er die Worte ausgesprochen, küsst er die empfindliche Stelle hinter meinem Ohr.

»Anscheinend war ich etwas unüberlegt bei meiner Kleiderwahl.« Ich zupfe an meinem Rock herum und wünschte, ich hätte mich doch für eine Hose entschieden.

»Glaub mir, du bist die Letzte, die etwas verstecken müsste. Es liegt an mir. Ich weiß, was unter diesem knielangen leichten Stoff ist und habe Mühe, damit umzugehen.«

Jans Augen brennen sich in meine und ich überlege ernsthaft, ob es auffällt, wenn wir nicht zum Elternabend erscheinen und stattdessen lieber unserer Lust nachgehen.

Hallo Verstand? Bist du da noch irgendwo?

Jan greift meine Hand und zieht mich mit sich in das Schulhaus. Zum Glück weiß er, was sich gehört. Wir suchen uns einen Platz in den mittleren Reihen und warten, bis alle Eltern anwesend sind.

Wie in alten Schulzeiten geht die Lehrerin, die sich als Frau Meisel vorstellt, die Vor- und Nachnamen der einzelnen Eltern durch.

»Jan Hofmann?« Jan tut es seinen Vorgängern gleich. Er steht auf und lächelt alle einmal an. Sein Blick gleitet zu mir und ich sehe etwas in seinen Augen, dass ich nicht zuordnen kann. Ist es Angst? Scham? Reichlich verwirrt höre ich eine Reihe hinter mir, ein paar Frauen tuscheln. »Bist du sicher, dass er es ist?«, fragt eine der Frauen eine andere.

»Auf jeden Fall. Schau ihn dir an. Diese Augen.
Oh, mein Gott. Die haben mich in meiner Jugend lang begleitet«, berichtet sie schwärmend wie ein Schulmädchen. Ich drehe mich zu den Stimmen um. Es sind zwei Frauen, die offensichtlich ohne ihre Partner da sind. Sie

sind etwa in meinem Alter.

Sie bemerken mein verwundertes Gesicht, deuten es aber falsch.

»Haben sie ihn auch erkannt?«, fragt die Schwarzhaarige von beiden. Ich habe keine Ahnung, was ich darauf sagen soll. Ich schaue zu Jan, der aussieht, als würde er gleich aufspringen und davonrennen. Ich werde das Gefühl nicht los, dass ich irgendetwas verpasst habe.

Ohne den beiden Frauen zu antworten, drehe ich mich wieder nach vorn und achte nicht mehr auf ihr Geplapper.

Jan rutscht von seinem Tisch zu meinem. Unter dem Tisch nimmt er meine Hand. Seine Finger zittern. Die Hand ist schweißnass.

Ich schaue ihm in die Augen und kann es jetzt deutlich erkennen. Es ist Furcht. Angst. Scham. Alle Gefühle, die einen dazu veranlassen, fliehen zu wollen.

Keine Ahnung, was hier vorgeht. Ich bin sicher, das werde ich noch früh genug erfahren. Und ich will es von ihm wissen und nicht von dem Gemurmel, dass sich langsam durch den Klassenraum schleicht.

Statt die Worte herausfiltern zu wollen, lehne ich mich an Jan und versuche ihn mit dem Körperkontakt etwas zu beruhigen.

Kaum ist der Informationsteil beendet, sind alle Anwesenden angehalten, sich noch ein wenig kennenzulernen.

»Können wir gehen, Dina?«, fragt mich Jan, sobald Frau Meisel verstummt ist. »Klar.«

Zielgerichtet geht er auf die Tür zu und zieht mich mit sich.

»Herr Hofmann? Jan?«, tönt es hinter uns.

Jan bleibt wie angewurzelt stehen. Ich sehe das Beben, das durch seinen Körper geht, als er tief einatmet. Er dreht sich zu der Stimme um und ich habe Mühe, nicht vor dem gespielt fröhlichen Gesichtsausdruck davonzurennen. Es sieht aus, als hätte er eine schiefsitzende Maske angezogen. Doch die Frau scheint es nicht zu stören oder sie bemerkt es nicht.

»Darf ich Jan sagen?«, fragt sie aufgeregt.

Bevor dieser jedoch antworten kann, plaudert sie munter weiter. »Würden sie ... also du ... Das ist fast ein bisschen peinlich. Ich war so ein Fan!«, stammelt sie. Jetzt bin ich völlig verwirrt. Ich suche Jans Blick. Er sieht mich entschuldigend an.

»Schon okay. Muss es nicht. Möchtest du ein Autogramm?«

Was? Ich glaub, ich bin im falschen Film! Die Frau in den Dreißigern kichert und reicht ihm einen Papierfetzen.

»Und dein Name?«, fragt Jan geduldig, als er zum Schreiben ansetzt. »Jasmin«, flötet sie. Moment! Versucht sie mit ihm zu flirten? Sobald er den Zettel Jasmin zurückgegeben hat, verabschiedet er sich und zieht mich mit großen Schritten hinter sich her. Schweigend läuft er stur geradeaus. Langsam komme ich mir wie ein Accessoire vor, das lästig an seinem Arm hängt und ziemlich aus der Puste ist. Ich löse mich von ihm und bleibe demonstrativ stehen.

»Jan?«, frage ich den Mann, der drei Meter vor mir steht. Ich kann nicht mehr sehen, als sein breites Kreuz und seine schwarzen Haare, die er sich rauft. Langsam gehe ich auf ihn zu. Meine Finger wandern vorsichtig seinen Rücken empor. Die Muskeln darunter sind steinhart. Sein ganzer Körper bebt unter meinen Händen. Seine Atmung geht viel zu hektisch.

»Jan, schau mich an.« Mein Flüsterton scheint ihn zu beruhigen. Als er sich umdreht, ist seine Atmung nicht mehr ganz so abgehackt. Seine Augen mustern ängstlich mein Gesicht.

»Es ist alles okay. Ich gehe nirgendwohin ohne dich. Erklär es oder lass es. Es ist wirklich okay!« Drängen will ich ihn nicht. Ich werde es erfahren, so oder so. Da bin ich mir sicher.

»Da hinten ist ein kleiner Imbiss. Bier und Pommes?«, versuche ich meine Aussage von vorher zu untermauern. Er greift nach meiner Hand und zusammen gehen wir in Richtung des kleinen Standes. Dieses Mal führe ich ihn. Betont gemütlich schlendere ich voran. Ich bestelle für uns beide, während Jan schon einen Platz auf einer Bank unter der alten Linde gesichert hat.

Sein Gesicht liegt in der Dunkelheit des Baumes. Nur seine Beine werden von der Straßenlaterne beleuchtet.

Ich stelle die Pommes zwischen uns und reiche ihm eine der geöffneten Flaschen. Jan nimmt einen großen Schluck, bevor er sich zu mir wendet.

»Danke«, sagt er leise.

»Nicht dafür!« Wirklich nicht.

Schweigend schieben wir uns die Fritten in den Mund. Normalerweise sind es meine Lieblingspommes. Immer knusprig, nie zu fettig. Der kleine Imbiss war früher eine Bushaltestelle. Sehr viel früher. Es ist ein achteckiges, massives Häuschen mit Spitzdach. Schon in den Mittagstunden steht oft eine lange Schlange vor dem kleinen Verkaufsstand.

Studenten, Geschäftsleute und Fußgänger hoffen auf einen warmen Imbiss. Die Karte ist überschaubar. Pommes mit oder ohne Currywurst. Wiener und Brötchen. Ein paar gekühlte Getränke. Fertig. Der perfekte Takeaway. Kein großes Überlegen und Abwegen. Wer Pommes will, der bekommt welche. Wer nicht möchte, der geht woanders hin. Heute Abend kann ich die kleine Kalorienbombe jedoch nicht genießen.

»Ich war ein Kinderstar«, höre ich es plötzlich von neben mir.

Mein erstauntes Gesicht behalte ich lieber für mich. Ich schaue ihn von der Seite an. Jan hat den Kopf nach unten gerichtet. Er knetet seine Hände. Zu gern würde ich ihn berühren. Ich bin mir nur nicht sicher, ob er das jetzt will. Ich sage nichts, höre ihm einfach zu.

»Schon als kleines Kind wurde ich für Kataloge und so gecastet. Ein Junge mit pechschwarzen strubbeligen Haaren, tiefbraunen Augen, dichten Wimpern, volle Lippen. Ein Traum für jeden Klamottenkatalog. Spielzeughersteller. Süßigkeiten. Als ich in der Grundschule war, habe ich meine erste Werbung gedreht. Ich weiß gar nicht mehr, was es war. Meine Mutter hat mich in einer Agentur angemeldet. Sie war so stolz auf mich. Hat mich zu jedem Termin begleitet und geschaut, dass alles so läuft, wie es soll. Mit zehn wurde ich dann für eine Serie gecastet. »*Die Kinder vom Berghof*«« Jan schaut mich an. Als ich nicke, fährt er fort. Ich kenne die Serie noch, aber die Erinnerungen sind verschwommen. Es ging um Freunde, die alle in der Nähe eines Bauernhofes wohnen. Sie erlebten allerhand Abenteuer rund um den Hof.

»Mit vierzehn wurde ich dann aussortiert. Ich passte nicht mehr in das Alter der Zielgruppe. Ich habe noch in zwei Jugendfilmen mitgemacht, bin in diversen Kindershows aufgetreten. Bis ich mit siebzehn aus diesem Leben katapultiert wurde.«

Langsam kommen meine Erinnerungen zurück. Ich hätte nur nicht gedacht, dass er es ist. Ja, sein Äußeres gleicht dem des Kindes und später dem des Jugendlichen. Doch er hat sich verändert. Stark verändert.

»Mit elf wurde ich das erste Mal von einem Produzenten angefasst. Damals habe ich mir nichts dabei gedacht. Er hat das mit vielen Kindern am Set gemacht. Ich dachte, das wäre normal. Meine Eltern wussten nichts davon. Mit dreizehn habe ich angefangen zu rauchen. Cannabis. Der Druck vom Dreh der Serie, Druck durch die Bekanntheit und dann noch die Schule. Da war kein Platz für Freunde oder ein normales Leben. Ich bin nur noch gependelt zwischen dem Set und der Schule oder Privatunterricht am Set. Meine Mutter war streng. An die Drogen zu kommen, war einfacher, als ich dachte. Wir hatten eine Regisseurin, die uns fast alles besorgen konnte, damit wir durchhalten, die Texte schneller lernten und immer schön fröhlich durch die Szenen spaziert sind. Meine Eltern haben nichts geahnt. Sie waren stolz auf mich, weil ich den Spagat zwischen Kinderstar und Schule so gut hinbekam. Heute würde ich sagen, sie wollten es nicht bemerken. Aber die Phase der Schuldzuweisungen ist vorbei. Sie leiden noch immer und werden es sich nie verzeihen.«

Ich spüre Jans Schmerz. Bevor er weiterredet, wischt

er sich über die im Schatten liegenden Augen und atmet mehrmals tief durch.

»Die Regisseurin. Sie war damals in den Dreißigern und sehr beliebt. Sie hat später auch dafür gesorgt, dass ich die Rollen in den Kinofilmen bekam. Sie war einflussreich in der Szene. Wer es sich bei ihr verscherzt hatte, der hat nie mehr einen Fuß mehr vor eine Kamera gesetzt. Sie hatte es drauf, uns Druck zu machen. Irgendwann wollte sie Gegenleistungen für die Drogen. Ich war keine vierzehn, als sie mich das erste Mal missbraucht hat. Meine Welt stand kopf. Zu meinen Eltern konnte ich nicht gehen. Sie hat mich erpresst. Und Gott, als Kind ist man so leichtgläubig! Erwachsenen vertraut man, auch wenn sie einem drohen oder gerade deswegen. Es waren schlimme Drohungen und ich glaubte ihr jede einzelne.

Immer öfter wollte sie Sex von mir. Immer öfter griff ich zum Joint. Mit fünfzehn habe ich das erste Mal Kokain konsumiert.«

In meinem Kopf dreht sich alles. Mir ist speiübel. Ich weiß nicht, wie viel von dem, was er noch sagen wird, ich bereit bin zu ertragen. Ich reiße mich zusammen, schlucke die Galle herunter, die mir unablässig meine Kehle nach oben kriecht. Ich bin nicht diejenige, die das alles durchstehen musste. Ich bin nur diejenige, die das Vertrauen eines Mannes genießt, das ihm erlaubt, mir alles zu erzählen.

»Ich wurde vom hübschen Jungen zu einem attraktiven jungen Mann. Sie sah es als Erste und nutze es bis zum Schluss. Ich hatte großes Glück, dass meine Mutter genau dann in meine Umkleidekabine kam, als sie mich nackt fotografierte. Zugedröhnt saß ich auf einem Stuhl und sie stand vor mir. Die Kamera in einer Hand, während sich die andere zwischen ihren Beinen rieb. Meine Mutter ist völlig ausgeflippt. Sie hätte sie beinahe totgeprügelt. Es brauchte das halbe Set, um sie von ihr wegzuziehen. Damit war meine Karriere beendet. Aber frei war ich deswegen nicht. Sie zeigte meine Mutter an. Doch bevor es zu einer Gerichtsverhandlung kam, zeigte meine Mutter sie ebenfalls an. Wegen Kindesmissbrauch. Ich wollte das alles nicht. Die Presse stürzte sich auf die Story. Schlachtete sie aus. Vieles von dem, was in der Zeitung stand, stimmte. Noch mehr war frei erfunden. Ich wurde von der Schule geschmissen, als ich einen Mitschüler verprügelte, der mich als »*Schwuchtel*« beschimpfte. Zwei Tage vorher waren Fotos von mir und einem Produzenten aufgetaucht. Aufgenommen in dem Moment, als er seine Hand zwischen meinen Beinen versenkte. Die Aufnahme war zwei Jahre alt.«

Stumme Tränen rollen über meine Wangen. All meine Erinnerungen an den Prozess sind wieder zurück. Ich war damals selbst erst vierzehn, aber ich erinnere mich an Gespräche meiner Eltern. Sie waren entsetzt. Keiner hatte eine Ahnung, dass hinter dem fröhlichen Jungen so ein grausames Schicksal stand.

»Mit siebzehn kam ich in eine Entzugsklinik. Dort habe ich mit so ziemlich jedem Mädchen geschlafen, das Interesse zeigte. Ich wollte alte Erinnerung gegen neue tauschen. Ich wollte die Grausamkeit vergessen und wollte wissen, wie es sich eigentlich anfühlen sollte. Das ging so bis ich Anfang zwanzig war. Dann kamen neue Schlagzeilen dazu. Junge Frauen, die dachten, sie würden etwas dazugewinnen, wenn sie mit Fotos an die Öffentlichkeit gehen würden. Zwei Minuten Ruhm für jede. Doch irgendwann waren die Medien satt und zeigten kein Interesse mehr an mir und den ganzen Eskapaden. Noch einmal bin ich gefallen. Meine Mutter suchte mir psychologische Hilfe. Erst da lernte ich mich kennen. Ich habe gelernt, ich zu sein. Nicht so wie andere mich sehen wollen. Nur ich. Meine Mutter ist heute noch in Therapie. Ich habe beiden verziehen. Lange schien es mir unmöglich und nicht alle können es verstehen. Aber für mich war es wichtig, um damit abschließen zu können. Nachdem meine Mutter mich so gesehen hatte. Zugedröhnt. Willenlos. Seitdem waren und sind sie mein Anker. Ich habe meinen Schulabschluss nachgeholt und die Lehre als Koch angefangen.

Ich hatte Talent und das hat auch mein Chef bemerkt. Er hat mich gefördert, ohne mich zu überfordern.

2010 habe ich Medina kennengelernt. Sie kannte meine Geschichte und hat sich nicht darum geschert. Die Situationen, in denen mich jemand erkannt hat, blieb sie ruhig und hat mich danach aufgefangen. Daran hat sich leider bis heute nichts geändert. Ich ertrage es kaum, wenn mich jemand erkennt. Zu viele Bilder strömen dann auf mich ein. Ungefiltert. Zum Glück wird es immer seltener, dass mich jemand erkennt. Mit dreißig habe ich dann das Restaurant gekauft und so gestaltet, wie ich es wollte. Der Vorteil, wenn man geizige Eltern hat. Sie haben den größten Teil meiner Gagen fest angelegt und verwaltet. Sie sind noch immer vorsichtig. Sie vermuteten hinter jeder neuen Bekanntschaft eine Person, die nur auf mein Geld oder zwei Minuten Ruhm aus ist. Ich bin ein paar Mal auf die Fresse gefallen und das hat ziemlich geschmerzt.«

Ich weiß, dass er das nicht auf mich bezieht. Dafür kenne ich ihn zu gut. Es schmerzt mich trotzdem zu hören, dass auch nach all den Jahren noch immer keine Ruhe in das alles eingekehrt ist.

Mir fehlen die Worte. Ich sollte etwas sagen, denn Jan schaut mich erwartend an. Ich weiß nicht, was. Jedes Wort, das mir durch den Kopf geht, hat zu wenig Bedeutung.

Statt nach den richtigen Worten zu suchen, beuge ich mich zu ihm. Ich nehme sein wunderschönes Gesicht zwischen meine Hände und senke meinen Mund auf seinen. Jans Lippen schmecken salzig, nach Trauer und Angst. Dankbarkeit steht in seinen Augen, als wir uns voneinander lösen.

»Und jetzt muss ich da wieder durch. Jede Veranstaltung, jeder Elternabend und die ganzen Ausflüge. Ich kann das nicht. Wirklich nicht, Dina. Das ist Folter!« Seine Augen füllen sich wieder mit Tränen. Er sieht so gebrochen aus. Der großgewachsene, attraktive und leicht arrogante Mann sitzt mir gegenüber wie ein Häufchen Elend.

»Du kannst. Weil du nichts davon allein machen musst. Ich bin bei dir und ich habe nicht vor, so schnell wieder zu verschwinden.«

Eigentlich sollten mein Lächeln und meine Worte ihn aufmuntern, aber Jans Körper bebt noch immer haltlos.

Mittlerweile sind mir die Menschen um uns herum egal. Sie hasten ihrer selbst nach und schenken den beiden unter dem Baum kaum Aufmerksamkeit. Also versuche ich zu verdrängen, dass ich einen Rock anhabe. Ich stehe auf, gehe zu Jan und setze mich auf seinen Schoss. Ich umschlinge seinen Nacken und presse ihn an mich. Mit einer Hand streiche ich über seine Haare und mit der anderen über seinen Rücken. Bis das Beben in seinem Körper nachlässt. Kraftlos liegt sein Kopf auf meiner Schulter. Es steckt so viel Schmerz hinter dieser immer frech grinsenden Fassade.

»Danke Dina«, nuschelt er in mein Shirt.

»Wofür?«

»Das du nicht aufgestanden und weggegangen bist.«

Ich bin erschüttert, dass er denken könnte, ich würde ihn sitzen lassen. Aber das ist der falsche Moment, um ihm so etwas vorzuwerfen.

»Würde ich nie«, verspreche ich ihm und meine es todernst.

Jans Kopf bewegt sich nach oben. Seine Augen suchen in meinen nach der Wahrheit. Er wird keine andere finden als jene, die ich ihm eben mit meinen Worten entgegengebracht habe.

»Ich liebe dich«, flüstert er mir entgegen.

Mein Herz hämmert gegen meine Brust. Kein Schmetterling sitzt mehr an seinem Platz. Sie fliegen jubelnd umher. Schlagen Saltos. Ich wage es nicht, mich auch nur einen Millimeter zu bewegen, denn ich befürchte, dass mich dann die Realität einholen würde. Doch Jan wartet nicht auf eine Antwort oder Widerworte. Er küsst mich, mit jedem Gefühl das ein *»Ich liebe dich«* auslöst. Ängstlich legen sich seine Lippen auf meine. Zärtlich streicht er mit seiner Zunge über meine Unterlippe. Leidenschaftlich drängt sie in meinen Mund, spielt mit meiner. Zusammen verfallen sie in eine Symbiose, die es mir unmöglich macht zu glauben, dass es irgendwann einmal wieder anders sein könnte. Jegliches Gefühl für Zeit und Raum geht mir verloren. Erst das Kichern von zwei Mädels, die sich neben uns setzen wollen, löst meine Verbindung zu Jan.

Atemlos schauen wir uns an. Jedem von uns wird bewusst, wo wir uns befinden und dass wir gerade eine ziemlich eindeutige Show liefern. Vorsichtig erhebe ich mich von seinem Schoss, penibel darauf bedacht, nicht allzu viel von meiner Kehrseite preiszugeben. Die Beule in Jans Hose kann ich gar nicht übersehen. Grinsend stellt er sich die Pommesschale darauf und nascht ein paar Alibipommes. Mit heißem und wahrscheinlich hochrotem Kopf setze ich mich neben ihn und nehme ein paar große Schlucke von meinem kühlen Bier.

Jan

Das Geständnis tat gut. Es hat mich befreit und lässt mich wieder weniger wachsam mit Dina durch die Straßen gehen. Ich scanne nicht mehr unablässig meine Umgebung und suche nach Leuten, die mich eventuell erkennen könnten. Es passiert ohnehin immer seltener und darüber bin ich mehr als froh.

Luna weiß, dass ihr Papa früher im Fernsehen zu sehen war. Sie hat ein paar Folgen *»Die Kinder vom Berghof«* geschaut. Doch entweder sie ist noch zu jung dafür oder es interessiert sie schlichtweg nicht. Sie hat mich kaum auf den Aufnahmen erkannt. Für Luna ist das alles kein Thema, sie hat es nie selbst zur Sprache gebracht. Ich habe es ihr lediglich erzählt, da mich eine der Mütter ihrer Kindergartengruppe wiedererkannt hat.

Die Version, die Luna kennt, hat nichts mit der, von der nun Dina weiß, zu tun. Es war eine kindgerechte Erklärung an meine Tochter. Ich habe sie dadurch wissen lassen, dass es nicht erstrebenswert ist, in irgendeiner Form bekannt zu sein.

Dina und ich sitzen noch eine Weile unter dem großen Baum. Irgendwann verlassen wir die düstere Vergangenheit und plaudern über Gott und die Welt. Es ist ein schöner Abend, der mein Herz noch ein bisschen mehr für die Frau neben mir schlagen lässt.

Die kommenden Tage ist Dina durch ihren neuen Job mächtig eingespannt. Sie hat sich bereit erklärt, an den Vorbereitungen für das Sommerfest mitzuarbeiten. Sie hat Geschick im Organisieren und Planen. Das Budget, welches sie bekommen hat, nutzt sie gut überlegt aus.

Ich habe angeboten, das Catering zu übernehmen.

Dina hat mein Angebot mit denen anderer Cateringfirmen abgeglichen. Mein Argument, ich würde mit dem vorhandenen Küchenteam zusammenarbeiten und somit den Preis noch senken können, konnte sie dann nicht mehr ausschlagen.

Es ist für mich eine Premiere, in einer Großküche mitzuarbeiten. Ich habe das Team kennengelernt. Mitarbeiter mit und ohne Beeinträchtigung. Ein bunt gemischter, gut gelaunter Haufen. Es ist nicht schwer, sie zu mögen. Cindy hilft mir bei den Vorbereitungen. Da sie unterdessen ganz und gar ins Catering eingearbeitet ist, hat sie sogar einen besseren Überblick als ich. Öfter, als es Dina wahrscheinlich lieb ist, müssen die beiden miteinander telefonieren.

Dina erwähnt Cindy mir gegenüber mit keinem Wort. Weder positive noch negative Kritik kommt über ihre Lippen.

Aber ich nehme den Glanz der Eifersucht in ihren Augen wahr, wenn ich von Cindy erzähle. Ich kann es mir nicht verkneifen, weil es einfach zu süß aussieht. Ich werde irgendwann die Retourkutsche dafür bekommen. Sicher sogar. Bis dahin genieße ich diesen kleinen Funken in ihren Augen, der sie mich noch leidenschaftlicher küssen lässt.

Die Schuleinführung der Kinder rückt ebenfalls näher. Wir haben lange überlegt, ob wir zusammen feiern wollen. Kennen jedoch die Eltern des anderen bisher nicht. Es fühlt sich nicht richtig an, dies jetzt noch auf die Schnelle zu erledigen, bevor die Schuleinführung stattfindet. Ich gewöhne meine Eltern langsam und vorsichtig an den Gedanken einer neuen Schwiegertochter.

Ganz zu schweigen von Medinas Eltern, die selbstverständlich auch kommen werden. Sie wissen von Dina. Luna erzählt viel von ihr und den Kindern. Ich habe vor einiger Zeit mit ihnen darüber gesprochen. Sie haben sich ehrlich für mich und Luna gefreut, doch der Schmerz in ihren Gesichtern war nicht zu übersehen. Wir werden uns unweigerlich begegnen. Luna, Paul und

Louisa kommen in die gleiche Klasse.

Dina und ich haben nicht vor, irgendetwas zu verheimlichen oder so zu tun, als würden wir uns nur flüchtig kennen. Aber wir wollen uns auch nicht zur Schau stellen. Dieser Tag gehört den Zwergen, da sind wir uns völlig einig.

Das Restaurant ist regelmäßig voll und auch hier gibt es einiges zu tun. Ich brüte über der Buchhaltung und versuche meine Ängste beiseitezuschieben. Die Eltern wiedersehen, die mich schon bei dem Elternabend erkannt haben, bereitet mir wirklich Bauchschmerzen. Ich hasse diese Begegnungen.

Und noch mehr hasse ich diese Zahlen vor mir.

Ich liebe das Kochen, das Restaurant und alles darin. Nur die Buchhaltung ist zum Kotzen. Ich nehme mir schon ewig vor, das extern erledigen zu lassen. Ich gebe solche Sachen einfach nicht gern aus der Hand, auch wenn andere es wahrscheinlich schneller und vielleicht sogar besser machen würden als ich.

Das *Leh Muh* ist mein Baby. Basta.

Mein Kopf dröhnt und meine Augen brennen. An der Tür klopft es zögerlich. Ohne auf ein »Herein« zu warten, kommt Cindy ins Büro. Ich bin nicht sicher, aber ich glaube, sie trägt unter ihrer weißen Kochjacke nichts. Bevor ich merke, wie schnell die Sekunden verstreichen, in denen ich ihr auf den Busen starre, räuspert sie sich auch schon.

»Gefällt dir, was du siehst?«, fragt sie mit lasziv geöffneten Lippen. Ich kenne nur eine Antwort auf diese Frage.

»Mir würde es mehr gefallen, wenn du dich an die Sicherheitsregeln am Arbeitsplatz halten würdest. Dazu zählt auch vollständige Kleidung.« Ich lasse jegliches Gefühl aus meiner Stimme entweichen. Offenbar hat die Ansprache von vor ein paar Wochen keinen langanhaltenden Effekt.

Eben habe ich noch darüber nachgedacht, wie niedlich ich es finde, wie eifersüchtig Dina sein kann, obwohl es keinen Grund dafür gibt. Und jetzt steht meine Köchin vor mir und beweist mir das Gegenteil.

Nicht dass ich irgendetwas vorhätte. Aber scheiße noch eins. Sie trägt keinerlei Unterwäsche unter ihrer Kochjacke. Ihre dunklen Nippel leuchten wie Warnsignale unter dem Stoff hervor. Ich möchte gar nicht weiter überlegen, wie es unterhalb ihrer Gürtellinie aussieht.

Cindy zieht eine gespielte Schnute und setzt sich an den Schreibtisch neben meinem. Ein paar Klicks später ist sie bereits bei der Cateringplanung der nächsten Wochen.

Ich verbuche ihren Auftritt als Ausrutscher und widme mich wieder meiner Arbeit. Da sie heute nicht weiter in der Küche eingeteilt ist, verkneife ich mir einen weiteren Kommentar zu ihrer Arbeitskleidung.

Der Tag der Schuleinführung kommt schneller, als mir lieb ist.

Es ist Samstagmorgen und Luna weigert sich, ihr Kleid anzuziehen. Draußen stürmt es. Das erste Mal seit Wochen fallen Unmengen an Regentropfen aus steingrauen Wolken. Es ist, als hätte einer vergessen, den Hahn der Badewanne zuzudrehen. Ganze Fluten stürzen vom Himmel.

So lange habe ich mir vorgestellt, wie mein kleines Mädchen mit der Sonne um die Wette strahlt an diesem Tag. Dass es regnen könnte, habe ich dabei nicht einmal bedacht.

Dass ich das Essen von vornherein bei mir im Restaurant geplant habe, erweist sich als Glücksfall. Auch wenn ich es am Anfang schade fand, nicht wie Dina und ihre Kinder in einem Garten gemütlich grillen zu können.

Bevor ich Luna weiter versuche zu überreden, trotz des Regens das Kleid anzuziehen, möchte ich erst einmal Dina anrufen.

Doch es ist nicht sie, die ans Telefon geht.

»Hallo, Jan.« flötet mir Paul fröhlich entgegen. »Mama kann gerade nicht. Sie läuft fluchend durchs Haus und versucht den Gartentisch und die Stühle irgendwo unterzubringen«, sagt er.

Tatsächlich höre ich Dina im Hintergrund herzhaft Fluchen. Ich bin mir sicher, dass sie es später bereuen wird, wenn ihre Kinder ebenfalls die Leidenschaft für diese Worte entwickeln. Der Moment wird sicher eine Offenbarung für sie werden und ich möchte es um nichts in der Welt verpassen, ihr Gesicht zu sehen, wenn die Zwerge in die Fluchwortkiste greifen.

»Gib sie mir trotzdem mal.«

»Mamaaaa!!! Es ist Jan.«

»Sag ihm, er soll sich seine beruhigenden Worte sonst wohin schmieren, ich habe gerade keine Zeit für seine ach so tollen Weisheiten.«

Ich kann mir das Lachen nicht verkneifen. Allein diese Worte lassen mein Herz höherschlagen und dem Schicksal danken, dass wir uns durch eine Handvoll Weintrauben kennengelernt haben.

»Mach mich mal auf laut, Paul.«

»Wie du meinst ...«, sagt er zaghaft. Er kennt seine Mutter wahrscheinlich besser als ich.

»Dina?«, frage ich in den Raum.

»Jan, sie tötet dich gerade mit ihren Blicken«, erklärt Paul das Schweigen.

»Ach Schöne. Jetzt hab dich nicht so und komm ans Telefon!«

»Oh, Mann ...«, kommt es von weiter weg. Etwas rumpelt, bevor es in der Leitung klickt und ich Dina hören kann. »Was?«, fragt sie genervt.

»Bist du etwa im Stress?« Oh, das kann übel werden, wenn ich nicht die Kurve kriege und aufhöre sie zu ärgern. Statt einer Antwort, bekomme ich strafendes Schweigen.

»Was würdest du davon halten, wenn ihr nach dem offiziellen Teil der Feierlichkeit zu uns ins Restaurant kommt?«, frage ich ganz vorsichtig.

»Jan, darüber haben wir doch gesprochen. Es ist zu früh! Das können wir unseren Eltern und Schwiegereltern nicht antun! Das geht schon bei mir. Es sind ja nur meine Mutter, Ralf und Claudia«, sagt sie resigniert.

»Und weil es *schon geht*, schleifst du deine Gartenmöbel ins Haus?« Ich weiß selbst, dass es nicht die beste Idee ist, aber sie an meiner Seite zu wissen, an diesem Tag, würde mich glücklich machen.

»Wie stellst du dir das denn vor? ›*Ralf, Claudia, Mama - das sind Thomas und Annett, die Eltern von Jans verstorbener Frau und das sind Andreas und Susanne, Jans Eltern. Ich kenne alle selbst noch nicht, aber seid so gut und lasst das hier nicht allzu peinlich werden.*‹. Und dann unterhalten sich alle fröhlich und der Tag ist gerettet?«

Wow. Ich hatte keine Ahnung, dass so viel Sarkasmus in Dina steckt. Wäre es nicht so verdammt treffend, würde ich jetzt lachen. »Okay. Du hast recht. Das ist absurd«, gebe ich zu. »Aber meinst du nicht, sie sind der Kinder wegen da und es könnte vielleicht auch funktionieren?«, versuche ich es trotzdem noch mal.

»Nein. Glaube ich nicht. Sorry, Jan. Das kann nicht funktionieren. Und ehrlich gesagt, will ich deine Eltern nicht bei der Schuleinführung unserer Kinder kennenlernen. Sie sind mir gegenüber eh schon misstrauisch und dann platze ich mit meinen Kindern und meiner Familie in eure Feierlichkeit, in deinem Restaurant? Da würde selbst ich misstrauisch werden.«

Dina klingt nicht mal mehr wütend. Sie klingt traurig und verletzt. Ich muss unbedingt noch mal das Gespräch mit meinen Eltern suchen. Ich will nicht, dass sie so von Dina denken. Vielleicht hätte ich es ihr nicht anvertrauen sollen. Aber es gehört nun mal zu meiner Vergangenheit dazu. Eine Vergangenheit, die meine Zukunft beeinflusst. Immer noch.

»Okay, ich wollte es dir nur angeboten haben«, sage ich versöhnlich.

»Und dafür danke ich dir, Jan. Ehrlich. Aber glaub mir bitte, wenn ich dir sage, dass es nicht funktionieren würde. Ich weiß, dass dich Claudia und Ralf mögen und auch nach Luna fragen sie häufig, dennoch denke ich, dass das zu viel für alle wäre heute.«

Verdammt, wie ich es hasse, wenn sie derart den Nagel auf den Kopf trifft. »Schöne?«

»Mh?«

»Ich wünsche euch einen wundervollen Tag heute.«

»Das wünsche ich euch auch!«

Einen tiefen Atemzug später bin ich wieder bei meiner stoischen Tochter, die ihre Regenhose und Gummischuhe angezogen hat. Oh Mann. Die Maus hat den Dickkopf ihrer Mutter geerbt. Und meinen noch dazu. Zumindest kann ich sie dazu überreden, dass ich ihr die Haare schön machen darf.

Ich im weißen Hemd und Jeans und meine Tochter mit blauem Regenmantel, grüner Regenhose und pinken, blinkenden Gummistiefel. Wir geben ein herrliches Bild ab und ich freue mich darauf, dieses auszudrucken und an die Wand zu hängen.

Meine Eltern lachen sich kaputt, als sie Luna entdecken und auch Thomas und Annett erfreuen sich an der farbenreichen Kleidung ihrer Enkelin. Tatsächlich ist meine Tochter nicht die Einzige im Regenoutfit. Einige Kinder hüpfen lieber durch die Pfützen auf dem Schulhof, statt der Lehrerin in die Schule zu folgen. Genervte Eltern laufen ihren Kindern hinterher und versuchen sie mit Engelszungen zum Reingehen zu überreden.

Dina und die Zwillinge sind verdammt spät dran. Erst im letzten Moment scheucht sie Louisa und Paul über den Hof in das Schulgebäude. Völlig abgehetzt kommt sie auf mich zu. Ich entferne mich kurz aus dem, mich umgebenden, Elternkreis. Dina winkt freundlich in die Runde und wünscht einen guten Tag.

»Wo sind deine Mutter, Claudia und Ralf?«, frage ich, während mein Blick suchend über das Gelände schwebt.

»Claudia und Ralf stecken im Verkehr fest und meine Mutter ist zu Hause und versucht das Essen zu retten.«

Fragend hebe ich eine Augenbraue. Dina quittiert dies mit einem genervten Augenrollen. »Ich bin selbst schuld. Ich habe Louisa und Paul aus den Augen gelassen, weil ich mich rasch fertigmachen wollte. Die beiden meinten es nur gut.« Diese Frau redet in Rätseln, aber mir schwant bereits Böses.

»Was ist passiert?«

»Paul dachte, da wir nicht grillen können, weil es regnet, wäre es gut, aus allen Grillbeilagen einen Salat zu machen. Da wir nicht grillen können, weil es regnet. Also hat er versucht, das Fleisch und die Würste in der Pfanne zu braten. Währenddessen wollte Louisa den Kuchen verschönern. Und was soll ich sagen? Fleisch und Würste sind verbrannt und der Kuchen liegt auf dem Küchenboden.«

Dina steht wie ein Trauerkloß vor mir. Ihre Schultern hängen tief und der Regen kann nicht über die Tränen auf ihren Wangen hinwegtäuschen.

»So habe ich mir das nicht vorgestellt, Jan.«

Ich ziehe sie in meine Arme. Was sollte ich auch sonst tun?

»Es ist nicht nur deswegen, oder?« Dina schüttelt den Kopf an meiner Brust.

»Glaub mir Schöne, ich habe mir den Tag auch anders vorgestellt. Eigentlich dachte ich, ich würde ihn mit Medina, Luna und Sebastian verbringen. Ich vermisse sie schmerzlichst. Gerade heute. Es ist also okay, auch traurig zu sein. Wirklich!«

Seitdem Medina und ich wussten, dass wir Zwillinge bekommen, sind wir alle wichtigen Lebensereignisse durchgegangen. Haben uns ausgemalt, wie sie im Sandkasten miteinander spielen. Zusammen in die Schule kommen. Geburtstage. Ausflüge. Und so weiter.

»Er fehlt mir so«, wispert Dina an meine Brust.

Es tut so gut zu hören, dass es ihr wie mir geht. Wir haben einander und wir haben eine Vergangenheit. Partner, die wir wahrscheinlich nie verlassen hätten, wenn sie uns nicht entrissen worden wären. Es wird immer so sein, dass unsere Herzen geteilt sein werden. Und das ist in Ordnung.

»Bist du sicher, dass ihr nicht mit zu uns kommen

wollt. Ich denke, alle hätten Verständnis dafür.«

Dinas Blick huscht über meine Schulter und dann wieder zu mir in meine Augen. »Das ist lieb von dir, aber ich denke nicht. Wir schaffen das schon! Danke!«

Nicht weit hinter uns stehen meine und Medinas Eltern.

Wie auch immer die Gesichter ihr entgegenblicken, es hat Dina einen Entschluss fassen lassen, den ich nicht stürzen kann. Schnell drückt sie mir noch einen Kuss auf die Lippen, bevor sie zu ihrem Auto geht, um im Trockenen auf die Kinder zu warten. Zu gern hätte ich sie noch ein wenig länger in meinen Armen gehalten. Als ich mich wieder zu meiner Verwandtschaft umdrehe, verstehe ich Dinas Flucht. Es sind nicht Thomas und Annett, die pikiert schauen. Nein. Es sind meine Eltern, die ihre ablehnende Miene nicht verbergen können. Bei Thomas und Annett hätte ich Verständnis dafür aufbringen können. Aber bei meinen eigenen Eltern?

Ich schlucke meine Wut herunter. Heute ist nicht der richtige Tag dafür.

Ich gehe zurück zu dem regenschirmbedeckten Grüppchen.

»Das ist sie also?« Der Ton meiner Mutter ist alles andere als freundlich. Bevor ich etwas entgegnen kann, hat sich schon Annett eingeschaltet.

»Sie sieht sehr nett aus«, versucht sie zu schlichten. Die Stimmung ist explosiv und es fehlt nur ein Funke, bevor die Bombe hochgeht. Nichtssagend drehe ich

allen den Rücken zu und starre Löcher in das Schulgebäude.

Dina

Ich sitze klitschnass und frierend in meinem Auto und warte, dass sich die erste Schulstunde meiner Kinder dem Ende neigt. Mein Blick wechselt zwischen dem Schulhaus und der Gruppe um Jan herum. Hin und her. Er steht mit dem Rücken zu mir. Er wirkt angespannt. Ich kann seine Wut bis zu mir spüren. Ich verstehe ihn und hoffe gleichzeitig sehr, dass er seinen Ärger herunterschlucken kann, damit Luna eine schöne Schuleinführung erlebt. Es ist das eine Jans Geschichte anzunehmen, ihn zu verstehen und zu unterstützen. Das andere sind seine Eltern. Sie sind offenbar der schwierigste Part in dieser ganzen Geschichte. Jan sagte, dass sie misstrauisch sein würden. Doch damit habe ich nicht gerechnet.

Susanne starrte mich an. Sie zeigte keine einzige freundliche Regung in ihrem Gesicht. Es war nur Misstrauen zu sehen. Andreas Miene blieb unbeteiligt, nicht ein Hauch von Interesse zeigte er an meiner Person.

Das tat weh. Auch mit der Vorwarnung von Jan. Und nun sitze ich hier. Über mir grollt der Donner und kündigt die nächsten sintflutartigen Regenfälle an.

Der Blick in den Rückspiegel bestätigt meine Vermutung.

Ich sehe scheiße aus. Meine Haare gleichen einem Vogelnest. Meine Schminke zieht sich in langen schwarzen Striemen über mein Gesicht. Und ich rieche wie ein nasser Hund. Perfekt. Kein einziges Foto habe ich bisher schießen können. Wenigstens das soll heute noch klappen. Also hole ich meine Kamera aus dem Kofferraum und gehe ein paar Schritte auf die Schule zu. Ich hoffe, dass der nächste Regenschauer noch ein paar Minuten auf sich warten lässt. Wenigstens so lange, bis wir wieder im Auto sitzen.

Gerade als die Kinder das Schulhaus verlassen, ruft ein fröhliches »Hallo« mir entgegen. Ralf und Claudia haben es tatsächlich noch geschafft. Louisa und Paul rennen auf die beiden zu und lassen sich wild durch die Luft wirbeln.

Es sind traumhafte Aufnahmen. Glückliche Gesichter an einem bedeutenden Tag.

Meine Anspannung verlässt mich und geht in Freude über. Ich habe zwei glückliche Kinder, die ab heute die Schule besuchen werden! Wenn das kein Grund zur Freude ist, weiß ich auch nicht. Ich schwenke mit meiner Kamera zu Jan und seiner Familie. Luna sieht bezaubernd aus in ihrem kunterbunten Regenoutfit. Fröhlich winkt sie in unsere Richtung und wenige Klicks später habe ich wunderschöne Bilder.

Als wir zu Hause ankommen, hat meine Mutter ein wahres Wunder vollbracht. Es riecht köstlich aus der Küche und ich kann es kaum erwarten, meinen leeren Bauch zu füllen. Bei der ganzen Aufregung heute Morgen ist mir das Essen völlig in Vergessenheit geraten. Paul stürmt sofort in die Küche.

»Hi, Cindy!«, schallt es fröhlich durch die Tür.

Bitte nicht …

Mit wenigen Schritten bin auch ich in der Küche und starre fassungslos auf die hochgewachsene Blondine, die mir ihr perfektes Hinterteil zugewandt hat. Paul steht bereits neben ihr und schaut neugierig in die Töpfe.

»Cindy?« Die Überraschung in meiner Stimme könnte man auch gut mit Abscheu verwechseln. Cindy lässt sich davon nicht abschrecken und schenkt mir ein perlweisses Lächeln.

»Hallo, Dina. Schön, dich zu sehen.«

Nope. Ganz und gar nicht.

»Jan hat im Restaurant angerufen und gefragt, ob einer von uns bei dir aushelfen könnte. Und da dachte ich, das wäre doch eine wundervolle Möglichkeit, dich näher kennenzulernen.« Das süffisante, überhebliche Grinsen würde ich ihr am liebsten aus ihrem überschminkten Gesicht wischen.

»Nett von dir. Danke«, presse ich hervor. Bevor ich mich auf sie stürzen kann, ruft meine Mutter nach mir. Widerwillig verlasse ich die Küche und gehe ins Wohnzimmer, wo Ralf, Claudia und meine Mutter beieinandersitzen.

»Dina, wer ist diese schreckliche Person?«

Gott sei Dank erkennt das noch jemand.

»Jan hat im Restaurant Bescheid gegeben, dass wir eventuell etwas Hilfe brauchen und da hat sich Cindy geopfert zu uns zu kommen«, erkläre ich den drei fragenden Gesichtern.

»Dir ist bewusst, dass sie völlig auf Jan steht, oder?«

Meine liebe Mama hatte schon immer die Gabe, Menschen in wenigen Minuten zu durchschauen. Kein Weg führt an ihrer Beobachtungsgabe vorbei.

»Ja Mama. Das weiß ich leider zu gut«, klage ich.

»Und Jan weiß das auch?«

»Nein. Oder er will es nicht sehen.«

»Sie erzählt nur von ihm und wie toll er ist, nicht nur als Chef«, berichtet sie.

Das bereitet mir Übelkeit. Ich bin sicher, sie macht das mit Absicht, um mich zu verunsichern.

Ich verschwinde ins Badezimmer und versuche die Reste meines Make-ups zu retten. Schließlich will ich auch auf ein paar Bilder von diesem Tag drauf sein. Bevor ich jedoch anfange, mich zu sanieren, wähle ich den Chat von Jan und mir.

Dina:
»Du weißt schon, dass Cindy hier ist?«

Lange Zeit erhalte ich keine Antwort und nutze den Moment, um mir das Gothicgesicht zu entfernen.

Jan:
»Echt? Sie sagte, sie schickt Luca rüber ...«

Dina:
»Hat sie nicht.«

Keine zwei Sekunden später klingelt mein Telefon. Stumm nehme ich das Gespräch an.

»Schöne, das tut mir leid! Ich wollte helfen und ich dachte nicht, dass sie selbst gehen würde. Ich weiß, ihr mögt euch nicht ... Soll ich sie anrufen und zurück ins Restaurant beordern?«

Ich atme einmal tief durch, schaue mir mein ungeschminktes Ich an.

»Nein, schon gut. Das wäre jetzt auch blöd. Dann wäre sie in deiner Nähe.«

Schweigen auf der anderen Seite der Leitung, dann ein Räuspern. »Du weißt, dass du mir vertrauen kannst, oder?«

Ja. Das weiß ich. Wirklich. Aber ... »Ich vertraue ihr noch immer nicht.«

»Dachte ich mir schon.«

Hä? Irre ich mich oder klingt das wie ein Eingeständnis.

Mist. Fragen oder so stehen lassen?

»Will ich es wissen?« Eigentlich will ich die Antwort auf diese Frage nicht wissen. Das scheint auch Jan zu spüren. Das macht es deswegen nicht besser. Es ist die klarere Antwort, als das ausgesprochene »*Ja*«.

»Okay. Nicht heute. Ich verwandle mich jetzt wieder in hübsch und beiß mich durch den Tag.«

»Du bist immer hübsch!« Von wegen. Jetzt gerade glänzen meine Augen rot. Meine Stirn liegt in Falten. Meine Haare imitieren ein geplatztes Sofakissen.

»Ich komme heute Abend mit Luna vorbei. Können wir bei dir übernachten?«

»Bei uns, Jan. Und du musst sicher nicht fragen! Ihr seid immer willkommen! Das weißt du eigentlich ...«

»Du hast recht. Ich bin nur nicht ganz sicher, auf welcher Stufe von sauer du dich gerade befindest und habe es für klug gehalten, doch lieber zu fragen.« Schlauer Mann. Nur bin ich nicht sauer. Ich bin maßlos verunsichert.

Wir verabschieden uns und ich versuche das Beste aus meinem ruinierten Äußeren herauszuholen, schmiere mir ein Lächeln ins Gesicht und gehe zurück ins Wohnzimmer.

Alle sind beisammen. Auch Cindy sitzt mit am Tisch und sieht aus, als würde sie sich wohlfühlen. Entweder kann sie gut schauspielern oder sie merkt die angespannte Stimmung nicht.

Nur Louisa und Paul plaudern und berichten von ihrer ersten Unterrichtsstunde und wie toll ihre Lehrerin ist. Wo sie sitzen. Wer alles in ihrer Klasse ist. Alle Kleinigkeiten, die ihnen gerade einfallen.

Für mich ist jetzt Zeit, eine Grenze zu ziehen und für mich und meine Familie einzustehen. »Cindy, kommst du mal bitte.«

Die Augenbrauen der drei Großeltern wandern in die Höhe. Meine Mutter nickt mir mutmachend zu und ich stelle mich noch ein wenig gerader hin. Ich werde nicht größer werden als sie. Das ist physikalisch unmöglich. Mit der aufrechten Haltung habe ich wenigstens das Gefühl, sie zu überragen. Mit schwingender Hüfte folgt sie mir in den Flur.

»Danke für deine großartige Hilfe! Das, was du da gezaubert hast, sieht köstlich aus und wird sicher auch so schmecken. Du wirst bestimmt verstehen, dass wir den Tag als Familie verbringen wollen. Ich habe eben mit Jan gesprochen, er gibt dir den Rest des Tages frei.«

Eine glatte und effektive Lüge. Das hübsche Gesicht sieht aus, als hätte es in eine Zitrone gebissen. Wie gern würde ich jetzt *Ätschi Bätsch*! rufen, doch ich behalte mein inneres Kind bei mir. Ganz erwachsen reiche ich ihr ihre Jacke und schiebe sie zur Tür. Cindy geht ein paar Schritte, bevor sie sich noch einmal zu mir umdreht.

»Glaubst du echt, du kannst ihn halten?«, fragt sie abfällig.

»Ich muss ihn nicht ›*halten*‹ können«, sage ich mit dem Wissen, dass ich recht habe. Cindy weiß das auch, nur ist sie zu dumm, es zu akzeptieren. Bevor sie noch irgendetwas sagen kann, schließe ich die Tür und gehe zurück zu meiner Familie.

Zu meinem Leidwesen muss ich mir eingestehen, dass Cindy eine fabelhafte Köchin ist und ich Jan verstehen kann, warum sie noch immer im Restaurant arbeitet. Selbst die Torte ist der Hammer! Keine Ahnung, wie sie die so schnell gezaubert hat. Diese sahnige Sünde ist mehr als gelungen.

Paul und Louisa freuen sich über den Inhalt ihrer Zuckertüten.

Jedes meiner Kinder hat eine große von mir und zwei kleine von den Großeltern bekommen. Während sich in meiner - ganz die verantwortungsvolle Mutter - Stifte, Blöcke, Radiergummis in den lustigsten Farben und Formen und ein paar Leckereien sind, befinden sich in den Zuckertüten ihrer Großeltern mehr Spielzeug und Süßigkeiten als Schulsachen. Es sind Großeltern. Und gerade Ralf und Claudia sehen ihre Enkel selten und genießen so meine absolute Akzeptanz bei der Auswahl des Inhaltes.

Trotz des unablässigen Regens und der ganzen Dinge, die heute schiefgegangen sind, habe ich zwei glückliche Kinder und das macht mich glücklich. Das ist so ein Elternding. Hat man ein vor Glück strahlendes Kind - oder in meinem Fall gleich zwei - ist das Glück ansteckend. Es ist egal, wie beschissen man sich gerade noch gefühlt hat. Das Lachen des eigenen Kindes, das freudestrahlende Gesicht ... Kinder können einen mit Glück infizieren. Meine zwei schaffen das immer wieder. Keine Ahnung, warum ich so an diesem Tag gezweifelt habe. Es ist egal. Ich halte meine Zwillinge in den Armen, deren Gesichter um die Wette strahlen und sehe dabei Großeltern, die die Freude der Kinder widerspiegeln.

Mein Herz droht zu platzen. Es wird mit Glückshormonen überschwemmt und wird doch niemals dieser Gefühle satt sein.

Wunderwerk Körper, wie er es schafft, so viel Gutes aufzunehmen, ohne dabei aus allen Nähten zu platzen.

Nach dem Mittagessen und einem gemütlichen Nachmittag verabschieden sich Ralf und Claudia ebenso wie meine Mutter.

Meine Schwiegereltern bleiben noch zwei Tage und haben geplant, den morgigen Tag mit ihren Enkeln zu genießen. Sie werden sie nach dem Frühstück abholen und zum Zoo fahren. Meine Mutter bietet mir an, morgen vorbeizukommen und das Chaos zu beseitigen. Ich lehne das Angebot guten Gewissens ab. Ich werde den Tag für mich nutzen und ganz in Ruhe alles wieder in Ordnung bringen.

Jan wird mit Luna nach dem Frühstück aufbrechen. Er muss arbeiten und Luna wird ebenfalls den Tag mit ihren Großeltern verbringen.

Schon lange hatte ich keinen Tag mehr nur für mich.

Die letzten Wochen habe ich neben der Arbeit viel Zeit mit Paul und Louisa verbracht und noch mehr Zeit mit Paul, Louisa, Luna und Jan.

Das Vater-Tochter-Gespann kommt pünktlich zum Abendessen.

Da der Mittag und Nachmittag fast ausschließlich aus Essen bestanden, haben wir uns entschieden, nur einen Salat anzubieten und zu hoffen, dass der Zuckerabfall im Blut der Kinder nicht zu Tobsuchtsanfällen führt.

Die drei enttäuschen uns nicht. Sie vergleichen den Inhalt der Zuckertüten und fallen anschließend pünktlich um acht todmüde ins Bett. Keiner von ihnen hat die Gute-Nacht-Geschichte bis zum Ende mitgehört. Nacheinander sind sie brav eingeschlafen.

Luna schläft bei Louisa im Zimmer. Jan hat den beiden vorgelesen, während ich bei Paul war und ihm aus seinem Lieblingsbuch vorgelesen habe. Auch Jan und ich sind erschöpft und sinken mit bleiernen Gliedern auf die Couch.

»Ich werde zu alt für so etwas«, stöhnt Jan.

»Mit siebenunddreißig ist man wirklich steinalt«, höhne ich.

»Na warte, bis du so alt bist wie ich.«

»Dann bist du noch älter und kannst mich mit deinen Lieblingsweisheiten plagen.«

»Eine habe ich schon für dich.«

Gespannt ziehe ich eine Augenbraue in die Höhe und warte darauf, dass mich Jan mit seinem Wissen erhellt.

»Auf Regen folgt Sonnenschein«, sagt er allwissend und nickt zum Fenster hinter mir.

Tatsächlich. Die Abendsonne streift durch unseren Garten und lässt die kleinen Regentropfen an den Pflanzen glitzern. Ein unglaublich schönes Spiel aus Licht und Farben. Bevor ich es verpasse, hole ich meine Kamera und stürme in den Garten. Klick für Klick komme ich näher an das perfekte Bild. Allerdings liege ich dafür auf der klatschnassen Wiese und friere. Erst als auch der letzte Sonnenstrahl den Garten verlassen hat, stehe ich auf. Ich drehe mich um und will gerade zum Haus laufen, da pralle ich in eine breite Brust.

Von oben herab lächelt Jan mich an. Seine Augen weiten sich, als er seinen Blick tiefer wandern lässt.

Erst als ich seinen Augen folge, bemerke ich, dass ich noch immer ein leichtes Kleid anhabe. Durch die Nässe und Kälte überzieht eine Gänsehaut meinen ganzen Körper. Langsam bewegen sich seine Hände auf meine Taille zu. Ruckartig zieht er mich zu sich und senkt seine Lippen auf meinen Mund. Keine Zärtlichkeit, nur pure Begierde geht von ihm aus. Und ich stehe im Zentrum dieser Lust. Das Gefühl, so begehrt zu werden, dass sich Jan allein durch meinen Anblick kaum noch beherrschen kann, ist unglaublich. Ich zergehe in seinen starken Armen, die meinen Rücken umgreifen und mich halten, als hätte er Angst, ich könnte auf der Stelle davonlaufen. Ich schicke meine Hände auf Wanderschaft. Eine liegt in seinem Nacken und die andere schleicht sich zwischen uns und umfasst die Härte in seiner Hose. Jan keucht auf und schaut mich beinahe strafend an.

»Wenn du wüsstest, wie kurz ich davor bin zu kommen, würdest du deine Hand bei dir behalten.«

Ich kann nichts anderes tun, als zu grinsen und noch fester zuzupacken.

»Oh, verdammt Dina«, stöhnt er in mein Ohr. Seine Hände sind unter mein Kleid gewandert und kneten meinen Po.

Auch für mich ist der Weg nicht mehr weit. Bevor wir in meinem Garten völlig die Kontrolle verlieren, ziehe ich ihn hinter mir her. Mein Ziel ist die Dusche.

Noch bevor er sich komplett ausgezogen hat, stehe ich schon nackt unter dem heißen Wasserstrahl. Meine Erregung ist so groß, dass ich glaube, es keine Sekunde länger aushalten zu können. Gierig suchen meine Finger ihr Ziel in meiner Mitte. Doch Jan ist schneller als ich.

»Wag es ja nicht, mir das zu nehmen«, droht er. »Ein anderes Mal gern. Sehr gern! Aber sicher nicht heute.« Mit einem Schritt ist er bei mir. Sein ganzer Körper ist ein Kunstwerk. Die definierten Muskeln zeugen von vielen Trainingseinheiten. Ein Löwenkopf ziert in den verschiedensten Grautönen seine Brust. Die Mähne zieht sich bis zu seiner Schulter und hinab bis zur letzten Rippe. Ich kann mich gar nicht sattsehen an ihm. Zwischen seinen Beinen prangt mir seine Männlichkeit entgegen. Ich will auf die Knie gehen, ihn in mir aufnehmen. Ich will wissen, wie seine Lust schmeckt. Doch Jan lässt mir keine Chance. Er sieht meine Gedanken, bevor ich sie in die Tat umsetzen kann. Ein Griff in meinen Nacken und schon gehöre ich wieder ganz ihm.

Geschickt dreht er mich um und ich klatsche gegen die kalten Fliesen. Er hält mich weiter im Nacken fest, lässt die andere Hand meinen Rücken nach unten gleiten und massiert meinen Po, bevor er ruckartig mit seinen Fingern in mich stößt. Ich muss mir auf die Lippen beißen, um nicht vor Lust zu schreien.

»Du bist so herrlich nass«, raunt mir Jan zu. Sein Körper schmiegt sich von hinten an meinen. Mit zwei Fingern zwirbelt er meinen Nippel, während die anderen beiden noch tiefer in mich stoßen. Ich kann das Stöhnen nicht weiter unterdrücken. Schamlos reibe ich mich an seiner Erregung, was ihm ein Knurren entlockt. Er wird unruhiger hinter mir und seine Finger immer schneller. Immer fester kneift er in meinen Nippel und gerade als ich von der Klippe springen will, verlässt er mich. Keine Berührung. Nur Stille. Frustriert und verwirrt drehe ich mich zu ihm. Seine Augen brennen sich in meine. Er streckt eine Hand nach mir aus und streicht mir sanft über meine Wange. »Ich brauche einen Moment, sonst ist das hier ganz schnell vorbei.«

»Und das ist der Grund, mich nicht kommen zu lassen?«

Hat er noch alle Tassen im Schrank? Ist ihm bewusst, was ein weiblicher Orgasmus bedeutet? Mir und vielen anderen Frauen ist dieses Vergnügen nicht immer gegönnt und wenn er einmal über mich hinwegrollen will, nimmt er mir dieses Gefühl?!

Belustigung huscht über sein Gesicht. »Du denkst, ich würde dich jemals ohne einen Orgasmus davonkommen lassen?« Wie schnell er meine Gedanken erfassen kann, ist beinahe unheimlich. »Niemals«, sagt er ernst.

»Und jetzt dreh dich wieder um!«

Diesmal bleiben meine Gedanken nicht in meinem Kopf.

»Erst mir meinen Orgasmus verweigern und dann noch Befehle erteilen? Geht es dir noch gut?«, frage ich mit einem Hauch von Wut. Jan wird ungeduldig, das sieht man ihm an.

»Ich diskutiere gern jederzeit mit dir, Schöne. Aber jetzt will ich meinen Schwanz zwischen deine schönen Pobacken schieben und dich so hart nehmen, bis du es nie wieder wagst mir zu unterstellen, ich würde dich ohne Orgasmus stehen lassen.«

Ich spüre, wie sich erneut Feuchtigkeit zwischen meinen Beinen sammelt. Mir gefällt die Art, wie er mit mir redet, auch wenn ich es nicht zugeben würde.

»Dreh dich um oder muss ich dir etwa helfen?«

Ich muss es einfach darauf ankommen lassen. Ich will wissen, was er unternimmt, um zu bekommen, was er möchte. Neugierig schaue ich ihn an und warte, bis er sich entschieden hat. Das geht schneller, als ich dachte. Mit seinem gesamten Körper drückt er mich gegen die Fliesen. Mit seinen Armen stützt er sich hinter mir an der Wand ab.

»Bist du sicher, dass du es so willst?«, fragt er mich.

»Nein. Aber ich bin neugierig.«

Mein Blick haftet an seinen Lippen. Sie glänzen feucht und sind leicht geöffnet. Hart legen sie sich auf meine. Seine Zunge erobert meinen Mund. Gierig leckt sie über meinen Hals. Keine seiner Hände berührt mich und trotzdem spüre ich ihn überall. Noch bevor ich weiter überlegen kann, was als Nächstes passieren könnte, wirbelt mich Jan herum. Eine Hand legt sich auf meinen Rücken und drückt mich nach vorn. Kaum habe ich die gewünschte Position erreicht, spüre ich ihn. Sein Penis gleitet durch meine Pospalte. Er verteilt seine Lust an mir. Das Keuchen, das den Raum erfüllt, ist meines. Ohne Vorwarnung stößt er in mich. Jans Hand liegt auf meinem Mund und schluckt alle Geräusche, die aus ihm entweichen wollen. Ich dränge mich ihm entgegen. Ich will jeden Zentimeter von ihm in mir spüren. Unablässig stößt er in mich. Immer härter. Ich habe das Gefühl zu zerspringen. Er trifft meine empfindlichsten Stellen. Zwei Finger umschließen meine Perle und reiben sie. Fast im selben Moment spült die Erlösung alles weg. Ich beiße in Jans Hand, um mein Stöhnen nicht hinauszuschreien. Wenige Stöße später merke ich, wie auch Jan seinen Höhepunkt erreicht.

Jan

Die letzte Nacht beherrscht noch immer meine Gedanken. Meine Hose ist ungemütlich eng. Mir ist bewusst, dass ich heute leider keine Erleichterung verspüren werde. Scheiße noch eins. Seit wann werde ich hart, wenn ich nur an Sex denke?

Es ist Sex mit Dina. Sie weiß, was sie will und gleichzeitig gibt sie gerne die Führung an mich ab. Und Gott, diese Frau lässt sich zu all den Dingen verführen, die meine Fantasie hergibt. Ich weiß nicht, wo das gipfeln soll. Eigentlich bin ich sicher, dass es keinen Gipfel gibt. Denn wer auf dem Gipfel steht, hat nur eine Möglichkeit. Wieder nach unten gehen.

»Jan?«

Ich war so in Gedanken, dass ich Cindy gar nicht bemerkt habe. Sie steht vor meinem Schreibtisch und sieht mich abwartend an. Ihr Blick huscht über mich und bleibt einen Moment zu lang an meiner Mitte hängen. Shit. Ich weiß, dass sie es gesehen hat. Es gibt da auch nichts zu übersehen. Fuck. Ich rutsche ein wenig weiter an den Schreibtisch heran, um zu verbergen, was längst schon entdeckt wurde.

»Sorry, Cindy. Was hast du gesagt?«, versuche ich sie wieder auf das Wesentliche zu lenken. Ein laszives Lächeln huscht über ihr Gesicht. »War nicht so wichtig«, sagt sie und schwingt ihre Hüfte an mir vorbei zu ihrem Schreibtisch.

»Sag mal, Jan…« beginnt sie ihren Satz. Ich drehe meinen Kopf in ihre Richtung und starre ihren Hintern an, der sich nur wenige Zentimeter von mir entfernt befindet.

Kennt ihr das Unfallprinzip? Man weiß, man sollte

unter keinen Umständen hinsehen. Es ist unmoralisch, voyeuristisch.

Und man tut es doch.

Cindy beginnt gerade erst ihre Schicht. Sie hat noch keine Kochkleidung an. Nein. Cindy hat einen Rock an und beugt sich mit aller Laszivität nach vorn. Ich habe keine Ahnung, was sie da am Boden sucht. Meine Augen haben keine Chance. Sie starren zwischen ihre Schenkel. Der Rock sitzt sicher nicht so, wie er es wahrscheinlich tun sollte. Und was soll ich sagen? Sie trägt keine Unterwäsche. Verdammt. Diese Frau weiß, wie man spielt. Dummerweise habe ich keinen Bock auf Spielchen.

Auch wenn meine Latte was anderes sagt. Mein Verstand läuft auf Hochtouren und übernimmt die Herrschaft über meinen Körper. Mein Blut verteilt sich wieder neu und ich nehme mir einen Moment, meine Gedanken zu sortieren.

Cindy lässt sich Zeit und wackelt mit ihrem Hintern weiter vor mir herum. Den angefangenen Satz hat sie bisher nicht beendet. Wird sie mit Sicherheit auch nicht mehr. Er diente nur dazu, um meine Aufmerksamkeit zu erhaschen. Mittlerweile habe ich jedoch das Unfallprinzip überwunden und meinen Blick ohne Mühe von ihrer Kehrseite abgewandt. Stattdessen schweifen meine Augen über den Boden und suchen, was auch immer Cindy sucht. Es muss mikroskopisch klein sein, denn ich kann absolut nichts erkennen. Ich stehe auf. Bevor ich mich ihr frontal nähere, schiebe ich noch mein Handy in meine Hosentasche. Als ich direkt vor ihr stehe, richtet sich Cindy auf.

»Und? Hast du gefunden, was du gesucht hast?«, frage ich sie. Ich gebe mir Mühe, möglichst neutral zu klingen. Am liebsten würde ich sie anbrüllen und fragen, ob sie nicht mehr ganz dicht ist. Doch das würde mich nicht weiterbringen. Cindy öffnet leicht ihre Lippen und lässt ihre Zunge darüber gleiten. »Noch nicht ganz, aber ich bin sicher, dass ich kurz davor bin.« Sie tritt einen Schritt auf mich zu.

Jetzt wird es Zeit, Argumente zu sammeln.

»Ich möchte das nicht, Cindy«, lasse ich sie wissen. Aber das rührt sie nicht. Diese Frau ist es gewohnt zu bekommen, was sie will. Tja. Irgendwann ist immer das erste Mal.

»Da bin ich mir nicht so sicher, Jan.« Langsam legen sich ihre schlanken Finger auf meine Brust. Ihre Augen weiten sich, als sie erfühlt, was sich darunter befindet.

»Ich bin mir sicher. Hör auf.« Kurze klare Sätze mit einer eindeutigen Botschaft. Nein. »Cindy. Bitte lass das.«

»Komm schon, Jan ...«, sagt sie und lässt ihre Hände nach unten gleiten. Das reicht. Ich halte ihre Handgelenke fest und trete einen Schritt zurück. »Nein heißt nein.«

»Aber manchmal heißt *nein* auch *ja* ... oder zumindest vielleicht.«

Das gibt es doch nicht.

»Cindy, das nennt man sexuelle Belästigung und das ist ein guter Grund für eine fristlose Kündigung.« Nur einen kleinen Moment huscht Unsicherheit über ihr Gesicht, bevor sie erneut einen Schritt auf mich zukommt.

»Du stehst also auf Machtspielchen?«

Echt jetzt? Meine Selbstbeherrschung schwindet und ich muss sehr mit mir ringen, diese Frau nicht durchzuschütteln und zu fragen, ob sie noch ganz bei Trost ist. Nie habe ich eine Frau gegen ihren Willen angefasst und schon gar nicht so, dass es wehtun würde. Und jetzt ist da Cindy und fordert mir alles ab.

»Cindy. Ich sage es dir noch einmal klar und deutlich. Ich habe keinerlei sexuelles Interesse an dir. Ich möchte, dass du jetzt gehst. Deine Kündigung stelle ich dir per Post zu. Bis dahin bist du freigestellt.« Jetzt habe ich es geschafft. Cindy sieht mich fassungslos an. Unruhe macht sich in ihr breit.

»Wie meinst du das? Kündigung? Ist das dein Ernst?« Nervös zucken ihre Augen hin und her.

»Wie ich es gesagt habe. Sexuelle Belästigung ist ein berechtigter Grund für eine fristlose Entlassung. Ich habe dich mehrfach gebeten, aufzuhören.«

Jetzt nehme ich tatsächlich eine Machtposition ein. Ich stehe aufrecht vor ihr und hefte meine Augen auf ihre. »Ich habe nein zu dir gesagt und du hast nicht darauf gehört.«

Cindys Körperhaltung und Mimik verändern sich. Sie strafft ihre Schultern und schaut mich abfällig an.

»Und damit glaubst du durchzukommen? Schau dich an, Jan. Du bist ein Mann. Wenn hier wer wen belästigt hat, dann doch du mich. Du denkst doch nicht, dass dir das jemand abkaufen würde?«

Damit muss ich ihr insgeheim recht geben. Wir leben in einer Welt, in der Frauen täglich sexuell belästigt werden. Es ist in allen Medien. Zurecht, keine Frau hat das verdient! Aber es gibt auch Männer, die auf diese Art belästigt werden. Nur ist das anscheinend so unrealistisch wie der Goldtopf am Ende eines Regenbogens. Zumal es wohl gegen alle Männlichkeit spricht, sich sexuell belästigt zu fühlen. Doch meine Männlichkeit stört das nicht. Sexuelle Belästigung ist strafbar. Egal, wen es trifft. Das weiß ich aus eigener Erfahrung nur zu gut.

»Ich bin mir sicher, dass mir das jeder *»abkaufen«* würde.« Ich ziehe mein Handy aus der Hosentasche und zeige ihr die laufende Aufnahme meines Diktiergerätes.

Cindys Blick wandert zwischen dem Handy und meinem Gesicht hin und her. Sie rechnet sich ihre Chancen aus, das kann man ihr wunderbar ansehen. Dumm ist sie nicht und sie weiß, dass sie in diesem Moment verloren hat.

»Ich sehe von einer Anzeige ab, wenn du umgehend deinen Arbeitsplatz räumst und mein Lokal verlässt. Wie gesagt, die Kündigung wird dir per Post zugestellt. Bis dahin bist du freigestellt. Ich werde dir ein Arbeitszeugnis anfertigen und dir ebenso per Post zustellen. Vielen Dank für deinen Einsatz im Leh Muh. Auf Wiedersehen.«

Ohne das Diktiergerät abzustellen, warte ich, bis ich sie zum Ausgang meines Restaurants begleiten kann.

Flüchtig verabschiedet sie sich von ihren Arbeitskollegen, die es alle ruhig aufnehmen. Keiner scheint betroffen oder verwundert. Dem muss ich unbedingt nachgehen.

Als Cindy das Leh Muh verlassen hat, stelle ich das Diktiergerät ab. Bevor ich mich meiner Crew widme, gönne ich mir einen Whiskey und ein Telefonat mit Dina.

Sie ist ordentlich aus der Puste, denn ich erwische sie auf ihrer Joggingrunde. Dina freut sich, wenn auch verhalten. Ihr ist bewusst, wie mich Cindy die letzten Monate im Restaurant unterstützt hat und welches Talent in ihr schlummert. Sehr schade, dass sie dieses so leichtfertig aufs Spiel gesetzt hat. Der Whiskey ist leer und meine Freundin erleichtert. Ich im Übrigen auch. Ich gehe in die Küche und weise meine Leute an, alles stehen und liegen zu lassen. Es ist Sonntagnachmittag, bis auf ein paar Kaffeetrinker ist das Lokal noch leer. Die Vorbereitungen für den Abend laufen auf Hochtouren. Das können sie auch gleich noch. Ich hole mir alle Servicekräfte dazu. Alle schauen mich gebannt an und ich wünschte, ich hätte noch einen Whiskey in meiner Hand. Man könnte meinen, dass ich das können müsste. Aber vor vielen Menschen zu reden, die mir wichtig sind, ist gar nicht so einfach.

»Wie ihr eben gesehen habt, hat uns Cindy verlassen.« Null Reaktion.

Oookay … »Ich habe ihr fristlos gekündigt.« Verstehendes Nicken. Hier läuft irgendetwas schief. »Wollt ihr den Grund gar nicht wissen?«

»Ist es wegen sexueller Belästigung oder weil sie ständig auf der Toilette unsere Gäste vögelt?«

»Wie bitte?« Mir entgleiten alle Gesichtszüge. Gebannt schaue ich zu Steph. Sie ist die Leiterin des Serviceteams.

»Chef. Wir haben dich lieb. Das weißt du, oder?« Das ist Steph. Eine Frau in den Vierzigern. Sie liebt ihren Job. Hat nichts gegen Überstunden, ist loyal und nicht auf den Mund gefallen. Steph sagt, was sie denkt. Das ist ihr auch schon das ein oder andere Mal bei Gästen passiert. Immer gerechtfertigt. Immer. Ich kann auf sie zählen. Und im Moment weiß ich nicht, ob ich beeindruckt oder enttäuscht sein soll.

»Du hast es jedoch nicht gesehen oder wolltest es einfach nicht.«

»Ich habe was?« Jetzt bin ich fassungslos.

»Du hast dich blenden lassen«, wiederholt sie ihre Worte schulterzuckend. »Ja, sie konnte kochen und sogar backen. Trotzdem war sie eine Zicke durch und durch. Sie dachte, wenn du nicht da bist, muss sie den Chef raushängen lassen. Sie hat uns rumgescheucht und kritisiert. Du hast es nur nicht gesehen. Ja, sie war gut in der Küche und bei dem ganzen Cateringzeug. Sie war dennoch eine abscheuliche Person.«

Ganz klar. Ich bin enttäuscht.

»Und damit kommst du erst jetzt, Steph?« Erschrocken schaut sie mich an. »Du bist meine langjährigste Mitarbeiterin. Ich vertraue auf deine Meinung, das weißt du eigentlich. Warum bist du nicht zu mir gekommen? Und was soll das heißen, sie hat unsere Gäste auf der Toilette gevögelt?« Ich bin wütend. Sehr wütend. Christian, einer meiner Köche kommt auf mich zu. Beschwichtigend legt er mir eine Hand auf die Schulter. »Chef, sie hatte uns am Arsch.« Jetzt verstehe ich nur noch Bahnhof.

»Cindy. Naja, ich bin auf sie reingefallen«, gesteht er mir. Er sieht gequält aus und ich weiß auch, warum. Christian hat eine Freundin. Eine tolle Freundin. Julia. Verdammt.

»Glaub mir, es ist mir peinlich und was soll ich sagen? Natürlich wollte ich nicht, dass Julia es erfährt. Und damit hatte sie mich am Arsch.«

Ich verstehe ihn, auch wenn ich ihm am liebsten eine mitgeben möchte. Julia ist eine ganz Liebe und schaut zwischendurch bei uns vorbei. Fast immer hat sie etwas für das Team dabei. Sie backt gern. Vor allem so Kleinkram. Cupcakes, Muffins und Cake-Pops.

Dennoch: »Und der Rest von euch?« Wieder ist es Steph, die sich zu Wort meldet. »Sie hatte nicht nur was mit Christian.« Sie sieht gequält aus. »Steph?«

»Ich hatte auch was mit ihr«, beichtet sie und mir fällt endgültig die Kinnlade runter. Leider ist das Übel noch nicht vorbei. Ein weiterer Koch und zwei Kellner melden sich noch zu Wort. Ich habe das Gefühl, kein Lokal zu besitzen, viel mehr fühle ich mich wie ein Bordellbetreiber.

Steph liest meine Gedanken und bringt mir einen neuen Whiskey. Ein Zug und weg. Eigentlich zu schade für das teure Zeug. Ich gehe alle Möglichkeiten in meinem Kopf durch und entscheide mich für die radikalste.

»Steph, schreib auf die Tafel draußen, dass wir heute bereits 16:30 Uhr schließen. Bedient die letzten Gäste und bleibt dann da.« Ich wende mich an meine Küchencrew. »Ihr schaut, dass ihr möglichst viel von dem vorbereiteten Zeug von heute kühl stellen oder einfrieren könnt. Den Rest verarbeitet ihr so, dass wir ihn nachher zusammen essen können.« Unsichere Gesichter sehen mir entgegen. »Sofort!«, sage ich eine Spur zu laut.

Eilig machen sich alle an ihre Aufgaben. Zum Glück ist Sonntag und somit der größte Teil meiner Angestellten anwesend. Die restlichen Teammitglieder versuche ich telefonisch zu erreichen. Ich will mein ganzes Team hier haben. Und ich habe Glück. Bis auf zwei Aushilfskräfte, die mir am Telefon schwören, nichts mit Cindy gehabt zu haben, habe ich um 16:30 Uhr meine Mitarbeiter zusammen.

»Es tut mir leid. Ich habe zugelassen, dass eine Person mein ganzes Team sprengt und mich blendet. Eines vorweg. Es wird keine Konsequenzen für euch haben. Niemand verliert seinen Job oder bekommt eine Abmahnung. Deshalb will ich auf keinen Fall, dass so ein Mist noch mal in meinem Restaurant passiert. Sind wir uns da einig?« Nickende Köpfe. Gut.

»Bevor ihr mir das mit den Gästen und Cindy erzählt,

möchte ich euch gern in das Thema sexuelle Belästigung einführen.«

Der Abend ist lang und erkenntnisreich. Ich habe wieder ein Team, in dem ich selbst ein vollwertiges Mitglied bin. Die angespannte Stimmung hat sich irgendwann gelöst und es sind interessante Diskussionen über Belästigung, Gleichstellung und allerhand andere Dinge entbrannt.

Für mich endet der Abend damit, dass ich mich vor den PC setze und mir Überwachungssysteme anschaue. Ich werde vor den Toiletten, über der großen Lokalfläche und auch in den kleineren Nischen Kameras anbringen. Zum einen möchte ich, dass so etwas nie mehr passiert und zum anderen will ich mein Personal und unsere Gäste schützen. Ich bekomme nicht immer alles mit und in den seltensten Fällen bin ich dabei, wenn jemand belästigt wird. In Zukunft kann ich dem jedoch nachgehen.

Ich bin sauer auf mich, dass es erst passieren musste, damit ich handle. Ich nehme mir vor, in Zukunft regelmäßig Mitarbeitergespräche zu führen. Bisher habe ich das nach Bedarf gemacht. Jetzt werde ich der »*Bedarf*« sein.

Ich bin zu selten mit in der Küche oder auf der Lokalfläche, um die aktuellen Ereignisse und Probleme direkt mitzubekommen. Ich habe eine Serviceleiterin und einen Küchenchef. Beiden vertraue ich zu einhundert Prozent, aber auch sie sind nicht immer und in jeder Schicht vor Ort. Das Team ist groß und durch die unregelmäßigen Arbeitszeiten und wechselnden Aushilfen und Azubis nicht lückenlos übersichtlich. Ich muss also dringend jemand Fähigen finden, der die Buchhaltung, das meiste Organisatorische und das Catering übernimmt. Ich bin nicht sicher, ob ich so eine Person jemals finden werde oder auch nur genügend Gehalt zahlen kann, um die vielseitige Arbeit gerecht zu entlohnen.

Oh, Mann. Es ist Ende August, also neigt sich die

Sommersaison dem Abschluss zu. So lange dem noch nicht so ist, heißt es Arschbacken zusammenkneifen und alles selbst machen. Ich denke, ab Oktober werde ich genügend Zeit haben, jemanden für die Multitaskingstelle zu suchen und ordentlich einzuarbeiten.

Na, wenn das kein ausgereifter Plan ist ...

September

Dina

Momentan sehe ich Jan nur sporadisch. Ich bin wahnsinnig froh, dass er Cindy entlassen hat, aber seither arbeitet er wie ein Verrückter. Sieben Tage die Woche, mindestens zehn Stunden am Tag. Luna schläft mittlerweile häufig bei uns, auch wenn Jan nicht da ist. Sie und Louisa sind beste Freundinnen. Manchmal tut mir Paul leid. Doch wenn ich ehrlich bin, sieht er gar nicht so unglücklich aus. Er verbringt viel Zeit in der Küche oder ist bei Alex, einem Jungen aus der Nachbarschaft. Er spielt mit ihm und anderen Kindern Fußball. Beide gehen in die gleiche Klasse wie Louisa und Luna. An manchen Tagen spielen sie alle zusammen. Streifen um die Häuser der Nachbarschaft oder erobern die Gärten der Eltern. Die Gruppe hat eine wechselnde Größe, ist meist friedlich unterwegs und liebt es, wenn man einen Snack bereitstellt, über den sie dann wie eine Horde Heuschrecken hinwegfegen können. Ich trauere jetzt schon dem Sommer nach. Keine lauen Abende auf der Terrasse mehr. Kein Vogelgesang am Morgen. All die bunten T-Shirts, die ich mir über den Sommer angeschafft habe, werden den Herbst und Winter über im Kleiderschrank bleiben. Ich weiß nicht, wie das mein Mann konnte.

Diese unvergleichliche Liebe zu den Jahreszeiten.

Nass-kaltes Novemberwetter? Kein Problem! Im Zwiebellook durch den Regen stapfen und anschließend heißen Kakao schlürfen. Den Garten winterfest machen. Leselisten für die kalte Jahreszeit erstellen. All diese kleinen Dinge haben ihn ausgemacht. Und jedes Einzelne davon habe ich geliebt. Und ich? Es ist September und ich kann jetzt schon nicht mehr den Spätsommer genießen, weil ich an die vielen grauen Tage denke, die bald Einzug halten werden. Eilig schüttle ich die tristen Gedanken ab und erfreue mich an der Unbeschwertheit meiner Kinder, die lachend durch den Garten rennen. Was auch immer sie gerade spielen, es muss wahnsinnig lustig sein. Manchmal finde ich es saublöd, erwachsen zu sein. Blöder Wäscheberg. Blöder Staub. Blöder leerer Kühlschrank. Letzterer ist vor allem deswegen blöd, weil man ihn wieder füllen muss. Mit einkaufen gehen und so. Nicht mal mehr zum Abendessen wird es reichen. Och, Mann ... Erleichterung bringt der Blick in den Tiefkühler. Brötchen habe ich also noch und auch Marmelade, Nutella und Honig. Das rettet zumindest das Frühstück. Für alles andere wird der Lieferdienst sorgen müssen. Oder mein Freund, der Restaurantbesitzer? Der geht leider nicht ans Telefon, also bleibt doch nur der Lieferdienst. Die Kinder entscheiden sich für Pizza. Natürlich. Was auch sonst?! Hätte ich entschieden, gäbe es auch Pizza. Also bin ich fein damit und kann ohne lange zu überlegen unsere Bestellung durchgeben.

Zum Glück kennt man uns schon, ich muss nicht mal mehr sagen, was wir wollen. Der Name reicht und dreißig Minuten später stehen die dampfend heißen Kartons vor uns. Um das schöne Wetter noch mehr auszunutzen, sitzen wir auf der Terrasse und genießen die letzten warmen Sonnenstrahlen für heute. Es ist Sonntag und die Kinder sollten besser früh ins Bett, um morgen fit für die Schule zu sein. Aber zwischen *müssen früh ins Bett* und *schlafen* liegt ein himmelweiter Unterschied.

Das Wochenende war schön und abenteuerreich. Es

bietet also den idealen Erzählstoff. Paul schleicht sich immer wieder in das Zimmer von Louisa und Luna. Ich höre sie reden und kichern. So leise wie sie meinen zu sein, sind sie nicht. Ich lasse ihnen die Freude. Zumindest so lang, bis die Uhrzeit wirklich nicht mehr für verantwortungsbewusste Eltern wie mich vertretbar ist. Ein paar strenge Worte später liegt jeder in seinem Bett. Und das kleine Wunder von dem plötzlichen Schlaf, der Kinder manchmal übermannt, geschieht heute. Zum Glück.

Drei Kinder im gleichen Alter. Das bedeutet, dass sie sich super miteinander beschäftigen können, ähnliche Interessen und Entwicklungsstände haben. Es heißt, dass sie viel zusammen erleben und immer ein Gegenüber haben, um sich darüber auszutauschen. Was an sich wunderbar ist. Wenn es dann darum geht, ins Bett zu gehen und zur Ruhe zu kommen, ist das eher hinderlich. Ein echtes Luxusproblem. Ich liebe es. Luxusprobleme sind toll. Nervenaufreibend. Aber toll. Warum? Sie lenken vom Alltag ab und lassen einen doch schmunzeln, wenn man über sie nachdenkt. Das können echte Probleme nicht. Und die gibt es leider auch und lassen sich nicht wegschmunzeln. Eines davon liegt gerade vor mir. Es ist der Budgetplan für das Sommerfest. Lange lag ich innerhalb des vorgegebenen Rahmens und hatte bis zuletzt ein Polster. Dann kam Michael. Er ist neu in der Position als Geschäftsführer. Er ist ein waschechter BWLler. Nicht schlimm für ein wirtschaftliches Unternehmen. Doch für eine soziale Institution? Eigentlich kein Problem, wenn man sich mit den Feinheiten dieser Einrichtungen auskennt. Nach anfänglicher Euphorie seinerseits begann er selbst Vor- und Nachteile eines öffentlichen Festes abzuwägen. Und was soll ich sagen? Ja, es ist defizitär. Das Essen, das Programm mit hiesigen Kleinkünstlern und die Unplanbarkeit der Besucher. Der Vorteil? Akzeptanz und Verständnis der Anwohner. Warum? Weil es immer noch zu viele Menschen gibt, die eine Person, die anders ist, ob offensichtlich oder nicht, auch anders behandeln. Das Fest findet alle drei Jahre statt. Die Fluktuation der hiesigen Anwohner ist dann groß genug, um immer wieder einen neuen Personenkreis zu erreichen und zu hoffen, auf Menschen zu treffen, die verstehen und demnach handeln. *Behindert* ist ein Schimpfwort und mehr nicht. Keiner müsste behindert sein, wenn man ihn nicht behindern würde. Das war mir schon vor meiner Anstellung klar. Mit dem heutigen Erfahrungsstand habe ich es sogar noch mehr verinnerlicht. Generell sollte es egal sein, dass man anders ist. Hautfarbe, Geschlecht, sexuelle Orientierung, Herkunft oder eben Unterstützungsbedarf. Es sind keine Menschen mit einer Behinderung. Nicht mal mit einer Beeinträchtigung. Es sind Menschen mit einem erhöhten Unterstützungsbedarf.

Michael ist kein schlechter Mensch. Er ist nett. Zu allen gleichermaßen. Er redet nicht extra laut oder langsam, wenn ein Mensch im Rollstuhl vor ihm steht. Doch er ist genauso auch Wirtschaftler. Geld wiegt noch immer mehr als der positive Einfluss auf die Menschen, die wir erreichen könnten.

Einmal tief durchatmen und überlegen, wo ich noch einsparen könnte. Ich will keine Spenden aus dem örtlichen Gewerbe. Wer will an einem Fest schon Luftballons mit dem Aufdruck des ansässigen Elektroinstallateurs? Klar, jeder will ein Stück vom Kuchen und wenn es nur ein Krümel ist. Aber wie sagte Oma schon? Kleinvieh macht auch Mist. Jaja. Auch eine soziale Institution lebt von Spenden. Genauso wie Krankenhäuser. Altenheime. Eigentlich alles, was schlecht bezahltes Personal anstellt.

Ja, so ist es. Vor meiner jetzigen Anstellung habe ich fast ein Drittel mehr verdient. Aber anders würde dieses System nicht funktionieren. Warum? Weil jedes Unternehmen wirtschaftlich sein muss. Ohne erträgliches Einkommen, keine *normalen, durchschnittlichen* oder eben auch eklig hohen Gehälter. Wer mehr verdienen möchte, der darf nicht mit Menschen zusammenarbeiten wollen.

Meine Gedanken drehen sich im Kreis. Heute werde ich kein Stück weiterkommen. Also schnappe ich mir ein Bier und mein Telefon. Mel ist noch oder auch schon wieder wach. So genau wissen sie und David das selbst nicht mehr. Emilia hält sie mit den Dreimonatskoliken ganz schön auf Trab.

Sie erzählt mir von ihrem Alltag aus Windeln, Wäsche und Spucke. Ich grinse vor mich hin und klopfe mir ein bisschen auf die Schulter, diese Zeit hinter mir gelassen zu haben. Als ich von meinem Alltag erzähle, ist sie fast ein bisschen froh, mal was anderes zu hören und zu wissen, dass auch wieder andere Zeiten kommen werden. Nicht minder aufregend. Aber mit einem geringeren Fokus auf Ausscheidungen. Wir plaudern, bis Emilia beschließt, Hunger zu haben.

Am nächsten Morgen führt mich mein erster Weg in das Büro meines Chefs – oder vielmehr des Chefs meiner Chefin. Michael sitzt mit einem Kaffee in der Hand an seinem PC und starrt den Bildschirm zu Tode.

»Guten Morgen.«

»Ah, Dina. Schön, dich zu sehen. Du siehst heute gut aus.«

Ich bin nicht ganz sicher, was er meint. Aber ein Montagmorgenkompliment nehme ich gern entgegen.

»Wie kann ich dir weiterhelfen?«

Ich berichte ihm von meinem Problem mit den Budgetkürzungen, aber mehr als ein besänftigendes Lächeln bekomme ich nicht.

»Dina. Wir müssen da wirtschaftlicher denken. Selbst mit dem verkleinerten Budget schreiben wir noch ein nicht zu missachtendes Defizit. Es tut mir leid. Da kann ich ausnahmsweise nichts für dich tun.«

Schade. Einen Versuch war es wert.

»Vielleicht kann ich dir bei etwas anderem weiterhelfen?«, fragt er mit einem Zwinkern. Ich wüsste nicht wobei, also wünsche ich ihm einen schönen Tag und gehe frustriert zu meinem Schreibtisch zurück. Die tägliche Arbeit will schließlich genauso erledigt werden.

Es ist Samstag! Endlich findet das Sommerfest statt. Der Tag, der viele meiner Arbeitstage in letzter Zeit bestimmt hat. Ich habe ein kleines Wunder vollbracht und konnte den größten Teil meiner Planung umsetzen, ohne das Budget zu überschreiten.

Es ist ein herrlicher Tag. Sonne satt und angenehme vierundzwanzig Grad. Perfekt. Meine Mutter ist heute bei den Kindern und kommt später mit ihnen vorbei. Auch Jans Eltern haben versprochen zu kommen. Alle freuen sich darauf und sind überrascht über die Vielfältigkeit meiner Arbeit. Und ich? Ich bin so nervös, dass ich heute Morgen alles fallen lasse und kaum einen geraden Satz herausbringe. Schon das dritte Mal hebe ich meinen Kugelschreiber unter meinem Schreibtisch auf. Als ich wieder nach oben komme, starre ich in ein paar blaue Augen. Michael betrachtet mich amüsiert. »Gefunden?«

Irgendetwas in seinem durchaus attraktiven Gesicht stört mich. Aber ich kann es nicht greifen.

»Ja. Ich bin ein wenig nervös. Ich hoffe, dass alles gut läuft heute.«

»Da du es geplant hast, kann es ja nur gut laufen.« Ein Zwinkern und er geht von dannen.

»Aufgepasst, Dina!«, sagt Sandra zu mir. Da ich gerade nichts in meiner Hand habe, was runterfallen könnte, bin ich ein wenig verwirrt. »Was genau meinst du?«

»Michael.«

Zum Nachfragen komme ich nicht, da mein Telefon klingelt.

Eine Stunde später stehe ich auf dem großen Innenhof und helfe, die Wimpelketten aufzuhängen. Eine meiner Sparmaßnahmen. Die Ateliergruppen haben in der letzten Woche genäht wie verrückt und aus Stoffresten wunderschöne, bunte Girlanden hergestellt.

Eigentlich hätte ich früher daraufkommen können,

aber ich lerne immer noch all die Ressourcen von *Mit-Mensch* kennen.

Es wird außerdem noch einen kleinen Verkaufsstand geben, der die Eigenproduktionen zeigt und natürlich auch zum Verkauf anbietet. Einer der Bewohner ist leidenschaftlicher Zauberer und wird seine Künste im Nachmittagsprogramm vorstellen. Die hauseigene Band wird ebenfalls ihr Können unter Beweis stellen. Ich freue mich auf den bunten Nachmittag und kann das Dauergrinsen nicht abstellen.

Jan arbeitet derweil fleißig mit in der Küche und ist hellauf begeistert von dem Personal. Sie bereiten kleine Snacks, Salate, Kuchen und die Grilllade für den Abend vor. Bisher hatte er nur eine kurze Verschnaufpause, die er vollständig dafür genutzt hat, über die Arbeit zu schwärmen. In der letzten Zeit habe ich ihn oft müde und ausgelaugt erlebt. Heute sprüht er geradezu vor Energie.

Mit einem Kaffee in der Hand gehe ich zurück zum Innenhof und beobachte kurz Michael, der lächelnd vor Ulrike steht und sich ihre Ausführungen über die schönsten Haargummis anhört. Ulrike ist zehn Jahre alt und sitzt seit einem Verkehrsunfall im Rollstuhl. Sie ist ein wundervolles, fröhliches und vor Energie sprühendes Kind. Sie lebt unter der Woche im Internat und geht auch hier zur Schule. In den Pausen flitzt sie mit ihrem Rollstuhl durch die Gänge und über den Hof. Beinahe jeder hier ist schon mal mit ihr zusammengestoßen.

Ich nehme mir kurz die Zeit, um mir Michael genauer anzuschauen. Reine Feldstudie natürlich. Er ist nicht besonders groß und hat trotzdem einen imposanten Körperbau. Breite Schultern, kräftige Arme. Kein Ansatz von einem Bauch. In dem Poloshirt sieht er gut aus. Dennoch, er ist mir zu glatt. Die Haare immer ordentlich nach hinten gelegt. Anzughosen. Weiße Hemden oder Poloshirts. Spitz zulaufende Schuhe, auf Hochglanz poliert. Ein Wirtschaftsheini durch und durch. Nicht mein Typ. Feldstudie abgeschlossen.

Leider lenke ich meinen Blick nicht schnell genug von Michael ab. Seine blauen Augen sind auf mich gerichtet. Das eben noch unschuldige Lächeln, welches er Ulrike geschenkt hat, verwandelt sich. Mir wird klar, was Sandra vorhin meinte. Ich sollte auf mich aufpassen. Zum Glück habe ich in nächster Zeit keine Projekte, bei denen ich mit ihm zusammenarbeiten muss. Ich hoffe sehr, dass das seinen Jagdinstinkt erlöschen lässt. Ohne auf seine Mimik zu reagieren, drehe ich mich weg und widme mich meiner Arbeit.

Als alles vorbereitet ist, hole ich meine Kamera aus dem Auto. Ich freue mich wie ein kleines Kind, so eine große Veranstaltung fotografieren zu können.

Immer mehr Menschen füllen den Platz und sehen sich um. Es liegt in vielen Augen eine gewisse Scheu. Als würden sie nichts Falsches sehen wollen. Bloß nicht zu genau hinschauen oder gar starren. Angehörige, Bekannte und Freunde der Bewohner und Angestellten gesellen sich zu uns. Sie bringen eine lockere und natürliche Stimmung mit, die auch die *Fremden* entspannt.

Meine Kamera gibt unablässig dieses beruhigende Klicken von sich. Kleine Hände umfassen mich von hinten und drücken meinen Bauch. Es ist Paul, der mich erschrecken wollte. Hat er nicht geschafft. Ich habe ihn schon von Weitem gesehen und mit der Kamera seinen Anschleichversuch dokumentiert. Trotzdem tue ich ihm den Gefallen und gebe einen Schreckenslaut von mir. Er freut sich über seinen offensichtlich gelungenen Plan.

Aufgeregt erzählt er, was und wen er alles schon gesehen hat. Sein Lächeln reicht über beide Ohren und verbreitert sich noch, als Jan zu uns stößt.

»Darf ich bitte mit in die Küche?«, bettelt er geradezu.

»Da muss ich erst den Chef fragen.«

»Aber ich dachte, du bist der Chef?«, fragt Paul verwirrt.

»Hier nicht, Paul. Doch ich bin sicher, wenn du ihn selber fragst, kann er gar nicht nein sagen.«

Gesagt, getan. Paul und Jan sind unterwegs in die

Küche und ich suche zwischen den Menschen meine Mutter und die zwei Mädels. Es dauert nicht lang, bis ich fündig werde. Sie sitzen mit Ulrike im Schatten und tauschen sich über Haarmode aus.

Es werden wunderschöne Bilder. Drei Mädchen, die plaudern und lachen. Glänzende Augen. Glückliche Gesichter. Ein Traum für jeden Fotografen.

Natürlich gehört es auch zu meinem Job, unseren Geschäftsleiter mit allerhand Leuten zu fotografieren. Eines muss man Michael lassen. Lächeln kann er auf Knopfdruck. Und wenn man ihn nicht kennt, könnte man meinen, jedes Lächeln wäre ernst gemeint. Doch wer ein bisschen genauer hinsieht, bemerkt, dass sich zwar seine Lippen nach oben ziehen, doch seine Augen bleiben kühl.

Irgendwann wollen meine Beine mich nicht länger tragen und ich setze mich ein wenig abseits von der Menschenmenge.

»Ich habe dich überall gesucht, meine Schöne.«

Samt und Seide. Ich liebe seine Stimme so sehr. Zwei Hände landen auf meinen Schultern und massieren sie sanft. Ich kann gar nicht anders, als meine Augen zu schließen.

»Wie läuft es bei dir?«, will ich von Jan wissen.

»Es ist toll! Und du müsstest Paul sehen. Er steht neben Peter und erklärt ihm haarklein, wie man seine Spezial-Salatsoße macht.« Auch wenn ich Jans Gesicht nicht sehen kann. Ich höre sein Lächeln in jedem Wort. Es bedeutet Liebe. Liebe für mein Kind. Eilig zwinkere ich ein paar Mal, damit die Tränen in meinen Augen bleiben und nicht verräterisch über meine Wangen rollen. Es bedeutet mir so unendlich viel. Doch in das warme Gefühl schleicht sich Wehmut. Wehmut, dass Paul die Erfahrung nicht mit seinem Papa machen kann. Ein Gefühl, was mich sicher noch lange begleiten wird.

»Und Peter schreibt sich alles auf?«

»Und ob.«

Peter ist ein Kochazubi. Er hat eine Autismus-Spektrum-Störung. Keine Ahnung, was das bedeutet. Was ich weiß, ist, dass es ihn veranlasst, jedes Rezept grammgenau aufzuschreiben und genau so auch zuzubereiten. Er treibt seinen Ausbilder Stefan damit zum Wahnsinn. Denn Peter wiegt selbst Salz ab. Eine Mengenangabe wie *»eine Messerspitze«* gibt es für ihn nicht. Schließlich existieren so viele Messer in den unterschiedlichsten Formen und Größen. Somit ist jede Messerspitze anders und hat damit auch ein anderes Gewicht. Klar so weit?! Am Anfang musste ich darüber schmunzeln, so wie ihr jetzt gerade. Oder?

Als ich Peter jedoch einmal erlebt habe, wie er verzweifelt und ich meine *wirklich* verzweifelt versucht hat, das Gewicht von einer Prise Pfeffer zu bestimmen, ist mir das Lachen vergangen. Er hat sich so aufgeregt, dass sein Chef ihn nach Hause geschickt hat. Es war der Tag, als sich Peter im Internet eine Waage bestellt hat, die sogar Milligramm wiegt. Seither herrscht wieder Frieden in der Küche.

Das Schöne ist, Peter weiß um seine *»Marotte«* und scherzt darüber. Also ist nicht jedes Schmunzeln verboten, man muss ihn nur ein wenig kennen, damit man nicht einen Moment erwischt, in dem es für ihn eine Qual ist. Ein kleines Kunststück, das mit etwas Empathie nicht unlösbar ist.

Eigentlich arbeite ich noch gar nicht so lange hier und trotzdem habe ich das Gefühl, als würde ich es schon Jahre kennen. Nur der verwinkelte Bau der Wohnhäuser macht mir immer noch zu schaffen. Plötzlich kommt mir ein Gedanke.

»Könntest du dir vorstellen, einen Menschen mit einer Beeinträchtigung in deinem Restaurant einzustellen?«

Jans Hände verlassen meine Schultern. Er setzt sich neben mich und schaut mich mit offenem Blick an.

»Das habe ich mich heute auch schon gefragt. Spontan würde ich *»Ja!«* sagen. Wenn ich länger darüber nachdenke, muss ich ehrlich sagen, dass ich keine Ahnung habe, was da alles dazugehört.«

»Du meinst von den Räumlichkeiten her?«

»Das ist wahrscheinlich das kleinere Problem. Ich sehe das Küchenteam hier und das im Leh Muh. Du weißt, ich mag mein Team. Sehr sogar. Aber ich bin sicher, dass sie überfordert wären. Und ich habe keine Ahnung, ob ich es mir zutrauen würde, jemanden, wie zum Beispiel Peter anzulernen.«

»Danke, dass du so offen bist!«

»Was sollte ich denn sonst sein? Was bringt es denn »Ja« zu sagen, nur um etwas *Gutes* zu tun, was ich dann doch nicht leisten könnte, weil mir vielleicht die Mittel und/oder das Wissen dazu fehlen. Wem würde ich denn damit einen Gefallen tun? Niemandem. Ich hätte mir eine Aufgabe aufgebürdet, die ich nicht lösen könnte. Und dann hätte ich noch einen neuen Mitarbeiter, dem es dabei nicht gut gehen würde, weil er vielleicht unter- oder überfordert wäre, nicht ins Team fände oder dem Arbeitsdruck nicht gewachsen wäre. So etwas muss schon wirklich gut überlegt sein.«

»Wow. Das nenne ich mal Weitblick!«

»Ich kann halt mehr als gut aussehen.« Braune Augen funkeln mich spielerisch an. Bevor ich irgendetwas darauf erwidern kann, landen Jans Lippen auf meinen und bringen mich fast um den Verstand. Ich muss mir immer wieder ins Gedächtnis rufen, dass wir hier in der Öffentlichkeit sind und ich jetzt nicht über ihn herfallen kann wie eine rollige Katze. Eilig schiebe ich ihn von mir. »Okay. Küssen kannst du auch«, sage ich atemlos.

Ein tiefes Lachen dringt aus Jans Mund und lässt seinen Körper beben. »Na, dann habe ich ja mein Ziel erreicht«, lässt er mich fröhlich wissen.

Als der Nachmittag in den Abend übergeht, wäre es Zeit für das Feuerwerk. Doch die Sparmaßnahmen haben es gnadenlos aus dem Programm geschmissen. Ich musste nicht lange überlegen, was stattdessen stattfinden könnte.

Unzählige mit Helium gefüllte Ballons werden auf den Innenhof gebracht. Kleine Zettel baumeln an den Enden. Jeder Besucher bekommt einen Ballon. Auch hier wurde ich intern unterstützt. Wir haben eine Druckerei! Wahnsinn, oder? Man kann T-Shirts, Taschen, Gläser und eben auch Luftballons bedrucken lassen. Ich habe die Druckerei gebeten, das Institutionslogo darauf zu drucken. Auf den Zetteln steht ein einfacher Satz:

»Ich wünsche dir ...«

Jeder, der so einen Zettel mit oder ohne Ballon bekommt, kann also einen kleinen Wunsch versenden. Vielleicht ein wenig kitschig, doch ich finde den Gedanken schön. Sandra ist auf die Idee gekommen und hat sich direkt drei Ballons geschnappt und kritzelt zufrieden aussehend, ihre Wünsche an eine fremde Person darauf.

Jan

Ich sehe das Unheil nahen, bevor ich es verhindern kann. Meine Eltern steuern geradewegs auf Dina zu. Mit Schaudern denke ich noch an die Begegnung bei der Schuleinführung. Verdammt. Aber ich kann jetzt nicht weg vom Grill. Was auch immer sie zu Dina sagen, es scheint nicht so schlimm zu sein wie erwartet. Nickende Köpfe und ihre Wege trennen sich wieder. Ich bin gespannt, was das zu bedeuten hat.

»Jan.« Jupp, mein wortgewandter Vater.

»Hi, Paps. Gefällt es euch?« Ein Nicken als Antwort. Aufschlussreich.

»Wo wir schon mal plaudern …« Das Grinsen kann ich mir nicht verkneifen. Mein Vater hat definitiv eine andere Definition von Plaudern als ich, »Wir haben uns mit Dina verabredet. Ihr kommt nächstes Wochenende zum Abendessen. Mit den Kindern.«

Mein Gesicht fällt zusammen. Ich wusste ja, dass der Tag kommen wird. Aber ich habe wirklich gehofft, dass das nicht so zeitnah geschieht. Scheiße. Eine Woche, um Dina auf die Inquisition vorzubereiten. Ich erinnere mich wieder an meine schauspielerischen Fähigkeiten und rücke meine Mimik zurecht.

»Na klar. Wann sollen wir da sein, Paps?«

»Um zwölf. Und deine Mutter würde sich sehr freuen, wenn sie sich nicht um den Nachtisch kümmern müsste. Vielleicht kann ja Dina etwas mitbringen.«

Gesagt. Gegangen. Das ist mein Vater. Ich muss ihn liebhaben.

Ich weiß, warum Dina etwas mitbringen soll. Fehlersuche. Sie wollen sie an mir messen. Das haben sie mit all meinen Ex-Freundinnen gemacht. Medina war die

Einzige, die nicht durchgefallen ist. Sie ist in die nächste Bäckerei gegangen und hat eine hausgemachte Schwarzwälder Kirschtorte gekauft. Meine Mutter schwärmt heute noch davon. Nur leider hat Medina damit die Messlatte unerreichbar hochgelegt. Verdammt.

Am späten Abend eines verdammt langen Tages fallen Dina und ich tot ins Bett. Keiner meiner Muskeln will noch auf mich hören. Selbst das Zudecken ist ein ungeahnter Kraftakt. Zum Glück habe ich mir morgen freigenommen. Allein der Gedanke, stundenlang in der Küche zu stehen und anschließend noch im Büro zu sitzen, um Bestellungen zu machen, ist furchterregend.

Der nächste Morgen begrüßt uns mit grauen Wolken und dicken Regentropfen, die an die Fensterscheiben klatschen. Dina liegt zusammengerollt auf der Seite. Vorsichtig schmiege ich mich an sie. Dabei kommt ihr Hintern mir entgegen. Sie drückt ihn an mein bestes Stück. Ein besseres Gefühl am Sonntagmorgen kann man gar nicht haben. Ich habe keine Ahnung, wie spät es ist. Es ist still im Haus, also scheinen die Kinder noch zu schlafen. Gute Voraussetzungen, um den Sonntag mit Sex zu beginnen.

Allein der Gedanke daran lässt mich hart werden. Ich schiebe ihr die Haare aus dem Nacken und küsse sie ganz zart. Ein wohliges Seufzen verlässt ihre Lippen.

»Guten Morgen«, nuschelt sie und presst sich noch ein wenig enger an mich. Wahnsinn, wie gut sich diese Frau anfühlt.

»Da will anscheinend noch einer *»Guten Morgen«* sagen« Und schon schiebt sich ihre Hand in meine Shorts. Mit ihren Fingerspitzen verteilt sie die kleinen Lusttropfen über meinen Schwanz und reibt aufreizend langsam. Okay, Jan. Durchatmen, sonst ist das hier schneller vorbei, als es mir lieb wäre.

»Und? Was kannst du noch außer gut aussehen?!« Dina sieht mich über ihre Schulter hinweg an. Ein freches Grinsen liegt auf ihren Lippen.

»Du willst spielen?« Noch bevor sie antworten kann, bin ich über ihr. Meine Hände halten ihre über den Kopf zusammen. Meine Lippen treffen auf ihre heiße Haut am Hals.

Im Augenwinkel kann ich sehen, wie Dina sich auf die Lippen beißt. Sie hebt ihr Becken gegen meines. Schamlos reibe ich mich an ihr. Ich muss meine Haltung aufgeben, um die lästige Kleidung loszuwerden. Kaum, dass ich Dina loslasse, schlingen sich ihre Hände um meinen Nacken. Beinahe grob zieht sie mich zu sich. Der Biss in meine Unterlippe lässt mich stöhnen. Ich will sie. Sofort.

Unsere Kleidung fliegt quer durch den Raum. Ich nehme mir einen kurzen Moment, um Dina zu betrachten. Sie sieht so wunderschön aus. Ihre geröteten Wangen, das Funkeln in den Augen, ihre weiche Haut. Die Feuchtigkeit, die zwischen ihren Beinen glänzt. Ich brauche einen Moment zu lang. Dina wird ungeduldig. Sie drückt mich unter sich. Wow. Die Perspektive ist noch besser. Sie lässt sich langsam auf mich sinken. Nimmt jeden Zentimeter in sich auf. Ihr Kopf liegt im Nacken, die Lippen sind leicht geöffnet. Shit. Tief durchatmen, Selbstbeherrschung zusammenkratzen und auf gar keinen Fall jetzt schon kommen. Kaum fühle ich ihre warme, weiche Enge, beginnt Dina sich zu bewegen. Langsam kreist ihr Becken. Ihre Hände stützen sich auf meinem Bauch ab. Okay. Ich habe genug gespielt. Fertig mit Zurückhaltung. Ich will ...

Ich kann nicht einmal diesen Gedanken zu Ende bringen, da dringt ein ohrenbetäubender Lärm durch das Haus.

Bevor ich begreife, was das ist, ist Dina schon aufgesprungen und rennt aus dem Schlafzimmer.

Scheiße. Die Feuermelder. Ich renne ihr nach. Die Treppe nach unten, dem dichten Rauch entgegen. In der Küche kann ich fast nichts erkennen.

»Mama?« Das ist Paul.

»Schatz. Leg dich auf den Boden, ich bin gleich bei dir.«

Ich höre, wie Dina sich durch die Küche bewegt. Ich sehe nirgends Flammen. Das beruhigt mich sehr. Im Licht kann ich nur ihre Umrisse erkennen.

»Mama?« Louisa und Luna kommen die Treppe nach unten gestürmt.

»Luna! Louisa! Geht raus in den Garten.« Beide starren mich einen Moment an, bevor sie über die Terrasse nach draußen laufen. Ich öffne alle Fenster im unteren Stockwerk, stelle die Feuermelder ab und gehe wieder in die Küche.

Paul sitzt auf Dinas Schoß und weint. Der dichte Rauch löst sich weiter auf. Ich muss einen Moment überlegen, was falsch an dem Bild ist, dass ich vor mir sehe. Erst das Lachen hinter mir lässt auch den letzten Groschen fallen.

»Papa. Ich kann deinen nackigen Hintern sehen.«

Mist. So wie Dina die Worte von Luna hört, schießt ihr Kopf in die Höhe. Unsere Blicke treffen sich. Ich sehe die Gedanken, die ihr durch den Kopf gehen. Ich teile sie. Weinen oder Lachen? Jetzt hat auch Paul gemerkt, dass irgendetwas anders ist als sonst. »Warum hast du keine Sachen an, Mama?«

Tja.

»Jan. Ich kann deinen Puller sehen.«

Oh, verdammt. Da war ja was. Ich halte mir zu, was alle schon gesehen haben.

»Öhm. Ich glaube, ich gehe mir mal schnell was anziehen.«

Ich sehe noch Dinas neidischen Blick. Sie sitzt noch immer mit Paul am Boden. Nackt. Okay. Lachen. Definitiv lachen.

»Hör auf so dreckig zu lachen und schwing dein Hintern wieder hier her«, ruft mir Dina nach.

Vollständig bekleidet und mit einem Bademantel für Dina in der Hand, komme ich zurück in die Küche. Erst jetzt habe ich Zeit mich umzusehen. Der Tisch ist für das Frühstück gedeckt. Nutella, Obst, Saft und ein großer Berg Pfannkuchen. Das Corpus Delicti, wie mir scheint. Auf dem Herd steht noch immer die dampfende, verkohlte Pfanne.

Dina ist dankbar für den Bademantel und Paul scheint sich vorerst beruhigt zu haben. Er bemerkt meinen Blick und schaut niedergeschlagen zu Boden.

»Ich wollte für uns Frühstück machen.« Seine Stimme ist nur ein Flüstern.

»Ach, Mensch, Paul.« Dina sieht fast erleichtert aus und ich suche noch nach den richtigen Worten.

»Das Frühstück sieht gut aus.« Louisa will ihren Bruder aufmuntern und beißt in einen der Pfannkuchen. »Mh!«, ist ihre fachmännische Beurteilung.

Auch Luna stopft sich ein großes Stück in den Mund. »Die sind wirklich sehr lecker, Paul!« Der Plan der Mädchen geht auf. Pauls Gesicht wirkt ein bisschen weniger zerknirscht.

»Ich habe ein Drittel der Milch durch Sahne ersetzt.«

Jetzt kann auch ich mich nicht mehr zurückhalten und nehme einen großen Bissen von dem Pfannkuchen auf meinem Teller. »Die Pfannkuchen sind wirklich superlecker!«, bekräftige ich die Aussage von Louisa und Luna.

Trotzdem bin ich auch der Erwachsene … »Paul, wir hatten eigentlich eine Abmachung.«

Sofort fällt das Gesicht des Jungen wieder zusammen. Schuldbewusst schaut er zwischen Dina und mir hin und her.

»Da muss ich Jan recht geben. Ich bin sicher, dass die Pfannkuchen schmecken, aber du weißt, dass du nicht allein an den Herd darfst.«

»Es sollte aber eine Überraschung sein«, verteidigt er sich mutig und leicht trotzig. Ich kann ihn wirklich verstehen. Er wollte etwas Schönes für uns tun. Seine Art, uns ein Geschenk zu machen. Die Mädchen überhäufen uns mit Bildern. Pauls Talent liegt woanders. Dina umarmt ihn und streicht ihm übers Haar. »Und dafür bin ich dir wirklich dankbar, mein Schatz. Trotzdem. Kein Herd ohne einen Erwachsenen im Raum.«

Paul nickt zögerlich.

Ich sehe die vielen »*Aber*« in seinem Gesicht, erkenne dennoch auch die Akzeptanz, dass kein »Aber« etwas nützen würde.

Die Küche ist noch immer verraucht. Draußen zu essen kommt ebenso nicht infrage, da es regnet. Kurzerhand tragen Dina und ich den Tisch in die Stube und genießen das Frühstück dort.

Die Pfannkuchen sind wirklich wahnsinnig gut. Die Idee von einem Brunch, den ich gern über die Wintermonate im Restaurant anbieten würde, erwacht wieder zum Leben. Diese kleinen Leckerbissen wären sicher der Renner.

Ich nehme mir vor, mit meinem Team über die Idee zu reden und sie um ihre Meinung bitten. Schließlich bedeutet ein Brunch, dass wir am Wochenende schon am Morgen öffnen würden, also mehr Arbeit und eventuell längere Schichten. Das will ich ihnen nicht einfach vor die Nase setzen. Wenn ich möchte, dass es funktioniert, dann müssen sie dahinter stehen.

»Jan?« Dina reißt mich aus meinen Gedanken. Amüsiert schaut sie zu mir.

»Ja?« Ich habe wirklich keine Ahnung, um was es gerade ging. Eigentlich hatte ich mir vorgenommen, heute keinen Gedanken an die Arbeit zu verschwenden, die so viel mehr ist als ein einfacher Job. Es ist mein Hobby, das glücklicherweise Geld einbringt.

»Ich habe gefragt, ob du mir mal bitte das Nutella reichen könntest?« Ach so. Gut. Nichts verpasst. Ich schiebe ihr das Glas zu.

»Und Paul wollte wissen, ob er mal mit zu dir mit ins Restaurant kommen kann, um dich in der Küche zu unterstützen?«

Ups. Da ist mir doch ein gewaltiger Teil der Unterhaltung flöten gegangen.

»Das ist leider gar nicht so einfach.«

Ich erkläre den fragenden Gesichtern den deutschen Gesetzesdschungel und die Hygieneauflagen. Und wenn ich »*erklären*« sage, dann meine ich zitieren. Denn erklären würde bedeuten, dass ich alles verstehe. Gut, verstehen tue ich es schon. Aber nachvollziehen kann ich nicht alles davon.

Paul ist enttäuscht.

»Du hast gesagt, dass du mit mir kochst! Aber du bist nie da!«

Autsch. Das hat gesessen. Luna kennt das leider zu gut. Sie ist es gewohnt, dass ich viel arbeite. Vor allem in den Sommermonaten. In ihrem Gesicht sehe ich Zustimmung. Ihr geht es nicht anders als Paul. Und das tut verdammt noch mal weh. Neben dem Schmerz kommt die Erkenntnis ... Ich habe nicht mehr nur ein Kind. Scheiße. Ich habe jetzt drei. Und eine Frau. Eine Familie, die ich die letzten Wochen im Stich gelassen habe. Verdammt. Meine Kinder haben gerade mit der Schule angefangen und ich bin nicht da. Das habe ich gründlich versaut. Das *»Aber«* spar ich mir an dieser Stelle. Denn es ist nonexistent. Familie geht stets vor.

»Du hast recht, Paul. Und es tut mir sehr leid!« Und wie ...

»Was haltet ihr davon, wenn wir in den Herbstferien in einen Freizeitpark fahren? Und ihr dürft bestimmen, in welchen!« Jubelnde Kinder hopsen um den Tisch. Nur Dina sieht nicht ganz so glücklich aus.

Den restlichen Morgen verbringen wir damit, die Küche zu reinigen. An den Möbeln klebt ein unangenehmer Rauchgeruch, der sich nur mit viel Mühe entfernen lässt. Die Kinder spielen mittlerweile zusammen und Dina und ich schrubben uns durch den Raum.

»Ich finde es wunderbar, dass du den Kindern angeboten hast, in den Freizeitpark zu fahren ... « Ich ahne es. Heute macht es ganz den Anschein, als wäre *Aber-Tag.*

»Wir hätten vorher drüber reden sollen. Ich habe zwar Urlaub, aber es ist verdammt kurzfristig. Die Ferien sind in drei Wochen und wir werden nicht die Einzigen sein, die in einen Freizeitpark wollen.«

»Scheiße. Daran hätte ich denken sollen.«

»Besser wäre es gewesen. Wenn wir keinen Platz mehr

im Wunsch-Freizeitpark bekommen, dann darfst du das gerne der Meute klarmachen.« Dina sieht angefressen aus und ich bin es jetzt auch.

»Ich setz mich nachher mit den Zwergen vor den PC und wir buchen gleich heute.« Und bis dahin drücke ich für mich selbst die Daumen, dass wir noch etwas finden werden.

Ich wechsle das Thema und hoffe, dass Dina darauf einsteigt. »Wir sind nächste Woche bei meinen Eltern eingeladen.« Auch kein einfaches Thema. Aber leider unvermeidlich.

»Der Tag hat so schön begonnen. Doch seit drei Stunden läuft es so gar nicht mehr.«

»Doch so schlimm?«

»Sie hassen mich, Jan. Ja, es ist schlimm. Ich habe keine Ahnung, wie ich ihnen gegenübertreten soll.«

Das Folgende wird es nicht besser machen.

»Meine Mutter will, dass du den Nachtisch mitbringst.«

So, Pflaster abgerissen. In Lichtgeschwindigkeit. An Dinas Gesichtsausdruck kann ich erkennen, dass es trotzdem ganz schön wehtut.

»Ich weiß, das ist nicht einfach zu verstehen. Sie wollen mich beschützen. Sie wissen nicht, wie das auf andere wirkt. Und glaub mir, ich habe es so oft versucht, ihnen zu erklären. Doch gegen das schlechte Gewissen komme ich nicht an.«

»Ich hab's verstanden.«

Ich ziehe Dina in eine Umarmung. Sofort fällt sie mir entgegen. Lässt sich von mir über den Rücken streichen und kuschelt sich noch enger an mich.

»Ich vermisse dich mindestens genauso sehr wie die Kinder«, gesteht sie mir. »Ich wusste ja, dass dich Louisa und Paul mögen, ich hätte nur nicht gedacht, dass sie es so sehr tun.«

»Ist das gut oder schlecht?«

»Eigentlich ist es gut ...«

»Aber?!« Dieses Wort möchte ich nach heute eine lange Zeit nicht mehr hören.

»Ich habe Angst.« Ihre blassblauen Augen treffen meine. Ich sehe die Angst darin klar und deutlich, ich kann sie nur nicht zuordnen.

»Angst wovor?«

Ich bin nicht sicher, ob ich es wissen will. Ich befürchte, dass es schmerzen könnte. Mehr als ein popliges Pflaster.

Dina atmet tief ein. Ich spüre, wie Panik in ihr aufsteigt. Ihr Körper versteift sich unter meiner Berührung. Ich will sie nicht loslassen. Ich habe das Gefühl, das wäre das Falscheste, was ich gerade tun könnte.

»Angst, dass du gehst.«

»Wohin?«

Ich ahne es. Ich weiß es. Ich will es nicht hören. Schmerz durchflutet mich.

»Zu Medina.«

Ich verstehe es. Wirklich! Ich kenne diese Angst, sie ist mir selbst durch den Kopf gewandert. Es ist das Trauma, das zurückbleibt, wenn man schon einmal auf diese Weise verlassen wurde. Ich kann ihr diese Angst nicht nehmen. Wie auch? Es wären leere Versprechen, die zudem noch sehr gefährlich sind. Denn wenn ich es nicht halten kann …

»Schöne. Schau mich an.«

Ihre Stirn liegt in Falten. Die wunderschönen Augen schwimmen in Tränen. So wie meine. »Ich liebe dich.«

»Ich liebe dich auch.«

»Und genau da liegt das Problem.«

»Ja.«

Das Gespräch hat eine Wendung genommen, die ich nicht habe kommen sehen. Früher oder später wäre es so oder so zu solch einem Gespräch gekommen. Wir sind zwei Menschen, die schon einmal zerrissen wurden. Die Narben sind noch so frisch, dass sie glänzend rot auf unseren Herzen prangen. Sie drohen wieder aufzugehen. Dieses Wissen um den Schmerz macht es uns unmöglich, frei zu lieben. Frei von Ängsten. »Und jetzt?«

»Ich habe keine Ahnung. Ich meine, wenn du mich

deinen Eltern offiziell vorstellst, wird es real. Realer als es jetzt schon ist.«

Und das heißt, wir müssen unsere Blase verlassen. Einfach so. Plopp und weg. Wir müssen uns Fragen stellen und Antworten geben, die wir vielleicht selbst noch nicht kennen.

»Was ist, wenn sie mir nie vertrauen können?«

»Das werden sie. Glaub mir.« Zweifelnd schaut mich Dina an. Sie glaubt mir nicht. Ich mir im Übrigen auch nicht. Scheiße. Wenn ich es nicht glauben kann, wie soll es sie dann können?

»Jan?«

Da ist noch mehr. Viel mehr.

»Ja, meine Schöne?«

»Wir müssen darüber reden, was passiert, wenn einer von uns beiden geht.«

»Nicht heute, okay?«

»Nein, nicht okay. Du weißt, wie schnell das gehen kann. Bitte!«

Fuck, sie will heute schon die kleine, bunt-schillernde Blase zum Platzen bringen. »Jetzt?«, letzter Versuch das Unvermeidliche abzuwenden.

»Ja. Die Kinder spielen. Morgen ist Montag und der Alltag frisst uns auf. Also ja. Jetzt.«

Mist. Diese Frau ist hartnäckiger als ein alter Ziegenbock.

»Also gut. Was schwebt dir vor?«

Dina überlegt keine zehn Sekunden. Sie ist ebenfalls eine von der Sorte: *»Lieber schnell das Pflaster abziehen«*.

»Ich will, dass du Paul und Louisa nimmst, wenn ich gehe.«

Gehen. Das klingt, als würde sie wiederkommen können. Kann sie nicht. Wird sie nicht. Gehen. Ich hasse dieses Wort. Es lässt falsche Rückschlüsse ziehen. Aber ich verstehe, dass sie die Worte *Tod und Sterben nicht* aussprechen kann. Da sind wir wieder bei dem Trauma und den frischen, rot glänzenden Narben.

»Warum ich und nicht deine Mutter?«

»Weil meine Mutter nicht jünger wird und ich nicht will, dass sie noch mehr Verluste verarbeiten müssen.«

»Ich würde dir gern Luna anvertrauen. Sie vergöttert dich.«

Abermals schwappen Tränen aus meinen Augen. Die Wahrheit tut gut und ist gleichzeitig schmerzhaft. Ich freue mich für meine Tochter, dass sie in Dina eine Vertraute und Spielkameradin gefunden hat. Und es wird der Tag kommen, an dem sie sie als Mutter akzeptieren wird. Und das ist der Teil, der mich leiden lässt. Medina ist ihre Mama. Ich liebe Dina mehr als ... tja ... Was ist der richtige Vergleich? Ich weiß es nicht. Was ich weiß, ist, dass ich die Frau in meinen Armen liebe. Anders als Medina. Und doch genauso stark.

»Danke, das bedeutet mir viel.« Dinas Kopf liegt auf meiner Brust, ihre Finger ziehen Kreise auf meinem Arm. Es beruhigt mich. Sie beruhigt mich.

»Dir ist klar, dass das nicht einfach so mir nichts, dir nichts geht?« Eigentlich ist es eine Feststellung und keine Frage. Ein zögerliches Nicken streicht mir über die Brust.

»Wir müssen uns da rechtlich ziemlich gut absichern.«

Erneutes Nicken.

»Ich werde mich informieren. So schnell es geht!«, verspricht mir Dina mit fester Stimme.

»Das ist alles andere als ein Lazy-Sunday.« Ebenfalls eine Feststellung.

»Verkrümel dich auf die Couch. Ich mach das hier fertig und dann gibt es Kakao ... mit Schuss«, sagt Dina zwinkernd.

Ich versuche gar nicht erst ihr zu widersprechen. Ich bin müde und mein Körper sehnt sich nach Erholung. Erschöpft lasse ich mich auf das Sofa fallen.

»Papa?« Lunas Gesicht schwebt vor meinem. Breit grinsend sieht sie mich an. Ich bin ganz klar eingeschlafen.

»Ja, Schatz?«

»Dina sagte, ich soll dich wecken. Es gibt Mittag und danach buchen wir den Freizeitpark, okay?«

Erst jetzt steigt mir der Duft von Essen in die Nase. Mhhh.

Das Mittagessen ist lecker. Paul und Dina haben Spaghetti Bolognese zusammen gekocht. Herrlich.

Am Nachmittag schnappe ich mir die Kinder. Zusammen schauen wir uns die verschiedenen Freizeitparks an. Wir haben großes Glück, denn wir ergattern ein Ferienhaus im Playmobil-Land. Der Preis ist exorbitant, aber das ist es mir wert.

Dina

Die Woche vergeht schneller, als mir lieb ist. Bei der Arbeit gehe ich Michael mal besser, mal schlechter aus dem Weg. Ständig sucht er Gründe, um mich in sein Büro zu holen. Seine Mittagspause fällt immer wieder mit meiner zusammen. Ich fühle mich unwohl dabei. Ich weiche seinen eindeutigen Blicken aus und bedanke mich auch nicht länger für die zahlreichen Komplimente. Jedoch scheint nichts davon zu wirken. Im Gegenteil. Michael hat Gefallen daran gefunden.

Einerseits bin ich froh, dass endlich Freitag ist, andererseits graut es mir vor dem Wochenende. Jans Eltern werden mich auseinandernehmen. Da bin ich mir sicher. Außerdem habe ich noch immer keine Idee, was ich zum Nachtisch mitbringen soll.

In meiner Verzweiflung rufe ich Mel an. Die ist leider sehr pragmatisch. Vanilleeis und heiße Himbeeren. Sie sagt, das würde noch jeder mögen. Ich google ein Rezept für Vanilleeis, hole die eingestaubte Eismaschine aus dem Keller und durchwühle meine Schränke nach den passenden Zutaten. Zum Glück habe ich alles zusammen. Die Kinder freuen sich schon auf das Eis und Paul hilft mir tatkräftig.

Neben den klassischen Zutaten macht er ein wenig Basilikum in die Masse und schwört, dass würde gut schmecken. Ist ja auch nicht sein Kopf, der dafür rollen wird …

Angestrengt danke ich ihm für seine Hilfe und hoffe, dass er die Panik in meinen Augen nicht sehen kann.

Die Beeren muss ich morgen noch besorgen. Inständig wünsche ich mir, dass es im September irgendwo die Himbeeren zu kaufen gibt. Allein der Gedanke, mit

Tiefkühlware bei Jans Eltern aufzutauchen, lässt mich in Schweiß ausbrechen.

Jan kommt erst spät nach Hause und ist ziemlich abgekämpft. So wie sein Kopf das Kissen berührt, schläft er auch schon. Ich würde ihn am liebsten wecken und meine Ängste mit ihm teilen, in der Hoffnung, dass er mir sagt, dass alles gut gehen wird. Aber er hat den Schlaf verdient.

Manchmal ist es doof, so eine verständnisvolle Person zu sein wie ich.

Die liebe lange Nacht drehe ich mich hin und her.

Meine Laune ist am nächsten Morgen im Keller. Nein, nicht im Keller. Ich habe mir noch ein Untergeschoss gegraben und genau dort habe ich meine Laune beerdigt. Scheiße. Das kann was werden.

Louisa spürt meine Panik und schleicht den ganzen Vormittag um mich herum, umarmt mich und versucht mich aufzumuntern. Mit mittelmäßigem Erfolg. Aber immerhin. Jan scheint ebenfalls in Panik zu verfallen.

Minütlich kontrolliert er die Konsistenz vom Eis, fragt mich, was ich anziehen möchte, ob ich mich schminken werde. Allmählich geht er mir auf den Keks und genau das lasse ich ihn auch wissen.

»Sorry, Dina. Das ist nicht böse gemeint. Es ist nur ...«

»Es ist nur was?«, frage ich gereizt.

Verlegene Blicke aus schokobraunen Augen.

»Ich bin nicht Medina«, stelle ich trocken fest.

Und schon erreicht sein Blick den Boden. Okay. Das tut weh.

Eilig gehe ich ins Badezimmer und lasse meinen Tränen freien Lauf. Leise klopft es an der Tür, doch ich will nicht öffnen.

Kein Wort könnte mich jetzt beruhigen. Kleine Sterne tanzen durch mein Blickfeld. Ich muss mich daran erinnern zu atmen. Langsam und gleichmäßig, genau wie es mir meine Therapeutin gezeigt hat. Ein. Aus. Ein. Aus. Ich werde ruhiger, mein Herzschlag rauscht mir nicht mehr durch die Ohren. Mein Körper gehört wieder mir. Jetzt kann ich mich Jan stellen. Wir müssen das sofort klären. Wenn wir so zu seinen Eltern fahren, dann haben wir es vermasselt. Und zwar so richtig. Sie würden die angespannte Stimmung zwischen uns spüren, ihre Schlüsse daraus ziehen und könnten mich niemals akzeptieren. Als ich die Tür öffne, steht ein ziemlich angefressener Jan vor mir.

»Tut mir leid.« Ja, das glaube ich ihm sogar.

»Ich weiß. Ich hätte nicht einfach flüchten sollen. Aber das war eklig schmerzhaft.«

Er wird zehn Zentimeter kleiner. Ich ziehe ihn zu mir, kraule seinen Nacken, verteile kleine Küsse auf seinen Lippen, seinem Bart und den Hals entlang. Dieser Mann schmeckt so gut, wie er riecht.

»Vergleich mich bitte nicht mit Medina. Ich bin nicht sie und werde es auch nie sein. Ich bin anders. Trotzdem bin ich es wert, dass man mich mag. Sollten deine Eltern das nicht erkennen, dann ist das ihr Problem. Es wird nur zu unserem, wenn du es zulässt.«

»Ich weiß, dass ich das nicht sollte. Das ist falsch und es tut mir wirklich leid. Ich will, dass sie dich mögen und genau das ist das Problem. Es sollte mir egal sein. Doch das geht nicht. Es sind meine Eltern.« Jan wird Wort für Wort leiser. Er scheint sich für seine Gefühle zu schämen. Zu Unrecht.

»Natürlich sind es deine Eltern und natürlich hast du sie lieb. Aber bitte definiere uns nicht abhängig von ihrer Zustimmung!«

»Ich werde es versuchen.«

Das ist zwar weniger, als ich erwartet habe und trotzdem ist es ein Anfang. »Okay.« Zumindest für diesen Moment. Was danach kommt, wird die Zukunft zeigen.

»Ich gehe mich mal besser anziehen.«

Unschlüssig stehe ich vor meinem Kleiderschrank. Keine Ahnung, was man bei einem ersten offiziellen Zusammentreffen mit seinen Schwiegereltern anzieht. Rock und Bluse? Nein.

Ich gehe ja nicht zu einem Businessmeeting. Jeans? Zu leger? Mist. Gerade wünschte ich mir, dass Luna und Louisa älter wären und mich ein wenig beraten könnten. Na gut. Dann muss meine beste Freundin herhalten. Es dauert eine Weile, bis sie meinen Videoanruf entgegennimmt. Eine völlig zerstörte Mel blickt mir mit geschwollenen Augen entgegen. Ich hake mein Problem als unwichtig ab und kümmere mich lieber um meine Freundin.

»Mel? Geht es dir gut?«

Sofort schluchzt sie los. Immer mehr Tränen quellen aus ihren Augen hervor.

»Süße?«

»Ach, Dina. Das ist doch scheiße. In der Werbung wird nie ein dauerschreiendes Kind gezeigt, dass sich bis zum Kragen bescheißt und hinterher die Milch im hohen Bogen über die Couch kotzt! Warum schlafen und lachen die Babys in der Werbung und auf Fotos und Plakaten nur? Weißt du, wie oft Emilia in ihren ersten Monaten gelacht hat?«

Ich schüttle den Kopf und ahne bereits, dass die Antwort eher niederschmetternd sein wird.

»Ehrlich gesagt, habe ich keine Ahnung. Wir haben alles ausprobiert.

Physio, Homöopathie, Craniosac-Irgendetwas-Therapie, Kinderarzt, Autofahren, stundenlanges Laufen. Und das Ergebnis ist immer das Gleiche. Für den Moment ist es gut. Aber scheiße, es hört einfach nicht auf. Dina, hört das irgendwann auf?« Ihre Stimme ist flehend und sie tut mir unglaublich leid.

»Süße, es wird aufhören. Glaub mir, auch wenn dir das gerade sehr schwerfällt. Kann ich dir irgendwie helfen?«

Mels Augen huschen durch den Raum.

»Eigentlich will ich nur eines: duschen.«

Oh, ja. Das Bedürfnis nach einer Dusche in Ruhe. Ohne hetzen, mit Shampoo und Conditioner.

»Okay, Süße. Schaffst du es noch einen Tag?«

Tapfer nickt Mel in die Kamera.

»Ich komme morgen direkt nach dem Frühstück und hole Emilia ab. Ich bringe sie dir erst am Mittag wieder. Mach mir eine Flasche oder zwei parat und um den Rest musst du dir keine Gedanken machen. Okay?«

»Ich liebe dich. Weißt du das?«

Ja, Schlafmangel macht einen sehr sentimental.

»Das weiß ich! Bis morgen, Mel!«

Oh, Mann. Dieser Tag ist jetzt schon nervenaufreibend, dabei ist das eigentliche Ereignis noch nicht mal gelaufen.

Ich ziehe aus dem Kleiderschrank, was gerade vorne hängt und schminke mich eilig. Luna, Louisa, Paul und Jan warten bereits auf mich. Luna und Louisa haben wunderschöne Flechtfrisuren und Pauls Haare stehen niedlich verstrubbelt von seinem Kopf ab. »Habt ihr das selber gemacht?«

Luna schaut zu Jan und lächelt ihn an.

»Papa ist ein echter Haarkünstler.«

Verlegen kratzt dieser sich am Nacken.

»Naja, man lernt dazu, wenn man ein Mädchen mit langen Haaren und einer Vorliebe für bunte Haarspangen zu Hause hat.«

Ich traue Jan vieles zu, doch damit habe ich nicht gerechnet. Ich drücke ihm einen Kuss auf die Lippen. »Du bist ein toller Papa.«

Die Autofahrt zu seinen Eltern verbringen wir schweigend. Zumindest Jan und ich. Die Kinder unterhalten sich über ihre Deutschlehrerin, die ziemlich streng zu sein scheint.

Ich bin nervös. Sehr nervös. Jan streicht mir die ganze Zeit beruhigend über meinen Oberschenkel. Leider ist die Fahrt zu schnell vorbei. Schade, ich hatte gehofft, dass es weiter weg ist.

Susanne und Andreas stehen schon im Türrahmen.

Einmal noch tief durchatmen, Lächeln ins Gesicht schmieren und los. Louisa und Paul stehen schüchtern hinter mir. Mit neutralen Gesichtsausdrücken werden wir gescannt. Jan durchbricht das Schweigen und umarmt seine Eltern herzlich. Auch Luna freut sich, Oma und Opa zu sehen. Sie stürmt an ihnen vorbei. »Oma, hast du Kekse da?«

»Sicher, mein Schatz, du weißt ja, wo sie sind«, sagt Susanne zu ihrer Enkelin ohne ihren Blick von uns zu nehmen.

»Wollt ihr auch einen Keks?« Louisa und Paul schauen mich an und warten auf meine Reaktion. Ich nicke zustimmend. Trotzdem laufen die beiden nur zögerlich in die Wohnung. Andreas reicht mir zuerst seine Hand.

»Hallo, Dina, nett dich kennenzulernen.« Ich traue seinen Worten nicht ganz, trotzdem … »Ja, ich freue mich auch!«

Hui. Die ersten zwei Sätze dieses Besuches sind schon mal die reinste Lüge. Nach dieser steifen Begrüßung verlassen wir endlich den Hausflur. Das Eis landet nach einem kritischen Blick im Tiefkühler. Zu meinem allergrößten Glück, konnte ich frische Himbeeren ergattern, die jetzt im Kühlschrank verschwinden.

»Ich hoffe, ihr habt Hunger mitgebracht! Es gibt Nudelsuppe.«

Mist. Meine Kinder essen vieles. Aber Suppe gehört leider nicht dazu. Paul sieht mich hilflos an und ich habe keine Ahnung, was ich dazu sagen soll.

»Was ist los?«, flüstert mir Jan ins Ohr.

»Paul und Louisa essen keine Suppe.«

Jans Blick kann ich eindeutig Panik entnehmen. Das beruhigt mich nicht im Mindesten. Scheiße. Ich wusste, es könnte eine Katastrophe werden. Ich hatte nur gehofft, dass wir die ersten fünf Minuten ohne überstehen. Verlegen räuspere ich mich. »Danke, Susanne, für deine Mühe …«, weiter komme ich gar nicht. Ihr Kopf schnellt zu mir.

»Aber?« Ein langgedehntes Aber. Oje. Genau jetzt erhoffe ich mir Schützenhilfe von Jan. Doch der ist zur Salzsäule erstarrt. Okay Dina. Ganz ruhig. Das ist nicht das erste Mal, dass du dich für deine Kinder einsetzt und es wird auch nicht das letzte Mal sein.

»Louisa und Paul essen keine Suppe.« So. Es ist raus. Eine hochgezogene Augenbraue und vernichtende Blicke treffen mich. Game Over. Super.

»Soso. Keine Suppe also. Dann haben wir wohl ein Problem. Jan weiß eigentlich, dass samstags Suppentag ist.« Jetzt treffen die strafenden Blicke ihren Sohn.

»Mam, das ist doch eigentlich kein Problem und ehrlich gesagt, habe ich nicht daran gedacht, dass heute Suppentag ist.«

Zum Glück ist Jan aus seiner Starre erlöst und unterstützt mich. »Ich kann doch schnell eine Kleinigkeit für die beiden zaubern«, schlägt er vor.

»Ach, ja. Und woher willst du diese Kleinigkeit nehmen?«

»Susanne!«, donnert es von der Seite. Andreas stand die ganze Zeit nichtssagend hinter uns.

»Jetzt hör aber mal auf. Die Kinder haben nicht gern Suppe. Na und? Hol die Lasagne aus dem Tiefkühler und das Problem ist gelöst.« Mit Unterstützung von Andreas hätte ich nicht gerechnet. Dankbar schaue ich ihn an, was er mit einem Lächeln quittiert. Vielleicht war seine Begrüßung ernst gemeint.

»Und jetzt kommt erst mal richtig rein.«

Wir legen unsere Jacken und Schuhe ab und gehen zusammen ins Wohnzimmer. Andreas bringt Kaffee und Apfelschorle, während Susanne uns steif gegenübersitzt. Mindestens genauso steif sitzen Paul und Louisa neben mir und halten Kekse in der Hand. Keiner von beiden traut sich davon abzubeißen. Nur Luna lümmelt auf dem Sessel und schiebt sich einen Keks nach dem anderen in den Mund. Ich wette, Louisa und Paul spüren die flimmernde Anspannung im Raum. Wieder ist es Andreas, der das Wort ergreift und damit versucht, das zentimeterdicke Eis zu brechen.

»Dina, erzählen Sie mal von sich. Was Sie arbeiten, wissen wir schon. Und ganz nebenbei, dass Sommerfest war sehr schön. Das war sicher eine intensive Planung.«

Jan sieht staunend seinen Vater an. Ich habe keine Ahnung, was gerade in seinem Kopf vorgeht. Seinen Blicken nach zu urteilen, hat er nicht damit gerechnet, dass Andreas so friedlich sein wird.

»Ähm. Ja. Die Planung war sehr anstrengend. Das

Budget war eher begrenzt. Ich glaube, es ist trotzdem ganz schön geworden.«

»Das ist es wirklich. Oder Susanne?«

Diese nickt und mustert mich weiter mit intensiven Blicken. Ich komme mir nackt vor. Nicht im physischen Sinne. Sie sieht mich an, als würde sie meine dunkelsten Geheimnisse finden wollen. Nur gibt es da keine. Wirklich nicht. Keine Leichen im Keller. Keine Fetische. Nur ich.

»Was wollen Sie noch wissen?«

Ich begebe mich selbst in ein Verhör. Aber wenn sie mich nicht mögen sollten, dann würde ich das gern so schnell wie möglich wissen.

»Nun, zuerst möchte ich nicht mehr gesiezt werden. Bitte sag Andreas. Ich nehme an, dass du uns länger erhalten bleibst, also lassen wir doch das Förmliche.«

Wow. Dieser Mann haut mich um.

»Sehr gern!« Und dieses Mal meine ich es ernst. Andreas ist mir sehr sympathisch. Vielleicht nicht auf den ersten Blick, aber durchaus auf den zweiten.

Er schaut zwischen Jan und mir hin und her. Mit einem zufriedenen Gesichtsausdruck lehnt er sich ein Stück zurück und wir unterhalten uns über alles Mögliche. Meine Kinder entspannen sich neben mir. Eilig verschwinden die Kekse in ihrem Mund. Mit flinken Fingern greifen sie sich neue.

Das Essen verläuft etwas holprig, was mehr an Susannes strafenden Blicken liegt als an Andreas' Versuchen, die Stimmung zwischen seiner Frau und uns aufzulockern. Als es auf den Nachtisch zugeht, werde ich schlagartig wieder nervös.

Der Einzige, der strahlt, ist Paul. Voller stolz erzählt er, wie er mir geholfen hat und dass es eine Geheimzutat gibt.

Susanne schaut kritisch in ihr Eis und pikst die kleinen grünen Blätter vom Basilikum an.

»Aha«, ist ihr einziger Kommentar.

Jan ist der Erste, der sich mutig den Löffel in den Mund schiebt. Genüsslich leckt er ihn ab und schaut stolz zu Paul.

»Paul, das schmeckt fabelhaft!«

»Vielleicht verrate ich dir, was die Geheimzutat ist«, sagt dieser mit einem verschmitzten Lächeln.

»Das hoffe ich doch sehr!«

Motiviert durch Jans positives Feedback traut sich auch Susanne, den Löffel mit dem Eis in den Mund zu nehmen.

»Gar nicht so schlecht.« Mehr kann ich nicht erwarten. Ich bin glücklich mit dieser Antwort. Warum? Weil mein Sohn sich über dieses Kompliment freut.

Nach dem Dessert stürmen die Kinder in Lunas Zimmer. Da sie bisher viel Zeit bei ihren Großeltern verbracht hat, haben diese ihr ein eigenes Reich eingerichtet. Vielleicht ist das auch der Grund für Susannes offensichtlicher Abneigung mir gegenüber? Ich habe ihr ihre Enkelin weggenommen.

Während wir die Kinder spielen hören, hat sich über unsere Runde Schweigen gelegt. Die Stimmung gewinnt wieder an Spannung. Ich möchte am liebsten mit den Kindern am Boden sitzen und *Pitsch Patsch Pinguin* spielen.

Stattdessen sitze ich hier. Alle schauen überall hin, nur nicht zu jemand anderem.

»Also, Dina. Was ist es, dass Sie an Jan interessiert?« Susanne scheint den Small Talk leid zu haben. Ich verstehe ihre Beweggründe und doch fühle ich mich mehr als unwohl.

»Es ist Jan, der mich an Jan interessiert.« Besser kann ich es nicht erklären. Was soll ich schon sagen? Es würde ihr doch nicht gerecht werden. Ihr fragender Blick begegnet meinem.

»Egal was ich sage, du würdest es mir doch nur falsch auslegen.«

Jan legt seine Hand schwer auf meinen Oberschenkel. Ja, er hat seine Eltern lieb, aber das heißt nicht, dass ich nicht ich sein darf. Während Andreas mich anerkennend ansieht, ernte ich missbilligende Blicke von Susanne. Einen von beiden habe ich definitiv schon auf meiner Seite. Und das freut mich ungemein. Jan entspannt sich neben mir. Seine Hand krampft sich nicht länger in meinen Oberschenkel, auch sein Seitenprofil sieht entspannter aus. Ich atme einmal tief durch und wappne mich gegen den nächsten Sturm unangenehmer Fragen.

»Dann darf ich davon ausgehen, dass es nicht sein Geld oder sein Bekanntheitsstatus ist, der dich interessiert.«

Neben mir lacht Jan laut auf. Es ist kein heiteres Lachen. Es klingt höhnisch und ich würde am liebsten im Erdboden versinken. Ab hier geht es nicht mehr länger um mich. Jan funkelt seine Mutter an.

»Welche Bekanntheit, Mam? Die fünf Leute, die mich alle Jubeljahre mal erkennen. Das ist schon längst Vergangenheit. Ehrlich Mam, deine Fragerei ist unnötig. Bis vor Kurzem wusste Dina nichts von meiner Vergangenheit und meinem finanziellen Status. Wobei selbst das hochgegriffen ist. Ich kann mich nicht zur Ruhe setzen und mir eine schmucke Insel kaufen, dafür würde es sicher nicht reichen.«

Susanne versteift ihre Körperhaltung, wobei sie sehr gequält aussieht. Ich fühle mich fehl am Platz und doch bin ich genau richtig hier. Jetzt bin ich diejenige, die ihre Hand beruhigend auf seinen Oberschenkel legt. Ein kurzes Lächeln huscht zu mir.

»Mam. Ich weiß, dass du dich unglaublich schuldig fühlst, dass du denkst, du hast etwas falsch gemacht. Ja, du hast einiges übersehen oder wolltest es nicht sehen. Aber das ist Vergangenheit. Es geht mir verdammt noch mal gut! Ich will mit dem Mist abschließen. Aber das kann ich nur, wenn du dir endlich verzeihen kannst!«

Jan hat Tränen in den Augen, seine Stimme zittert. Beruhigend streiche ich ihm über den Rücken. Sein ganzer Körper bebt. Ich fühle sein Herz wie verrückt schlagen. Keine Ahnung, wie lange er die Worte schon mit sich herumträgt, bevor sie jetzt aus ihm geplatzt sind. Seine warmen Augen treffen auf meine. Ein scheues Lächeln ziert sein Gesicht.

»Ich liebe Dina. Ich will eine Zukunft mit ihr. Ich will, dass du dich für mich freuen kannst.« Er spricht die Worte zu mir, aber die Botschaft gilt seiner Mutter. Im Augenwinkel sehe ich, wie Susanne aufsteht. Ohne ein Wort verlässt sie den Raum. Kurz darauf fällt die Wohnungstür ins Schloss. Andreas sitzt uns kopfschüttelnd gegenüber. »Gib ihr Zeit, Jan.«

»Wie viel denn noch, Paps? Ich habe ihr Jahre gegeben!«

»So viel sie eben braucht! Auch wenn es noch viele Jahre dauern wird.«

»Was hat dein Denken geändert?«

Diese Frage habe ich mir allerdings auch gestellt. Noch letzte Woche war Andreas mir gegenüber kalt, schien mich zu missbilligen. Er schaut mich und dann Jan an.

»Ich habe Dina gesehen, wie sie dich ansieht, welche Gefühle in ihrem Blick liegen. Ich habe dich gesehen, Jan. Wie du dich entspannst, wenn sie um dich herum ist. So habe ich dich schon viel zu lange nicht mehr gesehen.«

Jetzt muss ich tief durchatmen. Die Worte geben mir Halt, bestärken mich in meinen Gefühlen. Die Zweifel, die noch immer in mir wohnen, werden kleiner. Ob sie jemals verschwinden, weiß ich nicht.

»Danke, Paps!« Jan steht auf und umarmt seinen Vater innig.

»Und was machen wir mit Mama?«

»Das lass mal mein Problem sein. Und bis dahin geduldet ihr euch bitte!«

Mehr als ein Nicken bringe ich nicht zustande.

Susanne kommt den ganzen Nachmittag nicht wieder. Auch als wir uns verabschieden, ist sie noch nicht zurück. Ich wünsche mir für sie, dass sie Frieden mit sich selbst schließen kann.

Am Sonntagmorgen klingle ich pünktlich bei Mel und David. Beide sehen völlig fertig aus. Augenringe bis zu den Knien, fleckige Schlafanzüge; Haare, die wirr in alle Himmelsrichtungen abstehen. Hätte Mel keinen violetten Schlafanzug an, könnte ich sie nicht von David unterscheiden. Ich bekomme genaue Anweisungen zur Zubereitung von der Babymilch und in welchem Winkel das Kind auf meinen Armen gewiegt werden muss, damit es einschläft. Mit einer Tonne Windeln, unendlich vielen Ersatzkleidern und Sabbertüchern verlasse ich die beiden wieder. Emilia lege ich friedlich schlafend in den Kinderwagen und jogge mit ihr bis nach Hause. Kaum habe ich das Haus betreten, habe ich drei neugierige Kinder um mich, die die Kleine interessiert mustern. Allerhand Fragen kommen auf, die ich versuche zu beantworten. Bei der Frage, wie so ein kleines Geschöpf in den Bauch einer Frau und nach neun Monaten da auch wieder rauskommt, gerate ich mächtig ins Stocken. Ich vertage die Antwort auf später und nehme mir fest vor, am Abend online nach einem sachgerechten Buch zu schauen, denn *»die schönste Nebensache der Welt«* lässt sich nicht so einfach erklären.

Jan sieht heute Morgen genauso zerknautscht aus wie Mel und David. Er hat sich in der Nacht aus dem Schlafzimmer geschlichen. Erst in den frühen Morgenstunden ist er zurückgekommen. Ohne ein Wort hat er sich wieder zu mir gelegt und bis eben geschlafen. Wobei, so wie er aussieht, könnte man auch meinen, er hat nach der schlaflosen Nacht noch einen Marathon drangehängt. Ich bin sicher, den Grund für seine Schlaflosigkeit zu kennen. Ein dringendes Gespräch darüber verschiebe ich auf später.

Emilia ist ein echter Schatz. Sie schläft bis in den späten Vormittag und brabbelt danach zufrieden vor sich hin. Ich werde einen Teufel tun, Mel und David davon zu erzählen. Ich habe es gehasst, wenn meine Mutter oder meine Schwiegereltern mir nach einem Enkeltag berichteten, wie brav die Kinder waren. Wie wenig bis gar nicht sie geweint haben. Getrotzt haben sie auch nie. Gegessen wurde, was man ihnen vorgesetzt hat. Ätzend solche Aussagen. Keine Ahnung, warum die eigenen Kinder bei anderen immer ganz lieb sind. Gesetz der Natur oder so? Ich werde einfach vage Aussagen machen und anbieten, Emilia öfter zu nehmen. Jan kommt frisch geduscht aus dem Badezimmer. Nach drei Tassen Kaffee und einem kleinen Frühstück nehme ich all meinen Mut zusammen und frage ihn, wo er die letzte Nacht war.

»Im Fitnessstudio.«

»Äh, die ganze Nacht?«

»Ja.«

Ich hasse es, ihm die Worte aus der Nase ziehen zu müssen. »Welches Fitnessstudio hat denn die ganze Nacht geöffnet?«

»Keins.«

Okay, jetzt reicht es mir!

»Merkst du, dass ich keine Antworten auf meine Fragen bekomme?«

»Ja.«

Super, das macht richtig Spaß. Nicht.

»Okay. Was auch immer mit dir los ist, sag es oder geh. Denn so wie du gerade bist, ertrag ich dich nicht.«

Wortlos steht er auf. Mit einem lauten Knall fliegt die Haustür zu. Klasse. Das Gleiche habe ich gestern schon einmal erlebt, nur von einer anderen Person.

Luna setzt sich neben mich und streicht Emilia über die feinen Haare auf ihrem Kopf. »Papa kann manchmal anstrengend sein.«

Die Erkenntnis habe ich auch gerade erworben. Fragend schaue ich sie an und warte, ob sie genauer darauf eingehen möchte.

»Ich wollte nicht lauschen! Ich habe euch gehört, als ich mir was zu trinken holen wollte«, erzählt sie aufgeregt.

»Alles gut, Luna!«, versuche ich sie zu beruhigen.

»Papa hat einen Freund, dem gehört das Fitnessstudio. Er kennt ihn von früher oder so.«

Okay, damit hätten wir schon mal eine Frage geklärt.

»Manchmal, wenn Papa mit Oma gestritten hat, ist er nachher ziemlich sauer. Er geht dann zum Boxen. Er hat mir schon ein paar Tricks gezeigt. Falls ich mich mal verteidigen muss, sagt er.« Luna sieht mich aus ihren dunklen Augen an. Manchmal wirkt sie so viel älter, als sie eigentlich ist. Ich kenne diese Wirkung von meinen eigenen Kindern. Es ist die Folge von etwas, das kein Kind erleben sollte. Luna lässt die Aussage im Raum stehen. Ich werde nicht weiter darauf eingehen, da ich nicht sicher bin, was und wie viel sie wirklich über ihren Papa weiß.

»Und was denkst du, wo er jetzt hin ist?«

»Entweder zum Bäcker oder ins Leh Muh.«

Letzteres kann ich mir ja noch erklären, aber ... »Zum Bäcker?«

Luna grinst bis zu den Ohren. »Nach dem Boxen hat er meist einen Mordshunger. Und am liebsten hat er dann Kuchen. Streuselkuchen. Den mit den vielen Butterstreuseln obendrauf, ohne Früchte.«

Ich muss lachen. Damit habe ich nicht gerechnet.

»Das kann ich gut verstehen! Wer hat nicht gern Butterstreusel?« Luna nickt zur Bestätigung, dann wird ihr Blick wieder ernst.

»Gib ihm ein bisschen Zeit.«

Déjà-vu Nummer zwei. Wo wir bei der Theorie vom Apfel und seinem Stamm wären. Ich verspreche Luna, nicht allzu sauer auf ihren Papa zu sein.

Nach dem Mittagessen ist Jan immer noch nicht zurück. Mittlerweile ist Paul bei seinem Freund Alex. Louisa hat ihren Omatag, den meine Mutter regelmäßig einfordert. Ich rufe kurz bei Mel durch und frage sie, ob es okay wäre, wenn wir Emilia erst am Nachmittag wiederbringen würden. Meine beste Freundin klingt erleichtert, auch wenn ich ihr einhundertmal versichern muss, dass sie keine schlechte Mutter ist, wenn sie ihr Kind einen Tag durch jemand anderen betreuen lässt. Luna und ich verbringen also einen Mädelsnachmittag mit Emilia. Wir kuscheln das zufriedene Baby. Luna darf ihr ein Fläschchen machen und versorgt sie mit einem Kuscheltier aus ihrer eigenen Sammlung. Auch wenn ich ihr versprochen habe, Jan Zeit zu geben, werde ich allmählich nervös. Bis jetzt habe ich noch immer kein Lebenszeichen von ihm erhalten.

Wir beschließen zu Mel und David zu laufen, um Emilia wieder abzugeben. Meine beste Freundin öffnet mit feuchten Haaren die Tür. Ihr Blick ist wacher und mit einem freudigen Grinsen nimmt sie ihre Tochter entgegen.

»Schläft David noch?«, frage ich.

Mels Augen funkeln vergnügt. »Nö. Der ist gerade duschen.«

Aha. Schlafen, Variante zwei. Wo wir wieder bei der schönsten Nebensache der Welt wären. Auf dem Heimweg holen wir uns noch ein Eis. Luna erzählt mir viel von ihrer Mama. Ich bin sicher, sie spürt den großen Umbruch in ihrem Leben. Das mit Jan und mir wird zunehmend ernster, vertrauter und enger.

Das Kennenlernen gestern bei seinen Eltern ist auch an ihr nicht spurlos vorbeigegangen. Ich lasse sie erzählen und frage hier und da nach. Sie sieht ihrer Mutter sehr ähnlich. Die feinen Gesichtszüge mit der Stupsnase, den großen Augen und den kirschroten Lippen. Ich bin sicher, sie wird später einige Jungsherzen brechen. Doch das hat noch jede Menge Zeit. Gerade balanciert sie neben mir auf der Bordsteinkante und singt mir das ABC vor. Vor wenigen Minuten war ihr Gesichtsausdruck noch ernst, schon fast traurig. Und jetzt sieht sie einfach wie ein fröhliches Kind aus. Medina wäre stolz auf sie. Ich sende einen Gruß an den Himmel und verspreche ihr, gut auf ihre Tochter aufzupassen.

Zu Hause wartet ein großer Blumenstrauß auf dem Stubentisch. Von Jan ist nichts zu sehen. Die Geste und die Erzählungen von Luna reichen, um ihn zumindest zum größten Teil zu verstehen. Aus der Küche kommt ein herrlicher Duft. Italienische Gewürze steigen mir in die Nase. Neugierig spähe ich durch die angelehnte Tür. Jan steht am Herd, Kopfhörer in den Ohren.

Auf allen vier Herdplatten blubbert es in Töpfen und zischt in Pfannen. Und trotzdem sieht er entspannt aus. Ich bekomme von dem Anblick allein Schweißausbrüche und große Angst, dass mir alles Anbrennen oder ich etwas verwürzen könnte.

Luna wirft einen zufriedenen Blick auf ihren Papa, verabschiedet sich von mir und läuft in ihr Zimmer. Ich gehe mit langsamen Schritten zu Jan.

Meine Arme schlängeln sich von hinten um seine Mitte. Mein Kopf liegt an seinem Rücken und ich kann dem rhythmischen Klopfen seines Herzens zuhören. Seine Hand umfasst meine, weiche Lippen landen auf meinem Handrücken. Eine Gänsehaut breitet sich über meinem ganzen Arm aus. Ich liebe diese kleinen Gesten. Sie schenken mir Vertrauen und Zuversicht.

Jan dreht sich in meiner Umarmung um. Ein entschuldigendes Lächeln ziert sein Gesicht. Auch wenn ich am liebsten »*Vergeben und Vergessen*« sagen würde, weiß ich es besser. Doch jetzt gerade hat das Zeit. In diesem Moment will ich ihm einfach nah sein.

Auch wenn ich auf Zehenspitzen stehe, muss mir Jan noch ein gutes Stück entgegenkommen, damit ich ihn küssen kann. Keiner von uns beiden schließt dabei seine Augen.

Vielmehr habe ich das Gefühl in flüssiger Schokolade zu ertrinken. Wärme umspült mich. Vertrauen schleicht sich in meinen Körper. Leidenschaft erwacht. Ich schicke meine Hände auf Wanderschaft. Lasse sie seinen Rücken empor streichen. Kraule über seinen Nacken und ziehe ihn noch ein Stück näher zu mir. Ich höre die Musik aus seinen Kopfhörern. Es sind harte Beats. Linkin Park, wenn mich nicht alles täuscht. Die Art von Musik, die mich durch meine Jugend begleitet hat und noch heute zu meinen Favoriten zählt.

Jan drängt mich zum Esstisch. Hart und unnachgiebig küsst er mich. Jede einzelne Zelle in meinem Körper steht in Flammen. Kräftige Hände greifen nach meinem Hintern, heben mich an. Ich umschlinge seine Hüften mit meinen Beinen. Seine Erektion drückt gegen meine feuchte Mitte. Eilig löst er die Kopfhörer aus seinen Ohren und schmeißt sie achtlos auf den Küchentisch.

»Ich will dich hören«, keucht er mir zu.

Doch das, was ich zu sagen habe, wird ihn leider auf den Boden der Tatsachen zurückholen. »Der Herd.« Zu einem längeren Satz bin ich nicht fähig. Vergnügt funkeln seine Augen.

»Abgestellt. Die Töpfe stehen daneben.« Und tatsächlich, als ich über seine Schulter blicke, kann ich es sehen.

Wann und Wie? Egal. Ich schalte meinen Verstand ab und hoffe inständig, dieses Mal nicht gestört zu werden. Zumindest der Rauchmelder wird uns nicht dazwischenfunken.

Statt mich auf dem Tisch abzusetzen, spüre ich die Wand in meinem Rücken. Ich bin gefangen und genieße es. Ich reibe mich an Jan, kann das Gefühl von ihm in mir kaum noch erwarten. Viel zu viele Kleidungsstücke trennen seine Haut von meiner. Ungeduldig zupfe ich an seinem Shirt. Jan stellt mich ab und zieht es sich über den Kopf. Gott, dieser Mann gehört in einen Schaukasten. Breite Schultern, definierte Brustmuskulatur und ein Sixpack. Dazu dieses markante Gesicht mit den wilden Haaren und dem Bart. Verdammt, allein von seinem Anblick werde ich noch feuchter. Meine Libido jubelt mir zu. Mindestens genauso laut wie mein Herz, das bei dem Ausdruck in seinen Augen kräftig gegen meine Brust hämmert. In ihnen steht so viel mehr als nur Lust geschrieben. Ich überwinde die Distanz zwischen uns. Ziehe seinen Kopf neben meinen Mund.

»Ich liebe dich«, flüstere ich ihm ins Ohr. Ein Lächeln erreicht meine Hand. Die Antwort ist ein Kuss, welcher mich das Gefühl von Zeit und Raum vergessen lässt. Seine Zunge erobert meinen Mund, neckt meine, tanzt mit ihr, drängt sie. Eine Hand schiebt sich unter meinen Hosenbund in meinen Slip. Seine Finger reiben durch meine Feuchtigkeit. Teilen sie und stoßen in mich. Keinen Moment länger halte ich diese Folter aus. Ich lasse los, komme mit einem Stöhnen in seinem

Mund. Meine Muskeln zucken um seine Finger, doch er lässt mir keine Erholung. Er massiert, stößt, streichelt mein Inneres. Seine Augen sind intensiv auf meine gerichtet. Ein verruchtes Grinsen auf den Lippen, das keinen Spielraum für Interpretationen lässt. Er will mich. Nur mich. Die nächste Welle rollt auf mich zu und zu gern würde ich mich ihr hingeben. Doch dieses Mal schenkt er mir keine Erlösung. Entzieht sich mir. Ein Ruck später ist meine Hose an den Kniekehlen. Unsanft wirbelt mich Jan herum. Ich höre, wie sich sein Hosenstall öffnet. Eine große Hand landet auf meinem Rücken und drückt mich nach vorn, schlüpft unter mein Shirt, streicht über meinen Bauch nach oben. Hart massiert er meine Brust. Seine andere Hand greift nach meiner Schulter, packt sie und zieht mich an ihn. Immer wieder drängt sein Penis in meine feuchte Mitte, entzieht sich ihr nur um noch kräftiger zuzustoßen. Ich höre sein angestrengtes Atmen. Oder ist es meines? Meine Hände stützen mich an der Wand ab, dennoch habe ich das Gefühl, nicht länger stehen zu können. Meine Beine zittern und geben nach. Jan gleitet aus mir, dreht mich zu sich und hebt mich an. Mit der Wand in meinem Rücken stößt er unnachgiebig in mich. Er hält mich auf so vielen verschiedenen Ebenen. Seine Hände graben sich in meinen Po. Eine gleitet dazwischen. Ich will mich wehren, das Gefühl ist neu und schüchtert mich ein.

»Vertrau mir«, keucht Jan. Ich versuche es, doch mir fällt es schwer, mich fallen zu lassen. Langsam wandern seine Finger durch meine Spalte. Massieren sanft meinen Damm und lassen mich spüren, was ich niemals zuvor gefühlt habe. Sterne drängen sich in mein Blickfeld. Ich gebe all der Anspannung nach. Lasse mich mit dem Druck nach unten ziehen. Noch nie. Noch nie in meinem Leben bin ich so gekommen. Alles um mich herum ist schwarz, nur Jans Augen sind noch da. Vor Lust geweitet. Ich spüre, mit welcher Härte er in mir kommt. Mein Körper vibriert. Alles in mir ist überreizt. Sein Kopf sinkt gegen meine Stirn. Wir müssen beide durchatmen. Langsam entzieht er sich mir. Stellt mich zurück auf meine wackeligen Beine. Zitternd stehe ich vor ihm. Meine Hände suchen Halt an seiner Brust. Seine Körperwärme beruhigt mich, lässt mich wieder im Hier und Jetzt ankommen. Sanft küsst er meinen Scheitel. Bleierne Müdigkeit macht sich in mir breit. Es ist die gute Art von Müdigkeit. Schwere, die einen erdet.

»Dina?«

»Mh?«

»Ich liebe dich auch.« Jubelnde Schmetterlinge tanzen durch meinen Körper und hinterlassen ein kribbelndes Gefühl.

Jan

Dinas Gesicht ist entspannt. Ab und zu nuschelt sie einzelne Worte im Schlaf. Ich liebe sie so sehr. Sogar in dem Moment, als sie laut neben mir schnarcht. Sie klingt wie ein stark übergewichtiger Förster, der gerade eine hundertjährige Eiche mit seiner Motorsäge umlegt.

Die zweite Nacht in Folge finde ich keinen Schlaf. Meine Mutter geht mir nicht mehr aus dem Kopf. Paps schrieb mir, als sie wieder nach Hause gekommen ist. Bisher möchte sie nicht mit mir reden. Und das verletzt mich. Sehr sogar. Ich zweifle ernsthaft an der Fähigkeit ihres Therapeuten. Ich würde ihr gern noch mehr Zeit geben. Aber ich kann das nicht mehr. Ich musste lernen, wie schnell Zeit vergehen kann. Eben denkt man noch: »Das kann ich auch morgen machen« und dann hat die eigene Frau Krebs. Nichts will man am nächsten Tag machen. Warum? Weil man nicht will, dass der heutige Tag vergeht, denn das würde bedeuten, dass es wieder ein Tag weniger ist. Wieder etwas weniger Zeit, um einander zu genießen. Zu lachen. Zu lieben. Glücklich zu sein.

Zeit ist so wertvoll. Je weniger Zeit wir haben, desto mehr lernen wir sie zu genießen. Doch viele erfahren das erst, wenn es bereits zu spät ist. Mich eingeschlossen. Heute habe ich dieses Wissen. Ich will keine Zeit mehr verschwenden. Nicht an Wut. Nicht an Schwermut. Keinem ist damit geholfen. Vor allem mir selbst nicht. Ich begreife nicht, wie meine Mutter nach all den Jahren noch immer nicht die Vergangenheit hinter sich lassen kann. Ich würde es gern verstehen. Sie wird sich noch weiter zurückziehen, sobald ich sie dränge. Also bleibt mir nichts außer abzuwarten. Zeit mit Nichtstun zu verschwenden. Ein Kreislauf, den ich verabscheue. Ich muss irgendetwas tun, um nicht das Gefühl von Stillstand zu haben. Schon wieder schleiche ich mich aus dem Bett. Leise gehe ich in Dinas Büro. Mittlerweile ist es sogar ein bisschen zu meinem geworden. Jan lacht mich vom Cover eines der Fotoalben an. Als würde er sich freuen, dass ich hier bin. Ein bisschen gruselig. Ich öffne meinen Laptop und gebe ein Stelleninserat auf. Ich muss Cindy's Stelle unbedingt nachbesetzen. Lange halte ich diese Doppelbelastung nicht mehr aus. Ich hoffe sehr, dass ich schnell jemand Fähigen finde.

Als ich den Laptop wieder zuklappe, fällt mein Blick erneut in das Regal mit den Fotoalben. Irgendetwas ist anders als vorher. Jans Gesichtsausdruck ist nicht mehr ganz so fröhlich. Er sieht irgendwie ... Bittend?! aus.

Ich leide definitiv an Halluzinationen. Ausgelöst durch Schlafmangel. Trotzdem. Ich stehe auf und nehme mir das Album.

Ich habe mir noch nie bewusst Bilder von Jan und Dina angesehen.

Ich habe sie in den Händen von Louisa und Paul gesehen, wenn ihre Mama ihnen Geschichten von ihrem Vater erzählt hat. Ich sehe jeden Tag die unzähligen Bilder im Haus. Wände voller Rahmen und Collagen. Sogar die Türen sind mit Fotos verziert. Manchmal komme ich mir hier überflüssig vor. Eine glückliche Familie. Porträts. Momentaufnahmen. So viele Erinnerungen. Ich will sie keinem nehmen! Und doch ist es schwer, Tag für Tag an ihnen vorbeizulaufen. Ich weiß, dass Dina noch Zeit braucht, um sich zumindest von einem Teil der Fotos zu trennen. Nicht um sie auf Nimmerwiedersehen zu verbannen. Nein. Um Platz zu schaffen. Für neue Erinnerungen. Platz für uns. Für das, was wir jetzt haben oder später sein werden. Es sind erst wenige Monate, das ist mir klar. Ich bin mehr hier als bei mir. Und bei mir zu Hause stehen Bilder, die nicht gesehen werden, die einstauben. Ich traue mich nicht, sie mit zu

Dina zu nehmen. Noch nicht. Für die Zukunft wünsche ich mir, dass Medina ihren Platz neben Jan finden wird.

Ich blättere die ersten Seiten des Fotoalbums durch. Jan, wie er den Lehrlingsvertrag in den Händen hält. Jan, wie er konzentriert am Herd steht. Alles rund um seine Kochkarriere. Das letzte Foto muss kurz vor oder nach der Diagnose entstanden sein. Jan wirkt fahl. Seine Augen haben den freudigen Glanz verloren. Er muss zu diesem Zeitpunkt schon einiges an Gewicht abgenommen haben. Sein Gesicht wirkt schmaler als auf den anderen Fotos.

Das Bild zeigt Jan mit seinen Kollegen. Alle in Weiss, Kochlöffel schwingend. Ich schlage die Seite um, in der Erwartung eine Widmung zu sehen. Stattdessen fällt mir ein Briefumschlag entgegen. Er ist adressiert.

An den neuen Mann

Auch nachdem ich den Brief mehrfach gewendet habe und mir unzählige Male die Augen gerieben habe, steht noch immer das Gleiche darauf.

Ich will ihn zurücklegen und ignorieren. Dennoch öffnen meine Finger den Umschlag. Ich will das nicht und doch tue ich es.

»Nein!«, doch mein Körper hört nicht auf mich. Meine Hände halten mir ein beschriebenes Blatt vor die Augen. Die Schrift ist krakelig. Durchgestrichene Sätze reihen sich an vollständige.

Ich weigere mich die Buchstaben zu Worten zu formen. Doch meine Augen lassen sich nicht schließen. Zeile um Zeile prägt sich in mein Hirn. Ich höre mich vorlesen, aber es klingt nicht nach meiner Stimme.

~~Lieber neuer Mann~~
~~Neuer Mann~~
~~Mann~~
Hallo Du.

**Du sitzt hier und liest meine Zeilen.
Du bist jetzt also derjenige an Dinas Seite.
~~Pass auf sie auf.~~
Pass auf ihr Herz auf. Es ist so groß und doch so zerbrechlich. Dina ist die Liebe meines Lebens.
Der Grund, warum ich dir diese Zeilen schreibe.
Sie wird dich lieben mit jeder Faser ihres Körpers.
Liebe sie! Sie soll wieder glücklich sein. Ich kann ihre Tränen nicht ertragen. Sie bedeuten Schmerz.
Ich fühle diesen Schmerz und er zerreißt mich... mehr als der Krebs.
~~Sei gut zu meinen Kindern.~~
Liebe meine Kinder, als ob es deine wären!
Ich würde sie so gern aufwachsen sehen. Sie auf ihren Lebensweg begleiten. Gott, ich liebe diese zwei wunderbaren Geschöpfe so sehr.
Ich vermisse sie schon jetzt.
Und nun zu meinem Wunsch an dich:
Bring Dina dazu, die Fotos abzunehmen. Dieses Haus ist ein verdammter Totenschrein. Sie wird sich auch an mich erinnern, wenn mein Gesicht nicht jeden Zentimeter der Wände pflastert. Glaub mir, ich liebe diese Fotos und noch mehr liebe ich die Person, die sie gemacht hat.
Aber sie muss loslassen.
Ich weiß nicht, wie lange ich schon tot bin.
Ich nehme an, es sind Jahre. Dina braucht viel Zeit, doch jetzt ist es genug.
Du bist hier. In diesem Jetzt. Mit ihr.
Jan**

Mein Mund ist trocken. Meine Gedanken überschlagen sich. Ich kann keinen von ihnen fassen. Ich schaue zur Uhr, doch die zeigt mir die Zeit nicht. Sie sagt nicht, wann ich mit Dina darüber reden soll oder wann der richtige Zeitpunkt ist, um auszuflippen. Sie zeigt lediglich an, dass es bereits viel zu spät ist. Oder doch zu früh? Ein Blick aus dem Fenster verrät mir, dass es früh sein muss. Der Himmel ist nicht mehr in tiefes Schwarz gehüllt. Die Straßenlaterne schimmert blass. Ich höre Dina's Wecker klingeln. Schnell stelle ich das Buch zurück ins Regal. Jan schaut mich an. Dankend?!

Oh Mann, ich sollte dringend schlafen. Der Brief gleitet in meine Hosentasche. Auf dem Weg in die Küche höre ich Dina rufen. »Jan?«

»Hier, meine Schöne. Ich mache uns frisches Lebenselixier.«

Schlurfende Schritte ins Bad. Kurz darauf höre ich die Kinder.

Murmelnd kommen sie die Treppe nach unten. Mit zerknautschten Gesichtern setzen sie sich an den Tisch. Die kleinen Köpfe auf den Händen abgestützt. Die Augen halb geschlossen. Jedes von ihnen kaut auf einem Nutellabrot herum. Als Dina in die Küche kommt, herrscht auf einmal reges Treiben. Sie ist es, die die Kinder am Morgen zur Teilhabe am Leben bringt. Sie hat die Fähigkeit, sie aus dem schlafähnlichen Zustand zu befördern, fröhlich ihren Morgenablauf zu meistern und anschließend in die Schule zu gehen.

Ihre Augen huschen zu mir, ein fragender Ausdruck liegt in ihnen. Ich will nicht gefragt werden, also drehe ich ihr den Rücken zu und kümmere mich um den Kaffee. Gieße die aromatische Flüssigkeit in zwei Tassen. Meinen nehme ich ohne Milch und mit viel Zucker. Vielleicht vertreibt das die Müdigkeit.

Es ist Montag und im Leh Muh ist viel zu tun. Die Wochenendabrechnung wartet nicht gerade geduldig auf mich. Bestellungen müssen gemacht werden und die Inventur bei den Spirituosen steht an. Scheiße, habe ich einen Bock. Nicht.

Warme Hände streichen über meinen Rücken und lassen mich zusammenfahren.

»Alles okay bei dir?«

Nein. »Ja. Alles gut.«

»Mh, irgendwie kann ich dir das nicht ganz glauben.« Der Zweifel in ihrer Stimme löst ein schlechtes Gewissen in mir aus. Jetzt und hier den Umschlag aus meiner Tasche herausholen und ihr zu präsentieren, ist nicht wirklich eine gute Idee. »Mach dir keinen Kopf. Ich bin nur ein bisschen müde.«

»Auch das kann ich dir nicht wirklich glauben. Oder denkst du, ich habe nicht bemerkt, dass du diese Nacht wieder nicht neben mir gelegen hast?!«

Drei neugierige Kinderköpfe drehen sich zu uns. Mist.

»Hopp, ihr drei. Zähneputzen und anziehen.« Die freundlichen und bestimmenden Worte lassen die Zwerge aus der Küche sausen.

»Also noch mal ... Alles okay bei dir?«

Dina steht aufrichtig besorgt vor mir. Eine Hand liegt auf meinem Arm, die andere ist um ihre Kaffeetasse geschlossen. Ihre grauen Augen tauchen tief in meine ein. Sie suchen und ich bin sicher, sie werden finden.

»Mir geht es nicht gut. Ich bin überarbeitet und übermüdet.«

»Und?« Auffordernd sieht sie mich an.

Ach, scheiße. »Wir sollten über etwas reden. Aber nicht jetzt.«

Misstrauisch schwebt ihr Blick über mich.

»Nichts Schlimmes. Wirklich!«

Um mein Versprechen zu unterstreichen, nehme ich ihren Kopf in meine Hände und fange ihre Lippen mit meinen ein. Sie schmeckt nach Kaffee und Milch. Ich liebe es. Es nimmt mir mehr von der Müdigkeit als der Kaffee in meiner Tasse.

Den ganzen Tag zermartere ich mir mein Hirn, wie ich Dina die Worte ihres verstorbenen Ehemannes überbringen soll. Muss ich sie ihr überhaupt überbringen oder spreche ich einfach so mit ihr über die Fotos?

Als Steph in mein Büro kommt, gleitet ihr Blick auf den Papierstapel vor mir. Es ist Mittag und ich habe nicht eine Sache erledigt. Schlafmangel und Denken rauben mir alle Energie.

»Chef. Geh nach Hause. Das bringt nichts. Gib mir die Spirituoseninventur. Ich rufe Christian an, er soll schnell vorbeikommen und die Bestellung bei den Lieferanten machen. Die Abrechnung vom Wochenende kannst du auch morgen noch erledigen. Papier ist geduldig.«

Ich muss ihr zustimmen. Es gibt kein Argument, das glaubhaft dagegenspricht. Seufzend nehme ich meine Jacke von der Stuhllehne und schlurfe Richtung Tür.

»Jan?«

»Ja?«

Als ich mich zu ihr umdrehe, liegt Zuneigung und Besorgnis in ihrer Mimik. »Gönn dir eine Pause. Du arbeitest viel zu viel. Das kann kein Mensch auf Dauer. Wir brauchen dich hier, aber nicht in diesem Zustand.«

»Wie, Steph? Ich habe niemanden, der die Buchhaltung oder das Catering übernehmen kann. Wie um alles in der Welt soll ich mich entspannen, wenn ich weiß, wie unsicher unser Geschäft ist?! Eine falsche Lieferung, eine Zahl in der Abrechnung, die nicht stimmt. Ein Cateringauftrag, der dem Kunden nicht passt und wir sind ruiniert. Dank der sozialen Medien ist jeder ein Kritiker und kann seine Meinung in Lichtgeschwindigkeit in alle Welt hinausschreien. Für heute gehe ich nach Hause, aber morgen bin ich wieder hier.«

Steph mustert mich. Anscheinend kommt sie zu dem Schluss, dass Widerspruch zwecklos ist. Sie nickt mir zu und verlässt noch vor mir mein Büro.

Ich fahre in meine Wohnung. Auf der Couch zappe ich mich durch alle Programme. Meine Wahl fällt auf eine Dokumentation über Wiesenkräuter. Die monotone Stimme und die friedlichen Bilder lassen mich in den Schlaf gleiten. Endlich.

Vogelgezwitscher und süße Gerüche umgeben mich. Die Sonne strahlt und wärmt meinen Körper, bis sich ein Schatten davorschiebt. Träge öffne ich die Augen. Dunkle Haare fallen in mein Gesicht, sie rahmen braune Augen, die mich eindringlich mustern.

Ich kenne dieses Gesicht. Es ist mir so vertraut, dass mein Herz zum Sprint ansetzt. Wie kann das sein? Sie ist hier. Hier bei mir. Medina.

»Wie kannst du hier sein?«

»Weil du es dir wünschst.«

Wie habe ich diese Stimme vermisst. Weich und warm umarmt sie mein Herz.

Weil ich es mir wünsche. So einfach ist das? Nein, ist es nicht. Ich habe es mir so oft gewünscht und nichts ist passiert. Wo liegt der Unterschied?

»Hör auf zu grübeln!« Ein melodisches Lachen dringt tief in meine Ohren, überwindet den Weg bis in mein Herz.

»Ich weiß, dass ich nie weiterkommen werde als hier her. Und du weißt das auch. Ich bin hier, weil ich dir helfen will zu verstehen.«

Ich verstehe kein Wort von dem, was sie sagt.

»Lass es mich erklären, bevor du nach Fragen suchst!«

Sie hat recht. Doch die Ungeduld zerrt an mir. Ich habe keine Ahnung, wie lang sie hier sein wird und doch redet sie in Rätseln, die mir keine Zeit lassen, sie zu bewundern.

»Ich habe Jan kennengelernt. Im Krankenhaus. Wir kannten uns nicht lange, bevor ich gestorben bin.« Medinas Worte holen mich in die Realität zurück. Traumrealität. Ja, sie ist hier. In einem Traum. Auf einmal ist mir bewusst, dass ich schlafe. Es fühlt sich eigenartig an, zu wissen, dass man träumt. Jetzt. In diesem Moment.

»Er lag ein paar Zimmer weiter den Gang hinunter. Im Krankenhauspark habe ich ihn getroffen. Jeden Tag saß er da. Unter einem großen Baum. Immer schien er zufrieden. Selbst wenn die Pfleger ihn davon abhalten wollten, nach draußen zu gehen, weil es regnete. Er hat es sich nicht nehmen lassen. Immer öfter habe ich mich zu ihm gesellt. Wir haben über alles Mögliche gesprochen. Und irgendwann auch von euch.«

Erinnerungen einer Toten und trotzdem finde ich es nicht verrückt.

»Als ich schwächer wurde, ist Jan jeden Tag in mein Zimmer gekommen. Wir haben darüber geredet, wie es wohl ist tot zu sein. Nicht mehr zu existieren. Nur noch ein Bild in einem Rahmen zu sein. Eine Erinnerung. Eine Gravur auf einem Grabstein. Je näher meine Zeit kam, desto weniger Angst hatte ich davor. Ich wusste, dass es mir besser gehen wird. Keine Schmerzen. Nicht nur meine. Auch der Schmerz in deinen Augen wurde immer unerträglicher. Und Luna ...« Eine Träne löst sich aus ihren Augen.

»Es geht ihr gut«, sage ich schnell.

»Ich weiß. Du bist großartig! Keiner kann besser Zöpfe flechten als du. Dennoch vermisse ich mein kleines Mädchen.«

Medina legt ihre Hand auf meine. Ich sehe die Berührung, aber spüren kann ich sie nicht. Es gibt also Grenzen, die nicht überschritten werden können.

»Jan hat dich manchmal gesehen, wenn du mich besucht hast. Und ich habe Dina kommen und gehen sehen. Uns war also bewusst, über wen wir reden. Ihr wart keine undefinierten Gesichter. Wir haben euch kennengelernt. Durch unsere Worte. Jan hat es zuerst gespürt ...« Ein vergessener Blick und ein leichtes Lächeln.

»Was?«, frage ich ungeduldig als Medina nicht weiterspricht.

Ihre Augen richten sich auf meine.

»Dass ihr ein *Wir* werden könntet. Gott, was waren wir froh, dass ihr euch nicht vor uns kennengelernt habt.«

Jetzt lacht sie herzhaft, während ich sie entgeistert anschaue.

»Sieh mich nicht so an! Ich weiß, dass du mich für keine andere Frau auf dieser Welt verlassen hättest. Aber wenn du Dina vor mir ...«

»Nein« ist meine bestimmende Antwort auf ihre nicht

gestellte Frage.

»Oh doch, Jan. Auch wenn du es mir nicht glaubst ... Wir wollten euch die Möglichkeit geben, es selbst zu erfahren. Ihr brauchtet Zeit. Jeder für sich. Irgendwann haben wir beschlossen, dass es jetzt so weit ist.«

Ein verschwörerisches Grinsen reicht von ihren Lippen bis in das tiefe Braun ihrer Augen. Ein Zwinkern später bin ich wach.

Sehr wach. Mein Handy klingelt unaufhörlich. Meine Mutter.

»Mam?«

»Mensch, Jan! Bist du von allen guten Geistern verlassen?!«

Der kam flach. Nur weiß das meine Mutter nicht.

»Jeder hat versucht dich anzurufen! Alle! Wo zur Hölle bist du?« Ihre Stimme klingt panisch.

»Was meinst du? Ich bin zu Hause. Ich habe etwas geschlafen.«

»Etwas geschlafen? ETWAS?« Mit jeder Silbe rutscht ihre Stimmlage eine Oktave höher.

Plötzlich schaltet sich mein Gehirn ein. Meine Mutter ist am Telefon. Die Frau, die noch vor ein paar Tagen die Flucht vor mir ergriffen hat.

Es muss etwas Schlimmes passiert sein, wenn sie jetzt mit mir reden will. Normalerweise braucht sie länger, um sich zu beruhigen. Beruhigt klingt sie jedoch gar nicht.

»Was ist denn los?«, möchte ich von ihr wissen.

»Was los ist?! Hast du mal auf die Uhr geschaut?«

Sofort schwebt mein Blick zu meiner Wanduhr.

Ach du scheiße!

»Es ist halb elf, Jan! Abends.«

Ja, das musste ich auch gerade feststellen.

»Die Schule hat etliche Male versucht, dich anzurufen. Von Dina ganz zu schweigen. Dein Vater ist auf dem Weg zu dir. Wir waren kurz davor, die Polizei zu rufen!«

So viele Sätze, doch nur einer bleibt hängen.

»Die Schule? Was ist mit Luna? Geht es ihr gut?«

»Ja, sie ist bei Dina. Als du nicht gekommen bist, ist sie zurück zur Schule und hat sie abgeholt. Ihre Lehrerin hat mehrfach versucht dich anzurufen, bis sie Dina kontaktiert haben. Was hast du denn gemacht?«

»Geschlafen.« Von meiner toten Frau geträumt.

»Geschlafen?«

»Ja, Mam. Ich habe die letzten Nächte nicht geschlafen. Ich war müde. Saumüde. Ich konnte nicht mehr.«

»Das war ich, oder?« Plötzlich kehrt Stille in der Leitung ein. Sie hängt schwer zwischen uns.

»Ja. Auch.« Ich war noch nie ein Fan von Lügen.

»Können wir ein anderes Mal darüber reden?«

»Bitte.«

»Ruf Dina an. Sie macht sich wirklich große Sorgen!«

Kaum hat meine Mutter den Satz ausgesprochen, hämmert es an meine Wohnungstür.

»Geh. Es wird dein Vater sein!«, befiehlt meine Mutter.

Noch lauter als zuvor knallt es an der Tür. Es ist kein Klopfen mehr. Es hört sich an, als würde er mit dem SEK reingestürmt kommen. Mit schnellen Schritten bin ich an der Tür. Gerade rechtzeitig, bevor seine Faust erneut auf das Holz trifft. Mit aufgerissenen Augen starrt mein Vater mich an.

Nur einen Moment, bevor er mich an sich zieht.

»Gott sei Dank!«

Seine starken Arme umschließen mich und geben mir das Gefühl, ein Kind zu sein. Ich weiß nicht, wann ich das letzte Mal so von meinem Vater umarmt worden bin. Es ist schon viel zu lange her. Nur langsam löst er sich von mir. Schiebt mich ein Stück zurück und sieht mich eindringlich an.

»Alles okay bei dir?« Seine Stimme ist voller Besorgnis.

»Ja, Paps. Ich habe geschlafen. Tief und fest. Es tut mir leid, dass ihr euch so Sorgen um mich machen musstet!«

»Hast du Dina schon angerufen?«

»Wollte ich gerade tun.«

»Dann geh und mach das!«

Die Panik um mich herum ist ansteckend. Hastig

renne ich zurück ins Wohnzimmer und nehme mein Handy in die Hand, das genau in diesem Moment klingelt.

»Jan? Geht es dir gut?« Dinas Stimme ist kratzig. Sie klingt nach zu vielen Tränen.

»Ja, meine Schöne! Es ist alles in Ordnung. Wie geht es Luna?«

»Sie schläft. Sie liegt mit Louisa und Paul neben mir. Warte, ich wecke sie ...«

Ein kurzes Rascheln, ein paar gemurmelte Worte und schon ist meine Tochter am Telefon.

»Es ist alles okay, Kleines! Es tut mir leid, dass du dir Sorgen gemacht hast!«

»Du hast mich nicht abgeholt ...« Lunas Stimme bricht und mein Mädchen schluchzt haltlos. Ohne lang zu überlegen, stehe ich schon im Flur. Die Sneakers an den Füßen und die Autoschlüssel in der Hand.

Ich muss es nicht aussprechen, denn mein Vater weiß, wohin ich gehe. Er nickt mir zu, bevor er zu seinem eigenen Auto eilt.

Mit beruhigenden Worten und überhöhter Geschwindigkeit lege ich die Strecke zu Dina in Rekordzeit zurück. Ich habe kaum geparkt, da kommt Luna schon aus der Tür gerannt. Ich ziehe sie zu mir und halte sie fest. Ihr Kopf liegt auf meinen Schultern. Sie weint. So sehr, dass ihr kleiner Körper zittert. Ich weiß noch zu gut, wann sie das letzte Mal so sehr geweint hat und das zerfetzt mein Herz in hunderttausend Einzelteile. Beruhigend streiche ich ihr über den Rücken, dabei beben auch meine Schultern.

Dina und die Zwillinge ziehen sich zurück. Geben uns Raum. Zeit, die wir benötigen. Luna weint so lang, bis sie eingeschlafen ist. Ich lege mich mit ihr auf die Couch. Ziehe sie ganz nah an mich.

Ein leichtes Rütteln an meiner Schulter weckt mich auf. Dina sieht mich aus rotgeränderten Augen an.

»Kaffee?«, fragt sie flüsternd.

Kaum, dass ich genickt habe, schleicht sie sich wieder davon. Sanft wecke ich Luna.

»Papa?«

»Ja, meine Maus?«

»Das darfst du nie, nie, nie wieder machen!«

Ihre Augen sind noch nicht ganz offen, dennoch ist ihr Herz schon wach.

»Versprochen!«

»Ich dachte ...« Weiter kommt sie nicht, da sich neue Tränen ihren Weg bahnen.

Wir liegen noch eine Weile aneinander gekuschelt da, bis Dina zum Frühstück ruft. Paul und Louisa ziehen mich jeweils in eine feste Umarmung. Nur Dina hält Abstand zu mir. Abstand, der mir körperliche Schmerzen bereitet. Ich sehe die Sehnsucht in ihren Augen. Sie wartet auf etwas. Jemanden? Mich?

Sowie sich die Kinder anziehen gehen, steht sie schon neben mir.

»Ich will jetzt verdammt noch mal wissen, was mit dir los ist! Schluss mit ›*Alles okay*‹ !« Sie sieht wütend aus, sehr sogar.

»Können wir darüber reden, wenn die Zwerge in der Schule sind?«

»Hast du eine Ahnung, wie spät es ist?«

Nein. Schon wieder nicht.

»Es ist zwölf Uhr. Am Mittag. Ich habe die Kinder am Morgen krankgemeldet und mich gleich mit. Ich habe Steph angerufen und gesagt, du würdest dir heute freinehmen.«

Abwartend sieht sie mich an. Doch mir fällt absolut nichts darauf ein.

»Ich habe deine Eltern angerufen, sie holen Luna gleich ab. Louisa und Paul gehen heute zu meiner Mutter und dann reden wir.«

Ich will protestieren, da ich es gar nicht gern habe, wenn andere über mich und Luna bestimmen, aber Dina lässt mich nicht.

»Wir haben eineinhalb Stunden und dann kommt

Luna zurück und ihr verbringt den Nachmittag miteinander.«

Ich nicke nur. Was sollte ich auch anderes tun?

Kaum sind die Kinder abgeholt, erwartet mich Dina am Küchentisch. Mit den Händen um die Kaffeetasse geflochten, starrt sie Löcher in die Luft. Wo auch immer sie gerade ist, hier ist sie nicht. Ich stelle mich hinter sie und massiere ihre verspannten Schultern.

»Erklär mir bitte, was los ist.« Ihre Stimme ist ein Flüstern, ohne Kraft, dafür mit viel Resignation. Ich lasse mich auf dem Stuhl ihr gegenüber gleiten. Mein Herz setzt einen Schlag aus, als ich in ihre wässrigen Augen schaue.

»Ich bin müde, Dina. Ich liebe meine Arbeit, aber ich kann nicht so weitermachen. Ich muss Cindy ersetzen. Doch bisher habe ich niemand Passendes gefunden. Ich freue mich ja, dass das Catering so gut läuft und wir mehr und mehr Aufträge haben. Teilen kann ich mich deswegen nicht.«

Musternd sieht mich Dina an. Sie sucht und wie schon gestern, findet sie. »Das ist nicht alles.«

Kluge Frau. Ich muss atmen. Langsam. Tief. Ein und wieder aus.

Meine Haut beginnt zu prickeln. Erst als Dina ihre Hand auf meinen Arm legt, unterbricht sie den Sog, der mich nach unten ziehen möchte.

Sanft streichen ihre Fingerspitzen über meinen Arm. Sie schenkt mir Ruhe. Zeit, die ich benötige, bis ich die richtigen Worte finde. Worte, die nicht richtig genug sein werden. Meine Hand fährt in meine Hosentasche. Der Brief von Jan begleitet mich seit Sonntagnacht. Ich habe ihn immer bei mir. Er wird mir die Worte geben, die ich nicht finden kann.

Schweigend übergebe ich ihn Dina.

Stirnrunzelnd schaut sie darauf. Der Moment, als sie erkennt, um was es sich handelt, läuft in Zeitlupe ab. Schauer durchlaufen meinen ganzen Körper. Ich zweifle an meiner Entscheidung. Rückgängig machen kann ich sie nicht mehr.

Dinas Augen wandern bereits über Jans Worte. Tränen quellen aus ihren Augen, fluten ihre Wangen, als ihre Augen Zeile um Zeile über den Brief fliegen.

»Wo hast du den Brief gefunden?«, spricht sie atemlos.

»Ich saß im Büro und habe online eine Stellenanzeige geschalten und dabei das Fotoalbum von Jan gesehen. Keine Ahnung, Dina. Das klingt verrückt, aber ich hatte das Gefühl, ich müsse mir die Bilder anschauen, weil er mich so angesehen hat.«

»Wer?« Skepsis lässt ihren Körper verspannen. Ich kann es ihr nicht verübeln. Ich glaube es ja selbst nicht.

Fuck.

»Jan.« Ich traue mich gar nicht, sie dabei anzusehen.

»Jan?« Ihre Stimme klingt neugierig, nicht wütend oder entsetzt.

»Ja.«

»Mh.«

Mh? Jetzt hebe ich doch meinen Kopf. Dina starrt auf den Brief. Die Tränen sind versiegt. Ein leichtes Lächeln schmuggelt sich auf ihre Lippen.

»Ich hatte auch schon das ein oder andere Mal das Gefühl, dass mich Jan von den Büchern heraus ansieht. Also so richtig. So, als würde er mir etwas sagen wollen.«

Wir hatten das Thema schon vor einiger Zeit angerissen, doch so genau sind wir nie auf die Dinge eingegangen, die uns unweigerlich zueinander geführt haben.

Es ist erstaunlich, wie einfach es ist, mit Dina darüber zu reden, ohne dafür verurteilt zu werden. Ich könnte mir selbst in den Arsch treten, dass ich bis jetzt damit gewartet habe.

Vorsichtig gehe ich zu ihr. Lege meine Arme um ihre Schultern.

Ihr Körper entspannt sich unter der Berührung und ich bin erleichtert. Sehr sogar.

»Und jetzt?«, frage ich leise.

»Jetzt überlegen wir uns, wie wir es anstellen, dass du dich wohl bei mir fühlst und wo Medina ihren Platz finden kann. Zudem werde ich dich bei der Buchhaltung und dem Catering unterstützen, bis du jemanden gefunden hast. Und das ist nicht diskutabel!« Nein, ist es nicht. Ich bin sogar froh darüber, denn ich könnte der Belastung nicht mehr lange standhalten.

Zusammen überlegen wir, wo und wie oft und wann Dina sich um die Administration kümmern kann, ohne dass es sich mit ihrem Job überschneidet. Natürlich steht es außer Frage, dass ich sie dafür offiziell anstelle, damit sie einen regulären Lohn bekommt. Ich bestehe so lange darauf, bis Dina augenrollend nachgibt. Zudem verspricht sie mir, darüber nachzudenken, wie sie mit den ganzen Fotos und Collagen von Jan umgehen möchte, wo sie ihren Platz finden können.

Oktober

Dina

Die Fotoaufträge haben merklich nachgelassen. Es war mir vorher bewusst, dass es ein saisonales Geschäft sein wird. Das ist auch okay so, denn ich habe mit meinem eigentlichen Job, der Buchhaltung und Organisation für das Catering genug zu tun. Zwar haben auch die Cateringaufträge abgenommen, doch ist es alles in allem so viel, dass ich eineinhalb Arbeitstage in der Woche damit verbringe. Es ist eine Herausforderung, alles zu händeln. Zu meiner eigenen Überraschung stelle ich fest, dass es mir großen Spaß macht. Jan hat viel zu tun, trotzdem lässt er mich nicht mehr übernehmen. Zumindest hat er jetzt wieder die Zeit, zwei Tage in der Woche freizunehmen und ab und an in der Küche mit seinem Team zu kochen. Er wirkt weniger ruhelos. Jeden Morgen liegt er neben mir im Bett. Außer an den Tagen, an denen er bei sich schläft. Was, proportional gesehen, immer weniger wird. Zudem nehme ich mir Zeit, um die Bilder und Collagen von Jan so zu bearbeiten, dass ich sie in einem ... genauer gesagt in sehr vielen Fotoalben unterbringen kann. Ich versuche die schönsten und bedeutendsten herauszusortieren und ihnen einen eigenen Platz zu geben. Ich habe mich dafür entschieden, den oberen Flur dafür zu nutzen. Nur noch diesen.

Die Wohnräume, der Treppenaufgang und die Schlafzimmertür werden frei gemacht für neue Fotos. Louisa und Paul habe ich miteinbezogen. Wir basteln an den Wochenenden zusammen jeweils eine große Collage, die sie an eine ihrer Zimmerwände aufhängen wollen. Luna und Jan machen ebenfalls eine Bildersammlung für Luna fertig. Sie wird ihren Platz im gemeinsamen Zimmer der Mädchen.

Die rosarote Zeit zwischen den beiden ist vorbei. Sie geraten von Zeit zu Zeit in Streit. Es sind Streitigkeiten, wie sie unter Geschwistern vorkommen. Jan machte sich am Anfang Sorgen, dass es vielleicht doch keine gute Idee ist, dass sie so viel bei uns übernachten.

Zum Glück konnte ich ihn beruhigen.

Ich kenne die Uneinigkeiten schon von Louisa und Paul. Es hat mich lediglich gewundert, dass es so lange gedauert hat, bis es auch zwischen Luna und Louisa genauso sein wird. Das Beste dabei ist, am Ende des Tages haben sie sich wieder lieb.

Die Flurwand soll nicht nur für meinen verstorbenen Mann sein. Es wird auch Medinas Wand werden. Ich helfe Jan dabei, passende Fotos zu finden, sie zu gestalten und zu rahmen. Wider Erwarten macht es Spaß. Wir tauschen viele Geschichten, Erlebnisse, große und kleine Ereignisse aus. Die anderen Plätze im Haus sind für *uns* reserviert. Es gibt bereits einige Fotos von Ausflügen und aus dem Alltag, die ihren Ort gefunden haben.

Schritt für Schritt passiert etwas, was ich nicht in dieser Geschwindigkeit erwartet hätte. Jan und Luna ziehen bei uns ein. An manchen Tagen macht es mir Angst, an anderen scheucht es Schmetterlingsschwärme auf, die mit Loopings durch meinen Bauch fliegen.

Ich habe meiner Therapeutin davon berichtet und sie bestätigt mir das, auf was ich so lange gehofft habe:

»Das ist normal.«

Normal ist so ein schönes Wort. Es bedeutet nicht

nur, dass es mir besser geht. Es bedeutet auch, innere Ruhe und Ausgeglichenheit, negative Gefühle leichter einordnen zu können. Kraft zu haben und doch zu wissen, wann ich mir eine Pause gönnen muss. Es bedeutet, über Grenzen gehen zu können, ohne gleich wieder zusammenzubrechen. Es bedeutet, einen Alltag leben zu können, der kräftezehrend, aber nicht zerstörerisch ist. Ich gehe noch immer alle zwei Wochen zu ihr. Es tut mir gut, da ich gewisse Dinge aus einem anderen Blickwinkel gespiegelt bekomme.

Mehr und mehr finde ich wieder mit Mel zusammen. Ich habe eine Freundin und Vertraute. Ich habe sie so schrecklich vermisst. Mel sagt mir stets, dass ich aufhören soll, mich für alles zu entschuldigen, doch ich werde das Gefühl nicht los.

Es ist eines der wichtigsten Themen in der Therapie.

Schuld.

Schuld, meine Kinder sich selbst überlassen zu haben. Schuld, meine Mutter so stark belastet zu haben. Schuld, Mel nicht zugehört zu haben, sie gleichzeitig von mir gestoßen und doch erwartet zu haben, dass sie immer für mich da ist.

Und letztendlich die Schuld, Jan nicht eher zum Arzt geschickt zu haben. Dass ich ihn nicht mehr bedrängt habe. Es gibt so viele Themen rund um die Schuld, dass ich gar nicht weiß, wo die Liste endet.

Ich liebe das, was ich heute mit Jan habe. Aber es ist okay, meinen Mann zu vermissen. Das ist, was mir meine Therapeutin immer wieder vermittelt. Es hilft mir, mit Jan über unsere verstorbenen Partner zu reden. Sogar sehr. Es verbindet uns noch mehr, als ohnehin durch unsere Beziehung geschieht.

Und auch meine Mutter beginnt wieder ein eigenes Leben. Sie kommt noch immer gern zu uns, holt auch ihre Enkel für einen Omatag ab. Doch sie tut es mit einer Leichtigkeit, von der mir gar nicht klar war, dass ihr diese in den letzten Jahren gefehlt hat.

Vor Kurzem hat sie mir erzählt, dass sie sich auf einer Partnerbörse angemeldet hatte. Nur für kurze Zeit, denn die Männer dort waren bei Weitem nicht das, was sie sich vorgestellt hatte. Mittlerweile geht sie zu spontanen Aktivitäten, die von unterschiedlichen Leuten geplant und umgesetzt werden. Organisiert wird das Ganze per App. Es macht ihr großen Spaß und sie hat schon einiges ausprobiert. Es macht mich glücklich, sie glücklich zu sehen. Frei von der Belastung, die ich ihr aufgebürdet hatte.

Für heute Abend haben sich Mel und David angemeldet. Sie kommen mit Emilia zum Abendessen.

Ich freue mich riesig auf die drei. In den letzten Wochen haben wir uns nur wenig gesehen, da Jan und ich ganz schön eingespannt waren. Zu telefonieren ist das einfach nicht das Gleiche.

Jan und Paul stehen zusammen in der Küche und bereiten alles vor. Luna, Louisa und ich waren auf dem Spielplatz, bis es angefangen hat zu regnen. Mittlerweile sitzen wir zusammen im Wohnzimmer und ich lasse die beiden meine Fingernägel lackieren. Ich bin kein Freund von Nagellack, aber ich habe es ihnen schon länger versprochen. Auf dem Weg nach Hause haben wir eine kleine Auswahl an Farben gekauft, die jetzt großzügig auf meinen Nägeln verteilt werden. Leider habe ich vergessen Entferner zu kaufen. Ich werde wohl oder übel so am Montag zur Arbeit gehen müssen.

Obwohl ich meine Arbeit gern mache, bin ich momentan gar nicht so gerne dort. Michael nervt nur noch. Sandra ist es auch schon aufgefallen. Sie hat mir geraten, zur internen Meldestelle für Mobbing und sexuelle Belästigung zu gehen. Leider war die Dame nicht ganz so begeistert, als ich ihr gesagt habe, wer mich da belästigt. Sandra hat sich fürchterlich aufgeregt. Jan habe ich davon nichts erzählt. Ich will mir lieber nicht vorstellen, was passiert, wenn er es erfährt. Das könnte mich sicher meinen Job kosten. Und den mache ich wiederum ganz gern. Vor allem das Umfeld ist super.

Ich mag die Institution und kenne mittlerweile jeden

Winkel. Auch einige der Bewohner und Mitarbeiter sind mir schon bekannt. Es ist nicht überaus friedlich. Aber es ist ehrlich und fröhlich. Man sieht die Leute, für die man arbeitet, jeden Tag. Weiß, worin Gelder investiert werden und warum Wohn- und Arbeitsplätze für Menschen mit einer Beeinträchtigung so viel Geld kosten. Das Betreuungs- oder - wie ich lieber sage- Unterstützerteam ist engagiert, meist fröhlich und kann auch schwierige Situationen bewältigen. Überstunden sind keine Seltenheit und entgegen dem, was ich in der freien Wirtschaft mitbekommen habe, kann man Überstunden auch gelassen hinnehmen. Das Wissen, an einem anderen Tag dafür nicht arbeiten zu müssen, Freizeit wirklich als Freizeit nutzen können, entspannt einige der Mitarbeiter sehr.

Einige. Nicht alle. Jeder geht anders damit um und das ist auch gut so. Es herrscht rege Fluktuation bei den Mitarbeitern.

Ich sehe regelmäßig ihre Lohnabrechnungen. Egal in welcher Position sie arbeiten, es sollte verboten werden, für diese Tätigkeit so wenig Geld zu bekommen. Umso mehr Respekt habe ich davor, mit welchem Elan alle ihre Arbeit tun. Jede Einrichtung für Menschen mit einer Beeinträchtigung lockt ihre Mitarbeiter mit anderen Goodies. Weiterbildungen, mehr Urlaubstage, die Aussicht auf eine Beförderung ... Nur eines ist überall gleich – der miserable Lohn. Das erklärt auch den ständigen Wechsel der Unterstützer.

Während ich gedanklich durch die letzten Monate wandere, beenden Louisa und Luna ihr Kunstwerk. Naja. Abstrakte Kunst.

Trotzdem danke ich beiden überschwänglich, denn sie haben Freude an dem Ergebnis.

Paul, Louisa und Luna verkrümeln sich in ihre Zimmer. Jan und ich decken den Tisch ein. Gut, Jan macht das und ich schaue neugierig in die duftenden Töpfe. Mh ... Kürbissuppe, Pilzrisotto und Apfeltaschen. Ein richtig herbstliches Festmahl.

»Wow! Das sieht köstlich aus.«

»Ich hoffe, es wird allen schmecken.«

Ganz der Bescheidene, auch wenn seine Miene verrät, dass er doch ganz stark davon ausgeht, dass es munden wird.

Mit nur einer halben Stunde Verspätung kommen David, Mel und Emilia bei uns an. Die Entschuldigung fürs Zuspätkommen können sie sich sparen. Wir haben drei Kinder und sind chronisch zu spät. Man plant es ein und kommt trotzdem nicht rechtzeitig.

Wir sitzen kaum am Tisch, da macht sich ein Strahlen in den Gesichtern von Mel und David breit. Bevor jemand von uns nachfragen kann, platzt es aus Mel heraus:

»Wir wollen heiraten!«

Jubelnd stehe ich auf und umarme meine beste Freundin.

»Oh, mein Gott! Glückwunsch! Ich freue mich riesig mit euch!«

»WIR freuen uns riesig!«, bemerkt eine tiefe Stimme von der Seite. Jan ist ebenfalls aufgestanden und umarmt das glückliche Paar.

Die Kinder sind da etwas verhaltener, aber wir haben ihnen immerhin genügend Anstand beigebracht, dass sie den beiden ebenfalls gratulieren und sie umarmen.

Keine zwei Minuten später ist das Gesprächsthema für heute gefunden.

»Wir würden uns freuen, wenn im Leh Muh das Hochzeitsessen stattfinden könnte. Und, Dina, würdest du uns die Hochzeitsfotos machen?« Bittend und mit einem hinreißenden Lächeln sieht mich Mel an.

»Was für eine Frage?! Natürlich!«

»Für wann plant ihr denn eure Hochzeit?« Jan denkt etwas vorausschauender als ich. Einer muss wohl den klaren Kopf behalten.

»Naja ... Silvester?« Davids Lächeln geht von Ohr zu Ohr, während meine Gedanken schon anfangen zu rattern. Silvester. Puh. Das wird knapp.

»Ich weiß, ihr seid schon mit dem Essen und Fotografieren beschäftigt, aber ist es euch auch möglich, bei der Planung mitzuhelfen? Gästelisten, Einladungen und was alles so dazu gehört?«

Oha. Und da sind sie wieder ... die Schuldgefühle und damit der beherrschende Drang, etwas wiedergutmachen zu müssen.

»Na klar! Ich werde euch helfen so viel ich kann!«

Jan schaut mich überrascht von der Seite an, doch heute bin ich Weltmeister im Ignorieren.

Mel und David danken uns überschwänglich. Für den Rest des Abends reden wir über ihre Vorstellungen, das Budget, die Zeitplanung und das Menü. Es ist ein herrlich leichter Abend, aus dem ich leider mit Bauchschmerzen gehe.

Nicht weil das Essen nicht geschmeckt hätte, - ganz im Gegenteil - es war göttlich, wie so ziemlich alles, was Jan und Paul zaubern.

Nachdem unsere Gäste gegangen sind und die Kinder im Bett liegen, dauert es nicht lange, bis Jan sich nicht mehr ignorieren lässt.

Ich habe es versucht. War extra lang im Bad. Ich habe mir zwei Mal die Zähne geputzt und eine Gesichtsmaske aufgelegt. Dennoch ... er liegt im Bett und mustert mich, als ich ins Schlafzimmer komme.

»Also, meine Schöne. Momentan hast du zwei Jobs, bist Patchwork-Mama und planst eine Hochzeit?«

Jupp. Tatsachen. Mehr als ein Nicken mit gerecktem Kinn bekommt er dafür nicht.

»Okay. Dann verrate mir mal bitte, wann und wie du das schaffen willst?«

Öhm. Naja.

»Das geht schon! Ein bisschen länger am Abend arbeiten und dann wird das schon.« Klingt zumindest gut, was ich da von mir gebe.

»Aha. Und wie viele Hochzeiten hast du schon geplant? So innerhalb von zweieinhalb Monaten?«

Elendiger Mistkerl mit einem unverschämt attraktiven Äußeren.

»Dachte ich mir«, sagt er mit einem Siegerlächeln.

Auffordernd streckt er seine Arme nach mir aus. Selbst wenn mir gerade nicht danach ist, ich kann ihm einfach nicht widerstehen, schlüpfe unter die Decke und kuschle mich an Jan. Selbstverständlich schiebe ich meine Eiszapfenfüße zwischen seine Schenkel.

»Verdammt. Wie machst du das?«, ist seine, durch die Zähne gezischte Frage bezogen auf den Zustand meiner Füße.

Wir reden noch lange über die Dinge, die erledigt werden müssen, damit Mels und Davids Hochzeit von ihren Wünschen entspricht.

Jan

Es ist pünktlich 17:00 Uhr, als ich auf Dinas Mitarbeiterparkplatz fahre. Wir wollen noch zusammen einkaufen, bevor die hungrige Meute nach Hause kommt. Was ziemlich knapp werden könnte, da Dina noch nicht zu sehen ist.

Als sie endlich aus dem Eingang kommt, wirkt sie nervös. Sie dreht sich immer wieder um, als würde sie sich nach jemandem umschauen. Bevor ich aussteigen kann, sehe ich den Grund ihrer Nervosität. Michael. Er geht knapp hinter Dina durch die Tür und kommt ihr sehr nahe. Zu nah für meinen Geschmack.

Bevor ich reagieren kann, packt er sie und schleudert sie mit dem Rücken an die Hauswand. Drängt seinen Körper gegen ihren. Seine Hände pressen sich an ihre Brüste, sein Kopf verdeckt ihr Gesicht. Nur erstickt höre ich sie aufschreien.

Ohne es bemerkt zu haben, stehe ich bereits hinter ihm.

Ich ziehe den Drecksack von ihr weg und lasse meine Faust mit voller Wucht in seine Hackfresse fliegen. Ein ekliges Knirschen erklingt. Nase gebrochen. Gut so.

Meine Augen wandern von dem Schmierlappen hin zu Dina. Sie steht mit tränenverschleiertem Blick vor mir und sieht mich erschrocken an. Shit.

Entgegen meiner Befürchtung, sie könne Angst vor mir haben oder gar wegrennen, schmeißt sie sich in meine Arme.

Haltlos schluchzt sie an meiner Brust. Ich versuche sie zu beruhigen, während ich ein Auge auf Michael habe, der am Boden liegt und sich mit schmerzverzerrtem Gesicht seine lädierte Nase hält.

»Du verficktes Arschloch hast mir meine Nase gebrochen«, jault er. Am liebsten würde ich noch mal zulangen, aber das wäre wohl zu viel des Guten.

»Ich zeige dich wegen Körperverletzung an«, droht er mir.

»Einen Scheiß wirst du!«

»Jan, bring mich von hier weg.« Dinas flehende Stimme befördert mich wieder zu ihr. Sanft begleite ich sie zum Auto und bitte sie einen Moment zu warten. Ich gehe zurück zu Michael, der mittlerweile an der Hauswand sitzt. Mit einem dreckigen Grinsen spuckt er mir Blut vor die Füße. Ich mache mir nicht die Mühe, mich auf seine Ebene zu begeben. Ich bin ihm ohnehin körperlich überlegen und das kommt noch viel besser zur Geltung, wenn ich vor ihm stehen bleibe, statt mich hinzuhocken.

»Wenn hier jemand jemanden bei der Polizei anzeigt, dann ist es Dina, weil ihr Chef sie sexuell belästigt hat.«

In Michaels Augen spiegelt sich Angst. Sehr schön.

»Ich rufe jetzt die Polizei und werde dafür sorgen, dass Anzeige gegen dich erhoben wird.«

»Du kannst mich mal. Wer bist du schon? Ein abgefuckter Kinderstar kann ihr eh nicht geben, was ich ihr zu bieten habe.«

Die Worte sollten mich treffen. Das tun sie nicht im Geringsten. Es ist der Frust, der aus ihm spricht. Das Wissen, dass er verloren hat.

»Ich ruf auch noch einen Rettungswagen, damit sie dir im Krankenhaus deine Visage wieder richten können.«

»Spar dir die Mühe. Sag Dina, dass sie fristlos entlassen ist.« Er klingt resignierter als noch vor wenigen Sekunden.

»Eine Abfindung in Höhe von drei Monatsgehältern.«

»Ist das dein scheiß Ernst?! Du willst sie erpressen, damit sie dich nicht anzeigt?« Um ihm nicht wieder eine zu verpassen, balle ich meine Hände zu Fäusten und stemme meine Beine in den Boden. Gott bewahre, was passieren würde, wenn ich jetzt die Kontrolle über mich verliere.

Ohne ein weiteres Wort drehe ich mich um und gehe zum Auto. Auf den wenigen Metern habe ich die Polizei verständigt und knapp berichtet, was eben passiert ist.

Dina sitzt zusammengesunken auf dem Beifahrersitz. Ich will sie umarmen, doch sie schüttelt mich ab. Ich verstehe das, wahrscheinlich sogar besser, als es jeder andere könnte.

»Die Polizei wird gleich da sein.«

Erschrocken sieht mich Dina an.

»Warum?«, flüstert sie mir entgegen.

Eine Frage, die mir körperlich Schmerzen bereitet.

»Weil er es verdient hat. Weil du es verdient hast! So etwas darf nicht ungesehen bleiben!«

Dina schüttelt den Kopf und wendet sich von mir ab.

»Ich kann das jetzt nicht.«

»Doch du kannst! Ich bin bei dir und helfe dir dadurch und danach kannst du zusammenbrechen! Ich fang dich auf, versprochen.«

Ich weiß, dass es herzlos scheint, sie kurz nach dem Schock die Situation nochmals durchgehen zu lassen. Aber es muss so zeitnah wie möglich sein. Ich weiß das.

Es schmerzt und ist schrecklich. Es wäre jedoch schmerzlicher, wenn es einfach im Sande verlaufen würde, wenn Beweise nie gesehen werden könnten.

Es dauert keine fünf Minuten, bis der Einsatzwagen da ist. Ein Herr im mittleren Alter und sein junger Kollege steigen aus. Ich stelle mich den beiden vor und schildere grob, was ich beobachtet habe. Der Jüngere von beiden hockt nun bei Michael, um seine Aussage aufzunehmen. Ich gehe außer Hörweite, auch wenn ich in seinem Gesicht sehe, was er dem Polizisten versucht, glaubhaft zu machen. Dina steht neben dem Auto und sieht mich bittend an. Stumm folge ich ihrer Bitte und stelle mich zu ihr.

Der Mann im mittleren Alter stellt sich als Herr Müller vor. Bevor er überhaupt mit der Befragung anfängt, fragt er Dina, ob sie lieber mit einer Frau sprechen will, was sie verneint. Vorsichtig befragt er sie zu dem Geschehenen. Er lässt ihr Pausen, um das Erlebte zu verarbeiten. Als ich höre, dass das schon länger so geht und intern nichts unternommen wurde, um den Drecksack zur Rede zu stellen, flammt erneut Wut in mir auf. Ich bin nicht wütend auf Dina, weil sie mir nichts gesagt hat. Dafür habe ich sogar ein Stück weit Verständnis. Viel mehr bin ich wütend wegen des missbrauchten Vertrauens, dass die HR-Tante Dina entgegengebracht hat. Nur weil er der Geschäftsleiter ist, will man ihn nicht belangen?

In welch einer kranken Gesellschaft leben wir? Dina lehnt mit angespanntem Rücken an mir. Mich befreit die körperliche Nähe zu ihr. Sie vertraut mir. Zu einhundert Prozent. Ich versuche meine Wut herunterzuschlucken und konzentriere mich einzig und allein auf sie.

Nachdem der junge Polizist sich bei uns als Herr Weiss vorgestellt hat, tritt er kurz mit seinem Kollegen beiseite, um die Aussagen miteinander zu vergleichen.

Michael sitzt mittlerweile im Krankenwagen und wird bestens umsorgt. Herr Weiss und Herr Müller sehen sich nach Überwachungskameras um und werden zum Glück fündig.

»Das wird es uns leichter machen, Ihre Aussage zu unterstützen«, sagt Herr Müller.

»Ich bin ziemlich sicher, dass Sie nichts zu befürchten haben, Frau Schubert.« Herr Weiss sieht sie beruhigend an, was Dina einiges an Körperspannung nimmt. Sie lässt sich ein wenig mehr gegen mich fallen und ich fange sie, genauso wie ich es ihr versprochen habe.

Nachdem die letzten Daten aufgenommen worden sind, verabschieden sich die beiden. Sie werden sich in den nächsten Tagen melden, wenn sie die Überwachungsbänder gesichtet haben.

Auf der Fahrt nach Hause bitte ich meine Eltern, heute auf die Kinder aufzupassen. Ich berichte ihnen kurz, was passiert ist. Meine Mutter ist geschockt und bringt kein Wort über ihre Lippen, stattdessen gibt sie mir meinen Vater ans Telefon. Er verspricht uns, dass es Luna, Louisa und Paul bei ihnen gut gehen wird und sie mit allerhand Pizza und Eiscreme versorgt werden würden.

Kurz vor unserer Ankunft bedeutet mir Dina panisch, dass ich rechts ranfahren soll. Kaum stehen die Räder still, beugt sie sich aus der Beifahrertür und übergibt sich. Der Anblick tut mir unendlich leid. Ich halte ihre langen Haare und streiche ihr beruhigend über den Rücken. Ich weiß, was sie grade durchmacht und dass es keine falsche Reaktion ihres Körpers auf das Geschehene gibt. Erschöpft lässt sie sich zurück in den Sitz fallen. Ich fahre vorsichtig nach Hause, um ihren Magen nicht noch weiter zu reizen.

»Würdest du mir helfen, mich zu duschen?«

Die leise Frage von Dina bricht mir fast das Herz. Ich bin sicher, es hat sie alle Überwindung gekostet.

»Ich muss dieses ekelerregende Gefühl von mir waschen, bin aber nicht sicher, ob ich mich auf den Beinen halten kann.«

Vorsichtig schäle ich sie aus ihren Kleidern und stelle die Dusche ein. Weinend steht sie vor mir und fragt mich, warum ihr das geschehen ist, was sie falsch gemacht hat.

Ich möchte ihr am liebsten entgegenschreien, dass sie nichts, überhaupt gar nichts falsch gemacht hat. Stattdessen murmle ich ihr die Worte leise entgegen.

»Aber warum hat er das dann getan? Vielleicht habe ich ihm falsche Signale gesendet?«

»Das glaube ich nicht, Dina! Und selbst wenn, er hat deswegen kein Recht, sich so an dir zu vergehen!«

Als Dina mir den Rücken zudreht, um sich vollends unter den Duschstrahl zu stellen, kann ich die Abdrücke der groben Hauswand an ihrer Haut erkennen. Tief durchatmen, Jan! Ganz tief! Selbst wenn es *nur* ein Kuss war, er ist mit solch einer Wucht geschehen, dass es immer noch zu sehen ist. Niemand darf berührt werden, wenn er nicht sein Einverständnis gibt!

Auf gar keinen Fall! Zu keiner Zeit!

»Jan?«

Ich schaue Dina in ihre klaren, blassblauen Augen, die mich mustern.

»Es tut mir leid, dass ich es dir nicht schon eher erzählt habe. Ich dachte nur …«

Ich bin sicher, dass ich weiß, was sie dachte, auch ohne, dass sie es aussprechen muss.

»Hätte ich geahnt, dass es so enden würde …«

»Dina, mach dir deswegen bitte keinen Kopf! Ich bin dir nicht böse. Natürlich hätte ich es gut gefunden, wenn ich davon gewusst hätte, doch ich bin sicher, dass es nichts am Ausgang der Geschichte geändert hätte.«

Zweifelnd sieht sie mich an. Ein kleiner Riss zieht sich durch mein Herz. »Du glaubst doch nicht etwa, ich hätte ihm was getan, wenn du mir davon erzählt hättest?!«

»Keine Ahnung. Vielleicht?«

Mir wird gerade schlagartig klar, dass wir uns nicht schon Jahre kennen, so wie es sich die meiste Zeit anfühlt. Wir kennen uns erst Monate.

»Schöne …« Ich ziehe sie, klatschnass wie sie ist, in meine Arme.

»Nie. Wirklich nie könnte ich etwas tun, was dir schaden würde.«

»Es tut mir leid«, nuschelt sie gegen meine Brust.

»Muss es nicht. Wir lernen uns gerade kennen. Da gehört das dazu.«

Der kleine Riss in meinem Herzen verschließt sich mit dieser Erkenntnis wieder.

»Danke, dass du da warst. Danke, dass du jetzt da bist.«

»Immer.« Ein weiteres Versprechen, das ich vorhabe einzuhalten.

Nachdem ich Dina in eine Kuscheldecke gewickelt und auf die Couch geschickt habe, bereite ich uns eine Kleinigkeit zu essen zu. Eine Spatzenportion später lehnt sie an mir. Geduldig warte ich, bis sie das Schweigen bricht. Ich kann spüren, wie ihre Gedanken rasen und sie versucht, die richtigen Worte zu finden. Drei tiefe Atemzüge später ist es so weit.

»Ich glaube, ich will kündigen.« Leise und zögerlich treten die Worte über ihre Lippen.

»Warum?«

»Ich liebe den Job und das Umfeld. Aber ich möchte nirgends arbeiten, wo ein Mensch über einen anderen gestellt wird.«

Mich überrascht die Aussage. Ich weiß, wie wohl sich Dina in ihrem Arbeitsumfeld fühlt, wie viel Spaß ihr der Job macht. Sie scheint meine Unsicherheit zu spüren.

»Glaub mir, das ist keine leichte Entscheidung für mich. Ich bin sicher, dass das auch für die HR-Tante Konsequenzen haben wird. Es gibt strikte Vorschriften, die absichtlich missachtet wurden. Ich hätte durchaus hartnäckiger sein und immer wieder bei ihr auftauchen können. Nur bin ich nicht sicher, ob es was gebracht hätte. Ich meine, er ist der Geschäftsführer!«

Herzlich willkommen in unserer Gesellschaft. Mir wird übel. Ich bin Realist und weiß um den Wahrheitsgehalt in Dinas Worten. Auch in meinen Erinnerungen sind es Personen mit einem größeren Gehaltscheck, die gesellschaftlich etabliert sind und mit mehr Respekt von anderen betrachtet werden. Sie stehen anscheinend über den Dingen.

»Die Arbeit, die ich für dich und das Leh Muh machen darf, das Fotografieren, die Hochzeit und die Kinder. Das reicht eigentlich schon für einen Vollzeitjob.«

Das *habe ich dir ja gesagt*, verkneife ich mir. Aber ein erleichtertes Durchatmen muss sein. Dabei kommt mir noch eine ganz andere Idee. »Reicht dir das wirklich?« Ihr Zögern verrät mir alles.

»Was würdest du davon halten, wenn du den Part mit dem Catering komplett übernimmst?« Strahlend wendet sich Dina mir zu. Bingo!

»Wirklich? Ich dachte, du hast bereits Bewerber?«

»Schon. Aber ich habe bisher noch niemanden eingestellt und die beste Bewerberin habe ich bei mir sitzen.« Statt einer Antwort legen sich ihre Lippen auf meine. Wohlige Wärme breitet sich in mir aus.

Dina

Endlich. Ferien. Die letzten Tage sind rasend schnell vergangen und waren wahnsinnig kräftezehrend.

Ich freue mich auf zwei freie Wochen mit Jan und den Kindern. Der Besuch im Freizeitpark steht an und lässt die Zwerge Tag für Tag jubeln. Im Kalender ist für morgen ein fettes rotes Kreuz eingetragen. Der Tag der Abfahrt. Das heißt, heute wird gewaschen, gepackt und gestritten. Eine wunderschöne, entspannte Mischung. Nicht.

Während Paul und Louisa sich mächtig anzicken, sitzt Luna bei mir im Büro und malt.

Ich gehe noch schnell ein paar Belege vom Leh Muh durch. Eine Woche Betriebsferien wird dem Geschäft nicht schaden. Im Gegenteil. Im Sommer war so viel los, dass sich Jan und sein Team kaum eine nennenswerte Pause gegönnt haben. Es ist an der Zeit, dass sich alle erholen können.

Gerade als ich den Computer ausschalten will, um nach den zwei Streithähnen zu schauen, zeigt mein Postfach eine neue E-Mail an, auf die ich schon lang gewartet habe. Ich werde darin informiert, dass Michael eine Bewährungsstrafe für drei Monate bekommen hat. Ich empfinde keine Wut oder Genugtuung. Ich bin einfach froh, dass ich ihn angezeigt habe und dafür nicht belächelt worden bin. Und dass es vorbei ist. Wegen der besonderen Umstände meiner Kündigung bin ich bezahlt freigestellt.

Dieses Mal fühlt es sich richtig an. Am Anfang des Jahres war ich noch eine andere. Meine Kündigung war anders. Es hat sich so viel verändert und doch stehe ich wieder am selben Punkt. Nur eben anders. Gut anders.

Ich fühle mich wohl bei meiner Entscheidung, auch wenn ich den Job und das Umfeld vermisse. Wenn sich alles ein wenig beruhigt hat, wieder Freiräume entstehen, werde ich mich engagieren. Einsetzen für Menschen, die einen erhöhten Unterstützungsbedarf haben. Ich habe meine Idee mit Jan besprochen. Er ist Feuer und Flamme und hat mir seine volle Unterstützung zugesichert.

Datingabende. In der kurzen Zeit, in der ich bei »MitMensch« gearbeitet habe, konnte ich sehen, dass es viele Mitarbeiter und Bewohner mit einer Beeinträchtigung gibt, die sich nach einer Beziehung sehnen. Nicht nur auf körperlicher Ebene. Sie sehnen sich nach einem Freund, Vertrauten, nach einem Menschen, mit dem man Lachen und Weinen kann. Der einen in den Arm nimmt, wenn man traurig ist oder sich mit einem freut, wenn man glücklich ist. Keinen Unterstützer, der austauschbar ist und niemals zu einer Konstante werden wird. Es ist seine Aufgabe zu helfen, er wird dafür bezahlt, auch wenn es seine Berufung ist. Es ist noch immer ein Job. Beziehung kann so viel bedeuten. Am meisten bedeutet sie Liebe. Jemanden lieben und auch geliebt werden.

Ich werde mich mit einigen aus dem Betreuungsteam zusammensetzen und mit ihnen überlegen, wie wir die Idee umsetzen können. Genauso, wie ich auch mit den Menschen sprechen will, für die ich dieses Projekt starten möchte. Ich will wissen, was sie benötigen, damit sie sich für so einen Abend anmelden würden, was es braucht, damit sie sich dabei wohlfühlen würden. Ich freue mich jetzt schon auf dieses Projekt. Aber eins nach dem anderen.

Zuerst einmal ziehe ich die streitenden Kinder auseinander und schicke sie in ihr jeweiliges Zimmer. Luna sitzt noch immer entspannt im Büro und stellt ihr Kunstwerk fertig.

»Dina«, ruft sie mich gerade.

Ich stecke meinen Kopf durch die Tür und schaue in

ein strahlendes Kindergesicht. Luna hält mir ein bunt bemaltes Blatt Papier entgegen. Als ich näher an sie herantrete, muss ich mit aller Kraft meine Tränen zurückhalten.

Fünf Strichmännchen mit unterschiedlicher Statur sind darauf gemalt. Die beiden Größeren sind am äußeren Rand der kleinen Gruppe. Hände verbinden sich miteinander. Über ihnen eine Sonne. Kinderkitsch, der Mamaherzen höherschlagen lässt.

»Schau mal. Das sind du und Papa. Und hier ...«, sie zeigt auf das Mädchen mit den langen, braunen Haaren, welches in der Mitte der Gruppe steht, » ...das bin ich. Und neben mir stehen Paul und Louisa.«

Ohne dass Luna dazukommt, noch etwas zu sagen, habe ich sie in meine Arme geschlossen.

»Ich habe dich lieb«, flüstere ich in ihre Haare.

»Ich habe dich auch lieb.« Ihre kleinen Arme umschlingen mich. Meine Tränen sind nicht mehr aufzuhalten. Sie rollen glücklich über meine Wangen.

Der nächste Tag beginnt leider weniger schön, als der gestrige geendet hat. Das Wetter ist miserabel. Dreihundert Kilometer Autobahn reichen offensichtlich nicht, um einem die Laune zu verhageln. Der Einzige mit guter Laune ist Jan. Er sitzt fröhlich pfeifend auf dem Beifahrersitz und versucht die Kinder zu bespaßen.

Ich atme mehr als erleichtert durch, als wir endlich ankommen.

Zum Glück hat der Freizeitpark einen großen Indoorspielplatz.

Während Luna, Louisa und Paul auf dem Trampolin einen Wettbewerb machen, wer am höchsten springen kann, trinken Jan und ich einen miesen Kaffee zwischen den neonfarbenen Spielgeräten.

»Erinnert mich irgendwie an unser letztes Mal auf dem Spielplatz.« Ein eindeutig zweideutiges Zwinkern fliegt mir zu und lässt mich lächeln. Dass das nicht einmal ein ganzes Jahr her ist ... Es fühlt sich so viel länger an.

»Woran denkst du?«

Statt zu antworten, lehne ich mich zu ihm und streiche mit meinen Lippen zart über seine. Die Reaktion folgt prompt. Gierig ziehen seine Hände mich auf seinen Schoß. Ich kann nicht anders, als in Gelächter auszubrechen. Neonfarben, Kinderlärm, mieser Kaffee und Jan. Ich kann mir in diesem Moment nichts Besseres vorstellen.

»Mama? Mir ist schlecht.«

Ich brauche einen Moment, um die Stimme zuzuordnen. Vor unserem Bett steht Paul und hält sich den Bauch. Oje. Noch bevor ich bei ihm bin, erbricht er. Ich schieße aus dem Bett und trage Paul ins Badezimmer. Jan ist ebenfalls aufgewacht.

Mit grünem Gesicht kommt er ebenfalls ins Badezimmer geschlurft. Habe ich bis eben Hoffnung gehabt, bin ich mir jetzt sicher, dass das hier kein Fall von Reiseübelkeit ist. Während Paul in einem beeindruckend hohen Bogen über das Klo hinweg kotzt, höre ich aus dem Kinderzimmer ein weiteres »Mama«.

Alle Eile nützt nichts. Louisa beugt ihren Kopf schon aus dem Bett heraus und erbricht. Luna sieht mich mit verweintem Gesicht an.

»Musst du auch brechen, Süße?«

»Ich glaube nicht«, antwortet sie zögerlich.

»Hast du Bauchweh?«

»Nein.« Zum Glück! Ich höre ebenfalls kurz in mich hinein und stelle fest, dass mein Magen stabil ist. Die Übelkeit, die ich verspüre, kommt sicher von der ganzen Kotze um mich herum.

»Luna, setz die Kopfhörer auf und mach dir Musik an, dann musst du dir das nicht mitanhören.«

Was würde ich jetzt für Kopfhörer und Musik geben. Stattdessen schnappe ich mir Louisa und bringe sie zu den anderen beiden ins Badezimmer. Jan hängt über dem Klo. Paul und Louisa nutzen die Badewanne zum Kübeln. Am Telefon verspricht mir der Rezeptionist, umgehend drei Eimer zu unserer Ferienwohnung zu bringen.

Als es klopft, bin ich gerade damit beschäftigt, Louisa die Haare zu halten, damit sie sie nicht weiter vollkotzt. Luna geht zur Tür und bringt mir anschließend die Eimer.

»Ich habe dem Mann gesagt, dass wir auch noch Wischlappen brauchen. Er meinte, er schickt gleich noch eine Putzfrau vorbei.«

Die arme Frau. Mittlerweile sitzt Jan zusammengesunken im Bett, den Eimer vor sich.

»Es tut mir leid, Dina«, jammert er.

»Wofür?«

Er macht eine ausladende Handbewegung quer durch den Raum.

Ich würde gerne *«Macht doch nichts!»* sagen, aber ehrlich ... Uff.

Zumindest hat er nicht das Essen gekocht, was die Drei so quält. Mittlerweile habe ich es gedanklich zuordnen können.

Louisa, Paul und Jan hatten eine Portion Pommes und Schnitzel. Luna und ich haben Spaghetti gegessen. Dies ist der einzige Unterschied beim Essen der letzten vierundzwanzig Stunden. Am liebsten würde ich mich für meine Detektivfähigkeiten loben lassen, doch ich halte lieber den Kotzkübel vor Paul fest. Luna ist ein echter Schatz. Sie hilft Louisa, während sie selbst Kopfhörer aufhat, damit sie die Würgegeräusche nicht hören muss.

Erst in den frühen Morgenstunden findet das Desaster ein Ende. Die Kotzcrew liegt zusammen im großen Bett, während Luna und ich im Etagenbett schlafen. Im Kinderzimmer riecht es wenigstens nicht so sehr nach Erbrochenem.

Als es leise an der Tür klopft, schrecke ich hoch. Auf der anderen Seite steht eine Servicekraft mit einem Tablett voller Tee, Zwieback und Suppe.

»Es tut uns so leid, was Ihnen passiert ist!«

Hä?

»Anscheinend hat es einen Produktionsfehler bei dem

Mayohersteller gegeben. Das wussten wir bis heute Nacht leider nicht. Der Lieferant hat sich am Morgen gemeldet und bestätigt, dass genau diese Charge betroffen ist.«

Sein scheiß Ernst? Oh Mann.

»Natürlich kommen wir ihnen gerne beim Preis für die Übernachtungen entgegen.«

»Das will ich aber auch meinen!«

Ich weiß, dass der arme Kerl nichts dafürkann, aber nach dieser Nacht ist meine Höflichkeit im Kotzkübel gelandet.

»Es tut uns wirklich leid! Ich habe selbst Kinder und kann mir nur zu gut vorstellen, was Sie in dieser Nacht durchgemacht haben. Kann ich noch irgendetwas für Sie tun?«

Ich gebe dem Mann eine verbale Liste von all den Dingen, die gereinigt oder ausgetauscht werden müssen. Mit jedem weiteren Punkt darauf wird er kleiner, entschuldigt sich immer wieder.

Es vergehen weitere vierundzwanzig Stunden, bis es allen wieder gut geht.

Erst dann können wir den Park mit all seinen Attraktionen genießen. Pommes und Schnitzel sind zwar auf unserer Speisekarte vorerst gestrichen, aber es gibt noch genügend andere Gerichte, die ohne Mayo funktionieren.

Jan wird relativ häufig erkannt. Meist von Menschen in unserem Alter. Er geht souverän mit der Situation um. Setzt ein professionelles Lächeln auf und führt höflichen Small Talk.

Seine Anspannung scheine nur ich zu spüren. Er hält meine Hand fest, rückt nah an mich heran, als würde er Schutz suchen.

Den Kindern macht das Ganze nichts weiter aus. Im Gegenteil, sie finden es aufregend und wünschen sich einen »*Die Kinder vom Berghof*«-Serienabend. Jan scheint nicht wahnsinnig glücklich darüber, verspricht aber, die DVDs rauszusuchen, sobald wir wieder zu

Hause sind.

Später erzählt er mir, dass die Aufnahmen viel zu viele schlechte Erinnerungen in ihm wecken.

Ich verstehe ihn und verspreche, dass ich die Serie mit den Kindern schauen werde, wenn er arbeitet oder beim Training ist.

Ein inniger Kuss und eine leidenschaftliche Nacht sind wohl seine Art *Danke* zu sagen. Eine wirklich gute Art, wenn man mich fragt.

November

Jan

Es ist eine Wohltat, mit Dina zusammenzuarbeiten. Erst dachte ich, dass wir uns womöglich in die Quere kommen, zu unterschiedliche Ansichten haben. Dina überrascht mich, denn sie ist wie ich. Ich wusste, dass sie, bevor wir uns kannten, schon in der Buchhaltung gearbeitet hat. Womit ich nicht gerechnet habe, ist, dass sie ihren Fokus und die Prioritäten zu einhundert Prozent setzt, wie ich es tun würde, obwohl sie noch nie in der Gastronomiebranche gearbeitet hat. Sie verschafft sich einen Eindruck vom System und legt los.

Die Hochzeit von Mel und David nimmt sie ganz schön in Anspruch. Gefühlt alle fünf Minuten ändern die beiden das Farbkonzept, das Essen, die Tischordnung, eben alles, was einen großen Aufwand in der Planung bedeutet. Eigentlich wollten sie im kleinen Kreis mit engen Freunden und Familie heiraten. Mittlerweile ist es jedoch eine mittelgroße Hochzeit mit fast einhundert Gästen. Ich weiß nicht, wie Dina dabei Ruhe bewahren kann und gleichzeitig ihr eigentlicher Job nicht darunter leidet.

Sie arbeitet vorausschauend und übernimmt die Verantwortung, sollte ihr ein Fehler unterlaufen. Sie ist immer höflich, auch zu unfreundlichen Lieferanten. Ihr planerisches Können ist die Wucht. Ich liebe es. Ich liebe sie. So sehr, dass ich glaube, mein Herz könnte platzen. Ich kann es ihr gar nicht oft genug sagen. Ich weiß nicht, wann es passiert ist, aber irgendwann bin ich vom arroganten Arsch zum liebenden Mann geworden. Ich würde sie den ganzen Tag auf Händen tragen, wenn sie es zulassen würde. Die Art, wie sie mich ansieht, in meinen Augen versinkt und in meinen Armen schmilzt. Wie sie sich mir völlig hingibt, ohne verlernt zu haben, ihre eigene Meinung zu vertreten und mich das auch ganz klar wissen zu lassen. Ich habe im Februar eine gebrochene Frau kennengelernt, zerfressen von Trauer. Heute sitze ich einer ganz anderen gegenüber. Eine starke, selbstbewusste Frau, die mir den Verstand raubt und mein Herz gleich dazu. Ihre hübschen, weichen Lippen lächeln mich an. Ich bin versucht, meine Bürotür von innen abzuschließen, um sie hier und jetzt zu vögeln. Gedanklich nimmt die Szene schon Fahrt auf. Den Papierstapel vom Tisch wischen, sie daraufsetzen. Ihre schlanken Beine spreizen. Mich an ihr reiben, bis ihr ein Stöhnen entweicht. Fuck, ich bin jetzt schon steinhart.

»Jan?«

»Mh?«

»Was sagst du dazu?« Oh, Mist, ich habe irgendetwas verpasst.

Das merkt auch Dina. »Wenn ich dein Grinsen so sehe, dann glaube ich nicht, dass du gerade über meinen Vorschlag, die örtlichen Bauern bei der Gemüse- und Obstbestellung mehr einzubeziehen, nachdenkst.«

Klirr. Boden. Tatsachen. Arbeit. Ich versuche mein Kopfkino unter Kontrolle zu bringen, was mir wirklich schwerfällt. Dina hat Feuer gefangen, ihre Augen nehmen diesen gewissen Glanz an. Ich bin sicher, auch sie denkt gerade an etwas Unanständiges. Sie presst ihre Schenkel zusammen. Ihre Zunge fährt über ihre Lippen.

Scheiß drauf! Einen Schritt und ich bin bei ihr.

Eine Handbewegung später und sie sitzt auf ihrem Schreibtisch. Ihr Kopf in meinen Händen, unsere Blicke, die sich ineinander verhaken. Trotz aller Lust senke ich nur langsam meine Lippen auf ihre. Ich koste den Moment aus. Spüre das Kribbeln, dass meinen Körper vor lauter Vorfreude durchläuft. Dina ist ungeduldiger als ich, sie greift in meinen Nacken und zieht mich gierig zu sich. Ihre Zunge tanzt mit meiner. Träge streichen ihre Hände meinen Rücken hinauf, bevor sie mit einem festen Ruck ihre Beine um meine Hüfte schlingt und mich damit näher zu sich zieht. Ein Stöhnen schwappt über meine Lippen, als ich ihre Mitte spüre, gegen die mein Schwanz so lustvoll drückt. Ich gehe einen Schritt zurück, deute auf die Bürotür. Gerade als ich den Schlüssel im Schloss umdrehen möchte, klopft es.

Verdammte scheiße. Knurrend öffne ich die Tür und will meinen Gegenüber am liebsten wegschicken. Es ist Steph und ihrer Mimik nach zu urteilen, erkennt sie den Grund für meinen verbissenen Gesichtsausdruck. Hinter mir höre ich, wie Dina von ihrem Schreibtisch rutscht.

»Steph. Schön, dass du Zeit hast. Komm doch bitte rein«, sagt Dina fröhlich. Auch wenn ich mit dem Rücken zu ihr stehe, kann ich das Lächeln auf ihren Lippen sehen. Ich spüre es. Verfluchtes Weib mit ihrer verfluchten Höflichkeit.

Steph läuft grinsend an mir vorbei und setzt sich auf einen Stuhl. Bevor ich zu den beiden gehen kann, muss ich erst mal meine Jeans zurechtrücken. Zum Glück sitzt Steph mit dem Rücken zu mir und kann meinen gequälten Gesichtsausdruck nicht sehen. Dina jedoch kann den Blick nicht von meinem besten Stück nehmen. Einen Moment noch und sie räuspert sich, richtet ihre ganze Aufmerksamkeit auf Steph.

»Also, Steph. Jan und ich wollen etwas mit dir besprechen.«

Neugierig schaut sie zwischen uns hin und her.

»Was gibt's?«

Da ich hier immer noch der Boss bin, auch wenn mein Team da anderer Meinung ist, übernehme ich die

Aufgabe, ihr zu erklären, warum wir sie ins Büro bestellt haben.

»Du bist seit dem Eröffnungstag bei uns. Du hast deine Arbeit immer mehr als zufriedenstellend erledigt. Steph, du bist großartig! Und um nichts in der Welt will ich dich in unserem Team missen.«

Unsicher huschen ihre Augen über mein Gesicht. Wenn ich ehrlich bin, macht es mir ein wenig Spaß, die taffe Frau ein wenig zu verunsichern. Ein Grinsen breitet sich auf Dinas Gesicht aus, da sie weiß, was ich vorhabe zu sagen.

»Chef?«, fragt Steph ängstlich.

»Komm schon, Jan. Sei nicht so gemein«, fordert mich Dina auf.

»Na gut. Meine Lieblings-Serviceteam-Leiterin, ich würde mich freuen, wenn du an den Wochenenden die Leitung im Leh Muh übernimmst. Zusammen mit Christian.«

Ich glaube, gleich kullern ihr die Augen aus dem Kopf. Ich muss lachen bei dem Anblick meiner verdatterten Kollegin.

»Wirklich?«

»Ja Steph! Jan und ich wollen die Wochenenden mit den Kindern verbringen. Christian und du, ihr würdet wechselweise an den Wochenenden arbeiten. Dafür habt ihr zwei Tage unter der Woche frei. Du kannst selbst wählen, welche.«

»Das ist ja der Wahnsinn! Danke! Wow. Ich weiß gar nicht, was ich noch sagen soll.«

»Nichts zu danken, Steph. Ich hätte das viel früher machen sollen. Aber du kennst ja meinen Sturkopf.« Zustimmendes Nicken von beiden Frauen. Na toll. Ein bisschen mehr Widerstand hätte meinem Ego durchaus gutgetan.

Nachdem wir Steph noch alle Details erläutert haben, verlässt sie mit einem glücklichen Gesicht das Büro. Kaum ist sie aus der Tür, schließe ich ab.

Bei dem Geräusch des klackenden Schlosses sieht Dina auf.

Langsam gehe ich auf sie zu. Lass mir absichtlich mehr Zeit als nötig. Sie soll den Ausdruck in meinen Augen sehen, mich spüren, bevor ich überhaupt bei ihr bin.

»Jan ... wir sind hier bei der Arbeit. Bist du sicher, dass das eine gute Idee ist?«

»Eben hattest du noch nichts dagegen.«

»Ja, aber ...« Weiter kommt sie nicht, da ich gerade meine Jeans öffne, um meiner Härte ein bisschen mehr Freiraum zu geben.

»Und? Wie schlecht findest du die Idee wirklich?«

Noch bevor sie antworten kann, habe ich sie bereits an mich gezogen und meine Lippen auf ihre gepresst. Es kommt kein Widerstand.

Stattdessen fahren ihre zarten Hände unter meine Shorts. Ganz langsam und mit festem Druck reibt sie mit ihrer Hand über meinen Schwanz. Ihr intensiver Blick, der in meinen Augen ruht, die leicht geöffneten Lippen. Eine Mischung, die mich um den Verstand bringt. Mit einem Ruck sitzt sie wieder auf ihrem Schreibtisch. Ich schiebe mich zwischen ihre Schenkel, lasse sie spüren, was sie mit mir macht. Sie stöhnt leise, wirft all ihre Vorsicht über Bord und krallt sich in meinem Rücken fest.

Hastig stelle ich sie auf ihre Beine, öffne ihre Jeans und ziehe sie inklusive Unterwäsche nach unten. Dina befreit sich von den Resten, während ich mich ebenfalls meiner überschüssigen Klamotten entledige.

Ohne mein Zutun sitzt sie wieder auf dem Schreibtisch. Mit forderndem Blick öffnet sie ihre Beine für mich. Ich sehe ihre feuchte Mitte und kann ein Knurren nicht unterdrücken. Leider ist ihr Tisch für mein Vorhaben zu tief. Der Gedanke, sich ein Stehpult anzuschaffen, rauscht verlockend durch mein Hirn. Ich ziehe Dina von dem Tisch und drehe sie herum. Meine Hände streichen über ihren Rücken, bevor ich sie nach vorn beuge. Bereitwillig lässt sie es geschehen und spreizt sogar schon ihre Beine für mich. Fuck, diese Frau ist der Wahnsinn. Mit aller Kraft stoße ich in sie.

Erschrocken keucht Dina auf. Ihre Hände stützen sich am Tisch ab. Sie versucht meine Stöße abzufedern, was ihr nur wenig gelingt.

»Leg dich« bestimme ich mit tiefer Stimme. Ohne zu zögern, kommt sie meiner Aufforderung nach. Schon der Anblick ihrer Kehrseite, die Feuchtigkeit, die sich dazwischen sammelt und ihre Lust deutlich verrät, lässt mich beinahe kommen. Ich greife um ihre Hüften, halte sie fest, damit sie nicht mit dem ganzen Tisch durch den Raum wandert. Ganz langsam schiebe ich mich in sie. Genieße ihre warme, feuchte Enge. Drängend drückt sich Dina gegen mich. Ich will sie nicht länger warten lassen und nehme sie so hart, dass sie ihr Stöhnen nur schwer unterdrücken kann. Fest greifen ihre Muskeln um meine Härte. Ich spüre, wie der Orgasmus immer schneller auf mich zurollt. Dina ist noch nicht so weit, sie versucht ihre Hand an ihre Perle zu schieben. Ich wische sie beiseite, greife um sie herum. Mit festem Druck reibe ich über ihr Lustzentrum, spüre, wie ihre Beine anfangen zu zittern. Einmal zwicke ich sie noch und kann dann das Gefühl ihrer rhythmisch zuckenden Muskeln um mich herum genießen. Nichts in der Welt könnte meinen Orgasmus noch aufhalten. Funken vernebeln mein Blickfeld, lassen mich gierig Luft in meine Lungen saugen. Es ist so intensiv, dass ich das Gefühl habe, es würde nie enden. Dina bebt unter mir. Leise flüstert sie meinen Namen, bevor sie zusammensackt.

»Wow. Das habe ich noch nie erlebt«, sage ich, ohne mich von ihr wegzubewegen. Vielleicht ist es die Angst, erwischt zu werden. Wir vögeln an einem Ort, an dem es definitiv nicht erlaubt ist. Allein der Gedanke daran, dass wir das beliebig oft wiederholen könnten, lässt mich schon wieder hart werden.

»Das denke ich mir fast jedes Mal, wenn wir Sex haben«, gibt sie atemlos zurück.

Ganz langsam lasse ich mich aus ihr gleiten, auch wenn ich eigentlich wieder in sie stoßen wollen würde. Dina wimmert leise, als ich sie vollends verlasse. Ich helfe ihr, sich aufzurichten und schließe sie in meine Arme.

»Alles klar bei dir?«, frage ich vorsichtig.

»Ich glaube nicht, dass mich meine Beine heute noch irgendwohin tragen können.« Ich schiebe ihren Stuhl nahe an sie heran. Träge gleitet Dina darauf und lässt sich nach hinten fallen.

»Jan?«

»Ja, meine Schöne?«

»Sex bei der Arbeit ist unprofessionell.«

Ich breche in Lachen aus. Da sitzt meine wunderschöne Dina mit geröteten Wangen und heruntergelassener Hose und belehrt mich.

»Willst du Arbeit und Berufliches trennen?«, frage ich sie im Spaß. Einen Moment sieht sie mich forschend an und ich denke schon, dass sie meine Frage bejahen wird, doch Dina lockert ihre Gesichtszüge, schüttelt den Kopf und lacht.

Paul und Louisa haben in zwei Wochen Geburtstag. Dina flattert nervös durchs Haus. Sie sucht *DAS* passende Geschenk für beide, dass ihre Kinderaugen zum Strahlen bringen könnte. Ich habe ihr bereits unzählige Vorschläge gemacht, doch Dina hat jeden einzelnen abgeschmettert. Sie meinte, das wäre nicht gut genug. Ich weiß nicht, was sie so in Aufruhr versetzt.

Die letzten Wochen waren kräftezehrend, aber auch schön. Die Kinder genießen die Wochenenden mit uns. Still und heimlich sind wir zusammengezogen. Nur noch wenige Sachen stehen in meiner Wohnung. Medinas Fotos haben ihren Platz neben Jans gefunden. Es ist eine wunderschöne Wand mit fantastischen Erinnerungen.

Ich habe die Wohnung gekündigt. Da ich schon einen Nachmieter gefunden habe, muss ich spätestens in zwei Wochen den letzten Kram ausgeräumt haben. Vielleicht ist es auch das, was Dina so nervös macht. Als ich die Vermutung ihr gegenüber äußere, winkt sie nur ab.

»Nein, ich liebe den Gedanken, dass ihr jetzt offiziell hier wohnt!« Das Strahlen in ihrem Gesicht bestätigt mir ihre Worte.

»Aber was ist dann los?«, will ich wissen.

»Ach, nichts.« Dina wendet sich ab und will schon davonlaufen. Ich halte sie am Arm fest und ziehe sie wieder zu mir.

»Raus damit!«, fordere ich sie auf.

Dina gibt sich geschlagen und atmet tief ein, bevor sie stockend zu sprechen beginnt. »Ich will es einfach nicht wieder versauen. So wie letztes Jahr ...« Im zweiten Satz sind ihre Worte deutlich leiser geworden. Dinas Augen kleben am Boden. Ich lege meine Hand an ihr Kinn, hebe damit ihren Kopf an. Ihre blassblauen Augen schwimmen in Tränen. Auch ihr hastiges Blinzeln nützt nichts. Die Tränen bahnen sich schon einen Weg über ihre Wangen.

»Willst du es mir erzählen?«

Dina senkt ihren Kopf wieder zu Boden. Sie lehnt sich gegen meine Brust.

»Ich war zu sehr mit mir selbst beschäftigt. Ich habe Jan vermisst und war nicht in der Lage, mich um Paul und Louisa zu kümmern. Natürlich hatten sie immer etwas zu essen auf dem Tisch und saubere Kleider an.

Doch in den seltensten Fällen habe ich gekocht oder gewaschen. Der Lieferdienst und meine Mutter haben das übernommen. Zu ihrem Geburtstag waren wir auf dem Spielplatz. Paul hat ein ferngesteuertes Auto bekommen und Louisa eine Babypuppe. Sie haben gelacht und sich bedankt. Doch wenn ich mir die Fotos von dem Tag ansehe ... Keines der beiden Herzen lacht. Sie haben mir zuliebe ein fröhliches Gesicht aufgesetzt. In ihren Augen kann man die Traurigkeit und Enttäuschung sehen. Ich weiß nicht, wie ich das je wieder gut machen kann.«

Dinas Körper bebt in meinen Armen. Ich streiche ihr über den Rücken. Gebe ihr einen Moment Zeit, um sich wieder zu fangen.

»Ich habe meine Kinder so lange Zeit vernachlässigt. Es gibt so vieles, dass ich verpasst habe, das mir nie jemand wiedergeben könnte. Das kann ich nicht wieder gut machen. Ich bin eine schlechte Mutter.« Dina redet sich weiter in Rage. Ihr Körper ist bis zum Zerreißen gespannt.

»Sie werden mir das nie verzeihen.«

Plötzlich schnappt Dina panisch nach Luft. Ich weiß, was jetzt kommt. Ich kenne das. Habe es viele Jahre erlebt und werde an manchen Tagen heute noch davon heimgesucht.

Dina erzählte mir, dass sie Anfang des Jahres unter Panikattacken gelitten hat. Auch wenn man denkt, dass man es überstanden hat. Es kann einen wieder einholen. Immer. Zu jeder Zeit. In diesem Moment.

Ich schiebe sie ein wenig von mir. Richte sie an ihren Schultern auf. Dinas Gesicht ist blass. Schweißperlen gesellen sich zu den Tränen. Ich hebe sie in meine Arme und trage sie in unser Schlafzimmer. Sachte lege ich Dina auf unser Bett.

»Ich komme gleich wieder«, sage ich ihr, in dem Wissen, dass sie mich wahrscheinlich gerade gar nicht hören kann.

Eilig laufe ich zu den Kindern, die schon mehrfach nach uns gerufen haben. Als ich das Zimmer von Paul betrete, herrscht darin das pure Chaos. Aber ich habe keine Zeit, mich darüber aufzuregen.

»So, ihr drei«, spreche ich die Meute an. »Ihr geht jetzt fein nach unten, bestellt uns eine große Familienpizza und setzt euch vor den Fernseher.« Fragende Kindergesichter sehen mich an.

»Warum?«, fragt Paul misstrauisch.

»Weil es deiner Mama gerade nicht gut geht. Ich gehe jetzt zu ihr und kümmere mich um sie. Und ihr genießt den Luxus, Pizza zu essen und Fernsehen zu schauen.«

Louisa sieht mich verunsichert an. »Was ist mit Mama?«

»Ihr ist gerade etwas schwindelig. Aber das wird sicher gleich wieder«, versuche ich sie zu beruhigen.

Zweifelnd nickt Louisa und geht mit Luna und Paul nach unten. Dass die Kinder schon so ein Gespür haben, verwundert mich jedes Mal aufs Neue.

Ich hole noch ein Glas Wasser, bevor ich zurück zu Dina gehe.

Dina

Keinerlei Luft will in meine Lungen gelangen. Mein Blickfeld wird immer kleiner. Die Gedanken in meinem Kopf nuscheln nur noch. Ich versuche aufzustehen, das Fenster zu öffnen, doch mein Körper hört nicht auf mich. Gefangen in mir selbst, warte ich darauf, dass die Dunkelheit mich verschluckt. Zwei braune Augen schieben sich in mein Blickfeld. Ich will die Arme nach Jan ausstrecken, schaffe es aber nicht. Ich spüre, wie eine Hand über meine Wange streicht. Seine Worte sind ein Summen in meinen Ohren. Gleich. Gleich ist es so weit. Die Dunkelheit kommt näher. Unaufhaltsam legt sie sich über mich. Zieht mich zu sich. Mein Körper ist taub. Meine Gedanken auch. Und plötzlich bin ich von nichts umgeben.

Ganz leise dringt eine Stimme in mein Bewusstsein. Der Klang umarmt mich. Er schenkt mir Wärme, die mir hilft, der Dunkelheit zu entweichen. Ich komme der Oberfläche immer näher. Langsam tauche ich auf. Licht durchdringt das Schwarz um mich. Ich hebe meine Augenlider. Ein sorgenvolles Gesicht schwebt über mir. Schokoladenbraune Augen. Schwarzes Haar. Eine gerade Nase. Geschwungene Lippen. Drei-Tage-Bart. Jan. Träge hebe ich meine Hand, fahre über sein Gesicht.

»Bist du wieder bei mir?«

Erst jetzt sehe ich die Angst in seinen Augen. Sie schwimmen in Tränen.

»Immer.« Meine Stimme klingt seltsam brüchig.

Erleichtert ziehen mich zwei Arme nach oben, drücken mich an eine breite Brust.

»Du warst fast fünf Minuten weg. Ich hätte beinahe einen Rettungswagen gerufen.« Fünf Minuten? Heilige

Scheiße. Jetzt verstehe ich seine Angst und die unbändige Erleichterung.

»Entschuldige«, gebe ich kleinlaut von mir.

»Was? Nein! Dafür musst du dich doch nicht entschuldigen!«

Jan packt mich an den Schultern, drückt mich ein Stück von sich und mustert mich sorgenvoll.

»Ich habe dir Angst gemacht und das tut mir unendlich leid!«

»Es muss dir nicht leidtun! Ich hatte selbst schon genügend Panikattacken. Bisher habe ich nur noch keine bei jemand anderem beobachtet. Das ist wirklich furchteinflößend!« Das schiefe Grinsen geht in seinen traurigen Augen verloren.

»Ich dachte, ich habe das hinter mir gelassen.« Ich bin frustriert von mir selbst.

»Das habe ich auch gedacht. Aber das heißt nicht, dass es nicht phasenweise wiederkommen kann. Das ist normal, eine Schutzreaktion deines Körpers. Vielleicht solltest du die nächsten Tage einen Gang runterschalten.«

»Erst wenn die Hochzeit von Mel und David steht.«

»Schöne, das wird sie bis zum letzten Tag nicht.« Jans Tonfall schwebt zwischen lustig und resigniert.

»Na, dann schalte ich im Januar einen Gang runter. Bis dahin heißt es, Arschbacken zusammenkneifen und durch.«

»Du bist so ein Sturkopf.«

»Nicht schlimmer als du«, kontere ich mit einem Lächeln im Gesicht.

»Kann sein«, gibt er zurück. »Geht es dir besser?«

»Ich denke schon. Mir ist noch etwas schwindelig, aber ansonsten ist alles okay.« Ich höre tief in mich hinein und stelle fest, dass nur noch ein kleiner Rest Dunkelheit in mir ist.

»Der bevorstehende Geburtstag von Paul und Louisa nagt an mir. Ich will es einfach besser machen als in den letzten Jahren.«

»Dann lass mich dir helfen. Bitte.«

Tief im Inneren weiß ich, dass er recht hat. Ich schaffe das alles nicht allein. Zudem möchte ich unbedingt einen erneuten Zusammenbruch wie im Januar vermeiden. Unbedingt.

»Okay«, stimme ich zu.

Erleichterung macht sich in seinem Gesicht breit. Jan zieht mich noch ein Stück näher zu sich. Die Anspannung in seinem Körper lässt merklich nach. Sanft landen seine Lippen auf meinen. Diese Art von Küssen haben die Fähigkeit zu heilen. Zeit heilt nicht alle Wunden. Küsse auch nicht. Doch die Kombination von beidem ist schon ein ziemlich großes Pflaster auf meiner Seele.

»Also, was hast du bis jetzt?«, will er wissen.

»Nichts.«

»Das glaube ich dir nicht. Du hast sicher mindestens einhundert Ideen, nur ist dir keine davon gut genug. Habe ich recht?«

Verdammt, dieser Mann kennt mich zu gut.

»Ich dachte an einen Indoorspielplatz. Aber das ist irgendwie zu lahm. Dann dachte ich an eine Schnipseljagd durch den Wald. Aquapark. Klettern. Kino.«

»Hast du Louisa und Paul gefragt, was sie möchten?«

Meine flache Hand trifft mit einem Klatschen an meine Stirn.

»Ich nehme an, das heißt Nein.« Ein selbstgefälliges Grinsen huscht über Jans Lippen. Ich funkle ihn an, weise ihn stumm darauf hin, dass er sich ein *»Hättest du mal früher gefragt«*, sparen kann.

Als wir nach unten kommen, sitzen drei Kinder brav am Küchentisch und mampfen Pizza. Ich hätte ehrlich erwartet, dass sie die Gelegenheit nutzen und auf der Couch vor dem Fernseher essen.

»Habt ihr noch ein Stück für uns über?«, fragt Jan.

Bevor die drei aufgegessen haben und wieder in die Stube stürmen, um ihren Film weiter zu schauen, frage ich meine beiden Zwerge, was sie sich für ihre Geburtstagsparty wünschen.

»Pyjamaparty!«, kommt es gleichzeitig aus beiden Mündern. Gut, dass ich gefragt habe. Meine Ideen lagen kilometerweit daneben.

»Das ist eine super Idee«, lobe ich sie.

»Wie viele Kinder wollt ihr denn einladen?«, fragt Jan mit leicht nervösem Gesicht.

Es fallen so viele Namen, dass ich schwören könnte, sie wollen alle Kinder aus ihrer Klasse einladen.

»Ähm, ich denke, das ist ein wenig zu viel«, bremse ich ihre Euphorie. Quittiert wird es mit zwei langen Gesichtern.

»Für eine Pyjamaparty brauchen wir Platz, vor allem, wenn ihr dreißig Kinder einladen wollt. So leid es mir tut, aber den Platz haben wir nicht. Und für Zelte im Garten ist es zu kalt.« Ich bin froh, dass Jan in diesem Moment die Rolle des Spielverderbers übernimmt.

»Aber ...«

»Nein. Wirklich nicht.« Jan lässt das *Aber* gar nicht erst zu.

»Was können wir dafür, dass wir nicht im Sommer Geburtstag haben, wo das möglich wäre.« Paul bewegt sich gefährlich nah am Abgrund des Trotzens.

»Wir können die Party auch auf den Sommer verschieben und nur ein kleines Kuchenessen machen, wenn euch das lieber ist.«

Ich bin mir sicher, dass ihnen meine Idee nicht gefallen wird. Für zwei fast siebenjährige, ist ein dreiviertel Jahr ein halbes Leben. Paul und Louisa tauschen mit Blicken ihre Gedanken aus. Als sie fertig sind, teilt Louisa die Entscheidung der beiden mit:

»Nein.« Oje. Ab jetzt wird es nicht besser werden. Ich durchforste mein Hirn nach einer Lösung, doch Jan kommt mir zuvor.

»Zelten im Wohnzimmer. Jeder darf zwei Kinder einladen. Im Sommer dann ein Zelten im Garten und jeder darf fünf Kinder einladen.«

Wieder werden telepathisch Gedanken ausgetauscht.

»Drei Kinder jetzt und zehn im Sommer.«

Das gleicht einem Pokerturnier. Ich gehe dazwischen.

»Nein. Es tut mir leid, ihr beiden, aber das wird sicher nichts werden. Drei Kinder jetzt und sechs im Sommer. Letztes Angebot.«

Irgendwie finde ich es lustig. Ich habe Mühe, meine Lippen zu einem geraden Strich geformt zu halten. Auch Jan räuspert sich ungewöhnlich oft.

Paul nickt zögernd.

»Okay. Abmachung«, besiegelt Louisa den Deal.

Ich habe zwar keine Ahnung, wo ich neun Kinder unterbringen soll, ich habe aber auch noch zwei Wochen, um mir darüber Gedanken zu machen. Außerdem habe ich Jan.

Wir teilen die Geburtstagsparty auf. Am Samstag kommt die Kinderschar und am Sonntag die Großeltern. Doppelter Stress und trotzdem besser als beides an einem Tag.

Die zwei Wochen sind schneller um, als ich gedacht habe.

Jan räumt gerade alle unnötigen Möbel aus dem Wohnzimmer. Da wir bisher keine Zelte hatten, mussten wir uns notgedrungen welche anschaffen. In diesem Zuge haben wir uns entschlossen, im nächsten Sommer nach Italien zum Campen zu fahren. Die Kinder haben sich riesig gefreut. Sie sind jetzt schon voller Euphorie, auch wenn sie wissen, dass es noch eine lange Zeit bis zum Sommer ist.

Da wir uns nicht um alles gleichzeitig kümmern können, bringt Steph nachher noch das Essen vorbei. Trotz Kälte wollen wir Stockbrot machen. Dafür haben wir uns auch noch eine Feuerschale zugelegt. Insgesamt ist es wahrscheinlich ein wenig übertrieben, aber das schlechte Gewissen nagt noch sehr an mir. Die Zwerge sind bei meiner Mutter. Sie wird sie pünktlich zur Party bringen. So haben Jan und ich die Möglichkeit, alles in Ruhe vorzubereiten.

Ich hänge die letzten Girlanden quer durch den

Raum, als Steph das Essen vorbeibringt. Sie geht in ihrer neuen Verantwortung voll auf. Ich bin sehr froh, dass wir die Entscheidung getroffen haben, ihr mehr Verantwortung zu übergeben. Die freien Wochenenden lassen uns durchatmen. Sie verschaffen uns eine Pause von dem ganzen Alltagstrubel.

Gerade schließt sie die Tür hinter sich, um zurück ins Leh Muh zu fahren, da umschließen mich zwei starke Arme.

Jan streicht mit seinen Händen über meinen Bauch und tupft mir kleine Küsse in den Nacken. Sofort rieselt eine Gänsehaut über meinen Rücken. Wohlig lehne ich mich an ihn, genieße die Liebkosungen.

»Wie viel Zeit haben wir noch bis die Meute eintrifft?«

Seine raue Stimme in meinem Ohr benebelt meine Sinne. Bis ich wirklich begreife, was seine Frage bedeutet, dauert es einen Moment.

Ich schiele auf meine Uhr, reibe, zufrieden mit meiner Feststellung, meinen Po an seinem Schritt. Er ist bereits hart.

Dieser Mann bringt mich um den Verstand. Ich drehe mich in seinen Armen um, lasse hungrig meine Lippen auf seine treffen. Ich genieße das leidenschaftliche Spiel unserer Zungen. Die Hitze, die er ausstrahlt, setzt meinen Körper in Flammen. Gierig lasse ich meine Hände unter sein Sweatshirt fahren, streiche seinen Rücken nach oben und anschließend mit meinen Fingernägeln wieder nach unten.

Jans Brustkorb hebt und senkt sich schnell.

»Lass uns nach oben gehen.«

Gerade als ich wieder halbwegs hergerichtet bin, höre ich, wie sich die Haustür öffnet. Lachende Kinder durchbrechen die Stille. Es dauert nicht lang, dann klingelt es mehrfach an der Tür. Mit neun Kindern ist die Horde vollständig. Der Abend kann beginnen.

Entgegen unserer Befürchtung ist es ein schöner Abend. Die Kinder lieben das kleine Lagerfeuer. Sie bekommen heiße Schokolade mit einem Berg Sahne oben drauf. Nach dem Essen werden die Geschenke verteilt. Louisa bekommt von Jan und mir ein neues Fahrrad. Sie ist ganz begeistert. Wir können sie gerade noch davon abhalten, eine Runde damit zu fahren. Draußen ist es dunkel und es regnet in Strömen. Keine gute Kombination. Paul bekommt einen Kochkurs für Kinder geschenkt. Ungläubig starrt er uns an.

»Das ist das beste Geschenk aller Zeiten!« Er umarmt uns stürmisch. Vor dem Zubettgehen erzählen wir Geschichten von Helden in Pyjamas, die Kinder vor Albträumen beschützen. Die Zwerge sind begeistert von der Geschichte und ich bin Mel für ihre Kreativität sehr dankbar! Sie hat mir diese Geschichte geschrieben. Schon früher schrieb sie ab und an Kindergeschichten und schenkte sie den Kindern ihrer Freunde. Jan hat sich vorgenommen, die Geschichte bebildern zu lassen und sie an einen Bekannten aus Kindertagen zu geben. Er kennt ihn durch die Dreharbeiten an der Kinderserie, in der er mitspielte. Wir wollen das fertige Werk zu einem Buch binden lassen und ihr zur Hochzeit schenken. Sie wird sich sicher riesig freuen.

Jan und ich lassen die Schlafzimmertür offen, falls eines der Kinder nach uns ruft. Wir hören sie nuscheln und kichern. Es sind Geräusche, die Glücksgefühle in mir auslösen. Mein Herz pumpt sie durch meinen ganzen Körper bis in meine Seele. Hier speichere ich die Gefühle ab. Ich werde sie immer bei mir tragen und an schlechten Tagen werden sie mich der Dunkelheit entreißen, da bin ich sicher.

Jan

Der November ist fast vorbei. Der Winter kommt in großen Schritten auf uns zu. Morgens müssen wir schon regelmäßig die Scheiben von unseren Autos freikratzen. Atemwölkchen umgeben mein Gesicht beim Joggen. Ich bin kein Fan von der Kälte, dem tristen Grau und den unzähligen Schichten von Kleidung. Dina geht es ebenso. Die letzten Tage wirkte sie abgeschlagen. Ich konnte sie sogar dazu überreden, sich zwei Tage freizunehmen. Sie hat fast ausschließlich geschlafen in dieser Zeit. Ich hatte schon die Befürchtung, sie könnte wieder in Depressionen abrutschen, doch ihre Stimmung ist gut, auch wenn sie stets und ständig müde ist.

Völlig in Gedanken versunken, stoße ich mit einer anderen Person zusammen. »Autsch« flucht die Frauenstimme.

Noch bevor ich die Frau ansehen kann, weiß ich schon, in wen ich da hineingejoggt bin. »Cindy«, sage ich tonlos.

»Jan.« Sie klingt distanziert. Ich freue mich über diesen Umstand. Mit einem Nicken als Abschiedsgruß will ich sie stehen lassen. Doch ihre Hand umgreift meinen Unterarm.

»Es ...«, ängstlich huschen ihre Augen über mein Gesicht.

»Ja?«

»Es tut mir leid, Jan. Wie ich mich verhalten habe, war saudumm.«

Oha. Damit habe ich nicht gerechnet. Überhaupt nicht.

Cindy windet sich unter meinem überraschten Blick. Sie tritt von einem Bein aufs andere und macht Anstalten zu gehen. Dieses Mal halte ich sie davon ab.

»Warum?«, ist meine schlichte Frage.

»Ich weiß es nicht. Normalerweise bin ich nicht so.«

Das dachte ich mir bereits. Nachdem ich Cindy gefeuert hatte, habe ich ein ernstes Wort mit Jana geredet. Schließlich hatte sie mir Cindy wärmstens empfohlen. Sie war überrascht, als ich ihr von den ganzen Ereignissen erzählte.

»Ich denke schon, dass du es weißt. Du willst es mir nur nicht sagen.« Eine Feststellung und keine Hypothese.

Das erschrockene Gesicht, die Augen, die in Tränen schwimmen, sie verraten mir, dass ich richtig liege.

»Du hast beinahe ein Team gesprengt. Ich habe keine Ahnung, wie du so viele Affären in dieser kurzen Zeit unter einen Hut gebracht hast.« Ohne es zu wollen, kommt der Groll wieder auf.

Ich versuche mich zu mäßigen und schiebe etwas leiser hinterher: »Ich denke, ich habe eine Erklärung verdient.«

Ich schleppe Cindy in die nächste Bäckerei. Bei einem heißen Kaffee beruhigen sich meine Nerven und ich bin offen für ihre Erklärung.

»Ich war in einer schwierigen Phase in meinem Leben. Ich hatte keine Ahnung, was ich wollte ...«

Schwierige Phase?! Nicht wissen, was man will? Puh. Durchatmen Jan! Vielleicht gibt es eine anständige Erklärung!

»Was bedeutet *schwierige Phase*?«, frage ich betont gelassen.

»Ich musste mich erst mal finden und meinen Platz in der Welt ausmachen.«

Oh, Mann.

»Und dabei musstest du mein halbes Team durchvögeln? Weißt du jetzt, was du willst, wo dein Platz auf der Welt ist?« Ich kann mir die harten Worte und den Sarkasmus beim besten Willen nicht verkneifen. Aus

Bambiaugen schaut sie mich an.

»Du hast doch keine Ahnung wie das ist!«, schnauzt sie mich an.

»Dann lass mal hören.« Ich schraube den Sarkasmus in meiner Stimme auf ein Minimum zurück.

»Ich wollte eigentlich mehr als das. Mit der Ausbildung zur Köchin habe ich meinem Vater einen Gefallen getan. Ich war frustriert von mir und meinem Leben. Und leider führte das zu einer großen Anzahl von falschen Entscheidungen.«

Wieder bin ich überrascht. Nein, ich hatte tatsächlich keine Ahnung.

»Das tut mir leid!« Tut es wirklich. Ich habe sie falsch eingeschätzt. Oberflächlicher. Trotzdem. Das, was sie mit meinem Team gemacht hat, kann ich ihr nicht verzeihen. Vor allem Christian tut mir leid. Er hat seiner Julia alles gestanden. Sie hat sich von ihm getrennt. Christian ist bisher nicht darüber hinweggekommen. Er liebt Julia und versucht alles, um sie zurückzubekommen. Ich würde es ihm wünschen. Er bereut den Fehler zutiefst.

»Und jetzt?«, frage ich sie.

»Ich habe gerade angefangen zu studieren. BWL.«

Überraschung die Wievielte? Wow.

»Ja, ich weiß. Das denkt man nicht, wenn man mich sieht oder miterlebt hat, wie ich mich im letzten Jahr verhalten habe.«

Da muss ich ihr eindeutig zustimmen.

Wir reden nicht mehr lang miteinander, bis ich aufbreche. Ich habe heute Spätdienst und freue mich schon wahnsinnig darauf, hinter dem Herd zu stehen.

Es ist ein turbulenter Abend. Das Leh Muh ist voll bis unters Dach. Wir haben keine fünf Minuten Pause. Bis Mitternacht arbeiten wir durch. Die letzten Gäste sind um zehn gegangen. Danach haben wir alles gereinigt und für den nächsten Tag vorbereitet.

Steph und ich sind die Letzten. Ich schließe die Tür vom Restaurant und gehe mit ihr noch einige Schritte bis zu ihrem Auto. Neben diesem lehnt eine hübsche Frau im mittleren Alter. Gerade als ich meine Kollegin fragen will, wer das ist, bewegt sie sich auf die Frau zu und küsst sie stürmisch. Frage beantwortet. Wir plaudern noch kurz miteinander, bevor ich mich verabschiede und nach Hause fahre.

Im Haus ist es still. Die Kinder schlafen schon. Ich kann nur Dina hören, sie läuft gerade ins Badezimmer. Anscheinend hat sie es eilig, denn die Tür fällt mit einem Knall ins Schloss. Ich bleibe wie angewurzelt stehen, weil ich vermute, dass die Kinder von dem Krach wach werden. Ich höre ganz genau hin. Aber außer einem würgenden Geräusch kann ich jedoch nichts wahrnehmen. Ein würgendes Geräusch? Mist. Zwei Stufen auf einmal nehmend, renne ich nach oben. Dina sitzt blass vor der Kloschüssel. Sie hat keine Zeit, sich nach mir umzudrehen, denn sie hängt ihren bereits wieder Kopf in die Toilette.

Ich halte Dinas Haare, streiche dabei sanft über ihren Rücken.

»Sorry, das ist eklig«, sagt sie mit kratziger Stimme.

»Das hast du auch schon für mich gemacht.« Ich lächle sie an, aber es erreicht sie nicht, da ihr Körper schon wieder bebend über dem Klo hängt.

Als sie fertig ist, hole ich Dina ein Glas Wasser. Vorsichtig trinkt sie ein paar Schlucke, wartet darauf, dass es zurückkommt. Doch das geschieht zum Glück nicht. Ich bringe Dina ins Bett und kuschle mich an sie. Sie schläft unruhig in dieser Nacht. Am Morgen geht es ihr jedoch besser, schon fast ungehalten verschlingt sie das Nutellabrötchen vor sich.

Dina meint, sie hätte sich wahrscheinlich an irgendetwas den Magen verdorben, doch mich lässt das Ganze nicht so richtig los.

Auch in der nächsten Woche ist ihr immer mal wieder schlecht oder schwindelig. In mir keimt eine böse Vorahnung, die jeden meiner Gedanken beherrscht. Dina sagt, dass es ihr gut gehe, aber ich bin weit weg von dem Gedanken *gut*. Kalte Angst packt mich jedes Mal, wenn ich sehe, wie sie blass wird, sich setzen muss.

»Das ist sicher nur der Stress. Alles okay, Jan. Wirklich!«

Sie hat ein leicht schiefes Lächeln auf den Lippen, als sie sich mal wieder beängstigend blass in ihren Bürostuhl sinken lässt.

»Sieh mich nicht so an! Bald ist die Hochzeit. Danach wird es ruhiger und dann geht es mir sicher wieder blendend.«

Ich will ihr trotzdem nicht ganz glauben. Ängste, die meine Erinnerung an Medinas Krankheit wecken, herrschen in mir vor.

»Bitte, meine Schöne, wenn es nächste Woche noch nicht besser ist, dann geh zu deinem Hausarzt.«

Dina scheint meine Unruhe zu spüren. Sie liest mich wie ein offenes Buch. Und ich lasse es zu. Sie soll sehen, welche Sorgen ich mir um sie mache. Wir haben drei Kinder, gottverdammt. Beide haben wir unsere Ehepartner an den Krebs verloren. Da kommen einem schon mal ganz furchterregende Gedanken.

»Okay. Wenn es nächste Woche nicht besser ist, dann gehe ich zu Doktor Heinze. Versprochen.«

Auch wenn es mein Vorschlag war, eine Woche abzuwarten - es macht mich wahnsinnig, so viel Zeit verstreichen zu lassen!

Dezember

Dina

Heute habe ich einen Termin bei Doktor Heinze. Auch wenn ich versuche, ganz entspannt zu sein, entbrennen weitere Ängste in mir. Ich versuche mir nichts anmerken zu lassen.

Jan umarmt mich intensiver als sonst. Seine Küsse sprühen vor Liebe. Das ist etwas, was mich noch viel mehr beunruhigt.

Ich habe es ihm nicht jedes Mal gesagt, wenn mir schwarz vor Augen wurde oder ich mich übergeben musste. Das hätte ihn nur noch mehr aufgeregt. Er hätte mich wahrscheinlich ins Krankenhaus geschleift. Ich weiß, dass ich mir gewünscht habe, mein verstorbener Ehemann wäre damals früher zum Arzt gegangen, hätte früher die Diagnose Krebs bekommen. Vielleicht wäre es dann nie so weit gekommen. Ein komischer Gedanke, wenn ich den Mann betrachte, der neben mir im Auto sitzt und mich zum Arzt fährt.

Ich schiebe den Gedanken beiseite, versuche mich auf das zu fokussieren, was kommen könnte. Alle möglichen Diagnosen fliegen durch meinen Kopf. Ich will vorbereitet sein. Nichts soll mich erschrecken. Mir ist bewusst, dass das Blödsinn ist. Nur weil man an Krebs denkt, heißt das nicht, dass man die Diagnose dann gelassen hinnimmt. Aber es hilft mir, damit ich nicht schreiend aus dem Auto springe und vor der Wahrheit davonlaufe.

Doktor Heinze freut sich, mich wiederzusehen. Auch noch, als ich ihm von meinem Gesundheitszustand der letzten Wochen berichte.

»Machen Sie sich keine Sorgen«, sagt er aufmunternd.

»Wir nehmen Ihnen Blut ab und dann schauen wir weiter. Ich rufe Sie an, wenn ich die Ergebnisse habe.«

Er lächelt mich über seine Brille hinweg an.

Schon nach zwei Tagen erscheint die Nummer von meinem Hausarzt auf dem Bildschirm meines Handys. Eigentlich wollte ich gerade Mel anrufen, um die letzten Änderungen mit ihr zu besprechen. Stattdessen starre ich mein Smartphone an. Jan ist gerade nicht im Büro. Ich habe Angst. Angst, allein zu erfahren, dass ich krank bin … zu weiteren Untersuchungen muss. Tatsächlich habe ich Angst, dass ich sterben werde. Mag sein, dass das übertrieben ist. Doch ich habe erlebt, was ein Telefonat ausrichten kann. Eines. Und dann hörte die Welt auf, sich zu drehen. Von jetzt auf gleich. Stillstand und doch geht alles rasend schnell.

Mit zitternden Händen nehme ich das Gespräch an.

»Ah, Frau Schubert. Und ich dachte schon, Sie gehen gar nicht mehr an Ihr Telefon.« Doktor Heinze klingt fröhlich wie immer. Wenn er fröhlich klingt, dann kann es doch gar nicht so schlimm sein, oder?!

»Also, Frau Schubert. Ich habe hier ihre Blutergebnisse vor mir liegen …«

»Muss ich sterben?«, frage ich panisch. Von dem kauzigen Arzt kommt ein bebendes Lachen.

»Aber nicht doch. Es ist eher das Gegenteil.«

»Was?« Ich verstehe nur Bahnhof.

»Herzlichen Glückwunsch, Frau Schubert. Sie sind schwanger.«

»Ich bin was?«

Das kann nicht sein! Meine Frauenärztin hat es mir immer wieder gesagt. Ich bin unfruchtbar. So was von unfruchtbar.

Mein Arzt lacht aus vollem Herzen und ich weiß nicht, ob ich mitlachen oder weinen soll.

»Ich würde Ihnen raten, einen Termin bei Ihrer Frauenärztin zu machen.«

Er erzählt mir noch, dass all meine Blutwerte fantastisch seien und ich mir keine Gedanken machen müsse. Er wünscht mir alles Gute und legt auf.

Ich sitze noch immer verdattert auf meinem Stuhl, als Jan ins Büro kommt. Sofort wittert er, dass etwas nicht stimmt.

»Was ist los? Hat sich Doktor Heinze gemeldet.«

Mechanisches Nicken meinerseits.

»Oh, mein Gott, Dina. Was ist los? Hast du Krebs?«

Nein, nicht wirklich. Es ist zwar etwas in meinem Körper, aber Krebs ist es sicher nicht. Ich möchte es ihm sagen, sofort. Doch ich kann nicht. Ich muss mich erst selbst davon überzeugen. Ich muss wissen, ob alles gut ist und das Ganze kein Fehlalarm ist. Ich muss einen Termin bei meiner Gynäkologin ausmachen. Also gut. Lächeln ins Gesicht schmieren, Augen glänzen lassen. Vorhang auf.

»Es ist alles gut, Jan! Es ist, wie ich es dir gesagt habe. Ich bin lediglich ein wenig überarbeitet … soll mich etwas mehr schonen, aber ansonsten ist alles okay.«

Kurz mustert er mich. Ich versuche noch ein wenig mehr, meine Mundwinkel nach oben zu ziehen.

»Das ist wunderbar, meine Schöne! Naja gut, dass du überarbeitet bist, ist nicht gerade toll. Aber du bist gesund! Geh nach Hause, leg die Füße hoch. Ich mache noch das Nötigste und dann verwöhne ich dich mit heißer Schokolade.«

Ja, gesund bin ich. Und wie. Gesund im Doppelpack. Hoffentlich. Ich packe meine Sachen zusammen. Noch auf dem Weg nach Hause rufe ich Mel an.

»Hi Dina. Schön, dass du gerade anrufst. Ich wollte noch fragen ob …«

»Ich bin schwanger«, rutsch es ohne Vorwarnung über

meine Lippen. Schweigen am anderen Ende der Leitung.

»Mel?«

»Du bist schwanger!«, kreischt es mir auf einmal ins Ohr. Ich höre den Jubelrufen noch einen Moment zu, bevor ich Mel stoppe.

»Mel!«

»Weiß es Jan schon? Was sagt er dazu?«

Sie lässt sich durch meinen harschen Tonfall nicht beeindrucken. Ich muss ihr den Wind aus den Segeln nehmen. »Hör auf dich zu freuen, Mel.« Eine eindeutige Forderung.

»Was ist los, Dina?« Jetzt klingt sie besorgt. Sofort laufen mir Tränen über die Wangen. Mel hört mein Schluchzen.

»David!«, brüllt es durchs Telefon. »Kannst du auf Emmi aufpassen? Ich muss schnell zu Dina! Was? Nein. Alles okay.«

Ich höre den beiden noch einen Moment zu, bevor ich wieder Mels gesamte Aufmerksamkeit habe. »Süße, geh nach Hause. Ich bin in fünfzehn Minuten bei dir!«

Ich folge ihren Anweisungen.

Ich bin keine fünf Minuten zu Hause, als es schon an der Tür klingelt. Mel zieht mich in eine feste Umarmung.

»Und jetzt erzähl mal«, fordert sie mich auf. Wir sitzen auf der Couch. Ich kann kaum einen klaren Gedanken fassen. Keine Ahnung, welches Gefühl in mir richtig oder falsch ist. Ängstlich schaue ich zu Mel.

»Mensch, Dina.« Mehr muss sie nicht sagen, damit ich schon wieder anfange zu weinen.

»Ich dachte, das Kapitel wäre durch. Ich bin unfruchtbar, verdammt.«

»Na, anscheinend nicht«, sagt meine Freundin mit einem Hauch von Lächeln. Ich kann es nicht erwidern. Dafür bin ich viel zu durcheinander.

»Wir haben drei Kinder. Sie gehen in die Schule. Sind aus dem Gröbsten raus.«

»Also willst du das Kind nicht?«, fragt Mel vorsichtig.

»Ich habe keine Ahnung«, gebe ich zu. Der Gedanke ein Baby zu haben, ein Baby mit Jan zu haben, bringt mich zum Lächeln. Aber der Gedanke, ein Baby zu haben und noch drei Kinder, bringt mich zum Zweifeln. Wie soll das gehen? Ich bin fünfunddreißig. Das Risiko, dass das Kind mit einer Beeinträchtigung zur Welt kommt, ist damit gestiegen. Könnte ich das? Wenn das Kind fünf ist, dann bin ich schon vierzig.

Was, wenn alle Kinder studieren wollen? Wer soll das bezahlen? Will ich noch mal Windeln wechseln? Mir die Nächte um die Ohren schlagen? Trotzen. Oje ... Das Trotzen. Ein verwöhntes Nesthäkchen. Oder wird er oder sie untergehen zwischen den anderen dreien? Ich weiß, dass meine Gedanken nicht nachvollziehbar scheinen, aber so sind sie nun mal. Durcheinander, unsinnig, beängstigend. Gedanken, Gefühle, alles überrollt mich. Mels Stimme reißt mich zurück ins Hier und Jetzt.

»Was war dein erster Gedanke, der dir nach dem Anruf von deinem Arzt durch den Kopf gegangen ist?«

»Jan. Mit unserem Baby auf dem Arm«, sage ich, ohne zu überlegen. Ich kann es vor mir sehen. Ich fühle die Liebe in seinen Augen. Das Glück, dass ihn dabei durchströmt. Es ist ein wundervolles Gefühl. Ich liebe es jetzt schon.

Mel sieht mich lächelnd an und dieses Mal kann ich es ehrlich erwidern.

»Versprich mir, dass du es David nicht sagst! Er kann Jan gegenüber sicher nicht dichthalten.«

Misstrauisch schaut mich meine Freundin an.

»Warum? Wann willst du es Jan sagen?«

»Ich mache mir einen Termin bei meiner Frauenärztin. Ich will erst sichergehen, dass alles in Ordnung ist.«

Mel verspricht es mir. Wir lümmeln auf der Couch, bis Jan nach Hause kommt.

Meine Frauenärztin hat für die kommende Woche einen Termin für mich. Mit gemischten Gefühlen gehe ich durch diese Woche. Ich kann mich kaum länger als fünf Minuten konzentrieren, was auch Jan auffällt.

»Dina?«, fragt er gerade.

»Mh?«

»Du schaust seit fünf Minuten auf deinen Bildschirm. Ohne etwas zu tun. Ist alles okay?«

»Ja, klar«, antworte ich schnell. Um ihn zu überzeugen, setze ich mich kurzerhand auf seinen Schoß und küsse ihn stürmisch. Ich würde das Gefühl in meinem Bauch am liebsten mit ihm teilen. Es tut mir leid, dass ich ihn nicht einweihe, aber mein Verstand hindert mich daran. Ich werde es Jan so oder so sagen. Auch wenn es falscher Alarm ist oder eine Abtreibung nötig wäre, weil irgendetwas überhaupt nicht in Ordnung ist. Aber bis dahin muss er warten, ohne es zu wissen.

Der Gedanke an eine Abtreibung ist erschreckend. Nur weil etwas nicht in Ordnung ist oder das Kind behindert sein könnte, soll man es deswegen nicht in dieses Leben kommen lassen? Ein schwieriges und äußerst umstrittenes Thema. Ich habe, wenn auch nicht lang, in einem Umfeld gearbeitet, in dem Menschen nicht der *»Norm«* entsprechen. Ich fand es erfrischend. Am Anfang hatte ich Berührungsängste, doch die haben sich schon nach kurzer Zeit in Luft aufgelöst. Warum also ein Kind abtreiben, das anders ist als die Norm?

Ganz einfach: Ich habe viel gesehen, gespürt und erzählt bekommen, das mir Angst macht. Ein höheres Sterberisiko. Begleiterkrankungen. Ausgrenzung bis hin zu grausamem Mobbing. Und zu guter Letzt: unsere Gesellschaft. Eine, die Solidarität, Integration und Inklusion predigt, aber kilometerweit davon entfernt ist. Individualität wird geschrien und doch durch die Mehrheit abgelehnt. Eine große Mehrheit. Eine, die mich überfordert.

Das Märchen der Inklusion

hat das Unterstützerteam es genannt. Und das trifft es mehr, als meine Gedanken es beschreiben könnten. Kurzum: Ich habe eine Scheißangst und bin verdammt überfordert. Ich traue es mir einfach nicht zu. Nennt es Egoismus. Sagt, ich würde da reinwachsen. Es ist mir egal. Ich – wir - müssen diese Entscheidung treffen und kein anderer.

»Frau Schubert«, begrüßt mich meine Gynäkologin und reißt mich damit aus meinen Gedanken. Sie war schon immer leicht distanziert. Aber sie ist die Beste. Sie hat mich damals durch die vielen Fehlversuche geleitet. Hat sich immer für mich Zeit genommen, egal wie lange ich geweint habe.

»Hallo Frau Möhring.«

»Wollen wir direkt mal schauen, was da bei Ihnen los ist.«

Heißen Brei oder die berühmte Kirche im Dorf gibt es bei ihr nicht. Also ab auf diesen blöden Stuhl. Der Ultraschall muss vaginal durchgeführt werden, erklärt sie mir, da sie vermutet, dass die Schwangerschaft noch nicht weit fortgeschritten sein kann. Konzentriert blickt sie auf den Bildschirm. Ich kann das Ding leider nicht ganz sehen, was mich tierisch aufregt.

»Frau Schubert, bitte bleiben Sie still liegen. Ich bin gleich soweit und dann reden wir darüber.«

Oje. Sofort sinke ich zusammen. Das hört sich gar nicht gut an. Es klacken einige Tasten. Und dann kommt ein Bild aus dem kleinen Drucker.

»Okay, Frau Schubert. Ziehen Sie sich an und wir sehen uns an meinem Schreibtisch.« Ich lasse mich von dem Stuhl rutschen. Mit aller Kraft schaffe ich es die Tränen zurückzuhalten.

»Glückwunsch, Frau Schubert! Das sieht alles wunderbar aus«, sagt sie grinsend. Ich atme keuchend aus. Mir war nicht aufgefallen, dass ich die Luft angehalten habe.

»Es ist noch ziemlich frisch. Sehen Sie mal hier,« sie deutet auf einen dunklen Fleck auf dem Ultraschallbild, »das ist die Fruchthöhle und das hier ist Ihr Baby.« Ich liebe diesen kleinen Punkt jetzt schon.

»Hören, sie Frau Schubert. Das ist alles noch sehr

frisch. Sie sind circa in der sechsten Woche. Machen Sie einen Termin für in zwei Wochen. Dann schauen wir, ob das Herz schlägt.« Bäm. Vorschlaghammer. Realität.
»Bisher sieht alles gut aus. Wirklich!«, versucht sie ihre Aussage zu relativieren.

Auf den Weg ins Restaurant mache ich mit mir selbst ab, dass ich es Jan erst sagen werde, wenn das kleine Herzchen wirklich schlägt.
Doch eine darf jetzt schon Bescheid wissen. Ich rufe Mel an und berichte ihr alles. Sie ist voll unbändiger Zuversicht und versucht mich zu überreden, es Jan jetzt schon zu sagen. Aber ich lasse mich von meinem Vorhaben nicht abbringen, das muss auch sie akzeptieren.

Jan

Dina kommt mit einem strahlenden Gesicht zur Arbeit. Sie hatte heute mit Mel einen Termin, bei einer Kosmetikerin, um das Braut-Make-up zu besprechen. Doch als ich sie darauf anspreche:

»Die Kosmetikerin?«

»Die, bei der du mit Mel warst?«, helfe ich ihr auf die Sprünge.

»Stimmt. Die Kosmetikerin. Sie ist toll. Mel ist zufrieden.«

Irgendetwas kommt mir an ihrer Aussage komisch vor. Allein die Tonlage gefällt mir nicht. Ob es daran liegt, dass es in der letzten Zeit einfach viel zu viele Termine waren und sie dadurch ein wenig verwirrt ist? Es ist Weihnachtsfeier-Saison. An drei Abenden in der Woche beherbergt das Leh Muh eine geschlossene Gesellschaft wegen Weihnachtsfeiern jeglicher Unternehmen in der Region. Ausgelassene Stimmung, zu viel Alkohol und der ein oder andere lüsterne Blick, der auf dem Kollegen oder der Kollegin ruht. Zudem das Catering. Ich habe keine Ahnung, wie Dina das schafft. Doch sie hat es absolut im Griff. Nicht eine Beschwerde kam bisher. Wir haben für die Vorweihnachtszeit einige Aushilfen angestellt. Restaurant und Catering - das braucht eine Menge Personal. Die Buchhaltung hat Dina vorerst an mich zurückgegeben, um die ganzen Feiern und das Catering zu planen. Und dann natürlich noch die Hochzeit von Mel und David.

Die Wochenenden gehören weiterhin und zu einhundert Prozent den Kindern. Trotzdem haben wir es manchmal schwer, berufliches von Privatem zu trennen. Es gab schon den ein oder anderen Abend, als sich einer von uns beiden noch schnell ins Büro verabschieden wollte, doch wir konnten uns bisher gut gegenseitig davon abhalten.

Dina platziert sich auf meinem Schoß. Samtig weich berühren ihre Lippen meine. Ihr zitroniger Duft steigt mir in die Nase, überflutet meine Sinne. Ich lasse meine Zunge in ihren Mund gleiten. Ich habe definitiv auf mehr als eine Knutscherei Lust. Doch das sieht die bezaubernde Frau auf meinen Beinen anders.

»Heute Abend«, verspricht sie mir und setzt sich wieder auf ihren Bürostuhl.

Mit einem ziemlich festen Problem lässt sie mich eiskalt sitzen. Einmal lächelt sie mich noch an, bevor sie das Telefon in die Hand nimmt und mit Gott und der Welt wegen allerhand spricht.

Ich verabschiede mich für eine Weile in die Küche. Ich muss meine Gedanken in ruhigere Gewässer lenken, bevor ich ihr einfach die Kleider vom Leib reiße.

Beim Gemüseschneiden komme ich ganz schnell auf andere Gedanken. Doch auch diese drehen sich um Dina. Ich bin auf der Suche nach einem Weihnachtsgeschenk. Ich habe zwar eine Idee, aber die muss ich erst noch mit Luna besprechen.

Heute ist Papatag. Ich gehe mit Luna über den Weihnachtsmarkt. Wir stopfen uns mit Zuckerwatte und gebrannten Mandeln voll. Die Straßen sind gefüllt mit lachenden Gesichtern, Weihnachtsmusik und Zimtduft. Auch wenn ich die triste Jahreszeit nicht ausstehen kann. Weihnachten mag ich sehr. Die gesamte Weihnachtszeit. Mit den bunten Lichtern. Der fröhlichen Musik. Die Kekse. Herrlich. Als der letzte Schluck Kakao getrunken ist, wirkt mein Mädchen auf einmal ernst.

»Was ist los, Luna?«, will ich von ihr wissen.

»Bald ist Januar.«

Das weiß ich nur zu gut. Der Monat, den ich am wenigsten mag.

»Gehen wir dann wieder zu Mamas Grab?«

»Willst du zu Mamas Grab gehen?«

Luna schaut mich mit feuchten Augen an. Ich ziehe sie in meine Arme. Ich kann meine Kleine nicht so sehen. Es bricht mir jedes verdammte Mal das Herz.

»Nein«, antwortet sie erstickt. Ich weiß nicht, was ich dazu sagen soll. Wir machen das jedes Jahr. Es ist unsere Tradition.

»Warum?« Mehr kommt mir nicht über die Lippen.

»Ich will mich lieber an ihren Geburtstag, statt an ihren Todestag erinnern.« Der Gedanke ist so schön, dass mir ebenfalls die Tränen in die Augen steigen.

»Das ist eine wunderschöne Idee, Luna!«

Meine Tochter lächelt mich erleichtert an. Ich werde trotzdem am Grab vorbeischauen, auch ohne Luna. Ich brauche das. Einmal im Jahr muss ich mich dem Gefühl hingeben. Auch wenn es schmerzt, tut es mir gut.

Wir nehmen unsere fröhliche Stimmung wieder auf und schlendern noch eine Weile an den Büdchen vorbei.

»Luna, ich will Dina etwas ganz Besonderes zu Weihnachten schenken.«

»Was denn, Papa?«

Ich berichte ihr von meinem Plan und meine Kleine ist sofort einverstanden. Sie hilft mir, das richtige Geschenk auszuwählen. Ich bin überglücklich und strahle wie ein Honigkuchenpferd.

»Hey, ihr zwei. Ihr seht aus, als wäre es kalt draußen«, begrüßt uns Dina. Ich ziehe sie sogleich an mich. Küsse sie stürmisch. Am liebsten würde ich ihr ihr Geschenk jetzt schon geben.

»Iiiih«, ruft Luna neben uns. Schnell wirft sie ihre Schuhe in die Ecke und flitzt nach oben. Gut so. Dann haben wir wenigstens keine Zuschauer mehr.

Mit meinem gesamten Körper drücke ich Dina an die Wand. Meine Zunge streicht ihren Hals entlang. Blöde Winterklamotten. Sie verhindern mir den Zugang zu ihrem Körper.

»Ich habe dein Weihnachtsgeschenk gekauft«, flüstere ich ihr ins Ohr. Dina drückt mich ein Stück von sich.

»Ich habe deines auch schon«, sagt sie mit roten Wangen und Augen, die glücklich funkeln.

Interessant.

»Ist das der Grund, warum du in letzter Zeit so abwesend warst?«

»Jupp.« Jetzt kichert sie.

»Dann muss das ja ein Hammergeschenk sein, wenn die Besorgung so aufwendig war, dass sie deine gesamte Aufmerksamkeit in Anspruch genommen hat.«

»Könnte man so sagen.«

Ich werde nicht ganz schlau aus ihren Antworten. Ich könnte mir selbst die Überraschung verderben und es aus ihr rauskitzeln ...

»Denk nicht mal dran! Ich werde es dir sicher nicht verraten.« Spielerisch boxt Dina gegen meine Brust. Süß, wenn sie denkt, mit ihren winzigen Fäusten etwas ausrichten zu können. Aber ich spiele gerne mit.

»Au! Das tat weh! Ich brauche umgehend eine körperliche Untersuchung, um sicherzugehen, dass nichts gebrochen ist.«

»Und ich mach dir die sexy Krankenschwester, oder was?«

»Na, wenn du schon so fragst ...« Damit fange ich mir die nächste ein und muss - wenn auch stumm - zugeben, dass das doch ein bisschen gezwiebelt hat. Nur ein bisschen. Wirklich.

Ich reibe mir über die betroffene Stelle. Dina funkelt mich amüsiert an. Sie tritt noch einen Schritt weiter weg von mir.

»Mimimimi«, sagt sie und rennt davon. Lachend laufe ich ihr nach. Sie hat keine Chance. Dina hat noch nicht einmal die Hälfte der Treppe überwunden, da kann ich meine Arme schon um ihre Taille schlingen. Kitzelnd trage ich sie ins Schlafzimmer. Angelockt durch den Lärm, kommen auch die Kinder dazu. Es entsteht eine wilde Kissen-Kitzelschlacht. Keiner gewinnt. Keiner verliert. Fünf atemlose, glückliche Gesichter. Den Rest des

Abends knuddeln wir uns auf die Couch, überlassen den Kindern die Filmauswahl und genießen dabei Weihnachtsplätzchen.

Langsam schlage ich die Augen auf. Dina liegt auf meiner Brust. Wir sind nicht im Bett. Kurz bin ich verwirrt, bis es mir wieder einfällt.

Kinderfilme. Plätzchen. Eingeschlafen.

Die drei Zwerge haben uns großzügig mit Decken bedeckt, was zur Folge hat, dass ich ziemlich heftig schwitze. Vorsichtig rüttle ich an Dinas Schulter. Verschlafen blinzelt sie mich an.

»Wir sollten ins Bett gehen«, nuschelt sie.

»Ich muss erst noch duschen. Alles an mir klebt.«

Diese Aussage erweckt ihre Lebensgeister. Vergnügt blitzen ihre Augen durch die Dunkelheit.

»Eine fantastische Idee. Ich bin auch total feucht.«

Eindeutig zweideutig. Das merkt auch mein Penis, der schon vor Freude in meiner Jeans zuckt.

Ich richte mich auf, ziehe Dina mit mir nach oben, hebe sie auf meine Arme und trage sie ins Badezimmer. Sie lässt die Zeit des Weges nicht ungenutzt. Ihre Zähne knabbern an meinem Kinn.

»Aufhören. Sonst schaffen wir es nicht ins Bad«, sage ich ihr bestimmend. Dina quittiert es mit einem Kichern und macht weiter. Ich kann sie nicht an Ort und Stelle nehmen, denn das würde bedeuten, sie auf der Treppe zu vögeln. Also lasse ich sie gewähren. Auch wenn *gewähren* das falsche Wort ist. Denn das, was sie da mit ihrer Zunge macht, ist einfach himmlisch.

Doch im Badezimmer ist Schluss damit. Ich stelle sie ab. Bevor der erste Wasserstrahl den Boden berührt, ist sie nackt.

Wie auch immer sie das geschafft hat. Sie stellt sich vor mir unter den warmen Wasserstrahl. Ich schaue ihr zu, wie sie den Kopf in den Nacken legt, sich das Wasser über ihren schönen Körper fließen lässt. Die langen braunen Haare. Ihre kleinen Brüste. Mein Blick schweift bis zu ihrer Mitte, die feucht glänzt. Sie ist perfekt. Plötzlich schieben sich zwei zierliche Finger in mein Blickfeld. Wie gebannt sehe ich ihr dabei zu, wie sie sich immer wieder über ihre Perle fährt. Das lustvolle Stöhnen holt mich in die Realität zurück. Ich sehe ihr in die Augen. Oh, wow. Dieser Blick. Mit zwei großen Schritten stehe ich vor ihr.

»Das wird aber auch Zeit«, sagt sie mit einem dreckigen Grinsen im Gesicht. Ich lasse meine Hände über ihre Brüste wandern. Ziehe sanft an ihren Brustwarzen, die sich sofort aufrichten. Noch immer massiert sie sich selbst, während sie mich nicht aus den Augen lässt.

»Gefällt dir, was du siehst?«, fragt sie leise. Und ob. Ich bin nur nicht fähig ihr mit Worten zu antworten. Stattdessen senke ich meinen Kopf hinab zu ihrem. Hart treffen unsere Lippen aufeinander. Es passt kein Blatt mehr zwischen uns. Dina streicht mir über den Rücken, drückt mich noch näher an sich. Gierig drängt sich mein Schwanz an ihren Bauch. Sie vergräbt ihre Hände in meinen Haaren, zieht mit sanftem Druck daran. Ich küsse langsam ihren Hals hinab. Verteile kleine Bisse über ihr Schlüsselbein. Jeder einzelne entlockt Dina ein Stöhnen. Beinahe fahrig schleicht sich ihre Hand wieder zwischen uns, doch statt sich zu massieren, spüre ich sie an mir. Langsam reibt sie meine Härte. Ich lasse von ihr ab. Schaue ihrer Hand zu. Keuchend stütze ich mich an der Wand hinter ihr ab. Ich liebe diesen Anblick. Ihre zierlichen Finger, die über meinen Schwanz reiben. Ihn mit jeder Berührung liebkosen. Wenn sie jetzt nicht aufhört, kann ich für nichts mehr garantieren. Ich wische ihre Hand beiseite. Greife um ihre Hüften, packe ihren Hintern und hebe sie hoch. Sofort umschlingen mich Dinas Beine.

Ich fühle ihre heiße, feuchte Mitte an meinem Bauch. Langsam lasse ich sie auf meinen Penis sinken. Zentimeter um Zentimeter nimmt sie mich in sich auf. Ich kann nicht anders, als dabei meine Augen zu schließen. Dieses Gefühl ist so intensiv, dass es mir den Verstand raubt. Kaum bin ich ganz in ihr, stoße ich kräftig zu.

Dina stöhnt erschrocken. Ich muss mich ernsthaft zusammenreißen, sonst ist das hier in drei Stößen vorbei.

Langsam lasse ich mich beinahe vollständig wieder aus ihr gleiten. Nur um dann heftig in sie zu treiben. Dinas Finger krallen sich in meine Schultern. Ich bin sicher, dass ich die Abdrücke morgen noch sehen kann und das törnt mich noch mehr an.

Das Zusammenspiel aus langsam und schnell lässt Dina immer enger um mich werden. Sie stöhnt in meinen Mund, während ihre Zunge mit meiner tanzt. Auch ich kann mein Stöhnen nicht mehr unterdrücken. Vorbei mit der langsamen Quälerei. Ich stoße heftig in Dina und sie lässt ihr Becken vor- und zurückschnellen.

»Oh, Gott, Jan ...« flüstert sie, als sie um mich herum explodiert. Ich halte mich zurück. Schenke ihr diesen Moment. Verharre in ihr, bis sich ihre Muskeln nicht mehr rhythmisch zusammenziehen. Musternd sieht sie mich an.

»Und du?«, fragt sie beinahe schüchtern. Ich lasse sie aus mir gleiten. Stelle sie zurück auf ihre zittrigen Beine.

»Ich will dich von hinten«, knurre ich sie an. Mit lustvollen Blicken dreht sie mir den Rücken zu. Sie beugt sich weit nach vorn, präsentiert mir ihr hübsches Hinterteil. Fuck. Im letzten Moment kann ich den Orgasmus verhindern.

Gierig schiebe ich meinen Schwanz zwischen ihre Beine. Versenke mich mit einem Ruck in ihr. Immer heftiger prallt ihr Hintern an meine Lenden. Mein tiefes Stöhnen gesellt sich zu ihrem. Mit voller Wucht überrollt mich der Orgasmus.

Mit dem Gefühl absoluter Befriedigung lassen wir uns wenig später ins Bett fallen. Ich ziehe Dina in meine Arme. Sie fühlt sich so richtig in ihnen an. Sie gehört dahin. Intensive Liebe flutet meinen Körper.

»Ich liebe dich«, hauche ich ihr ins Ohr. Von Dina kommt keine Reaktion. Ihr ruhiger, gleichmäßiger Atem streift meinen Arm. Mit einem Herzem voller Glück schließe ich meine Augen.

Es ist Weihnachten. Der Tag aller Tage. Die Kinder huschen aufgeregt durchs Haus. Dina fängt sie ein und geht mit ihnen zum Spielplatz. Ich stehe in der Küche, genieße den Moment der Ruhe und bereite unser Abendessen vor. Als alles soweit fertig ist, verpacke ich Dinas Geschenk in Papier und lege es unter den Tannenbaum.

Bei Klößen, Rouladen und Rotkraut lassen wir es uns am Abend gut gehen. Die Zwerge können die Bescherung nicht abwarten. Ungeduldig rutschen sie auf ihren Stühlen hin und her. Keiner der drei hat wirklich etwas gegessen, dafür sind sie viel zu nervös. Als wir sie endlich erlösen, rennen sie in Windeseile zum Weihnachtsbaum.

Bevor wir bei ihnen sind, hat jedes Kind schon ein Päckchen in der Hand. Mit großen Augen betrachten sie das bunte Geschenkpapier. Jeder darf zweimal raten, was sich darin befinden könnte. Alle drei liegen weit daneben.

Gleichzeitig rupfen sie das Papier ab.

Luna hüpft vor Vergnügen mit ihren neuen Rollschuhen durch das Wohnzimmer. Paul hält begeistert den Gutschein für einen Sportartikelladen in den Händen. Mit Alex zusammen spielt er gerne Handball. Wir haben ihn für einen Verein angemeldet, dies steht auf der Rückseite geschrieben. Als er das Blatt umdreht und es liest, springt er jubelnd auf. Louisa hält lachend den neusten Legobausatz für ein Baumhaus in den Händen. Wir haben im Vorfeld abgemacht, dass jedes Kind nur ein Geschenk erhält, da sie noch genügend von den Großeltern bekommen werden. Das wissen auch die drei Zwerge. Dina sieht mich fragend an.

»Du zuerst oder ich?« Ihre Wangen ziert eine leichte Röte. Sie ist nervös. Und zwar ziemlich, wenn ich ihre zitternden Hände so sehe.

»Ich, wenn es dir nichts ausmacht«, sage ich zu ihr.

Dina nickt und schaut auf die kleine Schachtel, die ich unter dem Weihnachtsbaum hervorhole.

Vorsichtig löst sie das Papier. Luna, Louisa und Paul

sitzen breit grinsend neben uns. Nach Luna habe ich auch Paul und Louisa eingeweiht. Sie haben sich sehr gefreut und es hat mich viele Lebkuchen gekostet, damit sie ihrer Mutter nichts verraten.

»Jan?« Dina schaut die kleine samtige Schachtel ehrfürchtig an. Ich nehme sie ihr aus der Hand. Ihre Augen schwimmen in Tränen. Sie weiß es und doch wartet sie.

Ich klappe den Deckel auf. Ihre Augen huschen von dem zarten Ring hin zu mir.

»Willst du mich heiraten?« Beinahe jedes Wort stolpert aus meinem Mund. Mich hat ernsthafte Nervosität gepackt. Vielleicht war das eine ganz blöde Idee! Oh Gott. Wie lange sind wir jetzt zusammen? Zu kurz! Fuck.

Bevor meine Gedanken weiter Fahrt aufnehmen, spüre ich zwei Hände an meinen Wangen. Blassblaue Augen versinken in meinen.

»Ich liebe dich«, sagt sie, bevor ihre weichen Lippen auf meine sinken. »Ja«, nuschelt sie in meinen Mund.

Ja. So ein schönes Wort. Ich liebe dieses Wort. Noch mehr liebe ich die Frau, die das Wort eben ausgesprochen hat. Und die drei jubelnden Kinder liebe ich auch. So viel Liebe und alles davon hat in meinem Herzen Platz.

Dina

Nach unendlich vielen Umarmungen bin ich jetzt dran.

Jan hat mir das perfekte Geschenk gemacht. Ich hätte es im Leben nicht erwartet. Es wäre mir niemals in den Sinn gekommen. Es ist absolut perfekt. Es bedeutet Liebe und Vertrauen. Und genau dieses Geschenk möchte ich ihm auch machen. Dennoch, ich bin zum Zerreißen gespannt. Meine Hände beben, als ich ihm das Geschenk überreiche.

Keiner außer Mel weiß es. Es ist also auch für die Kinder eine riesige Überraschung. Das kann sowohl gut als auch ziemlich übel ausgehen. Ich erlaube mir den Gedanken an letzteres jetzt nicht. Jan nimmt das Geschenk in seine Hände. »Das ist für unsere Galerie«, sage ich atemlos.

»Das darfst du doch nicht vorher verraten«, lacht er.

Grinsend wickelt er das Papier von dem Rahmen. Ungläubig fällt sein Blick auf das Schwarz-Weiß-Foto. Die Kinder machen lange Hälse.

»Was ist das für ein Bild, Mama?«, will Paul wissen.

»Dina?« Jan schaut mich mit Tränen in den Augen an. Einzelne lösen sich aus seinem dichten Wimpernkranz, rollen über seine Wangen.

»Papa?«, fragt Luna ängstlich.

Ich hole drei weitere kleine Päckchen unter dem Weihnachtsbaum hervor. Ich hatte sie ganz hinten versteckt, damit sie niemand vorher finden kann. Ich verteile sie zielgenau. Die Kinder wissen nichts damit anzufangen.

»Los, packt es schon aus! Es passt zu dem Geschenk von Jan«, fordere ich sie auf. Jans Hand rutscht über den Boden zu mir. Er legt sie an meine Wange und zieht mich für einen Kuss zu sich.

»Ich werde Papa?«, flüstert er in mein Ohr.

Ich kann nicht mehr als zu nicken. Mir laufen ebenfalls Tränen über mein Gesicht, die verhindern, dass ich sprechen kann.

Luna ist die Erste, die die Buchstaben zu Worten zusammengesetzt hat.

»Große Schwester«, liest sie vor.

»Großer Bruder«, folgt Paul ihr.

»Große Schwester«, sagt nun auch Louisa.

Es dauert noch einen Moment, bis die Erkenntnis sie erreicht.

»Wir bekommen ein Baby?«, fragt Louisa plötzlich ganz aufgeregt.

»Ja«, sage ich mit erstickter Stimme. Die Kinder stürmen auf uns zu. Wir versinken in endlos währendem Gruppenkuscheln.

Das Bild findet seinen Platz in unserer gemeinsamen Galerie.

Ungläubig steht Jan davor.

»Du bist schwanger«, haucht er beinahe ehrfürchtig in meinen Nacken.

»Wie lange weißt du es schon?«

»Seitdem mich Doktor Heinze angerufen hat«, gestehe ich ihm.

»Ich wusste, da ist was faul!« Jans Tonfall klingt fast vorwurfsvoll. Ich drehe mich in seinen Armen um, schaue ihm direkt in die Augen.

»Bist du mir böse?«

»Nein, bin ich nicht. Das ist das ultimative Weihnachtsgeschenk!«

Ich ziehe meine Hand hinter seinem Rücken hervor.

»Das ist das ultimative Weihnachtsgeschenk!«, sage ich, während ich ihm den schönen Ring unter die Augen halte.

»Wie weit bist du eigentlich?«

»Noch nicht sehr weit. Das ist auch der Grund, warum ich es dir nicht gleich gesagt habe. Ich hatte Angst, dass es falscher Alarm ist oder irgendetwas nicht stimmt. Aber bisher sieht alles ganz gut aus, sagt meine Frauenärztin.«

Sein Grinsen reicht von einem Ohr zum anderen. Er sieht so süß aus. Seine warmen, vor Glück strahlenden braunen Augen. Das strubbelige Haar. Der gepflegte Bart. Und dieser unvergleichliche Duft, der ihn umgibt. Selbst jetzt im Winter. Sommerregen und Waldboden. Heute mit einer Note von Zimt. Ich muss unwillkürlich lächeln. Vielleicht ist es auch mein Herz, das lächelt. Eigentlich lächelt einfach alles an und in mir.

»Was bringt dich so zum Strahlen?«, fragt Jan.

»Außer du und der kleine Bauchzwerg? Die Vorstellung, ob du noch immer so unverschämt attraktiv bist, wenn du drei Tage nicht geschlafen hast und am vierten zur Arbeit musst.«

Jan lacht mit jeder Faser seines Körpers. Ich spüre, wie das Glück ihn durchströmt. »Natürlich sehe ich dann immer noch unwiderstehlich aus«, behauptet er arrogant.

»Prima. Dann bist du der Schöne und ich das Biest.«

»Niemals könntest du das Biest sein«, widerspricht er halbherzig.

Der Abend endet mit vielen Versprechen und Freudentränen aneinandergekuschelt in unserem Bett.

Mel flattert vor dem großen Spiegel hin und her. Zum x-ten Mal kontrolliert sie ihr Make-up, während ich entspannt auf dem gemütlichen Ohrensessel sitze und ihr amüsiert zusehe.

»Mann Dina, eigentlich wollte ich eine kleine Hochzeit und nicht so ein Event«, klagt sie.

»Dann hättest du das vor zwei Monaten sagen sollen und nicht heute.«

»Mach dich nicht über mich lustig. Ich bin die Braut! Du musst mich beruhigen«, sagt sie bestimmend.

Mit hochgezogener Augenbraue sehe ich sie an.

»Hast du jemals erlebt, dass ich dir nach dem Mund geredet habe?«

Mel lässt ergeben ihre Schultern sinken.

»Nein.«

»Kopf hoch, Mel. Das wird wunderbar!«

Mit einem unsicheren Lächeln gehen wir Richtung Trauzimmer. Je näher wir der Tür kommen, desto breiter wird Mels Lächeln. Es rahmt ihr ganzes Gesicht. Es bringt sie zum Leuchten.

Als wir durch die unscheinbare Tür gehen, breitet sich das Leuchten auf alle anwesenden Personen aus. Durch Davids Körper geht ein Ruck. Er kann nicht warten, bis seine ziemlich-gleich Ehefrau bei ihm ist. Er überwindet die kurze Distanz zu ihr und zieht sie an sich. Diese Szene lässt Freudentränen über meine Wangen rollen. Nur mit Mühe kann sich David von Mel lösen. Man sieht ihm den inneren Kampf regelrecht an. Er will sie küssen, mehr als alles andere. Ich bewundere seine Beherrschung. Kurz schwebt mein Blick zu Jan. Seine Augen treffen meine. In ihnen liegt ein Versprechen, das meine Wangen mit neuen Tränen fluten lässt. Ich hoffe inständig, dass mein Make-up diesen Gefühlen gewappnet ist und ich nicht aussehe wie ein Waschbär.

Die Trauung war wunderschön. Auch wenn es *»nur«* standesamtlich war. Der Beamte hat wundervolle Worte gefunden, um die Liebe des Brautpaares für die Ewigkeit festzuhalten. Jan und ich standen die ganze Zeit als Trauzeugen neben David und Mel. Ein paar Mal habe ich seine Blicke auf mir gespürt. Sie haben mich durchbohrt. Immer wenn ich seinen Augen begegnet bin, habe ich Glück gesehen. Eine Zukunft.

Hier im Leh Muh ist der Gastraum gefüllt mit fröhlichen Menschen. Ich schwebe zwischen ihnen und lasse meine Kamera klicken. Die Musik um mich herum höre ich gar nicht mehr. Nur der Auslöser erklingt in seinem eigenen Rhythmus in meinen Ohren.

Seit ein paar Bildern nähert sich aus dem Hintergrund ein verdammt attraktiver Mann. Er kommt geradewegs auf mich zu. Ich lasse meine Kamera auf ihn gerichtet. Sein Gesicht strahlt.

»Na, schöne Frau. Würdest du mir einen Tanz schenken?«

Jans Stimme jagt mir wohlige Schauer über den Rücken. Mein Herz jubelt ihm zu. Die Schmetterlinge in meinem Bauch tanzen Samba. Und da ist noch etwas. Es ist ganz neu. Doch ich kann es fühlen. Es ist erbsengroßes Glück, das mit jedem Tag größer wird.

Ich schmiege mich an Jans Brust. Sauge seinen Duft in mir auf. Genieße seine Berührung mit jeder Faser meines Körpers.

Seine Augen ruhen auf meinen.

»Ich liebe dich.«

Epilog

Fünf Jahre später

Louisa

Luna zieht heute in das neue Zimmer unterm Dach. Ehrlich, ich freue mich für sie. Ehrlicher? Ich hätte mich mehr gefreut, wenn ich UNO gewonnen hätte und deswegen jetzt in das Zimmer umziehen könnte.

»Basti? Was machst du denn hier?«

Mein kleiner Bruder ist ja ganz süß, aber ständig bringt er alles durcheinander. Er hat sich angewöhnt, seine Legosteine unter meinem Bett zu verstecken, damit Mama sie nicht einsaugen kann. Schlau. Aber ich würde mich mehr freuen, wenn er sie einfach in seinem Zimmer in den Schrank räumen würde.

»Ich will nur mein Auto holen, Lou.«

Ja, Lou. Mein Spitzname seit vier Jahren. Basti konnte nie Louisa aussprechen. Auch heute fällt es ihm noch schwer. Am Anfang war es gewöhnungsbedürftig. Lou und Luna. Mittlerweile haben wir uns daran gewöhnt.

Basti verschwindet ganz unter meinem Bett. Während ich versuche, alles vom Boden aufzuheben, damit Mama endlich die Waschmaschine anstellen kann.

»Ach, Basti. Muss das echt sein?«

»Ja«, kommt es unbekümmert unter dem Bett hervor.

Ich habe keinen Bock auf einen seiner berühmt-berüchtigten Trotzanfälle und bringe lieber Mama meine Klamotten. Sie hat bestimmt schon einhundertmal nach mir gerufen. Jedes Mal etwas lauter. Wenn ich mich nicht beeile, kommt sie noch in mein Zimmer und entdeckt Bastis Geheimversteck.

Als ich wieder in mein Zimmer komme, hält mein kleiner Bruder einen Briefumschlag in der Hand. Gerade als er ihn aufreißen möchte, springe ich auf ihn zu.

»Nicht, Basti!« Das hat ihn erschreckt. Er lässt den Umschlag fallen und schaut mich mit großen Augen an.

Ich habe die Schrift erkannt. Ich kenne sie schon so lange. Mama zeigt uns immer wieder die kleinen Zettel. Ordentlich eingeklebt in einem Album. Daneben immer ein Bild von Papa.

Ich liebe das Buch.

»Louisa« steht auf dem Umschlag in krakeliger Schrift.

»Was ist das?«, fragt Basti.

»Das ist von Papa«, sage ich mit erstickter Stimme.

»Warum schreibt dir Papa einen Brief?«

Ach ja, da war ja noch etwas. Papa ist nicht der Papa von meinem kleinen Bruder. Ja, ich sage mittlerweile zu Jan *Papa*. Das ist er auch für mich. Aber der Umschlag in meinen Händen ...

Basti quengelt, als ich ihn sanft aus meinem Zimmer schiebe.

Mein Bett kommt mir auf einmal wie ein harter, rauer Stein vor. Keine Position scheint die Richtige zu sein. Letztendlich gebe ich auf und setze mich einfach davor.

Ganz langsam öffne ich den Umschlag. Vorsichtig ziehe ich das Papier heraus.

Louisa

Du bist mein ein und alles. Ich vermisse dich so sehr. Auch wenn ich weiß, dass es dir gut geht. Ich sehe es jeden Tag. Ich bin immer bei dir, selbst

wenn du mich nicht sehen kannst. Glaub daran,
denn ich tue es auch!
Ich hab dich lieb!
Papa

Ich muss zu Mama. Ich nehme zwei Stufen auf einmal. Bevor ich Mama auch nur ein Wort sagen kann, sieht sie mich wissend an.

»Neunundvierzig?«, fragt sie. Ich kann nicht mehr als zu nicken.

Acht Jahre später

Paul

»Maaaaaam!«

Schon fünfmal habe ich sie gerufen. Wo ist sie nur?

Ich suche seit einer Ewigkeit nach meinen Trainingsschuhen. Ich könnte schwören, dass ich sie unters Bett geschmissen habe.

Alex wartet bestimmt bereits auf mich. Wenn ich schon wieder zu spät zum Training komme, reißt mir der Trainer den Arsch auf. Scheiße.

Okay, letzter Versuch. Mam hat recht, ich sollte meinen Schrank mal wieder aufräumen. Aber Bock darauf habe ich nicht. Also werfe ich meine Klamotten aus dem Schrank. Sie fliegen im hohen Bogen im Zimmer umher.

Endlich! Ganz hinten im Schrank liegen die Schuhe.

Als ich sie anhebe, fällt mir ein kleiner Briefumschlag auf.

Kaum, dass ich ihn geöffnet habe, segelt er mir schon wieder aus der Hand.

Ich habe nicht viel gesehen, aber die Unterschrift kenne ich.

Papa stand darunter, doch Jans Schrift sieht anders aus. Okay. Durchatmen und dann noch mal probieren.

Hi Paul ;)
Nicht erschrecken. Ich bins doch nur.
Papa.

Na, der hat gut reden. Nicht erschrecken. Ist klar.
Bekomm du mal Post von einem Toten.

Du bist ein wundervoller junger Mann geworden. Nur versprich, deinen Saustall öfter aufzuräumen.

Okay, das ist creepy!

Paul, geh deinen Weg, jede Kurve, jeden Stolperstein. Nimm eine Abbiegung früher oder später. Dreh dich um und geh ein Stück zurück. Verlauf dich, damit du eine neue Richtung einschlagen kannst.
Du schaffst das, auch wenn es manchmal nicht so einfach aussieht und der Weg zu lang und anstrengend wirkt, du kannst das! Ich bin bei dir. Immer!
Gib Mama einen Kuss von mir.
Ich hab dich lieb!
Papa

Verdammt, ich komme so was von zu spät zum Training, aber ich kann mich gerade keinen Millimeter bewegen.

Als Lou vor drei Jahren Nummer neunundvierzig gefunden hat, war ich unendlich neidisch. Ich habe mein ganzes Zimmer auf den Kopf gestellt. Jeden Schrank ausgeräumt. Mam war unglaublich sauer, als sie das Chaos gesehen hat. Doch als ich sagte, warum es so aussieht, hat sie mir geholfen, alles wieder in Ordnung zu bringen. Sie hat mich getröstet und meinte, dass meine Zeit noch kommen wird. Damals wusste ich noch nicht ganz, was sie damit sagen wollte. Heute halte ich das, was sie meinte, in den Händen.

»Paul, du hast mich gerufen?« Mam steckt den Kopf durch die Tür. Als sie das Chaos sieht, reißt sie die Augen auf. Doch bevor sie etwas sagen kann, entdeckt sie den Brief in meinen Händen. Stumm setzt sie sich neben mich. Zusammen lesen wir immer wieder Nummer fünfzig.

Zwölf Jahre später

Luna

Heute ist es so weit. Mein erster Tag an der Uni.

Am Wochenende kann ich endlich in meine WG ziehen. Nicht dass ich unbedingt weg von zu Hause will. Ich habe einfach das Gefühl, dass es Zeit für mich ist.

Meine Klamotten stapeln sich in Kisten an der Wand. Mam hat gesagt, ich soll ausmisten. Ich kann mich trotzdem nicht von meinen Lieblingen trennen. Ich liebe Schals, Halstücher, Ketten, einfach alles, was man sich um den Hals binden kann. Wenn ich die Fotos im Flur anschaue, dann weiß ich auch, von wem ich das habe. Von ihr. Meine Mama. Mama Medina. Ich liebe Dina. Ohne Frage. An Medina kann ich mich nur noch wenig erinnern. Paps erzählt immer mal wieder von ihr und gemeinsam besuchen wir ab und an ihr Grab. Dennoch, die Erinnerungen verblassen und das tut weh. Schrecklich weh. Was mir bleibt, sind die Fotos und die Vorliebe für Halsschmuck. Ich glaube, ich habe mehr Accessoires für den Hals als Shirts oder Hosen.

Nachdenklich sehe ich mich im Spiegel an. Wie immer muss ich feststellen, dass ich wie sie aussehe. Meine Mama. Lange schwarze, gelockte Haare. Tiefbraune Augen. Rote Lippen. Papa sagte letztens, dass er es für keine gute Idee hält, dass ich in eine Männer-WG einziehe. Ich sehe da eher kein Problem. Die Männer wissen allesamt, dass ich vergeben bin. Und ich denke, Josie würde ihnen den Arsch aufreißen, wenn mich nur einer von ihnen schräg anschauen würde.

Wenn ich an sie denke, fliegen die Schmetterlinge in meinem Bauch Loopings. Ein Lächeln ziert mein Gesicht und damit sehe ich noch ein Stück mehr wie meine Mama aus. Heute macht mich das traurig.

»Du siehst aus wie deine Mutter«, sagen meine Großeltern immer zu mir. Doch eigentlich will ich einfach wie ich aussehen.

Seufzend drehe ich mich von meinem Spiegel weg und entschließe mich meine Schal- und Schmuckkästen durchzugehen.

In der zweiten Kiste liegt zwischen den ganzen Schals eine kleine Schatulle. Sie hat kein Emblem. Komisch. Vielleicht ein Abschiedsgeschenk von Mam und Papa?

Ich habe kaum den Deckel angehoben, da sehe ich schon funkelnde Engelsflügel. Es ist eine zierliche, silberne Kette. Ein Engel mit filigran ausgearbeiteten Flügeln hängt daran. Ich habe noch nie eine schönere Kette gesehen. Vorsichtig hebe ich sie an. Das Samtkissen zieht sich mit aus der Schachtel und mit ihm ein Zettel.

Ich lege die Kette zur Seite und entfalte das kleine Stück Papier.

Luna

Meine kleine Große. Es macht mich so glücklich zu sehen, wie gut es dir geht. Dass du deinen eigenen Weg einschlägst. Du bist so wundervoll und machst das alles ganz richtig. Lass dir nie etwas anderes sagen. Du magst mir ähnlich sein, dennoch bist du immer noch du. Sei stolz auf dich.

Ich liebe dich

Mama

Immer wieder wandern meine Augen über die Zeilen und trotzdem kann ich es nicht glauben. Auf einmal spüre ich zwei große Arme, die mich umschlingen. Papa sitzt neben mir und zusammen bestaunen wir das Wunder in meinen Händen.

Danksagung

Was bleibt mir noch zu sagen, außer Danke?!

Sabrina, deine wertschätzende Kritik hat mich manchmal Stunden in der Korrektur gekostet. Jede einzelne davon hat sich gelohnt!

Danke!

Alina, du hattest den besonderen Blick. Wegen dir hatte ich noch vor der Zeit des Promotens unzählige Textschnipsel.

Danke!

Kami, deine lieben Worte haben mich Kapitel um Kapitel weitermachen lassen und dein guter Blick für das Cover hat mir unendlich geholfen!

Danke!

Nanni, du hast mir stundenlang zugehört, wenn ich dir vorgelesen habe. Du hast mir geholfen, dass das Buch nicht in Kitsch zergeht. Flüssige Schokolade und so … you know!

Danke!

Celina, ich bin dir wahnsinnig dankbar für deine Motivation und die starken Nerven, wenn ich mal wieder an mir selbst verzweifelt bin. Topf und Deckel.

Danke!

Ich danke all den wundervollen Bloggerinnen, die mich auf dem Weg der Veröffentlichung so toll unterstützt haben. Eure lieben Worte, euer Engagement und die Kreativität, mit der ihr mich überschwemmt habt, hat mich das ein oder andere Freudentränchen gekostet.

Danke!

Ihr wart mir alle eine unglaubliche Hilfe und meine absolute Motivation, das beste aus dem Manuskript rauszuholen.

Ob mir das gelungen ist, kannst nur Du mir sagen! Denn ich danke auch Dir! Du hast mein Buch gelesen! Allein diese Tatsache zaubert mir ein Lächeln ins Gesicht.

Hast Du Lust, mich auf meinem Weg als Autorin zu begleiten? Willst Du immer auf dem neuesten Stand sein, wenn ich ein Projekt beginne, mittendrin stecke oder gerade beende? Und auch zwischendurch, wenn ich Einblick hinter meine Kulissen gewähre oder einfach ich bin, die sich nachts Eis hingibt, damit der Zucker mich wachhält und ich zur Nachteulen-Autorin werden kann?
Ja?

Dann besuche mich auf Instagram:
Mia.lena.b_autorin

Oder schau auf meiner Website vorbei:
Mia-lena-bestil.jimdosite.com

xoxo Mia

Triggerwarnung

Dieses Buch enthält Inhalte zu den Themen: Depressionen, Panikattacken, Todesfall in der Familie, sexuelle Belästigung und Missbrauch.

Printed in Poland
by Amazon Fulfillment
Poland Sp. z o.o., Wrocław

86665548R00221